Jürgen Reitemeier, Wolfram Tewes
Schützenfest

PIPER

Zu diesem Buch

Johnny Winter ist Rockmusiker mit Leib und Seele. Während er in seinen Tagträumen mit Rocklegenden wie Mick Jagger oder Joe Cocker auf der Bühne steht, besteht sein Alltag aus öder Tanzmucke auf Schützenfesten und Silberhochzeiten in Paderborn und Umgebung. Doch dann eröffnet sich ihm eine einmalige Chance: Der Konzertagent Balhorn bietet ihm eine Tournee an. Endlich wird er den Durchbruch schaffen, davon ist Winter überzeugt. Kurz vor Tourneebeginn stellt sich heraus, dass die Auftritte, die Balhorn ihm vermittelt hatte, geplatzt sind. Wütend will Winter den Konzertagenten zur Rede stellen, doch dazu ist es zu spät: Balhorn liegt tot in seinem Wohnzimmer – und für die Polizei ist Winter schon bald der Hauptverdächtige. Wie gut, dass seine Vermieterin, die pensionierte Lehrerin Hilde Auffenberg, genug Kontakte in Paderborn hat, um Winter eine Weile untertauchen zu lassen. Weniger gut ist nur, dass Frau Auffenbergs zweiter Untermieter der pedantische Hauptkommissar Horst Schwiete ist …

Jürgen Reitemeier, geboren 1957 im westfälischen Warburg, studierte nach einer Ausbildung zum Elektromaschinenbauer Elektrotechnik, Wirtschaft und Sozialpädagogik in Paderborn und Bielefeld. Er arbeitet als Coach und Erwachsenenbildner in seinem Unternehmen modul b in Detmold.
Wolfram Tewes, geboren 1956 in Peckelsheim / Westfalen, arbeitete bei der Norderneyer Badezeitung und ist seit 1987 bei der Neuen Westfälischen Zeitung tätig. Heute lebt er in Horn-Bad Meinberg im wunderschönen Lipperland.
Nach den erfolgreichen Lippe-Krimis um ein Detmolder Ermittlerteam ist »Schützenfest« der erste Teil einer neuen Krimireihe, die in Paderborn und dem westfälischen Umfeld spielt.

Jürgen Reitemeier, Wolfram Tewes

Schützenfest

Ein Westfalen-Krimi

Piper München Zürich

Mehr über unsere Autoren und Bücher:
www.piper.de

MIX
Papier aus verantwortungsvollen Quellen
FSC® C083411
FSC www.fsc.org

Originalausgabe
Mai 2012

Umschlaggestaltung und -motiv:
Hauptmann und Kompanie Werbeagentur, Zürich
Satz: Satz für Satz. Barbara Reischmann, Leutkirch
Gesetzt aus der Janson
Papier: Munken Print von Arctic Paper Munkedals AB, Schweden
Druck und Bindung: CPI – Clausen & Bosse, Leck
Printed in Germany ISBN 978-3-492-27420-3

Wollt ihr wissen, woher ich's hab,
Mein Haus und Hab?
Hab allerlei Pfiff ersonnen,
Es mit Müh, Schweiß und Angst gewonnen.

Johann Wolfgang von Goethe

1

Heute Abend würde es nach dem hektischen Wochenende endlich mal wieder ruhig bleiben. Mittlerweile war es Mitternacht, der Übergang von Montag auf Dienstag, die Zeit, die Gastwirte in die Verzweiflung treibt und den Bewohnern des Viertels ausnahmsweise mal einen ruhigen Schlaf ermöglicht. Nichts sprach dafür, dass es diesmal anders sein könnte.

Es regnete leicht, und es war deutlich zu kalt für Ende April. Kein Wetter für Nachtschwärmer. Wer nicht bereits behaglich im Bett lag, würde freiwillig nicht vor die Tür gehen.

Der Rentner Walter Meerkötter schob die »Paderborner Nachrichten« beiseite. Er ärgerte sich. In der Zeitung stand ein Artikel über sein Ükernviertel, in dem sich der Journalist lobend darüber ausließ, dass sich der graue Stadtteil mehr und mehr zu einem Schmuckstück wandele.

Wie kam dieser Schnösel dazu, so etwas zu schreiben? Meerkötter gefiel die Grauemausvariante. Klar, der Ükernplatz war schön geworden. Doch je mehr Kneipen sich hier ansiedeln, desto mehr Volk rennt hier am Abend herum, dachte Meerkötter.

Und je mehr Schickimickiwohnungen in den ruhigen Seitenstraßen geschaffen wurden, desto höher stiegen die Mieten. Womöglich würde man seinesgleichen sogar hier wegekeln, weil alte Leute nicht mehr ins Bild passten oder weil sie die Miete nicht mehr bezahlen konnten. Nein, er wollte das Ükern so, wie es war, das Alte, das Ursprüngliche. In dem die Bewohner auch mal Dreck unter den Fingernägeln haben durften und trotzdem keiner die Nase rümpfte.

Meerkötter öffnete sein Fenster und horchte hinaus. Es roch nach feuchtem Staub und Flieder. Kaum ein Laut war zu hören, nur das entfernte Rauschen der Stadt. So sollte es bleiben. Er wollte nichts anderes. Kein Viertel, in dem irgendwann einmal die Schönen und Reichen Paderborns wohnten. Die Journalisten sollten bloß die Füße ruhig halten.

Er schob das Fenster wieder zu, zog seine Schuhe und eine dicke Jacke an und ging zur Wohnungstür. Sein alter Cockerspaniel stand schon aufgeregt bereit und drängte sich noch vor seinem Herrn hinaus in die kühle Nachtluft.

Meerkötter hatte sich seit Langem angewöhnt, zu dieser Uhrzeit seinen Hund noch einmal Gassi zu führen. Manchmal bekam er dabei dumme Sprüche von angetrunkenen Passanten zu hören, die sich über den alten Mann mit dem ebenso alten Hund lustig machten. Aber Angst hatte er dabei nie verspürt. Es war sein Stadtteil. Hier im Paderborner Ükernviertel war er aufgewachsen, hier hatte er sein ganzes Leben verbracht, hier kannte er sich aus.

Sein nächtlicher Rundgang begann stets am Heierstor. Gelangweilt beobachtete er seinen Hund, der aufgeregt herumschnüffelte. Mit diesem Cockerspaniel lebte er nun bereits seit dreizehn Jahren zusammen. Herr und Hund waren sich im Laufe der Jahre zunehmend ähnlicher geworden. Die herunterhängenden Lefzen des Tieres spiegelten sich in den nach unten weisenden Mundwinkeln des Mannes, beide betrachteten mit entzündeten müden Augen illusionslos die Welt. Das glanzlose mausgraue Fell des Hundes fand sein Gegenstück im dünnen grauen Haar des Rentners, der dies am Hinterkopf schulterlang trug.

Heute wirkte der Cockerspaniel deutlich agiler als sonst.

Hier war ein griechischer Imbiss, klar, dass es für den Hund verlockend roch. Doch als Meerkötter seinen müden Blick schweifen ließ, traute er plötzlich seinen Augen nicht mehr. Um das Fenster herum, das der Grieche für den Straßenverkauf nutzte, war alles mit blauer Farbe beschmiert. Kreuz und quer hatte jemand die Farbe mit einem dicken Quast aufgetragen.

Vorsichtig streckte Meerkötter einen Finger aus. Die Farbe war noch frisch. Verständnislos schüttelte er den Kopf. Der

Hund war währenddessen weitergestreunt, immer noch die Nase in der Gosse. Meerkötter ging schwerfällig ein paar Schritte weiter, um gleich wieder stehen zu bleiben. Die elegante und nicht recht in diese raue Umgebung passende Boutique neben dem Gyrosstand war ebenfalls Opfer der Farbattacke geworden. Beide Schaufenster waren in allerschönstem Ultramarinblau angepinselt.

Was geschah hier? Langsam, mit einem ihm bislang völlig unbekannten Gefühl von Besorgnis, zog Meerkötter weiter. Auch in der Mühlenstraße waren etliche Fassaden beschmiert.

Plötzlich tauchten drei vermummte Gestalten vor ihm auf und versperrten den Bürgersteig. Einer von ihnen trug in der einen Hand einen großen Eimer mit Fassadenfarbe und in der anderen einen Quast. Sie sprachen kein Wort, stellten sich Meerkötter aber so provozierend in den Weg, dass er nicht weitergehen konnte, ohne es auf eine Auseinandersetzung ankommen zu lassen.

Sein Hund jedoch ging fröhlich wedelnd auf die Männer zu. Der mit dem Quast stellte seinen Eimer ab und streichelte scheinheilig mit der frei gewordenen Hand das zutrauliche Tier, tauchte dann blitzschnell den breiten Pinsel in seinen Farbeimer und zog dem Cockerspaniel einen breiten blauen Streifen über den Rücken. Die drei Vermummten lachten laut.

Meerkötter starrte auf die Untat mit wachsendem Entsetzen und fing am ganzen Körper an zu zittern. Gleichzeitig schoss heiße Wut in seinen Kopf, dann brannte bei ihm eine Sicherung durch. Sein unbändiger Zorn verlieh ihm ungeahnte Energie. Mit erhobenem Regenschirm ging er auf den Rüpel los, der seinen Gefährten so entwürdigend bepinselt hatte.

Geschickt wich der Mann dem ungestümen Angriff des Rentners aus. Meerkötter fand sich plötzlich umzingelt von drei Kerlen mit schwarzen Motorradhauben, die allesamt einen halben Kopf größer waren als er und den Kreis um ihn immer enger zogen. So eng, dass es nicht mehr nötig war, ihn festzuhalten, als einer der drei dem Rentner den Farbeimer über den Kopf stülpte. Meerkötter wollte schreien, doch sein Schrei erstickte in der Farbe, die ihm in Mund und Nase drang.

Dann ließen die Männer von ihm ab. Zu viel Zeit brauchte Meerkötter, um sich panisch den Eimer vom Kopf zu zerren und notdürftig die Farbe aus den Augen zu wischen. Die Typen waren verschwunden, bevor er hätte erkennen können, welche Richtung sie eingeschlagen hatten.

2

Weinrote Jacke, gelbes Hemd. Johannes Winter fasste die Klamotten nur mit spitzen Fingern an. Es war die Dienstkleidung der Tanzkapelle »Ramona«. Wie er dieses Outfit hasste. Mindestens ebenso wie die Tanzmucke, die diese Band spielte. Aber was blieb ihm anderes übrig? Irgendwoher musste ja das Geld für die Brötchen kommen.

Widerwillig schlüpfte er in die Verkleidung. Die Smokinghose ließ er achtlos auf dem Bett liegen. Stattdessen zog er sich seine knallenge schwarze Lederhose an. Sie spannte zwar mittlerweile über dem Bauch, aber das ließ sich mit der Jacke hervorragend kaschieren. Winter war eben ein Rocker und kein Tanzmusikfuzzi. Auch wenn er heute auf dem Vogelschießen in Wewer in der Schützenfestcombo »Ramona« spielen musste.

Als er eine Stunde zu spät zum Soundcheck in das Festzelt kam, das der Schützenverein aufgestellt hatte, gab es gleich den ersten Ärger. Egon, der Bandleader von »Ramona«, ein fetter aufgedunsener Mann von etwa sechzig Jahren, steuerte direkt auf ihn zu.

»Mann, Johnny, warum kommst du so spät? Wir mussten den ganzen Kram allein reintragen. Und wie du aussiehst! Ich hab dir schon tausendmal erklärt, dass hier Smoking angesagt ist. Keine Lederhose, wir sind hier nicht bei den Stones! Wir machen Tanzmucke! Und eine Krawatte hast du auch nicht um. Das geht so nicht, Johnny. Du bist zwar nur Ersatz, aber wenn du dich nicht an die Regeln hältst, bist du ganz raus. Ist das klar?«

»Nun mach aber mal halblang, Egon, du hast gesagt, um siebzehn Uhr geht es los. Und?« Winter streckte dem Chefmusiker seine Armbanduhr hin. »Wie spät ist es? Punkt siebzehn Uhr! Also pünktlich wie die Maurer.«

Winter wusste, dass der Dicke ziemlich vergesslich war. Wahrscheinlich hatte er sich schon einen Großteil seines Hirns weggesoffen. Daher ließ er sich durch den Gitarristen schnell verunsichern.

»Okay, Johnny, lassen wir Gnade vor Recht ergehen. Aber Strafe muss sein. Weil du aus der Reihe getanzt bist, musst du die erste Runde Schnaps holen.« Versöhnlich fügte er hinzu: »Brauchst du nicht selbst zu berappen, zahlt der Schützenverein. Los, mach hinne! Wir müssen den Soundcheck zu Ende bringen und festlegen, welche Lieder wir spielen.«

Schlecht gelaunt ging Winter zur Theke.

»Vier Korn«, bestellte er. »Und ein Schnapsglas mit Wasser.«

Der Mann hinter dem Tresen grinste. Winter zog einen Zehneuroschein aus der Tasche und schob ihn über die Theke.

»Der ist für dich. Sorg dafür, dass ich den ganzen Abend Wasser statt Schnaps bekomme. Aber meine Musikerkollegen dürfen davon nichts merken. Alles klar?«

Der Mann hinter der Theke nickte und steckte das Geld ein.

Ein paar Minuten später kam Egon mit einigen Blättern Papier zur Bühne.

»So, Jungs, ich hab mir schon mal Gedanken gemacht und die Reihenfolge der Stücke zusammengestellt. Wir fangen mit ›Schöne Maid‹ an, dann spielen wir ›Heute haun wir auf die Pauke‹.«

Minutenlang ging der Dicke die Liste der Musikstücke durch. Immer dieselbe Reihenfolge. Das Durchsprechen hätte man sich auch sparen können. Winter verdrehte die Augen. Das entging weder Egon noch den anderen Musikern.

»Brauchst gar nicht so mit den Augen zu rollen, Johnny. Hier sage immer noch ich, wo es langgeht. Du bist nur Ersatz, merk dir das. Und Ersatz hat zu spuren. Ist das klar?« Um seiner Aussage Gewicht zu verleihen, tippte Egon ihm mit dem Finger gegen die Brust. »Und wenn die ganze Chose gelaufen ist, sozusagen als Letztes, kommen wir mit unserem Erkennungssong.«

Der Dicke stimmte sein Lieblingslied an:

Ramona, zum Abschied sag ich dir goodbye.
Ramona, ein Jahr geht doch so schnell vorbei.
Verzag nicht und frag nicht, denn in Gedanken bin ich bei dir.
Bei Tag bringt die Sonne, bei Nacht der Mond
die Grüße von mir.

Das war zu viel für Winter.

»Ich will ja nichts sagen, Egon, aber ich glaube, die Band schießt sich langsam selbst aus dem Rennen. Die Leute, die so 'ne Musik hören wollen, wie ihr sie spielt, sind euch doch schon längst weggestorben. Ihr habt das nur noch nicht gemerkt.«

Der Bandleader lief rot an, doch Winter fuhr unbeirrt fort: »Sieh dir doch mal das Programm der Schützenfeste in Paderborn und Umgebung an. Nächsten Freitag, hier in Wewer, legt zum Auftakt des Schützenfestes DJ Micky auf, und anschließend spielt Libero5. Die Ramonas spielen doch heute nur, weil es kaum was kostet. Beim Vogelschießen ist eben nicht so viel los wie auf dem eigentlichen Schützenfest. Da kommt weniger Geld in die Kasse. Daher begnügt man sich eben mit euch.«

Mittlerweile kochte der dicke Bandleader vor Wut. Und als der Schlagzeuger sich zu Wort meldete und Winter zustimmte, platzte Egon der Kragen.

»Du bist ab heute auch nur noch Ersatz!«, brüllte er den Drummer an. Am liebsten hätte er die beiden Aufmüpfigen gleich nach Hause geschickt, aber im Moment brauchte er sie noch. Deshalb versuchte er die Kurve zu kriegen.

»Okay, okay, ganz ruhig, Männer! Wir sind Profis. Über die Zukunft reden wir später. Jetzt müssen wir uns auf unseren Auftritt konzentrieren. Johnny, los, bring endlich den Schnaps.«

Winter machte sich erneut auf den Weg zur Theke. Seine Laune war auf dem Tiefpunkt angelangt. In dieser Sekunde schwor er sich: Das ist mein letztes Schützenfest.

»Verdammt! Verdammt! Verdammt!«, fluchte Feldmann und schlug mit der flachen Hand auf seinen Schreibtisch. Gleichzeitig mit dem klatschenden Geräusch, das diese Kollision hervorbrachte, bereute er seine Gefühlsexplosion. Der unkontrollierte Wutausbruch verursachte ihm höllische Schmerzen. Solche Aktionen brachten einfach nichts. Das hatte er schon mehrfach leidvoll erfahren. Wut frisst nun mal Hirn. Diese Erkenntnis war nicht neu für ihn, und dennoch gingen hin und wieder die Pferde mit ihm durch. Ich muss unbedingt einen klaren Kopf bewahren, versuchte er sich einzubläuen.

Nachdenklich rieb sich Feldmann seine schmerzende Handfläche. Die Zeit wurde langsam knapp. Das gesamte Projekt hing mittlerweile am seidenen Faden. Die geplanten Transaktionen zogen sich weitaus länger hin als erwartet. Wenn es ihm jetzt nicht gelingen würde, Druck auf den Kessel zu bringen, könnte sein gesamter Plan scheitern. Einige Investoren drohten schon damit, aus den Verträgen auszusteigen. Wenn die ihre Warnung wirklich in die Tat umsetzten, würde das nicht nur bedeuten, dass seine Karriere beendet war, nein, er wäre persönlich ruiniert. Und auch die Geschicke der Bank waren ungewiss.

Seit die Finanzmärkte verrücktspielten, gab es für solche Vorhaben wie seines keine verlässlichen Partner mehr. Was heute noch gut und richtig war, konnte schon morgen tödlich enden.

Feldmann fragte sich, wie er mit diesem Dilemma umgehen sollte. Alle bisher getätigten Maßnahmen schienen nicht hinreichend zu sein, um die Vorbereitungen im geplanten Zeitraum zu Ende zu bringen. Besondere Anforderungen bedürfen besonderer Mittel, dachte er.

Dann müssen wir jetzt zum Äußersten greifen. Feierabend mit dem Schmusekurs! Ab jetzt wird mit harten Bandagen gekämpft!, versuchte er sich selbst zu puschen. Die Kreditabteilung sollte noch einmal alle Verträge der betroffenen Anrainer prüfen. Und allen, die sich als nicht liquide Geschäftspartner herausstellten, würde der Stuhl vor die Tür gesetzt, und ihr Häuschen käme unter den Hammer. Alles andere war Zeitverschwendung, das war ihm längst klar geworden. Jede Suche nach Kompromissen würde sein Vorhaben nur weiter in die Länge ziehen und unnötige Kosten verursachen. Nein, jetzt galt es zu handeln!

Feldmann stand auf und ging zum Fenster. Minutenlang starrte er hinaus, ohne etwas zu sehen. Dann ging er zurück zu seinem Schreibtisch. Er und seine Bank würden ihrer Verantwortung gerecht werden. Dafür konnte er garantieren. Doch was war mit den anderen Partnern und seinen Mittelsmännern? Denen musste er noch einmal richtig Dampf machen. Das durfte er nicht auf die lange Bank schieben. Feldmann griff entschlossen zum Telefon.

Zärtlich strich Johnny Winter über seine Gitarre, eine Fender Stratocaster. Sie war so weiß wie die von Jimi Hendrix. Sanft ließ er seine Fingerspitzen über die Saiten gleiten. Dann nahm er sie aus dem Koffer und hängte sie sich um. Er griff ein paar Akkorde, schlug die Saiten an und summte dazu:

Deep down in Louisiana close to New Orleans
way back up in the woods among the evergreens.

Es waren die ersten Zeilen von seinem Lieblingslied »Johnny B. Goode«.

Die Gitarre hatte er sich neu gekauft. Damit hatte er sich einen Traum erfüllt. Das Instrument war eine Anschaffung fürs Leben. Er hatte seinen letzten Cent dafür ausgegeben. Aber die Investition würde sich lohnen. Nächste Woche würde er mit seiner neu zusammengestellten Band auf Tournee gehen. Seine erste große Tour. Johnny Winter würde mit einigen berühmten Musikgruppen auftreten. Endlich hatte er es geschafft. Er hatte immer an sich geglaubt, hatte viele Nackenschläge einstecken müssen, und dennoch, er wollte nach oben, wollte berühmt werden. Jetzt war er diesem Ziel einen gewaltigen Schritt näher gekommen.

Nach dem Streit mit dem Chef der Schützenfestcombo »Ramona« war es ihm endgültig klar gewesen: Er, Johnny Winter, der alle Schützenhallen des Paderborner Landes kannte, wollte dort nicht mehr spielen. Wollte nicht mehr mit den drittklassigen Musikern auf Hunderten von Dorffesten beschissene Tanzmucke machen. Für wenig Geld, wässriges Bier und schlechten Schnaps. Wenn Winter nur an den Geschmack von Doppelkorn dachte, stellten sich ihm vor Abscheu die Haare auf seinen Armen kerzengerade auf.

Nachdem er diese Entscheidung getroffen hatte, war alles wie von selbst gegangen. Der große Durchbruch ließ keine zwei Wochen mehr auf sich warten. Endlich!

Michael Balhorn, Besitzer der bekanntesten Konzertagentur weit und breit, hatte Johnny Winter nach einem Auftritt in der Kulturwerkstatt angesprochen. Er hatte ihn gefragt, ob er mit seiner Band nicht als Vorgruppe bei einigen der von ihm organisierten Konzerte auftreten wolle. Das Angebot an sich war schon so verlockend, dass Winter auf keinen Fall ablehnen konnte. Und dann die Bands, mit denen er zusammen spielen sollte – die Crème de la Crème der Rockmusik. Endlich würde man auf ihn aufmerksam werden. Endlich konnte er zeigen, was er wirklich drauf hatte.

In seinen Tagträumen rissen sich die berühmtesten Musiker dieser Welt um ihn. Sie alle wollten ihn, Johnny Winter, als Leadgitarristen in ihrer Band haben. Ein schönes Gefühl.

In diesem Augenblick holte sein Handy ihn jäh ins Hier und Jetzt zurück.

»Hey, Johnny, ich bin im Capitol, wollte noch ein Bier trinken, und stell dir vor, was mir da an der Theke gesteckt wurde.«

»Ja, wer bist du denn überhaupt? Kannst du nicht wenigstens deinen Namen sagen!«, schnauzte Winter den Anrufer an.

»Oh, ich dachte, du hättest mich an der Stimme erkannt. Karl, hier ist Karl, dein neuer Schlagzeuger.«

»Okay, okay, also, Karl, was hast du nun gehört?«

»Dieser Balhorn ist pleite. Du weißt doch, der, der uns für die Tournee angeheuert hat. Gypsy sagt, die fällt ins Wasser.«

»So ein Quatsch! Was hat der denn geraucht?«

»Nein, Johnny, es stimmt! Die anderen Musiker haben es bestätigt. Bei Balhorn stehen viele auf der Gehaltsliste.«

Johnny Winter traf die Nachricht wie ein Faustschlag ins Gesicht. Er hatte all sein Erspartes aufgebracht, sich noch Geld dazugeliehen. Er hatte mit Freunden und früheren Bandmitgliedern gebrochen, die seiner Meinung nach nicht gut genug für das Projekt waren, und er hatte alle Schützenfestgigs abgesagt. Damit hatte er sich seine Existenzgrundlage genommen. Wenn das stimmte, was Karl da gerade zum Besten gab, dann war er ruiniert.

»Johnny? Johnny, bist du noch dran?«

»Ja, Karl, ich bin noch dran. Aber ich kann das nicht glauben, das kann doch nicht sein. Ich habe heute noch mit Balhorn gesprochen und die Termine abgestimmt. Ich rufe ihn sofort an, dann melde ich mich wieder. Ach was, ich komme anschließend ins Capitol.«

Johnny Winter legte auf und tippte hastig die Nummer des Konzertagenten in sein Handy. Niemand ging ans Telefon. Der Musiker drückte die Wahlwiederholungstaste. Er ließ es wieder klingeln. Gerade wollte er aufgeben, da meldete sich jemand. »Ja«, ertönte eine angetrunken wirkende Männerstimme.

»Balhorn, sind Sie es?«

»Ach, Winter, jetzt auch noch Sie. Nein, es ist kein Gerücht, ich bin pleite. Wie Sie sich denken können, steht mir jetzt nicht der Sinn nach Erklärungen. Rufen Sie mich morgen an, oder kommen Sie vorbei. Guten Abend!«

Balhorn hatte aufgelegt, und Johnny Winter starrte fassungslos auf sein Handy. Wütend wählte er die Nummer erneut. Vergeblich, der Anschluss war vorübergehend nicht erreichbar.

3

Die Haustür stand sperrangelweit offen.

Johnny Winter kniff die Augen zusammen, um die Klingelschilder neben der Tür zu entziffern und erkannte, dass er in den zweiten Stock musste. Dann erst trat er, etwas unsicher, in das Treppenhaus. Sofort schlug ihm der Geruch von grüner Tonne entgegen. Es knarrte, als er langsam eine hölzerne Stufe nach der anderen erklomm. Auf der ersten Kehre legte er eine kleine Pause ein, um seinen Atem zu beruhigen. Winter war Musiker und kein Leichtathlet. Trotzdem würde er über kurz oder lang diese verdammten Selbstgedrehten weglassen müssen. Eine Schande, als knapp Vierzigjähriger so schlaff zu sein. Als er hörte, dass von oben jemand die Treppe herunterkam, zwang er sich weiterzugehen. Keine Schwäche zeigen. Eine Stufe nach der anderen wollte er nehmen, ruhig und gleichmäßig wie ein Bergsteiger. Plötzlich kam ein Mann laut polternd die Stiege herunter, rennend, jede zweite Stufe überspringend. Der Kerl rempelte ihn an, während er an ihm vorbeistürmte. Keine Entschuldigung, keine Erklärung, er rannte nur weiter treppab.

Johnny Winter schüttelte den Kopf und stapfte weiter nach oben. Hektiker konnte er nicht ausstehen. Und unfreundliche Hektiker erst recht nicht. Na ja, es war nicht seine Sache, sich über die verkorkste Zeitplanung dieses Unbekannten Gedanken zu machen. Er war mit seinen eigenen Problemen genug beschäftigt. Gleich würde er seine volle Konzentration und Durchsetzungsfähigkeit bei dem Gespräch brauchen, das er mit Balhorn zu führen hatte. Diesem sauberen Herrn, der alles versprach und nichts hielt.

Winter atmete tief durch, als er im zweiten Stock angekommen war, und schaute sich um. Es gab zwei Eingänge auf dieser Etage. Eine der Türen stand weit offen. Auf dem Klingelschild las er den Namen »Balhorn«. Hier war er richtig, daran gab es keinen Zweifel. Aber konnte er einfach so in eine fremde Wohnung spazieren? Einfach so in die Privatsphäre eines Fremden eindringen? Er blieb vor der Tür stehen und drückte die Klingel. Niemand kam, um zu öffnen. Er klingelte noch mal. Keine Reaktion. Dann rief er leise: »Hallo, Herr Balhorn?« Ganz schwach vernahm er in der Wohnung ein Poltern. Dann war wieder alles still.

Beunruhigt trat Johnny Winter, mehr weil ihm nichts Besseres einfiel als aus Überzeugung, in den schmalen und schmucklosen Flur der Wohnung. Der war etwa drei Meter lang. Die Zimmertüren sahen alle gleich aus, keine drängte sich ihm auf.

Er blieb mitten im Eingangsbereich stehen und lauschte. In der Wohnung war nun nicht mehr der leiseste Ton zu hören. Nur der übliche diffuse Geräuschbrei der Nachbarwohnung drang herein. Der zu laut eingestellte Fernseher, das schreiende Kleinkind, der Staubsauger. Und dennoch hatte Winter hier eben etwas gehört, da war er ganz sicher. Irgendetwas stimmte hier nicht. Die Stille schrie ihn geradezu an. Es war keine entspannte Stimmung, keine, die einen ruhiger werden lässt. Diese Ruhe war aggressiv, lauerte ihm auf, drang in ihn ein.

Johnny Winter nahm sich zusammen, entschied sich für die Tür am Kopfende des Flures und öffnete sie. Vor sich sah er ein kleines, nicht sehr sauberes Badezimmer, in dem niemand war. Dann, seine Tatkraft implodierte förmlich, stand er eine Weile zögernd und mutlos vor der einzelnen Tür auf der linken Flurseite. Vorsichtig drückte er sie auf, warf einen schnellen Blick in ein geräumiges, völlig überladenes Wohnzimmer – und erstarrte.

Auf dem abgewetzten orientalischen Teppich lag der Körper eines Mannes. Es hätte sehr friedlich aussehen können, wie er dort lag, hätte da nicht die Blutlache neben seinem Kopf das Bild gestört.

Da war doch jemand an seinem Schreibtisch gewesen! Horst Schwiete zog ärgerlich die Stirn kraus. Dann setzte er sich auf seinen Stuhl, öffnete die linke Schublade und entnahm ihr einen Radiergummi. Den legte er längs neben seine Schreibtischunterlage, parallel zu deren Kante. Den Ratzefummel als Abstandhalter nutzend, richtete er seinen Bleistift aus. Anschließend drapierte er den Radiergummi längs neben den Stift und den etwas kürzeren Kuli exakt daneben. Peinlich genau überprüfte er nun, ob die beiden Spitzen der Schreibwerkzeuge den gleichen Abstand zur Schreibtischkante hatten.

Jetzt war Hauptkommissar Schwietes Welt wieder im Gleichgewicht. Wohlwollend betrachtete er die neu geschaffene Ordnung. Dabei kam ihm der Gedanke, dass wohl seine Kollegen sich während seiner Abwesenheit einen Spaß daraus machten, sein ausgeklügeltes System zu zerstören. Zukünftig würde er darauf achten und wehe …!

Den Gedanken konnte Schwiete nicht mehr zu Ende denken, denn im nächsten Moment schoss sein hektischer Kollege Kükenhöner in das Büro, fläzte sich auf die Schreibtischkante und verschob die gerade neu ausgerichteten Stifte.

Absicht! Das war ganz klar Absicht! Schwiete holte tief Luft, um seinen Kollegen so richtig zusammenzuscheißen. Doch dazu kam es nicht.

»Horsti, endlich! Ich habe dich schon gesucht! Es gibt eine Leiche in der Kilianstraße. Beeil dich, wir müssen los!«

Schwiete war hin- und hergerissen. Sollte er den erneut in Unordnung gebrachten Schreibtisch ignorieren und diesem Getriebenen folgen? Nein, so viel Zeit musste sein. Wieder begann er, die Stifte penibel auszurichten. Das brachte Kükenhöner zur Weißglut. Doch er biss sich auf die Zunge, hielt die Klappe und wartete ungeduldig.

Nachdem der Polizist seine Schreibutensilien wieder in Position gebracht hatte, ging er zu seiner Garderobe, nahm den Mantel vom Kleiderbügel und hängte den Bügel wieder zurück an die Stange. Er prüfte die Abstände zu den restlichen Bügeln und zog dann zufrieden seinen Trenchcoat an.

Kükenhöner raufte sich die Haare. Irgendwann gab es bestimmt eine Leiche in der Kreispolizeibehörde Paderborn, sie würde fein säuberlich ausgerichtet, parallel zu Schwietes Schreibtischkante liegen. Kükenhöner war sich sicher, dass er mit diesem Ritual seinem dann toten Kollegen die angemessene letzte Ehre erwiesen hätte. Das Tötungsinstrument, vielleicht ein Brieföffner, würde er gründlich abputzen, ganz im Sinne Schwietes. Dann würde er ihn akkurat im Abstand einer Radiergummibreite neben die ordentlich ausgerichteten Stifte legen. Das perfekte Verbrechen! Kein Ermittler, der Schwiete nicht kannte, würde darauf kommen, die Mordwaffe an dieser Stelle zu suchen, und diejenigen, die ihn kannten, würden mit Sicherheit die Klappe halten. Schwiete sah einen zufrieden lächelnden Kükenhöner und wunderte sich.

Es klang wie eine Detonation, als die Tür aufsprang und gegen die Wand schlug.

Die elegante Dame am Tisch zuckte zusammen. Unmittelbar nach dem Knall drang ein Mann in die blitzsaubere Wohnküche ein. Sie atmete tief durch. Ihren Mieter Johnny Winter kannte sie seit Jahren. Er hatte seine Schwächen, aber er war keine Bedrohung für Damen Mitte der Sechziger. Winter, schusselig und für das praktische Leben nicht recht zu gebrauchen, war gutmütig, gelassen und in der Regel ein zwar zahlungsschwacher, aber angenehmer Mieter. Doch von Gelassenheit konnte nicht die Rede sein, als Johnny Winter nun in die Küche hereinplatzte. Er sah aus, als sei er von einem ganzen Rudel Teufel gehetzt worden.

Er ließ sich auf einen freien Stuhl fallen und atmete heftig. Hilde Auffenberg blickte ihn besorgt an. So hatte sie den sonst eher phlegmatischen Mann noch nie erlebt.

Vor sieben Jahren war ihr Ehemann gestorben, und sie war allein in ihrem kleinen Haus üm Ükern geblieben, der Straße, die dem ganzen Viertel den Namen gegeben hatte. Mitten im Paderborner Kneipenviertel. Weil sie ungern allein wohnen wollte, aber auch aus wirtschaftlichen Gründen, hatte sie zwei

Mieter aufgenommen. Die beiden fast gleich alten Männer hätten unterschiedlicher nicht sein können. Horst Schwiete war Polizist, jede Pore seines mächtigen Körpers atmete Solidität. Eine Ikone des deutschen Beamtenwesens, korrekt, sauber, unbestechlich und humorfrei. Hilde Auffenberg schätzte ihn trotzdem. Johannes »Johnny« Winter war Musiker. Theoretisch ein bedeutender Rockmusiker – praktisch jedoch musste er seine Brötchen mit Tanzmucke verdienen. Hilde Auffenberg war immer wieder fasziniert davon, wie Johnny Winter das, was andere in die Depression getrieben hätte, mit einem fatalistischen Achselzucken abtat. So war das bei ihm eben! Sie hatte gelernt, seine Tagträume vom ultimativen Hit von der Wirklichkeit zu unterscheiden, gönnte ihm aber diese kleinen Fluchten aus dem Alltag.

Erstaunlicherweise hatte sich im Verlauf der Jahre dieses ungleiche Trio zu einer angenehmen Hausgemeinschaft zusammengefunden. Mittelpunkt und Herz dieser merkwürdigen Gemeinschaft war Hilde Auffenberg, ihre Wohnküche war der Thronsaal dieses kleinen Reiches. Hier liefen alle Fäden zusammen.

»Was ist los mit Ihnen?«, fragte sie besorgt. »Sie sehen aus, als hätten Sie ein Gespenst gesehen. Geht es Ihnen nicht gut?«

Johnny Winters Atmung hatte sich immer noch nicht beruhigt.

»Ein Gespenst? Nee, etwas viel Handfesteres.«

Er machte eine Pause, die er für einige tiefe Atemzüge nutzte. Endlich konnte er wieder reden.

»Sie werden mir nicht glauben, aber ich habe gerade eine Leiche gefunden. Ich hatte doch diesen Termin bei …«

»Was haben Sie gefunden?«, rief die Frau entsetzt. »Damit treibt man keinen Scherz!«

Flehend blickte er sie an.

»Das ist leider kein Scherz.« Er sprach so leise, dass Hilde Auffenberg sich ganz nah zu ihm hinüberbeugen musste, um ihn zu verstehen. »Was soll ich denn jetzt machen?«

Es brauchte eine Weile, bis sie endlich von ihm zu hören bekam, was vorgefallen war. Wie er in das Haus gegangen war. Dass er im Treppenhaus beinahe umgerannt worden war. Die offene Wohnungstür. Die Leiche.

»Aber warum waren Sie denn in dieser Wohnung? Kannten Sie den Toten?«

Johnny Winter nickte stumm. Er zog eine zerknitterte Packung Tabak aus seiner hinteren Hosentasche und wollte sich gerade, einem Reflex folgend, eine Zigarette drehen. Als er ihrem strengen Blick begegnete, zuckte er resigniert mit den Achseln und steckte das Päckchen wieder ein.

»Sie wissen doch, dass ich diese Tournee klargemacht habe. Nicht irgendeine Tournee, sondern *die* Tournee. Das sollte der ganz große Durchbruch werden. Und jetzt so was. Ich habe alles so weit stehen, die Band, das Equipment, die Helfer. Und vor allem das Programm. Mann, was für ein unglaubliches Programm. Wir könnten alle anderen an die Wand spielen. Gestern habe ich rein zufällig gehört, dass Balhorn, also der Veranstalter dieser Tournee, pleite sein soll. Ich habe sofort angerufen, wollte ihn zur Rede stellen, aber er hat mich auf heute vertröstet. Er sagte, er hätte schon einen Plan B und alles würde gut gehen. Heute wollten wir alles besprechen.«

»Haben Sie aber nicht, oder?«, fuhr Hilde Auffenberg dazwischen.

Er schüttelte den Kopf.

»Nee! Er konnte mir nichts mehr erzählen. Wenn Sie ihn gesehen hätten, wie er dalag und …«

Winter sprang auf, machte zwei, drei schnelle Schritte quer durch die Küche, drehte wieder um und blieb mit verzweifeltem Blick vor seiner Vermieterin stehen.

»Der ist nicht einfach so umgefallen. Dem hat einer kräftig was auf den Schädel geschlagen. Da war Blut, Frau Auffenberg. Viel Blut. Das war Mord, verstehen Sie?!«

Die letzten Worte schrie er laut heraus. Sie blickte sich unwillkürlich um, stellte fest, dass eines der Küchenfenster geöffnet war, stand auf und schloss es. Dann ging sie zu einem Schrank, holte eine Flasche Kräuterlikör und zwei kleine Gläser heraus und stellte alles auf den Tisch.

»Kommen Sie, Johannes! Trinken wir erst einmal einen Schluck. Sie sind ja völlig daneben. Und schreien Sie hier nicht so rum. Muss ja nicht jeder mitkriegen. Los, trinken Sie!«

Sie wartete, bis Winter den Schnaps geschluckt hatte bevor sie weitersprach.

»Und dann rufen wir Schwiete an. Das ist der richtige Mann für so was, der soll die Sache in die Hand nehmen. Keine Angst, der regelt das schon.«

Winter schien von der Vorstellung, seinen Nachbarn einzubeziehen, nicht begeistert zu sein. Sicher, Horst Schwiete war Polizist, aber vielleicht war es gerade deshalb nicht klug.

»Ich glaube nicht, dass dies eine gute Idee ist. Er wird mir kein Wort glauben. Ihm bleibt doch gar nichts anderes übrig, als mich sofort festzunehmen.«

»Warum das denn?«, jetzt war Hilde Auffenberg vor Empörung kaum weniger laut als eben ihr Mieter.

Winter dachte nach.

»Weil tatsächlich alles gegen mich spricht. Überlegen Sie doch mal. Ich hatte Kontakt zu dem Toten. Wir wollten zusammen Geschäfte machen. Er hat die Sache versaut, und ich habe allen Grund, auf ihn sauer zu sein. Wir haben uns am Telefon gestritten. Ich Blödmann habe das brühwarm einem Musiker aus meiner Band erzählt. Das wird die Polizei schnell rausfinden und mir ruckzuck ein Motiv anhängen. Dass dann ausgerechnet ich in Balhorns Wohnung bin, wahrscheinlich nur wenige Minuten nach dem Mord, das wird den Bullen gerade passen. Die werden mir kein Wort glauben. Horst auch nicht. Der erst recht nicht, superkorrekt, wie der ist.«

»Aber …«, wandte die Herrin der Küche zögernd ein, »warum sollte die Polizei überhaupt auf Sie kommen? Woher sollen die wissen, dass Sie in der Wohnung waren? Sie waren doch alleine da, oder?«

Winter schüttelte verneinend die langen, leicht grau gewordenen Locken.

»Ich habe alles verbockt, fürchte ich. Als ich den toten Balhorn daliegen gesehen habe, bin ich in Panik geraten und aus dem Haus gerannt. Ich war so hektisch. Beim Starten des Autos habe ich zu viel Gas gegeben. Da bin ich dem vor mir parkenden Wagen hinten auf die Stoßstange gekracht. In einem Fenster lag ein alter Knacker und hat alles beobachtet. Der Kerl ist der Typ Blockwart, so wie der aussah. Der wird mich anschwärzen, daran habe ich keinen Zweifel. Schließlich hat er mein Nummernschild gesehen. Wie lange wird es dauern, bis die Polizei durch mein Autokennzeichen auf mich kommt? Frau Auffenberg, ich bin am Ende. Was soll ich nur machen?«

Er holte von Neuem seine Tabakpackung hervor und drehte sich, ohne das Einverständnis seiner Vermieterin abzuwarten, eine etwas krumme Zigarette. Beide schwiegen, während er geräuschvoll rauchte. Dann unterbrach sie die Stille und fragte sehr ernst:

»Haben Sie nicht am Anfang von einem Mann erzählt, der Sie im Treppenhaus beinahe umgerannt hatte? Kannten Sie den? Wirkte der sehr eilig?«

Winter schaute sie erstaunt an.

»Nein, den kannte ich nicht. Hektisch war er schon, sehr sogar, geradezu kopflos. Aber was meinen Sie damit?«

Sie seufzte und wurde noch ernster.

»Überlegen Sie doch mal! Sie sagen, dieser Balhorn sei kurz vor Ihrer Ankunft erschlagen worden. Dann dieser Mann, der wie ein Wilder die Treppe runterläuft, dass er Sie völlig übersieht und fast umrennt. Und dann einfach wortlos weiterhetzt. Ist es völlig ausgeschlossen, dass dies der Mörder Ihres Herrn Balhorn war? Ich denke nicht. Und was das für Sie bedeutet, das ist Ihnen doch auch klar, oder nicht?«

Der Musiker starrte seine Vermieterin begriffsstutzig an.

»Jetzt blicken Sie mal nicht in die Welt wie ein Ochse, wenn's donnert«, fuhr die Vermieterin Winter an. »Es ist doch völlig klar, dass Sie der gefährlichste Zeuge überhaupt sind. Ein Zeuge, der aus dem Weg geschafft werden muss.«

Die letzten Worte sprach Hilde Auffenberg leise, aber eindringlich. Doch mittlerweile hatte auch Winter die ganze Tragweite der Ereignisse erfasst.

Hilde Auffenberg stand vor einer schwerwiegenden Entscheidung. Was sollte sie tun, die Polizei anrufen? Winter überreden, dass er sich stellte?

Sie selbst hatte in ihrer wilden Zeit auch ihre Erfahrungen mit der Polizei gemacht und war einmal unschuldig in die Mühlen der Justiz geraten. Sie wusste, wie das lief. Wenn die Ermittler einen möglichen Täter gefasst hatten, hatten sie oft nur Augen für die belastenden Indizien, und die Unschuldsvermutung blieb auf der Strecke.

Erst letzte Woche hatte sie in einer Zeitung gelesen, dass einige Gefängnisinsassen unschuldig verurteilt worden waren, weil die Justiz gern schnelle Erfolge feierte.

Hilde Auffenberg fasste einen spontanen Entschluss: »Sie müssen verschwinden! Und zwar ganz schnell!«

Kaum hatte Hilde Auffenberg ihre Warnung ausgesprochen, da machte sie dem völlig verdatterten Musiker schon mit einer ungeduldigen Geste klar, dass es nun allerhöchste Zeit würde, ihre Worte in Taten umzusetzen. Johannes Winter brauchte deutlich länger, um seine Situation in vollem Ausmaß zu begreifen. Noch während bei ihm die ersten klaren Gedanken an die Oberfläche perlten, war seine Vermieterin bereits voll im Einsatz.

»Los, Junge!«, rief sie aufgekratzt. »Kofferpacken, aber schnell!«

Sie hatte eindeutig die Führung übernommen. Winter hasste es, wenn sie ihn, obwohl sie sich nicht duzten, Junge nannte, aber er folgte ihr wie hypnotisiert. In seiner Wohnung zog er, auf ihre Anweisung hin, einen völlig verstaubten kleinen Koffer unter dem Bett hervor und warf einige Kleidungsstücke hinein. Als er mit wehmütigem Blick seine neue Gitarre in die Hand nahm, riss Hilde Auffenberg ihm die aus der Hand.

»Dafür haben wir keinen Platz! Los, sehen Sie zu, dass Sie fertig werden!«

Eine volle Packung Tabak und eine Flasche Scotch passten aber dann doch noch hinein. Die alte Dame atmete tief durch, als Winter endlich den Reißverschluss zuzog.

Traurig blickte er sich noch einmal in seiner kleinen Wohnung um. Als fürchtete er, für immer von dem Raum Abschied nehmen zu müssen. Erst als die beiden wieder in der Küche saßen, wurde Winter klar, dass er nun zwar seine Reisetasche gepackt, aber keinen blassen Schimmer hatte, wohin er gehen sollte. Er besaß nun mal keine Zweitwohnung. Freunde? Die männlichen Freunde kamen durchweg aus dem Paderborner Musiker- oder Kneipenmilieu. Sie hausten in kleinen, häufig unbeheizten Buden und waren außerdem im Dunstkreis des Konzertveranstalters Balhorn bekannt und damit als Fluchtorte unbrauchbar. Eine Freundin, bei der er hätte untertauchen können, gab es aktuell nicht. Und sonst? Er hatte keine Ahnung. Mit dieser Erkenntnis verließ ihn schlagartig sein Rest an Tatkraft. Aber Hilde Auffenberg war nicht die Frau, die so ohne Weiteres ein Projekt aufgab, das sie einmal angefangen hatte.

»Passen Sie auf!«, rief sie. »Ich habe es Ihnen nie erzählt, aber ich besitze noch ein kleines Häuschen in Schloss Neuhaus. Schon älter, aber man kann drin wohnen. Ich habe das Anwesen von meiner Oma geerbt. Bei den Mietern gibt es eine hohe Fluktuation. Normalerweise wohnen da vier Studenten, aber einer ist letzte Woche ausgezogen. Da ist also eine Wohnung frei.«

»Aber …«, murrte Winter, »wie wollen Sie den anderen erklären, dass so ein alter Sack wie ich da plötzlich einzieht? Das fällt doch auf.«

»Keine Sorge, mein Junge! In dem Haus wohnten schon die verrücktesten Leute. Die Nachbarn sind einiges gewohnt. Da können Sie nackt vom Balkon hängen, das interessiert keinen mehr. Genau das Richtige für einen, der ein bisschen untertauchen muss. So, aber jetzt los! Bevor die Polizei Sie hier findet.«

Johannes Winter blieb nicht viel Zeit, über die unfassbare Energie und Kaltblütigkeit dieser so unscheinbaren, nicht mehr jungen Dame zu staunen. Denn in diesem Augenblick konnten sie beide hören, dass die Haustür geöffnet wurde. Das Geräusch schwerer Schritte folgte, die den Hausflur durchquerten und dann die Treppe emporstiegen.

»Das ist Schwiete!«, zischte Hilde Auffenberg leise. »Verdammt, den können wir jetzt überhaupt nicht gebrauchen. Warum kommt denn der Kerl heute so früh?«

Der Polizist Horst Schwiete, ihr gemeinsamer Mitbewohner, würde in seinem unerschütterlichen Glauben an das segensreiche Wirken der deutschen Justiz mit absoluter Sicherheit darauf bestehen, dass Winter sich augenblicklich der Polizei stellte. Mit all den Folgen, die sich Winter und die alte Dame bereits ausgemalt hatten. Nein, ein Zusammentreffen der beiden Männer musste unbedingt verhindert werden.

»Er geht hoch in seine Wohnung. Wahrscheinlich hat er irgendwas vergessen. Danach kommt er mit Sicherheit kurz in die Küche. Bis dahin müssen wir Sie aus dem Haus haben.«

Sie stürzte zum Fenster, räumte die Blumen beiseite und hebelte das zweiflügelige Fenster auf. Sofort drang kühle Luft in den überheizten Raum.

»Los! Raus mit Ihnen! Sie wissen doch, wo früher auf dem Hof der Kohlenschuppen war. Verstecken Sie sich da drin. Ich trinke ganz in Ruhe mit Schwiete eine Tasse Tee, damit dem nichts auffällt. Dann komme ich zum Schuppen, und wir beide verschwinden mit meinem Auto in die neue Unterkunft. Haben Sie alles verstanden? Und sehen Sie zu, dass Sie sich im Schuppen nicht so dreckig machen. Nachher versauen Sie mir noch die Wohnung.«

Doch diese Aufforderung registrierte Winter schon nicht mehr. Er hatte bereits seinen Koffer aus dem Fenster geworfen und sprang hastig hinterher. In der nächsten Sekunde klemmte er ihn unter den Arm und sprintete über den Hof Richtung Schuppen.

Hilde Auffenberg schloss hastig das Fenster und versuchte die Topfblumen wieder an ihren Platz zu bringen. Sie war noch nicht fertig, da klopfte Schwiete an die Küchentür und trat ein. Für ihn war es das Normalste von der Welt, Blumentöpfe ordentlich auszurichten. Daher wunderte er sich in keiner Weise. Seine Vermieterin hingegen richtete sich verlegen ihre Frisur.

»Oh, Herr Schwiete, Sie sind schon da! Mit Ihnen hätte ich noch gar nicht gerechnet. Aber ich koche sofort einen Tee.«

»Ich würde ja gern eine Tasse mit Ihnen trinken, Frau Auffenberg, aber ich bin im Einsatz. Ich musste nur mein Hemd wechseln, weil ich auf der Fahrt zum Tatort einen Kaffeefleck darauf entdeckt habe. Was sollen denn die Leute denken, ein Polizist mit einem bekleckerten Hemd. Das geht nicht.«

»Schwiiiete!!!«, brüllte jemand in den Hausflur. Hilde Auffenberg hätte beinahe einen Blumentopf von der Fensterbank gestoßen. In ihrem Hause wurde in Zimmerlautstärke kommuniziert, und auch sonst galten allgemeine mitteleuropäische Benimmrituale.

Hauptkommissar Schwiete verzog sein Gesicht und wollte damit eine Entschuldigung andeuten.

»Die jungen Leute haben einfach nicht die Nerven. Es hat einen Mord gegeben. Tot ist tot, da braucht man sich kein Bein mehr auszureißen. Nach den neuesten Statistiken werden Mörder innerhalb eines Tages gefasst. Da kann man doch etwas mehr Gelassenheit an den Tag legen, oder? Was meinen Sie, Frau Auffenberg?«

»Schwiiiete! Ich werde noch wahnsinnig! Beweg endlich deinen Hintern nach draußen!«

Der Polizist machte noch einmal eine entschuldigende Geste. Dann verließ er die Küche.

Auch Winter hatte die Schreie in seinem Versteck gehört. Sie sorgten bei ihm nicht gerade für Gelassenheit. Daher war er heilfroh, als die Schuppentür sich einen Spaltbreit öffnete und das Gesicht seiner Vermieterin vor ihm auftauchte.

»Kommen Sie, Johnny! Jetzt wird es aber Zeit. Ich fahre Sie zu Ihrer neuen Unterkunft. Wenn die Studenten da sind, stelle ich Sie als meinen arbeitsscheuen Neffen vor. Morgen treffen wir uns dann an einem unauffälligen Ort. Da können wir überlegen, wie es weitergeht. Haben Sie den Paderborner Dom schon mal von innen gesehen?«

4

Kükenhöner knallte die Wagentür mit aller Kraft ins Schloss. Die Energie, die er hierfür aufbrachte, hätte er lieber dazu verwendet, Hauptkommissar Schwiete seine Faust auf dessen Kinn zu dreschen. Doch er konnte sich mühsam beherrschen. Kükenhöner beließ es bei dem Gedanken, seinen Kollegen irgendwann umzubringen. Bis zur Ankunft in der Kilianstraße redeten sie kein Wort miteinander.

Als die beiden Polizisten aus dem Auto stiegen, kam ihnen augenblicklich ein aufgeregter, hagerer, sicherlich über siebzig Jahre alter Mann entgegen. Er war unrasiert und roch nach kaltem Rauch und Schweiß.

»Mann, Mann, Mann, wie lange dauert das denn mit Ihnen? Wenn Sie immer so langsam sind, dann möchte ich aber keine Leiche sein. Na, wenigstens Ihre Kollegen von der Streife sind schon da. Die sind fixer als Sie. Ist wohl kein Zug mehr in Ihrem Laden.«

Der Alte friemelte sich eine Reval aus einer zerknitterten Zigarettenpackung, steckte sie sich zwischen die Lippen und zündete sie an. Tief inhalierte er einen Zug. Hustete und blies den Rauch in Richtung der beiden Polizisten.

»Früher wäre das nicht passiert. Da wäre bei einem Mord ruckzuck die Kripo da gewesen. Aber heutzutage? Alle verweichlicht – selbst die Polizei.«

Schwiete ließ sich durch den Alten nicht aus der Ruhe bringen. Wer so verwahrlost herumlief wie der, bei dem war sowieso Hopfen und Malz verloren.

Bei Kükenhöner war das anders. Bei ihm entlud sich die gesamte Wut, die sich innerhalb der letzten Stunde in ihm aufgestaut hatte.

»So, Herr …, wie heißen Sie überhaupt?«

»Gärtner. Hans-Hubert Gärtner, wenn Sie es genau wissen wollen.«

»Also, Herr Hans-Hubert Gärtner, wer hier ein Weichei ist und wer nicht, das werden wir noch sehen. Sagen Sie uns nicht, wie wir unsere Arbeit zu tun haben. Davon haben Sie nämlich keine Ahnung. Und wenn Sie weiterhin eine dicke Backe riskieren, dann dürfen Sie gleich einmal Polizeiauto fahren. Dann findet das Verhör nämlich in der Kreispolizeibehörde an der Riemekestraße statt. Anschließend können Sie zurücklaufen. Sie haben die Wahl. Entweder jetzt ein angemessener Ton, oder wir ziehen andere Saiten auf.«

Das war eine Sprache, die Gärtner verstand. Er nahm eine devote Haltung ein. Kükenhöner bemerkte die Veränderung wohlwollend.

»So, und nun erzählen Sie uns mal, was Sie gesehen haben, aber haarklein.«

»Wissen Sie, Herr Kommissar, ich habe stets die Straße im Auge. Mir entgeht nichts. Einer muss ja alles im Blick haben. Ich liege da also mit meinem Kissen im Fenster und passe auf, dass die Blagen ihre Finger von den Autos lassen.«

Der Alte plusterte sich auf.

»Hier laufen welche rum, das sage ich Ihnen. Die Südstadt ist auch nicht mehr das, was sie früher mal war. Türken, Spanier, Russen, gibt's alles hier. Aber wenn die glauben, die könnten hier machen, was sie wollen, nee, nicht mit Hans-Hubert Gärtner. Ich habe die Straße im Blick …«

»In Ordnung«, fiel ihm Kükenhöner ins Wort. »Sie sahen also aus dem Fenster und beobachteten die Straße. Und was haben Sie gesehen?«

»Ja, was habe ich gesehen? Ach ja, da kam so ein Langhaariger aus dem Haus. Die laufen hier öfters rum. Die sind meist bei Balhorn zu Besuch, diesem Musikfritzen. Ich wusste schon immer, dass es mit dem kein gutes Ende nimmt. Der hat nicht mal den Hausflur geputzt.«

»Herr Gärtner, was haben Sie gesehen?«

»Ja, sage ich doch, da kommt dieser Langhaarige aus dem Haus gerannt. Er setzt sich in seinen Bully und fährt dem Müller von nebenan direkt hinten an das Auto. Und wer hat es gesehen? – Ich! Rein zufällig hatte ich einen Bleistift auf der Fensterbank liegen. Also habe ich die Autonummer von diesem Langhaarigen sofort auf den Rand meiner Bild-Zeitung geschrieben. Die lag da auch noch rum.«

Gärtner triumphierte.

»Die anderen Nachbarn haben natürlich nichts mitgekriegt. Also wollte ich nach unten und mir den Schaden angucken. Da komme ich an der Wohnung von Balhorn vorbei, und stellen Sie sich vor, die Tür stand sperrangelweit offen! Ich meine, ich bin ja nicht neugierig. Aber das kam mir doch komisch vor. Also bin ich da rein. Mache die Tür zum Wohnzimmer auf, und was sehe ich? – Den Balhorn in seinem eigenen Blut! Was sagen Sie jetzt?«

Es war Hilde Auffenbergs unverzichtbares Nachmittagsritual, Zeitunglesen mit Kaffee und Kuchen. Auf diese lieb gewonnene Gewohnheit hatte sie heute verzichten müssen, da sie Johannes Winter in Sicherheit bringen musste.

Das war geschafft! Jetzt war sie fest entschlossen, ihre Versäumnisse nachzuholen. Es wurde Zeit, sich nach all der Aufregung etwas zu entspannen.

Sie öffnete den grauen Metallkasten neben ihrer Haustür, in den ihr Nachbar Herbert Höveken wie jeden Tag die gemeinsam abonnierte Zeitung gesteckt hatte.

Nur wenige Minuten später hatte Hilde Auffenberg die »Paderborner Nachrichten« auf dem Küchentisch ausgebreitet. Genüsslich kaute sie den ersten Bissen vom selbst gebackenen Käsekuchen. Gleichzeitig widmete sie sich ihrer Lektüre.

Auf einer ganzen Seite brachte man einen Bericht über die anstehende Bischofskonferenz. Einem Staatsbesuch des amerikanischen Präsidenten hätte man weniger Aufmerksamkeit gewidmet, dachte Hilde Auffenberg.

Ein besonderes Augenmerk galt dabei Lorenz Engels, dem derzeitigen Bischof von Passau, der eigentlich ein Paderborner Urgestein und hier früher einmal Weihbischof gewesen war.

Hilde Auffenberg musste schmunzeln. Der Lorenz, dachte sie. Als junger Mann war er in Paderborn zum Gymnasium Theodorianum gegangen. Während dieser Zeit hatte der junge Schwerenöter Hilde Auffenberg den Hof gemacht. Fußball, Frauen und die CDU waren damals die wichtigsten Lebensinhalte des jungen Engels gewesen.

Die »wilde Hilde« vom Michaelskloster hatte ihn immer fasziniert. Gegensätzliches provozierte ihn. Erst hatte er sich über Hilde Auffenberg lustig gemacht. Später ihre politische Haltung diskreditiert. Auch das erfolglos. Mit jeder Niederlage, die er sich bei Hilde Auffenberg einfing, faszinierte ihn die junge Frau mehr. Zu guter Letzt hatte er ihr den Hof gemacht. Wie ein liebestoller Kater stand Engels fast jeden Nachmittag vor dem Auffenbergschen Haus. Vergeblich! Bei Hilde hatte er nicht landen können.

Versonnen blickte sie ins Leere. Wieso war Engels eigentlich Priester geworden? Damals hätte jeder darauf gewettet, dass er versucht hätte, in die Fußstapfen von Ludwig Erhard zu treten.

Nach dem Abitur hatten sie sich aus den Augen verloren. Hilde war nach Berlin gegangen. Hatte sich in der APO engagiert. Sie wollte dabei sein, wenn die Talare gelüftet wurden, um dem Muff von tausend Jahren beizukommen.

Und Engels? Ja, was hatte Engels gemacht? Über ein Jahrzehnt war er in ihrem Bewusstsein nicht mehr präsent gewesen. Dann hatte sie eines Tages sein Konterfei in der Zeitung entdeckt. Er war der neue Weihbischof von Paderborn. Der jüngste!

Engels war zwar nicht der Nachfolger von Ludwig Erhard geworden, aber immerhin Kirchenfürst. Gab es da Unterschiede? Wieder kam sie ins Grübeln. Plötzlich, wie aus dem Nichts, schoss ihr ein Gedanke durch den Kopf. Sie hatte eine Idee. Eine geniale Idee! Doch ihr blieb nicht viel Zeit, sie weiterzuentwickeln.

Die Zeiger der Uhr in der Schalterhalle der Privatbank Hase schienen sich nicht zu bewegen. Immer wieder wanderte Kaups Blick zu dem futuristischen Ziffernblatt. Wäre doch nur endlich Feierabend. Er hatte einen Kunden Namens Balhorn zu Hause besucht. Es war eine unangenehme Situation gewesen. Er hatte sich mit dem Mann gestritten. Dabei war er sogar handgreiflich geworden und hatte ihn von sich gestoßen. Der Mann war gestürzt, war mit dem Kopf aufgeschlagen. Erschrocken über sich hatte er die Flucht ergriffen und war zurück zu seiner Arbeitsstelle gefahren. Doch auf seine Aufgaben konnte er sich nicht mehr konzentrieren. Er fühlte das Pochen seines Pulsschlages in seinem Kopf. Der Stress war der Ungewissheit gewichen. Sein Mund fühlte sich ausgetrocknet an, und seine Hände schwitzten. Kaup sah sich nicht in der Lage, einem Kunden gegenüberzutreten, geschweige denn, diesen zu beraten. Er bat einen Kollegen, ihn im Publikumsbereich zu vertreten. Da an diesem Nachmittag nicht viel los war, erklärte der sich bereit.

Jetzt saß Kaup an seinem Schreibtisch und packte die Aktenstapel von der linken zur rechten Seite und wieder zurück. Seine Gedanken drehten sich im Kreis, bis das Klingeln seines Telefons ihn daran hinderte weiterzugrübeln. Kaup erkannte die Nummer sofort. Mit zitternder Hand griff er zum Hörer.

»Hier Hagemann! Herr Kaup, sind Sie es?«

Der Banker räusperte sich und nickte nur. Dann herrschte Stille.

»Herr Kaup?«

Augenblicklich wurde ihm bewusst, dass er mithilfe eines Telefons kommunizierte. Heiser quetschte er ein »Ja« hervor.

»Herr Kaup, was war denn das eben? So in Rage habe ich Sie ja noch nie erlebt. Aber Sie hätten ihn ja nicht gleich umbringen müssen.«

Kaup stammelte: »Wieso umbringen?«

Ohne darauf einzugehen, redete der Anrufer schon weiter: »Doch keine Panik! Zunächst einmal, Sie sind aus dem Schneider. Aber dennoch müssen wir uns treffen. Unbedingt! Soll ich zu Ihnen in die Bank kommen?«

Auch diesmal reichte die Antwort nur zu einem heiseren Nein.

»Okay, dann kommen Sie in einer Stunde zu mir ins Büro.«

Noch ehe Kaup etwas erwidern konnte, hatte Hagemann das Telefongespräch beendet.

Diese Art und Weise anzuklopfen war Hilde Auffenberg bestens bekannt. Nie zu laut und nie zu leise. Schwiete traf immer genau den gleichen Ton. Eigentlich hätte man diese Fähigkeit von dem Musiker Johannes Winter erwarten können. Doch der war mal polterig, mal laut, mal leise, mal so, mal so. Gerade wie es seiner Stimmungslage entsprach. Hilde Auffenberg mochte ihre beiden Hausbewohner. Den emotionalen, gefühlsgeleiteten Winter ebenso wie den oft zwanghaften, aber dennoch sensiblen und lakonischen Schwiete. Jetzt musste sie wahrscheinlich eine Rolle einnehmen, die ihr nicht behagte. Sie musste lügen. Sie seufzte.

»Kommen Sie herein, Herr Schwiete!«

Kaum hatte Hilde Auffenberg diese Aufforderung ausgesprochen, da betrat der Polizist ihre Küche.

»Wie war Ihr Einsatz? Ist alles zu Ihrer Zufriedenheit verlaufen? Wie wäre es mit einem Tee?«, bombardierte sie ihn eher aus Verlegenheit gleich mit drei Fragen. Wenn es nach Hilde Auffenberg gegangen wäre, hätte sie alles auf der Welt lieber getan, als jetzt mit ihrem Mieter ein Teekränzchen abzuhalten. Dennoch stand sie vom Stuhl auf und ging zu einer Anrichte, um die Kanne zu holen.

»Tut mir leid, Frau Auffenberg. Es gibt einiges Unerfreuliches. Leider habe ich noch keinen Feierabend. Ich muss einer unangenehmen Aufgabe nachgehen. Ich suche unseren gemeinsamen Mitbewohner Johannes Winter. Er steht nämlich im Verdacht, einen Menschen ermordet zu haben. Da dachte ich mir, bevor meine Kollegen hier einen großen Bahnhof inszenieren, versuche ich es mal auf meine Weise. Haben Sie meinen Wohnungsnachbarn gesehen?«

Hilde Auffenberg überlegte. Was sollte sie tun? Sie entschied sich zur Wahrheit.

»Heute Nachmittag zum letzten Mal.«

Der Polizist nickte.

»Hm, Sie müssen damit rechnen, dass spätestens morgen früh hier der Teufel los ist. Dann werden meine Kollegen Winters Wohnung auf den Kopf stellen. Dabei werden sie mit Sicherheit nicht an seiner Eingangstür Schluss machen. Sie werden auch Ihren und womöglich auch meinen Privatbereich unter die Lupe nehmen.«

Hilde Auffenberg nickte. Dann beherrschte Stille die Küche. Die beiden Hausbewohner standen sich endlose Sekunden schweigend gegenüber. Beide wussten nicht, wie sie sich weiter verhalten sollten, bis Schwiete die Situation auflöste. Er verabschiedete sich höflich und verließ den Raum.

Hilde Auffenberg fiel eine Zentnerlast vom Herzen. Gott sei Dank, dass er keine weiteren Fragen gestellt hat, dachte sie.

Doch im nächsten Moment beschlich sie das Gefühl, dass Schwiete sie nicht in eine missliche Lage bringen wollte und daher keine weiteren Erkundigungen einzog. Ihr war augenblicklich bewusst geworden, dass ihr Verhalten in keiner Weise angemessen war. Der Polizist berichtete, dass ihr Mieter unter Mordverdacht stand. Und sie hatte sich weder erschrocken noch verwundert noch sonst wie beeindruckt gezeigt. Das konnte Schwiete nicht entgangen sein. Dennoch hatte er es bei ihrer Antwort belassen, ohne weiter zu insistieren.

5

Die Fassade des Hauses, in dem Hagemann sein Büro hatte, ließ keinen Zweifel zu. Hier residierten nur die Leute, die reichlich Geld verdienten oder die zumindest den Anschein erwecken wollten.

Kaup hatte nicht bis zu seinem Feierabend warten können. Er hatte mit der Entschuldigung, dass es ihm zunehmend schlechter ginge, seinen Arbeitsplatz in der Bank vorzeitig verlassen. Die Ungewissheit hatte ihn getrieben. Und nun stand er hier und war im Begriff, den Klingelknopf zu drücken, der ihm Einlass in das Hagemannsche Imperium ermöglichte.

Ein Summen zeigte ihm an, dass er eintreten konnte. Eine Minute später betrat er Hagemanns Büro. Der saß ziemlich entspannt hinter seinem Schreibtisch.

»Mann, Kaup, haben Sie aber Glück gehabt«, begrüßte er ihn jovial.

Der Banker starrte ihn entsetzt an: »Am Telefon eröffnen Sie mir, ich hätte einen Menschen umgebracht, und jetzt faseln Sie etwas von Glück gehabt.«

»Na ja, Glück ist vielleicht die falsche Formulierung. Aber immerhin sind Sie besser dran als unser gemeinsamer Kunde. Der ist nämlich mit dem Hinterkopf auf die Kante seines Marmortisches gefallen, nachdem Sie ihn so unsanft von sich gestoßen haben. Und jetzt ist er mausetot. Aber erst einmal sind Sie wahrscheinlich aus dem Schneider. Kaum dass Sie die Wohnung verlassen hatten, kam ein weiterer Mann. Der fand den Toten und hat ebenso wie Sie fluchtartig das Weite gesucht. Wenn ich mich nicht irre, ist der aber im Gegensatz zu Ihnen gesehen worden. Was zur Folge hat, dass der jetzt mit Sicherheit als Täter gesucht wird. Lieber Herr Kaup, wir beide haben seit heute ein kleines Geheimnis.«

Der Banker fragte sich allerdings, ob das angesichts der Umstände eine wünschenswerte Lösung sei. Sofort fand er für sich selbst die Antwort: bestimmt nicht. Und diese Einschätzung sollte sich innerhalb weniger Sekunden bestätigen.

»Wissen Sie, Herr Kaup, ich tue Ihnen einen Gefallen, und Sie kommen mir bei ein paar Kleinigkeiten entgegen.«

»Wie soll ich das verstehen? Was meinen Sie mit Kleinigkeiten?«

»Ganz einfach. Ich mache es Ihnen einmal an einem Beispiel deutlich: Sie kennen doch den Bestatter Höveken. Ich habe die Absicht, mit dem ein kleines Geschäft zu machen. Dazu brauche ich einige Daten, über die Ihre Bank unter Umständen verfügt.«

Er spielte mit einem goldenen Füllfederhalter, dessen Kappe er immer wieder abzog und aufsetzte, was heftig an Kaups Nerven zerrte.

»Sie sehen, nichts Außergewöhnliches. Sie geben mir ein paar zieldienliche Informationen, und ich habe den Vorfall von heute Nachmittag schon vergessen.«

Das Paderquellgebiet ist einer der schönsten Orte Paderborns. In diesem weitläufigen Park entspringen rund zweihundert Quellen, bei einigen davon handelt es sich sogar um warme Quellen. Hier zu verweilen, war einfach Lebensqualität. Dieser Überzeugung war jedenfalls Horst Schwiete. Immer wenn er seine Ruhe brauchte, suchte der Polizist seinen Lieblingsplatz an einem Teich in der Nähe der Stadtbibliothek auf. So auch heute Abend. Er setzte sich auf einen Stein am Ufer und schlug in regelmäßigen Abständen mit einem Stöckchen, das er auf dem Weg hierher aufgelesen hatte, auf die Wasseroberfläche. Nachdem er diese Tätigkeit einige Minuten lang wiederholt hatte, schwamm ein gold-schwarz gescheckter Koi-Karpfen heran.

Schwiete hatte den wahrscheinlich ausgesetzten Fisch vor einigen Jahren hier entdeckt. Seitdem fütterte er das Tier regelmäßig. Um dem Fisch zu zeigen, dass es etwas auf die Gabel gab, schlug er jedes Mal, bevor er ihm etwas zu fressen gab, mit einem Stöckchen auf die Wasseroberfläche. Dieses Signal hatte der Fisch sich gemerkt. Und so leistete er Schwiete Gesellschaft, wann immer der Polizist hierher kam, um nachzudenken. Heute Abend erschien es ihm dringend nötig. Sein Nachbar wurde verdächtigt, einen Mord begangen zu haben. Schwiete hielt Johannes Winter zwar für einen verrückten Kerl, aber ein Verbrechen traute er ihm nicht zu. Seine Hauswirtin, dies war ihm in dem Gespräch mit ihr eben klar geworden, auch nicht. Er hatte sofort bemerkt, dass Hilde Auffenberg sich in einem Loyalitätskonflikt befand. Also würde er ihr, solange das möglich war, keine unnötigen Fragen stellen. Er hielt seine Vermieterin für eine kluge Frau. Deshalb verließ er sich darauf, dass sie ihn über Ereignisse informierte, wenn dies vonnöten war.

Gedankenverloren warf er etwas Fischfutter in den Teich, und sein Karpfen verspeiste es gierig.

Sollte er den Fall wegen Befangenheit abgeben, war seine nächste Überlegung. Nach längerem Nachdenken entschloss er sich, dies nicht zu tun. Stellte sich aber gleich die nächste Frage: Was hat Winter mit dem Toten zu tun?

Viel wusste man noch nicht über die Identität des Mannes. Doch, seinen Beruf kannte man schon. Dieser Balhorn war Konzertagent. Vielleicht war das die Verbindung zu Winter. Der Musiker hatte in den letzten Wochen immer von der Chance seines Lebens geredet.

»Nie mehr auf einem Schützenfest in Dahl oder Kleinenberg spielen«, hatte er gesagt und: »Jetzt kommen die ganz großen Auftritte!«

Wieder warf Schwiete etwas Futter ins Wasser.

Dieser Ermittlungsstrang könnte unter Umständen Ergebnisse bringen, dachte der Polizist.

Kinder sind das Salz in der Suppe einer Familie. Dieser Satz war eine Lebensrichtlinie für Kaup. Und so war es selbstverständlich für ihn, am Feierabend seinen Anteil an der Kindererziehung zu leisten. Regelmäßig lernte er mit seiner zwölfjährigen Tochter für die Schule, und seinem Sohn versuchte er das Fußballspielen beizubringen. Doch heute Abend war nichts mit ihm anzufangen. Immer wieder kam er ins Grübeln. Das hinderte ihn daran, die nötige Aufmerksamkeit beim Vokabellernen aufzubringen. Dies empörte irgendwann selbst seine Tochter.

»Papa! Wir schreiben morgen eine Englischarbeit. Da muss ich fit sein. Wie soll das klappen, wenn du mir beim Lernen nicht hilfst?!«

»Hanna, es tut mir leid. Ich kann mich heute Abend nicht mehr konzentrieren. Es war ein schwerer Tag für mich. Dieses Mal musst du ohne mich zurechtkommen.«

Abwesend strich er seiner Tochter über das lange Haar.

»Du schaffst das schon.«

Kaup stand auf und ging in den Garten. Er hatte einen Mann umgebracht. Und einer der habgierigsten und egoistischsten Männer Paderborns war auch noch der einzige Zeuge. Schon heute Abend war dem Banker klar, dass es besser wäre, einen Pakt mit dem Teufel einzugehen, als mit Hagemann gemeinsame Sache zu machen. Der würde ihn ausquetschen wie eine Zitrone. Und am Ende würde er ihn zerstören. Ihn und seine gesamte Familie. Doch das würde er nicht zulassen. Er musste sich aus Hagemanns Klauen befreien. Wenn er das nicht schaffte, dann würde seine Tochter künftig in den Knast kommen müssen, um mit ihm Vokabeln zu lernen. Worauf hatte er sich da nur eingelassen?

Das Schlimmste allerdings war, dass er das sichere Gefühl hatte, nicht dazu in der Lage zu sein, einen klaren Gedanken zu fassen. Er hatte einen Tunnelblick, so wie ihn Betrunkene haben. Und am Ende stand immer das gleiche Bild: Er wurde in Handschellen abgeführt.

Wie konnte Kaup diesem Szenario entgehen? Auch hier kam er immer wieder auf das gleiche Ergebnis: Hagemann war der einzige Zeuge. Erst wenn es den nicht mehr gab, bestand die Möglichkeit, weiterhin ein glückliches Familienleben zu führen. Ihm blieb keine andere Wahl.

6

Schwiete ging jeden Tag zu Fuß zur Arbeit. Das war für ihn eine gute Möglichkeit, den Tag zu sortieren. Er spazierte durch die noch unbelebten Straßen des Riemekeviertels. Obwohl der Himmel blau war, wehte ihm ein frischer Wind um die Nase. Was heute wohl passieren würde, fragte sich der Kommissar. Eines war klar: Gleich würden seine Kollegen – und erst recht die Spurensicherung – wie Heuschrecken über das Haus von Hilde Auffenberg herfallen.

Winter war mit ziemlicher Wahrscheinlichkeit untergetaucht. Der Musiker hatte die Nacht nicht in seiner Wohnung verbracht. Dennoch würde die Polizei diese heute durchsuchen.

Schwiete überlegte, ob es besser sei, an der Hausdurchsuchung teilzunehmen oder sich davor zu drücken. Schließlich war eine solche Aktion immer eine peinliche Angelegenheit, und einige Nachbarn würden sich anschließend den Mund über Hilde Auffenberg zerreißen. Als er die Kreispolizeibehörde in der Riemekestraße erreichte, war er sich immer noch nicht im Klaren darüber, was wohl das Beste wäre.

Wie jeden Morgen kochte sich Schwiete erst einmal einen Tee. Genüsslich gönnte er sich den ersten Schluck. Roibuschtee war sein Lieblingsgetränk. Doch lange konnte Schwiete seinem morgendlichen Ritual nicht nachgehen. Er hatte die Tasse kaum zur Hälfte ausgetrunken, da kam die Polizeidirektorin mit Kükenhöner im Schlepptau in sein Büro. Im Hintergrund hielt sich eine junge Frau in einem schicken Kostüm auf.

Was ist denn jetzt los?, dachte Schwiete. Er stand von seinem Stuhl auf, gab erst seiner Chefin und dann der jungen Dame die Hand. Gleichzeitig machte er jeweils eine Art Diener. Kükenhöner, der ob dieses altmodischen Verhaltens amüsiert die

Augen verdrehte, bekam die Hand nicht dargeboten. Ihm nickte Schwiete nur beiläufig zu.

»Herr Schwiete, darf ich Ihnen Frau Klocke vorstellen? Sie ist unsere neue Kommissarin, direkt von der Hochschule. Ich habe mir lange Gedanken gemacht, wer der geeignete Mentor für die Kollegin sein könnte. Meine Wahl ist auf Sie gefallen.«

Schwiete war fassungslos.

»Ich soll eine junge Frau anleiten? Das kann doch nicht Ihr Ernst sein. Jeder in der Kreispolizeibehörde kann das besser als ich.«

Im Hintergrund feixte Kükenhöner. Die Chefin registrierte es nicht.

»Erstens, Herr Schwiete, bin ich mir sicher, dass Sie sehr wohl dazu in der Lage sind, diese junge Kollegin einzuarbeiten. Und zweitens, wenn Sie es nicht können, wird es Zeit, dass Sie es lernen. Also, Frau Klocke, darf ich vorstellen: Ihr neuer Chef, Hauptkommissar Horst Schwiete.«

Himmelherrgott, dachte dieser. Alles hätte man mit mir machen können. Meinetwegen jeden Tag meinen Schreibtisch in Unordnung bringen. Aber warum in aller Welt muss ausgerechnet ich einer jungen Kollegin vorgesetzt werden?

An seine Kollegin gewandt sagte Schwiete: »Na gut, Frau Klocke, dann versuchen wir es miteinander.«

Der Hauptkommissar deutete erneut eine Verbeugung an. Dann wandte er sich noch einmal an die Polizeidirektorin.

»Wo ist denn der Arbeitsplatz unserer neuen Kollegin?«

»Ich habe schon mit unserem Hausmeister gesprochen. Er stellt noch heute einen zweiten Schreibtisch in Ihr Büro.«

Schwiete nickte. Dann ist es ja nun vorbei mit dem eigenen kleinen Reich, dachte er. Ab jetzt ist soziale Kompetenz angesagt. Er zog seine Stirn in Falten. Und das ausgerechnet von mir. Dann holte er einen Besucherstuhl aus der Ecke und stellte ihn an einen kleinen Besprechungstisch.

»Vielleicht nehmen Sie erst einmal hier Platz, Frau Klocke. Alles Weitere wird sich in der nächsten Stunde finden.«

Wieder feixte Kükenhöner im Hintergrund.

Noch einmal meldete sich die Polizeidirektorin zu Wort: »Da wäre noch etwas, Herr Schwiete. Sie leiten ab sofort die Mordkommission Balhorn!«

Als er das hörte, hätte Schwiete beinahe der Schlag getroffen. Warum ausgerechnet er? Das durfte nicht wahr sein.

»Haben Sie sich das auch gut überlegt, Frau Schulze? Ich bin der Nachbar des Mordverdächtigen. Meinen Sie nicht, dass da eine gewisse Befangenheit vorhanden sein könnte?«

»Ich meine, dass Sie in Bezug auf den Mordverdächtigen allen anderen Ermittlern gegenüber einen Wissensvorsprung haben.«

»Das mag ja sein, Frau Schulze. Aber dieser Wissensvorsprung sagt mir, dass mein Nachbar, also Herr Winter, unschuldig ist.«

Den Mund der Polizeidirektorin umspielte ein undurchsichtiges Lächeln.

»Wenn das so ist, Herr Schwiete, dann beweisen Sie Ihre These, und finden Sie heraus, wer der wirkliche Mörder ist. Solange Sie den nicht ausfindig gemacht haben, ist dieser Johannes Winter unsere Nummer eins.« Dann wandte sie sich an die übrigen Anwesenden. »Ich denke, damit wäre alles gesagt. Die Mordkommission trifft sich in einer halben Stunde. Ich habe schon ein Team zusammengestellt. Falls Sie Veränderung wünschen, Herr Schwiete, müssen wir darüber reden. Ich sage Ihnen aber gleich, viel Spielraum gibt es da nicht. Hier ist mein Vorschlag für die Besetzung der Mordkommission.«

Die Polizeidirektorin legte ein mit Namen beschriebenes Blatt Papier auf Schwietes Schreibtisch.

»Meine Herren, Frau Klocke, ich wünsche Ihnen eine erquickliche Zusammenarbeit.«

Sie nickte noch einmal in die Runde, dann verließ sie das Büro.

Auch Särge haben etwas Ästhetisches. Manche sind sogar wahre Kunstwerke. Diese Ansicht vertrat jedenfalls Herbert Höveken.

Jeden Morgen polierte er mit einem weichen Tuch seine Auslagen. Immer wieder musste er die Fingerabdrücke entfernen, die Besucher und Kunden auf den Schmuckstücken seiner Ausstellung hinterlassen hatten.

Höveken war Bestatter. Und das mit Leib und Seele. Auch wenn die Nachbarn und Freunde hin und wieder einen Witz über seinen Beruf machten, war dies noch lange kein Grund, sich nach einer anderen Tätigkeit umzusehen.

Das Sarglager, das Höveken betrieb, hatte für ihn und seine Ansprüche genau die richtige Größe. Die Anzahl der Särge, und neuerdings auch der Urnen, war überschaubar. Zu jedem einzelnen Stück konnte er eine qualifizierte Beratung anbieten. Selbst das Probeliegen wäre möglich gewesen. Doch diesen Wunsch hatte noch keiner seiner Kunden geäußert.

Und wenn jemand ganz besonders ausgefallene Wünsche hatte, kein Problem! Höveken konnte sie erfüllen. Die Modelle, die er nicht auf Lager hatte, waren innerhalb kürzester Zeit zu besorgen.

Bei Höveken wurde man noch anständig beraten, wenn man einen Sarg kaufen wollte. Anders als bei den Discountern, die das Produkt wie Holzkisten von der Stange vermarkteten.

So, noch einmal nachpolieren, und dann konnte er das Geschäft öffnen.

Als er den Schlüssel der Eingangstür umdrehte und ins Freie trat, wäre er beinahe mit einem Mann zusammengestoßen. Der wartete anscheinend schon darauf, dass Höveken sein Bestattungsinstitut öffnete.

Wie ein Trauernder sah der Kerl, der da vor ihm stand, allerdings nicht aus. Eher wie ein Versicherungsvertreter.

»Herr Höveken, gut, dass ich Sie treffe.«

Der Sargladenbesitzer wunderte sich darüber, dass der Mann ihn kannte.

»Was genau finden Sie daran gut?«, fragte er daher mit einer gewissen Spitzfindigkeit. Haustürvertreter waren dem Bestatter zuwider.

Der Mann kam für einen Moment aus dem Konzept.

»Äh, ach so, ja richtig. Ja, mein Name ist Hagemann, Georg Hagemann. Finanz- und Investmentberater.«

Der Mann streckte ihm seine Hand entgegen, die Höveken, weil ihm seine Eltern dies so beigebracht hatten, höflich schüttelte.

»Was kann ich für Sie tun? Benötigen Sie einen Sarg?«

»Sarg? Äh, nein, keinen Sarg.« Der Mann lachte affektiert. »Nein, ich brauche keinen Sarg. In nächster Zeit hoffentlich nicht.« Wieder dieses gekünstelte Lachen.

»Wenn Sie keinen Sarg brauchen, wieso besuchen Sie mich dann? Ich benötige nämlich auch keinen Finanz- und Investmentberater.«

»Sagen Sie das nicht, Herr Höveken, sagen Sie das nicht. Sehen Sie, ich arbeite mit der Hase-Privatbank zusammen. Bei dem Geldinstitut haben Sie ein beachtliches Darlehen laufen. Vielleicht haben Sie es ja vergessen, aber der Kredit endet im nächsten Jahr.«

Höveken kniff die Augen zusammen. Was wollte der Kerl von ihm? Hier war doch irgendetwas faul, das merkte ein Blinder mit Holschen.

»Selbst wenn das so wäre, wüsste ich nicht, was Sie das anginge.«

»Sehen Sie, verehrter Herr, und genau da liegt der Hase im Pfeffer. Das geht mich nämlich sehr wohl etwas an. Ich prüfe sozusagen für die Bank, ob es sinnvoll ist, Ihnen weiterhin einen Kredit zu gewähren oder nicht.«

Der Bestatter schnappte nach Luft.

»Und wenn ich mir Ihren Laden hier so ansehe, dann kann ich der Hase-Privatbank nur raten: Finger weg! Ein Bestattungsinstitut in dieser Lage, völliger Schwachsinn. Nee, nee, nee, Herr Höveken, entweder erarbeiten wir ein vernünftiges Geschäftsmodell, oder das wird nichts mehr mit dem Kredit. Seit Basel III bekommt man das Geld nicht so einfach nachgeworfen wie früher.«

»Wir erarbeiten ein vernünftiges Geschäftsmodell? Sie und ich? Das schlagen Sie sich mal aus dem Kopf, Herr … äh?«

»Hagemann.«

»Herr Hagemann, mit Ihnen erarbeite ich überhaupt nichts. So, und nun entschuldigen Sie bitte, ich muss arbeiten.«

Höveken machte eine Handbewegung, als wollte er ein paar Fliegen verscheuchen.

Doch Hagemann ließ sich nicht beeindrucken.

»Wissen Sie, Herr Höveken, ich habe mal einen Comic gelesen, in dem spielte ein Bestatter eine Rolle. Das Haustier dieses Mannes war ein Geier. Ihr Haustier wird aller Wahrscheinlichkeit nach künftig auch ein solcher Vogel sein. Nur werden Ihre Freunde und Nachbarn diesen gefiederten Freund Pleitegeier nennen.« Hagemann grinste wieder dieses schmierige Grinsen.

Höveken brüllte: »Raus!« Gleichzeitig griff er nach einer Urne und machte Anstalten, sie dem Finanz- und Investmentberater hinterherzuschmeißen.

Während die Paderborner Polizei Winters Wohnung auf den Kopf stellte, wartete Linda Klocke auf ihren Schreibtisch. Den trug der Hausmeister zusammen mit Schwiete kurze Zeit später in das nun gemeinsame Büro.

»Wo wollen Sie ihn hinhaben?«, fragte der Mann im grauen Kittel jovial.

Linda Klocke sah Schwiete fragend an. Der zuckte mit den Schultern.

»Es ist Ihr Schreibtisch«, war die Hilfestellung, die er der jungen Kollegin gab.

»Am liebsten hätte ich ihn quer zum Fenster stehen.«

Die beiden Männer sahen sich an, taten so, als spuckten sie in die Hände, und rückten den Tisch in die von der Jungkommissarin gewünschte Position.

»In Ordnung so?«, fragte der Hausmeister.

Die Polizistin nickte.

»Na, das war ja einfach.« Der Pedell tippte sich zum Gruß noch einmal mit zwei Fingern an die Stirn und verließ das Büro.

Die junge Frau räumte schnell ein paar Habseligkeiten in eine der Schubladen, dann wandte sie sich an Schwiete.

»Was steht jetzt an?«

Der Hauptkommissar sah auf die Uhr.

»In einer Viertelstunde ist das erste Treffen der Mordkommission. Ich denke, es wird keine gravierenden Ergebnisse geben. So wie ich es einschätze, sind bei der Durchsuchung der Winterschen Wohnung keine Neuigkeiten zutage getreten. Aber die Sitzung ist eine gute Möglichkeit, alle auf einen Stand zu bringen und unser Vorgehen zu strukturieren. Wenn Sie keine weiteren Fragen haben, schlage ich vor, wir treffen uns gleich in Raum eins.«

Die Hausdurchsuchung war aus polizeilicher Sicht in der Tat erfolglos. Die Kollegen hatten keinerlei Hinweise auf den Verbleib von Winter finden können. Auch die Hauswirtin gab an, ihren Mieter seit gestern, spät nachmittags, nicht mehr gesehen zu haben. Ein mögliches Mordmotiv konnte sie sich nicht vorstellen. Nachdem diese spärlichen Erkenntnisse zum Besten gegeben waren, machte sich allgemeine Ratlosigkeit breit.

Schwiete ergriff nach längerem Schweigen das Wort.

»Das Einzige, was ich im Moment als geeignet ansehe, ist meines Erachtens eine Pressekonferenz. Wir sollten die Medien bitten, uns bei der Suche nach Winter zu helfen. Gibt es irgendwelche Fotos, die wir verwenden können?«

Niemand meldete sich.

»Na gut, dann muss eben noch einmal jemand in die Wohnung und nachsehen, ob für uns geeignetes Bildmaterial vorhanden ist«, stellte Schwiete fest. »Kükenhöner, das machst du!«

»Du, Horst, das tut mir jetzt leid, ich habe gleich noch etwas anderes zu erledigen«, versuchte der Kollege die Führungsposition von Schwiete zu unterminieren.

Im Raum herrschte gespanntes Schweigen. Alle sahen den

Leiter der Mordkommission an. Der fühlte sich sichtlich unwohl in seiner Haut.

»Was, meinst du, ist wichtiger, Kükenhöner? Die Beschaffung des Bildmaterials oder dein Termin?«

Mit dieser Strategie hatte der Polizist nicht gerechnet. Sollte Kükenhöner pokern? Er überlegte einen längeren Moment in der Hoffnung, Schwiete würde die erdrückende Stille nicht ertragen. Da der jedoch keinerlei Nervosität zu erkennen gab, entgegnete Kükenhöner: »Schwer zu sagen, aber du bist der Chef, Horst.«

»Dann fahr zum Ükern!«

Der Punkt geht an Schwiete, dachte Linda Klocke anerkennend.

7

Hilde Auffenberg war noch nicht zufrieden.

»Die Haare müssen noch kürzer werden!«, sagte sie nach eingehender Betrachtung in sehr bestimmtem Ton. Und wieder griff sie resolut zum elektrischen Haarschneider und machte sich an Johnny Winters Kopf zu schaffen. Dessen besorgter Gesichtsausdruck ließ nur eine Interpretation zu: Es gefiel ihm nicht, was hier mit ihm geschah. Doch das war Hilde Auffenberg herzlich egal. Sie hatte nun mal die Rolle der Fluchthelferin übernommen, und wenn ihm das nicht passte, dann sollte er doch sehen, wo er blieb.

Am Morgen hatte sie Radio Hochstift gehört und erfahren, dass eine Fahndung nach Winter herausgegangen war. Nur gut, dass sie schon gestern so unerbittlich gewesen war und ihn zur Flucht aus dem Haus im Ükernviertel gedrängt hatte. Von selbst hätte er das nie geschafft, seine Trägheit wäre einfach zu mächtig gewesen. Und wahrscheinlich hätte die Polizei ihn heute früh völlig verkatert aus dem Bett gezerrt und mitgenommen. So hatte sie den Beamten in aller Seelenruhe Winters Wohnung öffnen können. Ihre kleine Notlüge, dass Winter am Vorabend gar nicht mehr ins Haus gekommen sei, war den Ermittlern offenbar schlüssig erschienen. Keiner von ihnen war auf den Gedanken gekommen, dass diese gepflegt und kultiviert wirkende Dame im fortgeschrittenen Alter einem mutmaßlichen Mörder zur Flucht verholfen haben könnte. Einfach lächerlich, diese Vorstellung!

Endlich sah Johnny Winter nicht mehr aus wie er selbst. Die sonst zauselig herabhängenden blonden, langen und lockigen Haare mit leichtem Graustich waren nun kurz, glatt und brav und überdies noch schwarz gefärbt. Der obligatorische Dreitagebart war einer sauberen Rasur zum Opfer gefallen. Kurz und gut – Winter sah aus wie einer von den Leuten, für die er normalerweise nur ein lässiges Schulterzucken übrig hatte. Seine Stimmung war offenbar dementsprechend. Hilde Auffenberg konnte ihm ansehen, dass er weder sich selbst noch die Wohnung mochte, in die sie ihn gebracht hatte. Gut verständlich, wenn er seine Situation albtraumhaft fand und er nicht die geringste Ahnung hatte, wie es weitergehen sollte. Wäre sie nicht da gewesen, hätte er wahrscheinlich spätestens jetzt der Flasche Whisky, die er vorsorglich auf seiner Flucht mitgenommen und bereits gestern Abend in seiner Einsamkeit angebrochen hatte, den Rest gegeben. Aber da würde sie schon aufpassen. Einer musste hier ja einen klaren Kopf bewahren. Wenn Winter dazu nicht in der Lage war, dann musste sie eben für ihn mitdenken.

»So, jetzt brauchen wir noch neue Klamotten!«, entschied sie, ohne seinen Kommentar abzuwarten. »Mit diesen blöden Cowboystiefeln und der Lederhose können Sie nicht rumlaufen. Damit sieht man Ihnen den Musiker schon von Weitem an. Nein, Sie brauchen was Anständiges, Unauffälliges. Ich gehe gleich mal zu C&A und besorge Ihnen was. Was haben Sie denn für eine Größe?«

Er hatte offenbar keine Ahnung, welche Größe er hatte, denn er schaute sie nur verzweifelt an.

»C&A?«, fragte er entsetzt.

»Wenn das Ihre größte Sorge ist, dann kann ja alles nicht so schlimm sein. Dann bleiben Sie einfach die nächsten zwei, drei Jahre hier in der Bude hocken. Hier sieht Sie niemand, und Sie können sich kleiden, wie Sie wollen. Vielleicht denke ich ab und zu mal daran, Ihnen was zum Essen vorbeizubringen. Vielleicht auch nicht. Vielleicht bin ich auch zu beschäftigt damit, meinem anderen Mieter, dem Polizisten, zu erklären, dass ich nicht weiß, wo Sie sind. Wenn ich schon für Sie lügen muss, dann gehen Sie mir wenigstens nicht auf die Nerven mit Ihrer Eitelkeit. Wir müssen Sie so verändern, dass Sie auf der Straße keiner erkennt. Ob Sie sich gefallen oder nicht, ist Nebensache, verstanden?«

Winter brummte mürrisch so etwas wie Zustimmung.

»Geht doch!«, fuhr sie unbeirrt fort. »Ich habe auch schon eine Idee, wie wir Sie am besten tarnen. Noch kann ich nichts versprechen, aber ich hoffe, dass ich Ihnen schon heute Abend sagen kann, ob ich den Job für Sie habe oder nicht.«

»Job?«, rief Winter völlig entgeistert aus. »Wieso Job? Ich kann doch jetzt nicht arbeiten gehen, wo ich polizeilich gesucht werde. Wie stellen Sie sich das denn vor?«

Hilde Auffenberg lächelte hintergründig, packte die Haarschneidemaschine wieder in die Handtasche, zog sich den Mantel an und ging zur Tür. Im Türrahmen stehend rief sie ihm zu:

»Sie wissen doch, im Auge des Hurrikans ist man am sichersten!«

Was für ein Vormittag! Erst musste Hilde Auffenberg ihren störrischen Mieter Johannes Winter zu Vernunfthandlungen zwingen. Dann war sie für den Kerl stundenlang durch die Fußgängerzone gerannt, um ihm angemessene bürgerliche Kleidung zu besorgen.

Solche Vormittagsbeschäftigungen waren nichts mehr für eine pensionierte Lehrerin wie sie. Menschen in ihrem Alter brauchten ihr kleingliedriges Umfeld. Keine Aufregung, keinen Stress, sondern nur Ruhe, Ruhe und Beschaulichkeit. Und was machte sie? Sie hastete stundenlang durch die Stadt und kaufte ihrem Mieter Anzüge.

Zu so einem Blödsinn konnte sich auch nur sie hinreißen lassen. Jetzt war es aber gut. Jetzt brauchte sie erst einmal ihren Freiraum. Ein bisschen Zeitunglesen, Kaffeetrinken und anschließend vielleicht noch ein nettes Schwätzchen mit ihrem Nachbarn Herbert Höveken.

Mit den Einkaufstüten bepackt fiel es ihr schwer, den Briefkasten zu öffnen. Aber sie schaffte es. Im Inneren der Blechkiste befand sich nur ein einziger Brief. Er war an Johannes Winter gerichtet. Ganz gegen ihre sonstige Gewohnheit warf sie einen Blick auf den Absender. Er kam von einer Konzertagentur in München. Hastig steckte sie ihn in ihre Manteltasche.

Schade, dass ihr Herbert Höveken die Zeitung noch nicht vorbeigebracht hatte. Doch im selben Moment sah sie ihren Nachbarn sein Sarglager abschließen. Die Zeitung hatte er unter den Arm geklemmt.

Eigentlich hatte Hilde Auffenberg das Bedürfnis, eine halbe Stunde allein zu sein. Doch wenn es sich schon ergab, dass sie ihren Nachbarn beim Zeitungbringen abpasste, dann musste auch die Zeit für eine gemeinsame Tasse Kaffee drin sein.

Höveken wirkte irgendwie anders als sonst. »Herbert, mein Lieber, was ist los mit dir? Du wirkst so nervös, so aufgewühlt. Ich weiß gar nicht genau, wie ich es beschreiben soll.«

»Hör auf, Hilde, du kannst dir nicht vorstellen, was ich heute früh erlebt habe. Kaum, dass ich mein Sarglager aufgeschlossen hatte, stand ein Mann in meinem Geschäft. So ein Schnösel. Anders kann ich ihn nicht bezeichnen. Stell dir vor, der behauptete, er sei im Auftrag der Hase-Privatbank zu mir gekommen. Du musst wissen, im nächsten Jahr läuft eine Kreditlinie aus, die ich bei diesem Geldinstitut abgeschlossen habe. Und was glaubst du, was er von mir wollte?«

»Na, dir einen neuen Vertrag anbieten«, entgegnete seine Nachbarin wissend.

»Falsch, im Grunde hat er mir gedroht. Genau hat er gesagt, mein Sarglager in dieser Lage würde sich nicht rentieren. Entweder ich würde mit ihm ein neues Geschäftskonzept erarbeiten, oder der Pleitegeier wäre mein Hausgenosse.«

»Und, hat er recht?«

»Natürlich nicht! Ich bin zwar nicht reich, aber ich habe mein Auskommen. Manchmal, wenn ich eine neue Sargkollektion kaufen muss, finanziere ich diese Investitionen mithilfe einer Bank zwischen. Das ist für mich günstiger und praktischer, als mein Festgeld anzugreifen. Wenn die Hase-Privatbank mit mir nicht mehr zusammenarbeiten will, suche ich mir eben ein anderes Geldinstitut.«

»Na, und haste ihm das gesagt?«

»Dazu bestand keine Veranlassung«, entgegnete der Besitzer

des Beerdigungsinstitutes. »Der Kerl war so unverschämt, dass ich ihn mehr oder weniger rausgeschmissen habe. Du, das schwöre ich dir, morgen gehe ich zur Hase-Privatbank und haue mal so richtig auf den Tisch. Das lass ich mir nicht gefallen. Wer bin ich denn, dass ich mir von einem solchen Schnösel etwas sagen lassen muss.«

Hilde Auffenberg versuchte zu entschleunigen.

»Na, komm erst einmal herein, Herbert. Wir trinken jetzt eine Tasse Kaffee. Dann sieht die Welt schon ganz anders aus. Es wird alles nicht so heiß gegessen, wie es gekocht wird.«

»Kann ja sein Hilde, aber die Welt wird immer verrückter. Du hast die Zeitung ja noch nicht gelesen. Stell dir mal vor, so langsam, aber sicher machen sich die Ganoven auch in unserem Viertel breit.«

Seine Nachbarin sah Höveken fragend an.

»Du kennst doch den alten Meerkötter. Der ist vor ein paar Tagen nachts noch einmal mit seinem Hund Gassi gegangen. Das macht der schon seit Jahren so. Und stell dir vor, da ist der doch so ein paar Typen begegnet, die haben erst seinen Hund mit blauer Farbe beschmiert, und als er dazwischengehen wollte, haben sie dem Alten den gesamten Eimer Farbe über den Kopf gestülpt. Aber das war noch nicht alles. Diese Tierquäler haben die gesamten Ükern-Arkaden beschmiert: Sowohl die Schaufenster als auch die Hauswände.«

Der Bestatter schnappte nach Luft.

»Sag einmal, Hilde, wo sind wir denn hier? Sicher, bei uns im Viertel ist immer was los. Aber im Grunde genommen gehen die Leute doch recht pfleglich mit dem Eigentum anderer Menschen um. Klar gibt es ein paar Unverbesserliche, aber die waren bisher noch die Ausnahme, nicht wahr?«

Hilde Auffenberg dachte nach. Sie hatte auch schon bemerkt, dass es hier seit einiger Zeit ein paar Randalierer gab, die anders waren als die üblichen Quertreiber und Trunkenbolde. Die gingen irgendwie anders zu Werke, als sie es kannte. Nicht zu vergleichen mit den Auswüchsen, zu denen es kam, wenn ein paar

Besoffene über die Stränge schlugen. Das kam hier im Viertel öfter vor. Das kannte sie zur Genüge.

Aber diese Typen waren anders. Die wollten systematisch zerstören. Und dann auch noch die Drohung, die der vermeintliche Besucher des Sarglagers gegenüber Höveken geäußert hatte.

Irgendetwas war hier im Busch!

8

Regentropfen klatschten an die Fensterscheiben. Wie war das noch früher? Da hatte der Volksmund ein Merkmal für Paderborn kreiert. Entweder die Glocken läuten, die Schranken sind zu oder es regnet. Ganz passte diese Weisheit von einst nicht mehr. Die Verkehrsführung in der Stadt hatte sich gewaltig verändert. Bahnschranken waren seltener geworden. Die beiden anderen Merkmale trafen jedoch nach wie vor zu.

Alois Schröder fluchte: »Dreckswetter!«

Er musste auf jeden Fall noch zum Bäcker. Wenn er das nicht geregelt bekam, hing heute Abend der Brotkorb hoch. Der Kaffee war auch aufgebraucht.

Widerwillig zog sich der Alte seine Jacke an und wollte gerade nach seinem Schirm greifen, da klingelte es an der Haustür. Wer mochte das nur sein? Besuch hatte er schon seit Wochen nicht mehr bekommen. Wahrscheinlich wieder so ein Typ, der ihm eine Partnerschaftsannonce aufschwatzen wollte.

Aber Schröder hatte die Suche mit seinen achtundsiebzig Jahren aufgegeben. Partnerschaften waren für ihn passé. Auf seinen Topf passte kein Deckel mehr. Er hatte mehrere Hundert Euro ausgegeben, um noch jemanden zu finden, mit dem oder der er die letzten Jahre seines Lebens verbringen konnte. Ihm war egal, ob Mann oder Frau. Doch die Suche war teuer gewesen und erfolglos geblieben. Er war nach den vergeblichen Mühen, einen Bekannten oder gar eine Partnerin zu finden, zu der Erkenntnis gekommen, dass es die Person, die mit ihm die letzten Jahre seines Lebens verbringen würde, nicht mehr gab. Schröder hatte sich damit abgefunden, in Einsamkeit das Leben zu Ende zu bringen. Wer also wollte etwas von ihm?

Da er sowieso auf dem Weg zur Haustür war, hinderte ihn nichts daran, selbige zu öffnen.

Kaum hatte er den Riegel nach hinten geschoben und die Kette gelöst, wurde die Tür mit Macht von außen aufgedrückt. Vor ihm standen zwei riesige Kerle. Sie hatten Hände wie Klodeckel, trugen Lederjacken und hatten Schmerbäuche. Der eine von ihnen hatte ein viel zu kleines T-Shirt an. Schröder blickte direkt auf einen ungewaschenen Bauchnabel. Mann, ist das ein Hüne, dachte der Alte.

Für den Burschen gab es wahrscheinlich keine passende Kleidung, es sei denn vom Maßschneider. Da der Mann jedoch nicht danach aussah, Kunde bei einem derartigen Handwerker zu sein, musste er wahrscheinlich Sachen tragen, die ihm nicht wirklich passten.

Allein der Anblick der Männer sorgte dafür, dass Schröder das Sprachzentrum versagte. Durch mehrfaches Räuspern versuchte der alte Mann sich in die Lage zu versetzen, wieder etwas zu sagen. Doch die Besucher kamen ihm zuvor:

»Na, Alter, hast du mal einen Kaffee für uns?«

Wieder räusperte sich Schröder. Irgendwie musste er doch seine Sprache wiederfinden.

»Äh, ja, Kaffee, nein, habe ich nicht. Ich wollte gerade einkaufen gehen.«

»Macht auch nichts weiter. Geht auch ohne. Weißt du, Opa, wir suchen nämlich eine Wohnung. Deine gefällt uns ausnehmend gut. Die würden wir gerne nehmen. Das Einzige, was uns daran stört, hier einzuziehen, bist du.«

Alois Schröder war völlig verdattert.

»Wieso störe ich Sie? Das verstehe ich nicht.«

»Ganz einfach, Opa, du wohnst hier noch«, grinste der Mann, der Schröder ständig den Bauchnabel entgegenhielt, den Alten an.

»Aber so, wie wir es sehen, fühlst du dich hier sowieso schon lange nicht mehr wohl. Außerdem macht diese Wohnung krank. Alte Menschen, die zu lange in dieser Bude hausen, bekommen Fallsucht. Sie stürzen plötzlich grundlos und völlig unerwartet die Treppe runter. Wir geben dir daher einen guten

Rat: Tu etwas für deine Gesundheit! Zieh hier so schnell wie möglich aus. Weiter in diesem Haus zu wohnen, bekommt dir nicht. Du bist ohnehin schon ganz blass, und richtig reden kannst du auch nicht mehr.«

Der Alte blickte die Männer verstört an.

»In einem Monat solltest du es schaffen, deine Pieselotten zusammenzupacken und zu verschwinden. Also, wir sehen uns am nächsten Ersten. Dann ist die Bude hier leer! Haben wir uns verstanden, alter Mann?«

Gleichzeitig mit der letzten Frage fasste der Bauchnabeltyp Schröder bei seinen Mantelaufschlägen und hob ihn zu sich hoch, auf Augenhöhe.

»Sind wir uns einig, alter Mann? Am nächsten Ersten. Sonst bist du ein toter alter Mann.«

Schröder roch den schlechten Atem des Riesen. Eiskalte Angst breitete sich in seinem gesamten Körper aus. Er konnte nur noch verzweifelt nicken.

Diese Einverständniserklärung reichte dem Hünen aus. Er stellte den Alten wieder auf die Füße. Doch die Angst sorgte dafür, dass Schröder die Beine wegknickten. Kaum hatte der Kerl seine Mantelaufschläge losgelassen, fiel er um wie ein Mehlsack. Die beiden Männer lachten.

»Na, nu mach dir mal nicht gleich in die Hose, wir sind doch keine Unmenschen. Wenn du spurst, helfen wir dir vielleicht sogar beim Tragen deiner Möbel. Brauchst nur Bescheid zu sagen.«

Der Witz schien den beiden Kerlen zu gefallen, sie lachten aus vollem Hals. Doch das war keine Heiterkeit. Das Gelächter klang böse, sehr böse.

Die Maisonne schien ins Küchenfenster. Hilde Auffenberg rückte ihren gemütlichen Sessel in Position, setzte sich hinein und ließ sich von den wärmenden Strahlen verwöhnen. Die Ereignisse des Vormittags waren doch anstrengender für sie gewesen als erwartet. Der anschließende Besuch von ihrem Nachbarn Herbert Höveken hatte auch nicht unbedingt zu ihrer Entspannung beigetragen. Jetzt war sie hundemüde. Ein kleines Nickerchen würde ihr guttun. Doch aus welchen Gründen auch immer, der Schlaf wollte sich nicht einstellen. Sie war zu aufgekratzt. Immer wieder formulierten sich Gedanken in ihrem Kopf, die sie dazu zwangen, über die Begebenheiten der letzten Tage nachzudenken. Was ja im Grunde auch kein Wunder war. Denn Hilde Auffenbergs beschauliches Leben war durch die Geschehnisse gewaltig durcheinandergebracht worden.

Ihr Mieter Johannes Winter sollte einen Mann umgebracht haben. Das hielt sie für ausgemachten Quatsch! Der Kerl konnte nicht einmal eine Fliege ins Jenseits befördern. Diese Überzeugung hatte sie zur Fluchthelferin werden lassen.

Hilde Auffenberg überlegte sich, was am gestrigen Nachmittag in der Wohnung dieses Konzertagenten wohl passiert sein konnte. Wie hieß er noch? Balhorn!

Balhorn? Es gab eine alte Paderborner Familie, die diesen Namen trug. Wenn sich Hilde Auffenberg nicht gewaltig irrte, besaßen die Balhorns gleich hier in der Nachbarschaft einige Grundstücke und ein Häuschen.

Genau! Jetzt fiel es ihr wieder ein. Bis vor dreißig Jahren hatte in der Hathumarstraße eine Familie mit diesem Namen gewohnt. Hilde Auffenberg war damals gerade aus Berlin zurück nach Paderborn gekommen. Hier hatte sie als frischgebackene Lehrerin angefangen zu arbeiten. Und in einer ihrer ersten Klassen war ein Junge gewesen, der diesen Namen trug.

Jetzt war es mit der Mittagsruhe vorbei. In Hilde Auffenberg war die Fahnderin erwacht. Wie hieß der Kleine noch gleich? Sie wusste es nicht mehr. Aber sie wusste, wo sie nachsehen konnte. Sie stemmte sich ächzend aus dem Sessel hoch. In Momenten, in denen sie aus der Ruheposition in die Senkrechte kommen musste, merkte die pensionierte Lehrerin, dass sie nicht mehr die Jüngste war. Aber darüber dachte sie nicht weiter nach.

Hilde Auffenberg ging in ihr Arbeitszimmer. Hier entnahm

sie einem Schrank mehrere Kartons. Kiste für Kiste kontrollierte sie den Inhalt. Bingo! Sie war fündig geworden. In dem vorletzten Behältnis entdeckte sie die Lehrerkalender 1973 bis 1980. Dazu entsprechende Kladden, in denen sie zusätzliche Notizen und Bemerkungen zu den Schülerinnen und Schülern und verschiedensten Ereignissen der Zeit eingetragen hatte.

Gleich im zweiten Notizbuch fand sie den gesuchten Namen: Michael Balhorn. Den Noten nach war er ein durchschnittlicher Schüler gewesen. Ob es sich bei dem toten Konzertagenten wohl um ihren Ehemaligen handelte? Wo lag nur ihr Telefonbuch? Seit Hilde Auffenbergs Telefon über einen elektronischen Nummernspeicher verfügte, wurde das gute alte Örtliche nur noch selten von ihr benutzt. So befand es sich denn auch als unterstes Buch in einem Stapel neben ihrem Schreibtisch.

Sie blätterte das Register durch. Der Name Balhorn war reichlich aufgeführt. Aber sie wurde schnell fündig: Michael Balhorn, Konzertagent, und alle weiteren Daten. Der Tote war tatsächlich ein ehemaliger Schüler von ihr.

Na, dann wollen wir doch einmal sehen, was wir sonst noch über den Jungen herausfinden. Sie fing an, ihre Kladden durchzustöbern. Das wurde zu einer langwierigen Geschichte. Denn in diesen Büchern hatte sie die Ereignisse der damaligen Zeit zwar regelmäßig, aber nicht systematisch eingetragen. Hinzu kam, dass sie beim Suchen immer wieder auf Begebenheiten der Vergangenheit stieß, die nichts mit Michael Balhorn zu tun hatten. Dennoch nahmen sie Hilde Auffenberg in ihren Bann und entführten sie zurück in die Siebzigerjahre. Dabei hätte sie beinahe die Zeit vergessen. Als die alte Pendeluhr des Zimmers fünf schlug, wurde sie aus ihren Gedanken gerissen. Plötzlich hatte Hilde Auffenberg es eilig. Schließlich musste sie ihrem Schützling Winter die neu erstandene Kleidung vorbeibringen.

»Aber das ist doch völlig bescheuert!«

Johannes Winter konnte nicht glauben, was er gerade gehört hatte.

Hilde Auffenberg hatte sich den ganzen Tag über nicht blicken lassen. Aber nun, am späten Dienstagabend, war sie noch einmal bei ihm in seinem Exil aufgetaucht und hatte einen Vorschlag gemacht, der ihm dermaßen absurd erschien, dass er ernsthaft begann, an ihrem Verstand zu zweifeln. Doch sie selbst schien keinerlei Unsicherheit hinsichtlich ihres Geisteszustands zu verspüren. Im Gegenteil, Winter hatte seine Vermieterin selten so zielstrebig und durchsetzungsstark erlebt.

»Ich kann ja verstehen, dass mein Vorschlag Sie überrascht. Aber das ist doch gerade der Clou bei der Sache. Das Ganze passt absolut nicht zu Ihnen. Niemand wird auf die Idee kommen, dass ausgerechnet Sie sich in diesen Kreisen bewegen. Für eine perfekte Tarnung muss man genau das machen, womit niemand rechnet. Das absolut Unwahrscheinliche. Und genau das haben wir hier, was wollen Sie mehr?«

Winter schnappte nach Luft. Meinte sie das tatsächlich ernst? Oder hatte er sie falsch verstanden?

»Noch mal ganz langsam. Ich soll was machen?«

Hilde Auffenberg seufzte. Winter konnte ihr ansehen, dass sie ihn an diesem Abend für schwer begriffsstutzig hielt. Aber sie wiederholte ihren Vorschlag geduldig.

»Morgen früh hole ich Sie hier ab, und dann fahren wir beide zum Erzbischöflichen Generalvikariat. Das ist am Domplatz, wie Sie sicher wissen. Dort stelle ich Sie einem Mann vor, den ich seit vielen Jahren gut kenne. Dieser Mann, ein Priester, hat die Aufgabe, während der Bischofskonferenz für die Fahrdienste zu sorgen. Schließlich müssen all die Bischöfe und ihr Anhang ja irgendwie chauffiert werden. Der Priester wird Sie als Fahrer einstellen, denn er vertraut meiner Empfehlung. Vorausgesetzt, Sie stellen sich nicht übermäßig dumm an, was ich Ihnen im Augenblick durchaus zutraue. Enttäuschen Sie mich nicht, so eine Chance kriegen Sie so schnell nicht wieder.«

»Und dann soll ich diese Bischöfe kreuz und quer durch Paderborn transportieren?«

»Nicht alle! Nein, Sie werden einem davon für die ganze Zeit der Konferenz als persönlicher Fahrer zugewiesen. Sie sind dann im Prinzip Chauffeur und Butler in einer Person. Zum Glück haben Sie ja jetzt eine anständige Frisur. Und eines muss klar sein, mein Lieber: Egal, was Sie über die Kirche und ihre Repräsentanten denken, behalten Sie es für sich!«

Winter war noch immer nicht überzeugt.

»Aber wozu soll das gut sein? Ich kann doch nicht einfach so durch die Gegend fahren. Schließlich werde ich polizeilich gesucht. Da sieht mich doch jeder.«

Die elegante Dame warf ihre leicht angegraute Lockenpracht in den Nacken und schmunzelte.

»Eben nicht. Erst einmal sind Sie so, wie Sie jetzt aussehen, kaum wiederzuerkennen. Und in einer schwarzen Luxuslimousine vermutet Sie sowieso niemand. Und glauben Sie mir, mit einem waschechten Bischof oder sogar Kardinal auf der Rückbank wird Sie jeder Polizist an einer der Sperren locker durchwinken. Der wird allenfalls auf den geistlichen Würdenträger achten, aber dessen Fahrer ist völlig uninteressant. Für den interessiert sich niemand. Und so schlagen wir mehrere Fliegen mit einer Klappe. Ich muss Sie nicht in dieser kleinen Bude versorgen wie ein hilfloses Kind, sondern Sie sind beweglich, machen sich nützlich, sind in Sicherheit und können dabei vielleicht sogar etwas für die Aufklärung Ihres Falles tun. Ach ja …«

Sie unterbrach kurz, um sich ein Papiertaschentuch aus ihrer Handtasche zu holen und dezent hineinzuschnäuzen.

»… noch was. Hier können Sie nicht bleiben, ich hatte vergessen, dass ich diese Wohnung schon jemandem zugesagt hatte. Außerdem passt sie nicht zu Ihrer Tarnung. Ich habe auch dies schon mit dem Priester besprochen. Sie werden morgen umziehen. In eine Art Dienstwohnung. Extra für das zusätzliche Personal während der Bischofskonferenz bereitgestellt.«

Winter hatte auch hier ein ungutes Gefühl.

»Und wo ist das?«

»Im Leokonvikt«, teilte sie ihm stolz mit.

Winter zuckte zusammen.

»Was soll ich denn im Leokonvikt?«, rief er entsetzt. Auch wenn er in kirchlichen Kreisen nicht gut bewandert war, wusste er doch, dass das Leokonvikt eine Art Wohngemeinschaft für Priesteranwärter ist. Da sollte er wohnen? Bei diesen pausbäckigen, frömmelnden Weicheiern?

»Nee, Frau Auffenberg, das können Sie mir nicht zumuten. Das nicht!«

Sie zuckte lässig mit den Schultern.

»Dann sehen Sie zu, wo Sie bleiben! Das hier ist mein Angebot. Nehmen Sie es an, oder lassen Sie es bleiben und gehen in den Knast. Es wäre zwar schade um Sie, aber ich finde schon wieder einen neuen Mieter. Und vielleicht kommt der ja auch besser mit Herrn Schwiete aus. Entscheiden Sie sich!«

Winter atmete schwer. Vor seinem geistigen Auge lief bereits ein Film ab. Sequenzen aus »Einer flog über das Kuckucksnest«.

9

»Das kann einfach nicht gut gehen«, brummte Johannes Winter vor sich hin, als er im geräumigen Foyer des Paderborner Welcome-Hotels stand und nach dem Mann Ausschau hielt, mit dem er sich hier verabredet hatte. Eigentlich war es nicht wirklich seine Verabredung, vielmehr hatte Hilde Auffenberg dies alles eingefädelt. Ohne ihn zu fragen! Sie mochte es ja gut meinen, aber manchmal behandelte sie ihn wie ein unmündiges Kleinkind. Nur dumm, dass er diesmal tatsächlich voll und ganz auf ihre Hilfe angewiesen war. Die Idee war völlig verrückt, aber vielleicht gerade darum brauchbar.

Endlich tauchte ein Mann in dunkelblauem Anzug auf. Das allein unterschied ihn erst einmal nicht von den anderen Männern im Foyer. Dunkelblaue Anzüge schienen der Dresscode für tatsächlich oder auch nur eingebildet wichtige Menschen zu sein, nur einige, vielleicht die etwas weniger wichtigen, trugen graue Anzüge. Ob es auch da eine Abstufung gab? Waren eventuell die Männer in Hellgrau wichtiger als die in Dunkelgrau? Oder umgekehrt? Winter gab diese fruchtlosen Überlegungen auf, denn der Mann, der eben hereingekommen war, unterschied sich von den anderen Dunkelblauen durch eine ebenso dunkelblaue Schirmmütze, die ihn als das kennzeichnete, was er war: ein Chauffeur. Aus welchem Grund auch immer schien er Winter sofort zu erkennen, denn er steuerte direkt auf ihn zu.

Der Mann mit der Mütze wirkte auf Winter reichlich blasiert, während er vor ihm stand und ihn von oben bis unten musterte. Dann schien er sich ein Urteil gebildet zu haben. Er schaute Winter in die Augen und sagte:

»Na ja, geht so!«

Da Winter nicht wusste, was er davon halten sollte, sagte er gar nichts. Das hielt den Mützenmann aber nicht davon ab, im besten Bundeswehrton zu schnarren:

»Kommen Se mit, Mann! Ich mache einen richtigen Chauffeur aus Ihnen!«

Seine Art, diese Worte zu betonen und sich dabei stolz in die Brust zu werfen, ließ darauf schließen, dass es ein ganz besonderes Glück sein musste, gerade von ihm zu einem Chauffeur gemacht zu werden. Winter verdrehte die Augen und bemühte sich, zügig hinter dem Mann herzukommen, der nun mit militärisch zackigem Schritt quer durch das Foyer zum Ausgang strebte.

Die beiden Männer gingen über den Vorplatz des Hotels zu einem überdachten Parkplatz. Es regnete leicht, und Winter beneidete den Dunkelblauen um dessen Schirmmütze. Auf dem Parkplatz stand ein rabenschwarzer Mercedes C-Klasse, vor dem der Mann stehen blieb. Er legte die linke Hand so stolz auf das Dach des noblen Autos, als sei es sein eigenes, und meldete:

»Ich heiße Wilfried Honermann und bin Leiter des bischöflichen Fuhrparkes.« Und als wäre nicht das schon großartig genug, klopfte er mit der flachen Hand auf das Autodach, um Winters Aufmerksamkeit auf das Gefährt zu lenken.

»Dies ist das Auto, mit dem Sie fahren werden. Haben Sie schon mal einen Mercedes chauffiert?«

Winter schüttelte bedauernd den kurz geschorenen und frisch gefärbten Kopf. Sein neuer Chef lachte.

»Habe ich mir gedacht, so wie Sie aussehen. Aber 'nen Führerschein haben Sie, oder?« Ohne Winters Antwort abzuwarten, öffnete er die Fahrertür und machte eine einladende Handbewegung.

»Dann setzen Sie sich mal hinter das Lenkrad!«

Als Winter sich den Fahrersitz nach seinen Bedürfnissen eingestellt hatte und das weiche Leder der Rückenlehne genoss, lachte Honermann.

»Ja, das ist ein richtiges Auto, was? Aber werden Sie bloß nicht übermütig damit, für einen Mercedes braucht man Gefühl und Verstand. Ich zeige Ihnen jetzt die Funktionen des Autos. Passen Sie gut auf, ich erkläre es nur einmal.«

Als er mit der Lektion durch war, konnte Winter nur hoffen, alles richtig verstanden und behalten zu haben. Doch der bischöfliche Oberchauffeur gab noch keine Ruhe.

»So, und jetzt zu Ihren Aufgaben. Ab sofort heißt es morgens früh aufstehen. Früh heißt in Ihrem Fall wirklich früh, denn der Kardinal Engels, dem Sie als Fahrer zugeteilt sind, ist ein allgemein bekannter Frühaufsteher. Er ist der einzige Würdenträger, der während der Bischofskonferenz nicht in einem Gästehaus des Erzbischofs wohnt, sondern bei seiner Schwester in Geseke. Dort ist er nämlich geboren. Sie müssen also jeden Morgen um Punkt sieben Uhr in Geseke auf der Matte stehen und den Kardinal hierherbringen. Bis zu diesem Punkt alles verstanden?«

Er schaute Winter prüfend an, als sei er tatsächlich nicht sicher. Winter spürte, wie langsam die Galle in ihm hochkam. Aber er nickte nur brav, was seinen Ausbilder zu beglücken schien.

»Sie bringen ihn hierher, ins Welcome-Hotel. Denn hier finden die Sitzungen statt. Routinemäßig ist dann frei bis sechzehn Uhr. Ab da haben Sie hier auf dem Parkplatz zu warten, bis Sie gebraucht werden. Aber auch zwischendurch kann es jederzeit sein, dass Sie per Handy zum Dienst gerufen werden. Das Auto bleibt sowieso den ganzen Tag hier stehen, sehen Sie zu, dass Sie selbst in diesem Fall nicht allzu weit davon entfernt sind. Kardinal Engels ist ein strenger Mann, der größten Wert auf Disziplin legt. Ach ja, noch was. Sie brauchen einen Anzug, einen dunkelblauen, so wie ich einen trage. Den müssen Sie allerdings selbst kaufen, und ich rate Ihnen, kaufen Sie einen anständigen Anzug. Geizen Sie nicht! Aber Sie haben Glück, die Schirmmütze bekommen Sie von uns gestellt. Da kann man doch nicht meckern, oder? Ich sage Ihnen, Chauffeur zu sein, ist der schönste Beruf der Welt!«

Nein, dachte Winter, da gab es wirklich nichts zu meckern. Aber der Mann mit dem schönsten Beruf der Welt schien von

Winters Qualitäten als Fahrer noch nicht wirklich überzeugt zu sein.

»Wenn das mal alles gut geht. Fahren Sie bloß vorsichtig! Das schöne Auto.«

Das war keine erholsame Nacht gewesen. Hilde Auffenberg war immer wieder wach geworden, weil sie schlecht geträumt hatte. Die Aufregungen zerrten an ihren Nerven, und heute Morgen fühlte sie sich wie gerädert.

Wenn sie schon nicht gut geschlafen hatte, wollte sie wenigstens fürstlich frühstücken. Einkaufen musste Hilde Auffenberg sowieso. Diese Tätigkeit war in den letzten Tagen etwas zu kurz gekommen. Also überprüfte sie ihren nur noch spärlich ausgestatteten Kühlschrank, machte sich eine Liste und schlüpfte in ihren Übergangsmantel. Am Morgen war es doch immer noch ziemlich frisch.

Als sie die Taschen nach ihrem Schlüssel durchsuchte, ertastete sie Papier. Sie zog es heraus und hielt den Briefumschlag in der Hand, der an Johannes Winter adressiert war. Wie kam der denn in ihre Tasche? Im nächsten Augenblick fiel es Hilde Auffenberg wieder ein. Gestern, als sie nach Hause gekommen war, hatte er im Kasten gelegen. Gerade in dem Moment, als sie den Brief an sich genommen hatte, war ihr Nachbar Höveken aufgetaucht und hatte ihr sein Leid geklagt. Während sie ihm zuhörte, musste sie wohl das Kuvert gedankenverloren in ihre Manteltasche gesteckt und es dort vergessen haben.

Ob der Inhalt dieses Schreibens für Johannes Winter wichtig war? Hilde Auffenberg konnte es nicht entscheiden. Sie überlegte: Zuerst die Brötchen oder zuerst den Brief abliefern? Sie gab dem ordentlichen Frühstück die höhere Priorität. Wie hatte ein Freund vor Urzeiten einmal gesagt: »Ohne Mampf kein Kampf!« Das war zwar nicht gerade ihre Lebensmaxime, aber ganz von der Hand zu weisen war diese Lebensweisheit nicht. Also machte sie sich auf den Weg zum Bäcker.

Nachdem sie sich ordentlich gestärkt und sich noch eine

Tasse Kaffee zusätzlich gegönnt hatte, setzte sich Hilde Auffenberg in ihr Auto und fuhr nach Elsen, um dort den von ihr vergessenen Brief abzugeben. Doch sie traf Winter nicht an. Verflixt, wo war der Kerl? Es fiel ihr sofort wieder ein: Natürlich war ihr Schützling heute umgezogen, ins Leokonvikt. Hilde Auffenberg überlegte. Sollte sie ihn dort aufsuchen? Lieber am späten Nachmittag, entschied sie. Wenn er, kaum dass er eingezogen war, gleich Besuch bekam, würde das womöglich auffallen.

Die Tatsache, dass Winter im Moment nicht erreichbar war, bescherte der pensionierten Lehrerin ein paar nicht verplante Stunden. Manchmal bekommt man auch etwas geschenkt, dachte sie und überlegte, wie sie mit dieser Zeit umgehen könnte. Gestern hatte Hilde Auffenberg begonnen, etwas über Balhorn herauszufinden. Ihre Recherchearbeit hatte sie noch nicht zu Ende gebracht. Deshalb entschloss sie sich, sie heute fortzusetzen. Sie fuhr zurück nach Paderborn. Eine Stunde später saß Hilde Auffenberg in ihrem Arbeitszimmer. Gerade wollte sie sich wieder in ihre Kladden, die sie gestern ausgegraben hatte, vertiefen, da fasste sie den nächsten Entschluss: Das Wetter war viel zu schön, um den Vormittag im Zimmer zu verbringen. Ohne viel Federlesen packte Hilde Auffenberg ihre Utensilien unter den Arm und begab sich in ihren kleinen, aber feinen Garten. Der war eingebettet in Häuserschluchten. Aber nach Süden hin ließ er die Sonne herein. Sie zog den Gartentisch unter einer Plane hervor, ebenso einen Stuhl, und dann begann sie mit der Arbeit.

Sie hatte kaum die erste Seite umgeblättert, da fesselte ein Satz ihre Aufmerksamkeit:

»Auf Georg Hagemann muss ich besonders achten. Der Junge stiftet seine Mitschüler ständig dazu an, irgendwelche Dummheiten zu begehen. Heute hat er, wenn ich dem kleinen Balhorn glauben kann, diesen dazu überredet, mir einen nassen Schwamm auf den Stuhl zu legen. Hagemann hat natürlich alles geleugnet.«

Hagemann? Hatte sich nicht gestern der Besucher von Höveken mit diesem Namen vorgestellt? Die pensionierte Lehrerin versuchte sich krampfhaft an die damalige Zeit zu erinnern. Versuchte sich die Gesichter der Schüler wieder vorzustellen und versuchte ebenso, sich wieder in die Atmosphäre von einst einzufühlen. Es gelang ihr nicht. Kein Wunder, schließlich war es mehr als dreißig Jahre her, seit sie diese Jungen unterrichtet hatte. Wieder schlug sie in ihrem Telefonbuch nach, und wieder wurde sie fündig. Georg Hagemann, Finanzberater und Investor, war da zu lesen.

Hier war irgendetwas faul, ja oberfaul. Zwar gab es nur diesen einen Bezug, den der gemeinsamen Kindheit der beiden Männer. Aber es war schon verwunderlich, dass plötzlich die beiden Freunde von einst genau jetzt wieder zusammen auftauchten. Der eine war umgebracht worden, der andere gerierte sich als rücksichtsloser Finanzmanager. Und das alles geschah im unmittelbaren Umfeld von Hilde Auffenberg. Gab es da Zusammenhänge? Eine Antwort wusste die Lehrerin nicht. Aber sie würde eine finden. Dazu war sie fest entschlossen. Hilde Auffenberg sah auf die Uhr, gleich heute Nachmittag würde sie diesem Hagemann einen Besuch abstatten. Aber sie würde sich nicht als seine ehemalige Lehrerin zu erkennen geben. Das nahm sie sich fest vor.

10

Johannes Winter seufzte, dann schnappte er sich seinen kleinen abgewetzten Koffer und trat durch das Tor in den parkähnlichen Garten des Leokonviktes. Der große Bau aus roten Ziegeln, dessen wahre Ausmaße sich von der Leostraße aus gar nicht abschätzen ließen, hatte ihn schon immer an ein englisches College erinnert, wirkte auf ihn gleichzeitig anziehend und einschüchternd. Aber er hatte noch nie einen Fuß auf dieses Gelände gesetzt. Das war einfach nicht seine Welt gewesen und würde es vermutlich auch in Zukunft nicht werden. Was soll's, dachte er sich und ging in fatalistischer Stimmung durch den Park. Seit dem Vormittag im Welcome-Hotel war das Wetter auch jetzt zur Mittagszeit nicht besser geworden. Feiner Nieselregen ging auf die Grünanlagen nieder. Es roch nach feuchter Erde und Pflanzen. Ihm gefiel der Geruch. Das Gebäude wirkte allerdings immer erdrückender, je näher er kam. Die riesige Eingangstür mit dem Spitzbogen darüber machte deutlich, dass hier eine stille, unaufgeregte, aber mächtige Instanz einen ihrer Stützpunkte hatte. Das Leokonvikt war ein Wohnstift für Theologiestudenten. Direkt neben dem Leokonvikt wetteiferte der nicht weniger stattliche, aber bei Weitem weniger schöne Bau der Katholischen Fachhochschule um die Aufmerksamkeit der Passanten.

Zwanzig Minuten später hatte Winter sein Zimmer zugewiesen bekommen, saß nun in einem kleinen, sauberen, aber äußerst karg eingerichteten Raum und schaute melancholisch durch das Fenster hinaus in den Regen. Hier also würde er während der gesamten Dauer der Bischofskonferenz wohnen. Und dann? Wohin sollte er danach? Winter hatte keine Ahnung. Ihm blieb nichts anderes übrig, als sich in dieser Frage voll und ganz auf Hilde Auffenberg zu verlassen. Sie war schon eine ungewöhnliche Frau, musste er sich eingestehen. Auch die optische Verwandlung, die sie ihm hatte angedeihen lassen, schien ein voller Erfolg zu sein. Niemand hatte ihn auf dem Weg zum Leokonvikt erkannt und angesprochen. Und immerhin war er in dieser Stadt aufgewachsen, glaubte, hier bekannt zu sein wie ein bunter Hund. Es gab nur zwei Erklärungen: Entweder hatte er seine Popularität bislang maßlos überschätzt, oder er war tatsächlich nicht wiederzuerkennen. Winter musste keine Sekunde überlegen, welche Variante ihm sympathischer erschien.

Dann war es Zeit für das gemeinsame Mittagessen der Konviktbewohner. Winter raffte sich auf und ging in den Speisesaal. Wie zu erwarten, war er hier einer der Ältesten. Außer ihm waren noch drei andere Männer im Raum, die sich vom Typus her deutlich von den Theologiestudenten und ihren Lehrern unterschieden. Winter nahm an, dass es sich um seine Fahrerkollegen handelte, die ebenfalls hier untergebracht waren. Er ging an den Tisch, grüßte auf seine sparsame westfälische Art in die Runde und setzte sich dazu. Das Essen war angenehm gutbürgerlich und nach Winters Geschmack. Leider waren seine drei Kollegen allesamt rheinische Frohnaturen, sehr gesprächig, und wollten mehr von ihm wissen, als er preiszugeben bereit war. Wahrscheinlich bin ich schon jetzt bei denen unten durch, dachte Winter resigniert. Aber was sollte er machen? Er versuchte sich zu behelfen, indem er eine wenig glaubwürdige Geschichte erfand, die begründen sollte, warum er hier saß.

Die Theologen schienen über ihre temporären Mitbewohner Bescheid zu wissen und kümmerten sich nicht um sie, was Winter sehr recht war.

Nach dem Essen ging er schnell wieder auf sein Zimmer, kramte ein Musikerfachblatt aus dem Koffer und begann zu lesen. Was hätte er auch anderes tun sollen? Er wollte auf keinen Fall in der Stadt herumstreunen, was er sonst nachmittags gern tat, denn die Gefahr, trotz aller Veränderungen erkannt zu werden, war nicht gering. Da sein Dienst erst am kommenden Morgen beginnen würde, gab es nur die Möglichkeit, den Rest des

Tages hier in der Studentenbude zu verbringen. Der Mercedes sollte ihm, so war es abgesprochen, am späten Abend zum Leokonvikt gebracht werden, da er am Nachmittag noch anderweitig benötigt wurde.

Er konnte sich nicht auf seine Zeitschrift konzentrieren, und so begann er damit, eine Weile lang mit seinem neuen Handy zu spielen. Hilde Auffenberg hatte in ihrer unendlichen Weisheit sein altes in der Pader versenkt und ihm ein anderes, diesmal ein Prepaidgerät, in die Hand gedrückt. Damit war es für die Polizei nicht möglich, seinen Standort durch sein Handy zu ermitteln. An was diese Frau alles dachte, staunte Winter wieder einmal.

Wenn er wenigstens seine Gitarre dabei gehabt hätte. Ohne sein Instrument fühlte sich Johnny Winter irgendwie nackt und verletzlich.

Die höchste Aufklärungsrate bei Straftaten wies die Polizei auf, wenn es sich um Tötungsdelikte handelte. Im Fall Winter schien alles anders zu sein. Es gab nicht die geringste Spur. Als sich die Mordkommission zum wiederholten Male traf, ohne dass jemand davon ausging, etwas Neues zu erfahren, lästerte Kommissar Kükenhöner denn auch gleich los. »Man merkt doch, dass der Täter ein Kumpel von unserem Schwiete ist«, posaunte er lauthals in das Besprechungszimmer.

»Wenn ich mir nicht sicher wäre, dass alle Musiker Chaoten sind, würde ich glatt behaupten, unser Horst hätte den Kerl bei sich zu Hause versteckt. Es gibt nur eins, was gegen diese Theorie spricht: Dieser Musikus Winter könnte bei unserem Horsti etwas in Unordnung bringen. Darum wird er ihn wohl doch nicht in seine Wohnung gelassen haben.«

»Stimmt!«, ertönte eine Stimme aus dem Hintergrund. Da wusste Kükenhöner, dass er einen Fehler gemacht hatte. Während er abgelästert hatte, war Schwiete in den Besprechungsraum gekommen und hatte wahrscheinlich alles oder zumindest einen großen Teil mitgehört. Verdammt, der Kerl war aber auch leise wie eine Katze.

»Ja, Kükenhöner, da müssen wir wohl auf Nummer sicher gehen. Wir müssen das Wohnhaus beschatten, in dem Johannes Winter wohnt. Das könnte natürlich ich machen. Du verstehst, kurze Wege und so. Aber, da jetzt diese Verdächtigung im Raum steht, sollte diese Aufgabe jemand anders übernehmen. Frau Klocke brauche ich hier im Büro. Die anderen Kollegen haben bereits ihre Aufgaben zugeteilt bekommen. Bleibst also nur du über. Schnapp dir dein Auto, und mach dich auf den Weg zum Ükern. Langeweile wirst du heute Nacht nicht bekommen, das verspreche ich dir. Aber sei vorsichtig! Lass dich nicht enttarnen. Es wäre mir sehr peinlich, wenn ich heute Abend gleich von meiner Hauswirtin auf einen Mann angesprochen würde, der vor unserem Haus schon seit Stunden in einem Auto sitzt.«

»Schwiete, das kannst du nicht machen! Ich habe gleich Feierabend und einen wichtigen Termin.«

»Ich würde dir gerne helfen, Karl. Aber du hast das Problem eben ja auf den Punkt gebracht. Wenn ich das Haus überwachen würde, in dem ich selbst wohne und morgen früh behauptete, ich hätte niemanden gesehen, dann wärst du der Erste, der mir gemeinsame Sache mit Winter vorwerfen würde. Also musst du den Job übernehmen.«

Die meisten in der Runde kannten Kükenhöner und konnten sich ihr Grinsen nicht verkneifen. Es war nicht das erste Mal, dass sich der Kollege bei Schwiete eine blutige Nase einfing. Die beiden Polizisten waren wie Feuer und Wasser. Der pedantische Schwiete passte einfach nicht zu dem vorlauten, flapsigen und oft oberflächlich und unüberlegt handelnden Kükenhöner.

Schwiete kam wieder zum Wesentlichen.

»Was soll ich noch sagen? Wir haben schlichtweg nichts. Johannes Winter ist entweder in Paderborn an einem sicheren Platz untergetaucht oder er hat die Region mittlerweile verlassen. Ich glaube, wir machen einen großen Fehler. Als junger Polizist bin ich einmal einem Betrunkenen begegnet, der unter einer Laterne nach einem Schlüssel suchte. Ich habe ihm gern geholfen, doch nach einer halben Stunde verzweifelten Suchens war ich es leid. Verärgert fragte ich ihn, ob er sicher sei, dass er den Schlüssel wirklich hier unter der Straßenlampe verloren habe. Was glaubt ihr, welche Antwort ich bekam? Er sagte, dass er keine Ahnung habe, wo er den Schlüssel verloren habe. Nur, da hinten, wo es dunkel sei, da sehe er ja nichts. Auch wir haben bis jetzt nur da hingesehen, wo es hell war. Mit anderen Worten, wir haben den großen Bereich der Dunkelheit noch gar nicht inspiziert. Ich glaube, wir müssen den Fall von einer ganz neuen Seite betrachten. Also fangen wir noch einmal ganz von vorn an.«

11

Der Mittagsschlaf war genau das richtige für Hilde Auffenberg gewesen. Jetzt fühlte sie sich frisch und erholt. Sie hatte sich vorgenommen, das Büro von Hagemann aufzusuchen. Da die mittägliche Ruhepause ihr so ausgesprochen gut bekommen war, verwarf sie das Ansinnen, mit dem Auto zur Friedrichstraße zu fahren, und entschloss sich, zu Fuß zu gehen. Die Bewegung wird mir bestimmt nicht schaden, dachte sie. Ein schöner Spaziergang ist jetzt genau das, was mir guttun wird. Anschließend wollte sie bei Winter vorbeigehen und den Brief abgeben.

Nicht schlecht, lobte Hilde Auffenberg sich selbst, als sie angekommen war. Das war ein anspruchsvoller Gang, und die Tatsache, dass sie sich dazu durchgerungen hatte, zu Fuß zu gehen, stimmte sie zufrieden. Vielleicht war es gar nicht so dumm, wenn sie künftig einen Großteil ihrer Besorgungen per pedes erledigte.

Als sie das Klingelbrett des Bürohauses studierte, war sie sehr gelassen und dennoch aufmerksam. Genau in der richtigen Stimmung für ein kniffliges Unterfangen.

Hagemann, Hagemann, versuchte sie sich jetzt voll auf ihr Vorhaben zu konzentrieren.

»Ah, da steht ja der Name!«, redete sie mit sich selbst. Doch bevor sie endgültig auf den entscheidenden Knopf drückte, zwang sie sich noch einmal, ihre Strategie zu durchdenken.

Sie wollte sich auf keinen Fall als ehemalige Lehrerin von Hagemann outen. Die Überlegung, sich als Ehefrau von Höveken auszugeben, fand sie nach wie vor eine gute Idee. Sollte sich Hagemann wirklich an sie erinnern, konnte sie immer noch verwundert oder erstaunt tun.

Darüber hinaus würde sie dennoch nicht der Lüge überführt

oder sonst wie enttarnt werden. Denn die Tatsache, dass sie angeblich mit einem Bestatter verheiratet war, schloss ja nicht aus, dass sie trotzdem eine Lehrerin sein konnte.

Das alles ist schon einmal wasserdicht, dachte Hilde Auffenberg. Als Nächstes ging die vorübergehende Frau Höveken noch einmal die Gründe durch, die sie veranlassten, hier ohne ihren Gatten, also sozusagen solo, vorstellig zu werden. Nachdem Hilde Auffenberg alle Argumentationsstränge für sich klar hatte, blieb nur noch eines unbedingt zu beachten: Für eine Stunde hieß sie nun Höveken. Das musste sie sich einbläuen. Erst neulich hatte sie in einem Film gesehen, dass ein Mann, der sich als auf den Rollstuhl angewiesen ausgab, plötzlich bei einer Verabschiedung aus Höflichkeitsgründen aufstand! Einen vergleichbaren Fehler durfte sie sich hier und heute nicht leisten. Also noch mal für alle Hirnwindungen: Im Moment heiße ich Höveken!

Gedanklich gut gerüstet, drückte sie auf den Knopf der Klingel. Keine drei Sekunden später surrte der Türöffner. Das Büro befand sich im dritten Stock. Hilde Auffenberg wurde von einer attraktiven jungen Frau begrüßt und nach ihrem Begehr gefragt.

Die pensionierte Lehrerin erklärte, dass sie die Gattin des Beerdigungsunternehmers Höveken sei und sie Fragen zum Verkauf einer Immobilie habe.

Die Empfangsdame nickte und bat sie in ein Besucherzimmer.

»Bitte warten Sie noch einen Moment, Herr Hagemann ist noch in einer Besprechung. Sobald er die zu Ende gebracht hat, werde ich ihm Ihr Anliegen vortragen.«

Schon nach wenigen Minuten öffnete sich wieder die Tür.

»So, mein Chef ist jetzt für Sie zu sprechen. Bitte folgen Sie mir.«

Ein smarter Mann, etwas älter als vierzig, empfing sie in einem feudalen Büro.

»Frau Höveken, Sie haben Glück, dass Sie mich noch antreffen. Wären Sie auch nur eine einzige Stunde später gekommen, hätten Sie den Weg vergeblich gemacht. In zwei Stunden geht mein Flug nach London. Aber ich bin ja noch da. Also, was kann ich für Sie tun?«

»Ach, wissen Sie«, spielte Hilde Auffenberg die Verunsicherte. »Mein Mann war ja gestern nach Ihrem Besuch bei uns völlig sprachlos. Wenn es um die Existenz seines Geschäftes geht, ist er immer gleich so beunruhigt. Ich muss ja zugeben, wir sind nicht gerade auf Rosen gebettet. Aber das Beerdigungsinstitut ist doch nun mal sein Ein und Alles.«

»Da sehen Sie es, Frau Höveken, und da wollte ich ja nur helfen. Wenn jemand ein Beerdigungsinstitut benötigt, dann geht er doch nicht ins Ükernviertel. Wenn man feiern will, oder ein ordentliches Bier trinken, ist das genau der richtige Ort. Aber wenn gestorben wird, sieht man sich doch in der Nähe des Friedhofs nach einem Bestattungsunternehmen um.«

Hagemann machte eine bedeutungsschwere Pause. Dann erfolgte die rhetorische Explosion:

»Und da hätte ich genau das Richtige für Sie: Ein ganz wunderbares Objekt im Gewerbegebiet an der Driburger Straße. Keine zwei Minuten vom Ostfriedhof entfernt. Ich gebe zu, es ist nicht ganz billig. Aber was sagen die alten Dakota-Indianer immer: ›Wenn du ein totes Pferd reitest, steig ab!‹ Es hat doch überhaupt keinen Sinn, noch einmal in ein Objekt zu investieren, über dem schon der Pleitegeier kreist.«

Wieder gewichtiges Schweigen.

»Entschuldigen Sie meine Direktheit, aber nichts anderes habe ich Ihrem Mann gestern zu vermitteln versucht, doch er war gleich so verärgert. Frau Höveken, die Hase-Privatbank will niemanden über den Tisch ziehen. Es gibt doch kein besseres Aushängeschild für ein Unternehmen der Finanzbranche als zufriedene Kunden. Das ist doch in Ihrem Geschäft sicherlich nicht anders.«

Hilde Auffenberg konnte sich ein kleines Schmunzeln nicht verkneifen. Hagemann wurde rot, als er merkte, dass ihm hier ein kleiner Fauxpas unterlaufen war. Dann grinste auch er.

»Ich meine damit natürlich die Angehörigen«, versuchte er die Angelegenheit klarzustellen.

Hilde Auffenberg nickte, und Hagemann kam wieder zum Wesentlichen.

»Sehen Sie, Frau Höveken, natürlich ist Ihr altes Geschäft nicht so viel wert wie das Objekt in der Driburger Straße. Aber die Bank würde Ihnen einen guten Preis machen, und sie würde Sie gegen einen geringen Aufpreis schon ein Jahr früher aus dem alten Darlehen entlassen.«

Hilde Auffenberg nickte wieder.

»Das kann ich natürlich nicht alleine entscheiden«, sagte sie. »Aber ich werde noch einmal mit meinem Mann reden. Ich jedenfalls habe erst einmal etwas mehr Klarheit gewonnen.«

Sie stand auf, um sich zu verabschieden.

»Wollen wir nicht gleich einen Termin machen, an dem wir uns noch einmal zu dritt zusammensetzen?«, fragte Hagemann beflissen.

Doch Hilde Auffenberg wehrte ab.

»Das halte ich nicht für sinnvoll. Wenn es um seine Särge geht, ist mein Mann sensibel, sehr sensibel. Da muss ich schon den richtigen Zeitpunkt abwarten. Überlassen Sie das ruhig alles mir. Ich kenne meinen Mann.«

Hagemann konnte seine Enttäuschung nicht ganz verbergen, hielt sich aber achtsam zurück. Aus einer Übersprunghandlung heraus spielte er mit einem Schlüsselbund, an dem ein auffälliger Anhänger befestigt war.

»Ein schönes Medaillon haben Sie da«, bemerkte Hilde Auffenberg, um die jetzt zähe Situation zu überbrücken.

»Ja, ich bin als junger Mann Autorennen gefahren. Da habe ich es als Talisman von meinem Trainer bekommen. Es gibt jedoch noch einen zweiten gleichen Anhänger. Den besitzt verrückterweise mein damals ärgster Konkurrent.«

»Das ist wohl die Ironie des Schicksals«, sinnierte die Lehrerin. »Die ärgsten Rivalen haben den gleichen Glücksbringer.«

Dann schmunzelte sie sibyllinisch und machte Anstalten, sich zu verabschieden.

»Eine andere Frage hätte ich noch«, wechselte Hagemann nochmals das Thema. Dabei spielte er wieder gedankenverloren mit seinem Schlüsselbund.

»Sind wir uns schon einmal begegnet? Sie kommen mir so bekannt vor?«

Hilde Auffenberg tat, als überlegte sie.

»Kann ich mir nicht vorstellen«, gab sie Hagemann zur Antwort und reichte ihm die Hand zum Abschied.

Eine Viertelstunde später bemühte sich Hilde Auffenberg um Einlass in das Leokonvikt. Das war gar nicht so einfach. Am Ende überredete sie einen Gärtner, der gerade die Blumen goss, in das Gebäude zu gehen, um einen gewissen Johannes Winter für sie zu suchen.

Weitere fünf Minuten später tauchte Winter auf. Er sah ziemlich resigniert aus.

»So schlimm?«, fragte Hilde Auffenberg mitleidig.

»Nee, ist schon okay. In dem Laden ist nur nicht viel los. Ich habe den ganzen Tag die Zeit totgeschlagen. Na, Gott sei Dank kommen Sie jetzt wenigstens mal vorbei.«

»Sollen wir durch den Garten gehen?«, schlug Hilde Auffenberg vor.

»Warum nicht? Die Beine vertreten kann gar nicht schaden. Schließlich habe ich den ganzen Tag in der Bude rumgehangen. Aber wieso kommen Sie mich überhaupt besuchen? Ich hoffe, Sie sind nicht beschattet worden. Gibt es etwas Neues?«

Daran hatte Hilde Auffenberg noch gar nicht gedacht. War ihr etwa jemand gefolgt? Ihr war jedenfalls niemand aufgefallen. In Zukunft musste sie achtsamer sein. Doch bevor sie weiter über eine mögliche Beschattung nachdenken konnte, fiel ihr der Brief wieder ein.

»Nein, Herr Winter, was Neues gibt es nicht. Aber Sie haben Post bekommen. Von einer Konzertagentur. Ich dachte, vielleicht ist das Anschreiben wichtig, darum habe ich mich auf den Weg gemacht.«

Sie kramte in ihrer Manteltasche und zog einen schon reichlich zerknickten Umschlag hervor.

Winter nahm ihn entgegen. Er riss ihn sofort auf und begann zu lesen. Mit jedem Wort, das sich sein Hirn einverleibte, wurde er unruhiger.

»Das gibt es doch nicht!«, stieß er immer wieder hervor. Und jedes Mal, wenn er diesen Satz sagte, wurde er aufgeregter.

Dann wechselte er auf: »Das kann doch nicht sein!« und fuhr sich mit der Hand durch seine viel zu kurz geschorenen Haare.

»Eine schlechte Nachricht?«, kam die besorgte Frage von Hilde Auffenberg.

»Schlechte Nachricht? Hier steht, dass Balhorn seine geplante Tournee weitervermakelt hat, als ihm klar wurde, dass er pleite war. Diese Agentur ist für ihn eingestiegen. Zwar finden nicht alle Konzerte statt. Aber von den geplanten zwanzig Auftritten kommen immerhin vierzehn zustande. Nächste Woche geht es in der Halle Münsterland los.«

Winter war mittlerweile leichenblass.

»Verdammt, verdammt, Frau Auffenberg, das ist die Chance meines Lebens, und ich werde des Mordes verdächtigt. Bis nächsten Freitag müssen wir den wirklichen Mörder gefasst haben, sonst bin ich am Arsch!«

»Herr Winter, was gebrauchen Sie denn für Ausdrücke?«, mahnte Hilde Auffenberg einen angemessenen Umgangston an.

»Ja, ist doch wahr. Hier tut sich gerade die Chance meines Lebens auf, und ich muss diesen Bischof durch die Gegend karren. Was ist das denn für eine …«

»Herr Winter!«

»Ist ja schon gut, Frau Auffenberg, ist ja schon gut. Wir müssen das mit der Konzertagentur managen. Dass müssen Sie für mich erledigen. Bitte! Dann muss ich meine Band wieder zusammentrommeln. Wir müssen auf jeden Fall noch zweimal proben. Außerdem müssen wir bis Freitag diesen verdammten

Mörder überführen.« Winter gestikulierte wild mit den Händen. »Und was mache ich? Ich hänge hier in dieser verdammten Bude rum und soll, während mir die Zeit durch die Finger rinnt, so einen senilen alten Bischof durch die Gegend kutschieren.«

»Nun beruhigen Sie sich erst einmal. Kommt Zeit, kommt Rat. Das bekommen wir schon hin. Apropos Bischof! Welchem der kirchlichen Würdenträger sind Sie denn zugeteilt worden?«

»Wie? Ach so, Engels heißt der Mann. Schöner Name für einen Bischof, oder?«

»Engels! Na, bei dem kann aber von Senilität keine Rede sein. Da werden Sie sich noch wundern. Außerdem ist er nicht nur Bischof, sondern auch noch Kardinal.«

Winter staunte. Er hatte gar nicht gewusst, dass es da einen Unterschied gibt.

12

Die warme Jahreszeit schickte ihre ersten Boten. Alle Welt hielt sich an diesem angenehm warmen Frühlingsabend im Freien auf. Die Menschen trugen sommerliche Kleidung. Das freundliche Äußere der anderen vermittelte ihm den Eindruck, dass er in seinem schwarzen Trainingsanzug aus der Reihe tanzte.

Mittlerweile wurde es recht spät dunkel. Daher musste er warten, um sein Vorhaben endlich durchführen zu können. Also machte er einen Spaziergang die Pader entlang, Richtung Schloss Neuhaus. Hin und wieder begegneten ihm Jogger, Menschen mit Hunden und Spaziergänger. Er hoffte, dass er von niemandem erkannt wurde.

Dann endlich, um fast dreiundzwanzig Uhr, war es dunkel genug. Er betrat an der Neuhäuser Straße den Flur eines schönen Hauses aus der Zeit des Historismus. Die Tür hatte er vorher präpariert, sodass er ohne Schwierigkeiten eintreten konnte. Leise schlich der schwarz gekleidete Mann die Treppe hinauf. Im zweiten Stock machte er sich an einer Fußleiste des Treppenaufganges zu schaffen. Er bearbeitete sie mit einem kleinen mechanischen Handbohrer. Nach nicht einmal dreißig Sekunden hatte er ein kleines Loch hineingebohrt. In das drehte er nun eine Metallöse.

Anschließend zog er einen dünnen Draht aus der Hosentasche. Den spannte er quer über die Haustreppe. Bei dem diffusen Licht im Treppenhaus war die dünne Metallschnur fast nicht zu sehen. Noch einmal prüfte er die von ihm geschaffene Stolperfalle. Als er an dem Draht zupfte, gab der einen Ton von sich, ähnlich einer Gitarrensaite.

Da öffnete sich überraschend eine Wohnungstür auf der Etage. Das Geräusch erschreckte den schwarz gekleideten Kerl.

Hastig sprang er auf. Diese jähe Bewegung wiederum zog die Aufmerksamkeit des Hausbewohners auf sich.

»Was machen Sie da?«, rief der Mann, der nun auf den Flur hinausgetreten war.

Der Schwarze flüchtete.

»Halt, stehen bleiben! Ein Einbrecher! Hört mich denn keiner?! Ein Einbrecher!« Die ersten Wohnungstüren wurden vorsichtig geöffnet. Verhalten steckten die ersten Neugierigen ihren Kopf durch den Türspalt.

Die steigende Zahl der auf den Flur hinaustretenden Hausbewohner stattete den Mann von der zweiten Etage mit Mut aus.

Wollen wir doch mal sehen, ob wir den Schurken nicht erwischen, dachte er. Schließlich war er früher ein guter Läufer gewesen. Er nahm die Verfolgung auf. Doch die war von kurzer Dauer. Schon am Treppenabsatz wurde sie durch den gespannten Draht beendet. Schreiend stürzte der Mann die Treppe hinunter. In dem Moment, in dem der zu Fall Gebrachte auf dem Treppenabsatz aufschlug, zog der schwarz Gekleidete die Haustür hinter sich zu.

Der die Treppe Hinuntergestürzte lag reglos da. Aufgeregte Hausbewohner kamen aus ihren Wohnungen. Einige drängten sich um den leblos Daliegenden.

»Wir brauchen einen Krankenwagen!«, rief eine alte Frau, die mit einem Nachthemd bekleidet war. »Warum ruft denn keiner einen Krankenwagen?!«

Die Hausbewohner redeten durcheinander. Auf die alte Frau hörte niemand. Verzweifelt fasste sie einen der Umstehenden an den Arm und zog heftig an dessen Jackenärmel.

»Warum rufen Sie denn keinen Krankenwagen?«

Das half endlich. Der Mann zupfte ein Telefon aus seiner Tasche.

Einige der Anwesenden begannen die Treppe zu untersuchen. Doch der Draht war gerissen. Da seine Farbe schwarz war und er nun schlaff an einer Stütze des Treppengeländers hing, fanden die Menschen die Ursache, die den Sturz ausgelöst hatte, nicht heraus.

Jemand rief: »Wir müssen auch die Polizei rufen!« Ein zweiter Anruf wurde getätigt.

Hagemann wunderte sich über den Menschenauflauf im Eingangsbereich seines Hauses.

»Was ist denn hier los?«

»Jemand hat versucht einzubrechen«, gab die alte Frau aus der Parterrewohnung bereitwillig Auskunft. »Ihr Nachbar, Herr Brechmann aus dem zweiten Stock, hat versucht den Mann zu fassen. Er ist aber gefallen. Tot ist er nicht, glaube ich. Ich habe es Ihnen ja immer gesagt, Herr Hagemann. Wir müssen die Tür abschließen. Es gibt viel zu viel Gesindel. Aber auf mich hört ja niemand. Keiner sperrt ab. Dies ist ein Haus der offenen Tür. Wenn das so weitergeht, ziehe ich aus. Dann können Sie sich jemand anderen suchen, der Ihr Treppenhaus putzt.«

Ein Martinshorn war zu hören.

»Wurde aber auch Zeit!«, kommentierte die Alte das Geräusch. »Und die Polizei ist immer noch nicht da. Die fahren wahrscheinlich noch einmal um den Block. Wenn sie rechtzeitig da wären, könnte ja die Gefahr bestehen, dass die Gesetzeshüter einem Verbrecher begegnen.«

Das Radioprogramm wurde auch immer schlechter. Kükenhöner schaltete es ab. Er langweilte sich, wie immer bei Beschattungen. Die erste Zeit hatte er im Auto verbracht und Zeitung gelesen. Zwischendurch versuchte er immer wieder seine Frau zu erreichen, um ihr mitzuteilen, dass es mit einem gemeinsamen Abend nichts würde. Als sie endlich ans Telefon ging und erfuhr, dass ihr Gatte Überstunden machen musste, schien sie das nicht zu berühren.

»Macht nichts, Karl«, sagte sie ohne jedes Bedauern. »Ich habe sowieso nicht damit gerechnet, dass du pünktlich bist, und mich noch mit einer Freundin verabredet.«

Kükenhöner hatte erwartet, dass seine Frau sauer wäre, wenn er ihr sagte, dass er noch arbeiten müsse. Zumindest hatte er nicht mit einer solchen Gleichgültigkeit gerechnet. Das Verhalten seiner Frau versetzte ihm einen schmerzhaften Stich.

Nachdem er diese emotionale Verletzung verwunden hatte, konzentrierte er sich wieder auf seine Zeitung. Nach einiger Zeit hatte er den Eindruck, alle Artikel auswendig zu kennen.

Kükenhöner hatte die Gazette auf den Beifahrersitz gelegt und war ausgestiegen. Er fand es keine schlechte Idee, sich ein bisschen die Beine zu vertreten. Nachdem er alle Straßen inspiziert hatte, setzte er sich an einen der Tische, die der türkische Wirt vor sein Lokal gestellt hatte.

Das Lokal lag strategisch recht günstig. Von hier aus hatte Kükenhöner einen guten Einblick in mehrere Straßen. Er bestellte sich einen Lammspieß mit allem Drum und Dran. Anschließend trank er ausgiebig Tee.

Doch mit der Zeit langweilte er sich erneut. Außerdem begann es langsam zu dämmern, und es wurde kalt. Also schlenderte er zurück zum Auto.

Für einen Mittwoch war richtig was los im Ükernviertel. In den Biergärten saßen viele Gäste, aus den offenen Kneipentüren drangen Stimmengewirr und Musik ins Freie, und auf den Straßen herrschte rege Betriebsamkeit.

Kükenhöner hatte sich wieder in sein Auto verzogen und stellte seinen Sitz so ein, dass er einigermaßen bequem liegen, aber dennoch die Straße überblicken konnte. Seine Seitenscheibe ließ er etwas herab, um die Geräusche in unmittelbarer Nähe hören zu können. So hielt er es eine Zeit lang aus. Doch schon bald war er eingenickt.

Er schreckte hoch, als laute Männerstimmen direkt neben seinem Auto ihn jäh aus dem Schlummer rissen. Es dauerte eine Weile, bis sein Kreislauf wieder in der Lage war, das Gehirn mit ausreichend Sauerstoff zu versorgen. Dann erst verstand er, worum es bei diesem Gespräch ging.

»Was für ein ödes Kaff!«, klagte eine norddeutsch klingende

Stimme. »Bin froh, wenn ich wieder zurück auf Sankt Pauli bin.«

Kükenhöner gähnte und ließ sich leicht verärgert wieder in seinen Sitz zurückfallen. Er mochte es nicht, wenn schnöselige Großstädter seine Stadt als Kaff bezeichneten. Wenn es denen in Paderborn nicht gefiel, warum waren sie dann hier, fragte er sich. Und ausgerechnet einer aus St. Pauli – wohnten da eigentlich auch normale Leute?

Erneut riss ihn eine dieser Stimmen aus seinen Gedanken.

»Hey, da langweilt sich noch einer!«

Kükenhöner erschrak, als plötzlich jemand an sein Beifahrerfenster klopfte und ein feixendes Männergesicht in sein Auto blickte.

»Stimmt!«, rief nun ein anderer. »Der hat es sich gemütlich gemacht. Wahrscheinlich will er schlafen. Das Einzige, was man in diesem müden Nest machen kann. Was meint ihr, Jungs. Wollen wir ihn ein wenig in den Schlaf wiegen?«

Und schon begannen sechs kräftige Fäuste damit, Kükenhöners Auto in Schwingungen zu versetzen. Erst ganz schwach, dann immer stärker, bis der Wagen höchst bedenklich schaukelte. Den Kerlen schien dies Spaß zu machen. Kükenhöner hörte sie lachen. Mit jedem Wackler seines Autos nahm seine Wut zu. Da alle drei Männer auf der Beifahrerseite standen, konnte er die Fahrertür aufstoßen. Nur das Aussteigen war deutlich schwieriger als sonst, weil das ganze Gefährt schaukelte wie ein Wackelpudding.

Die drei Halbstarken, für die Kükenhöner sie hielt, lachten noch lauter, als sie seine tapsig wirkenden Bemühungen sahen. Aber als er sich endlich durch die Tür gequetscht hatte, fackelte er keine Sekunde.

Der Polizist rannte um sein Auto herum, griff einem der Kerle von hinten an die Schulter und drehte ihn mit geübtem Griff zu sich herum. Fast gleichzeitig zückte er seinen Dienstausweis und hielt ihn dem verblüfften Hamburger vor die Nase.

»Polizei, du Drecksack!«, rief Kükenhöner laut und sah mit

Genugtuung, wie seinem fast zehn Zentimeter größeren Gegenüber das Lachen gefror.

Doch so fix Kükenhöner auch gehandelt hatte – seine drei Gegner reagierten reflexhaft schnell und zielgerichtet. Es dauerte keine zwei Sekunden, da sah sich Kükenhöner von drei Riesen umstellt. Das sind doch keine unbedarften Halbstarken, dachte er einen winzigen Augenblick vor dem vernichtenden Schlag, der Kükenhöner auf den Asphalt schickte.

Bevor ihm die Sinne schwanden, hörte er noch, wie die drei Ledertypen die Straße hinunterliefen.

13

»Ho, Ho, Ho Chi Minh!«, skandierte die Menge. Im Takt zu diesen Rufen streckten alle immer wieder die linke Hand, zur Faust geballt, in die Höhe.

Da, ein seltsames Geräusch. Hilde Auffenberg versuchte es in ihren Traum einzubauen. Doch es wollte ihr nicht gelingen. 1967 gab es diese Art von Tönen noch nicht. Damals wurde man noch von archaischem Weckerrasseln aus dem Bett gerissen. Nicht von so einem widerlichen Fiepen, das die elektronischen Weckmaschinen des 21. Jahrhunderts produzierten.

Wie auch immer, Hilde Auffenberg war wach und schwang sich aus ihrem Bett. Das war schon immer eine Stärke von ihr gewesen. Wenn sie am Morgen ihre Augen geöffnet hatte, wurde nicht mehr lange gefackelt. Sekunden später war sie aufgestanden. Eine Eigenart, die ihr bei ihrem Beruf als Lehrerin zugutegekommen war.

Heute Morgen wollte sie endlich mit Horst Schwiete reden. Tagelang war sie ihrem Mieter aus dem Weg gegangen. Doch immer wie die Katze um den heißen Brei herumzuschleichen, war auch keine Lösung.

Kaum hatte Hilde Auffenberg Kaffee und Tee fertig, da hörte sie Schwiete an ihrer Küche vorbeigehen. Eilig lief sie ihm nach und erreichte ihren Mieter, noch bevor dieser ins Freie treten konnte.

»Bitte, Herr Schwiete, nehmen Sie sich zehn Minuten Zeit, und trinken Sie eine Tasse mit mir. Ich habe Ihnen auch einen wirklich köstlichen Kräutertee gekocht.«

»Gerne, Frau Auffenberg. Aber was veranlasst Sie dazu, morgens um sechs Einladungen dieser Art auszusprechen?«

Der Polizist folgte ihr in die Küche und setzte sich auf den Stuhl, auf dem er immer saß. Schnell positionierte er den Kaffeelöffel genau parallel zur Mittelachse der Teetasse. Dann signalisierte er seiner Hauswirtin, dass seine ganze Aufmerksamkeit ihr gehörte.

Die kam auch gleich zum Wesentlichen.

»Wissen Sie, Herr Schwiete, ich habe mir die ganze Zeit Gedanken um Balhorns Tod gemacht. Dabei muss ich zugeben, dass ich auch ein paar Nachforschungen angestellt habe. Die würde ich Ihnen gerne mitteilen.«

»Nur zu!«

»Ja, wie soll ich es sagen? Ich habe den Eindruck, in unserem Viertel geschehen seltsame Dinge. Die Gewaltbereitschaft scheint anzusteigen. Gegen Personen und gegen Gegenstände. Häuserwände werden beschmiert. Menschen und Hunde werden in Farbe getaucht, und unser gemeinsamer Nachbar, Herr Höveken, wird von einem Immobilienmakler und Investor augenscheinlich mit dem Ziel unter Druck gesetzt, dass er sein Geschäft hier bei uns in der Straße aufgibt.«

Schwiete zog die Augenbrauen hoch.

»Was hat das mit dem Tod von Balhorn zu tun?«

»Auf den ersten Blick sicher nichts. Aber Sie müssen wissen, der Michael Balhorn, der war früher mal mein Schüler, und seine Familie hat hier ganz in der Nähe in der Uhlenstraße gewohnt. Das Haus gehört ihnen, glaube ich, immer noch. Na, jedenfalls hatte der Michael früher einen Freund. Einen gewissen Georg Hagemann. Die beiden waren, wie man hierzulande etwas despektierlich sagt, ein Kopf und ein Arsch.«

Hilde Auffenberg biss sich schamhaft auf die Unterlippe.

»Entschuldigen Sie bitte diese Ausdrucksweise, Herr Schwiete. Aber ich wüsste nicht, wie ich es besser beschreiben könnte. Na, und der Georg, der war nicht unbedingt einer der Schüler, die immer guten Einfluss auf die Spielkameraden ausübten. Der stiftete seine Freunde andauernd zu den verschiedensten Dummheiten an, und wenn es dann zum Schwur kam, tat er immer so, als wenn er kein Wässerchen trüben könne. Ich fand seine Scheinheiligkeit damals richtig unangenehm.«

»Eine schöne Geschichte, Frau Auffenberg, aber ich verstehe immer noch nicht, warum Sie sie mir erzählen.«

»Der Clou kommt ja noch, Herr Schwiete. Wissen Sie, was ich herausgefunden habe?«

Schwiete schüttelte den Kopf.

»Der Hagemann war der, der bei Höveken war und ihn nötigen wollte, sein Geschäft hier im Ükern aufzugeben.«

Jetzt nickte Schwiete.

»Vielleicht alles ein dummer Zufall, ich weiß. Aber ich dachte mir, ich erzähle es Ihnen trotzdem. Ich hoffe ja, Sie haben nicht das Gefühl, dass ich Sie mit meinem Geschwätz von der Arbeit abhalte. Ich bin ja nur eine alte Frau und habe manchmal ziemlich verrückte Gedanken. Sonst vergessen Sie einfach wieder, was ich Ihnen erzählt habe. Möchten Sie noch eine Tasse Tee?«

Schon wieder eine Baustelle!

Johannes Winters Stresspegel stieg heftig an. Eigentlich hatte an diesem frühen Morgen alles gut geklappt. Sein Wecker hatte geklingelt, er war zügig aus dem Bett gekommen, hatte es geschafft, das Navi im Dienst-Mercedes zu aktivieren, und war rechtzeitig losgefahren. Natürlich ohne Frühstück, so viel Zeit war dann doch nicht geblieben. Aber dann dieser Berufsverkehr! Und die Baustellen.

Mittlerweile war es kurz vor sieben. Geseke war noch immer nicht in Sicht. Und das, wo dieser Kardinal so ein Erbsenzähler sein sollte. Frühaufsteher, Antialkoholiker, Nichtraucher, Vegetarier, Langläufer ..., die waren ihm alle irgendwie suspekt. Mit Klerikern hatte er sowieso nichts am Hut, mit denen hatte er schon während seiner Zeit als Messdiener abgeschlossen. Wenn ihm dieser Kardinal blöd kommen sollte, dann würde Winter ihm schon die Meinung sagen. Bloß nichts gefallen lassen, nur weil der Mann einen Titel hatte.

Um zehn nach sieben bremste er den schwarzen Mercedes in einer kleinen Straße in der Kernstadt Gesekes ab. Er ging zu dem Haus der Kardinalsschwester und klingelte. Als eine stattliche Sechzigjährige öffnete, stellte er sich als Fahrer vor und machte den Vorschlag, bis zur Abfahrt draußen im Auto zu warten. Aber die Frau bat ihn herein und bot ihm einen Kaffee an.

Verlegen setzte sich Winter an den Küchentisch. Wenige Minuten später bollerte es auf der Treppe, und ein großer schwerer Mann betrat die Küche. Er trug Zivil, wie Winter, der einen Mann in scharlachrotem Kleid erwartet hatte, zu seiner Überraschung feststellte. Zivil, das bedeutete hier ein schwarzer Anzug mit dem grauen Priesterhemd und einem weißen Rundkragen, dem Kollar. Also nahezu zivil, schränkte Winter im Stillen ein. Der Kardinal ging auf Winter zu, gab ihm die Hand mit einem mörderischen Händedruck und stellte sich unnötigerweise, aber sehr höflich vor. Winter war sprachlos und irritiert.

»Dann wollen wir mal!«, rief der Priester mit einer lauten und etwas polternden Stimme. Dieser Kerl würde in jeder Kneipe als Rausschmeißer eine gute Figur machen, dachte der Musiker.

Wenn Winter sich Sorgen gemacht haben sollte, mit dem Kirchenmann kein gemeinsames Gesprächsthema zu finden, dann war dies unbegründet gewesen. Der schwarze Mercedes hatte noch keine hundert Meter hinter sich gebracht, als der Kardinal sein Handy aus der Aktentasche zerrte und bis ins Paderborner Zentrum ein Gespräch nach dem anderen führte. Besser als eisiges Schweigen.

Als er auf den Parkplatz des Welcome-Hotels einbiegen wollte, versperrte ihm ein uniformierter Polizist den Weg.

Wir dürfen nicht nur da nach dem Schlüssel suchen, wo es hell genug ist. Das hatte er, Schwiete, seinen Kollegen gestern gesagt. Und nun hatte seine Hauswirtin die gleiche Idee und schickte ihn in die Dunkelheit. Was hatte Hilde Auffenberg ihm genau sagen wollen? Schwiete musste in Ruhe nachdenken. Das konnte er am besten bei seinem Koi-Karpfen. Schon oft hatte der Polizist überlegt, ob er seinem Fisch einen Namen geben sollte. Er hatte es nicht getan, Schwiete nannte ihn einfach Koi.

Koi, so hatte er herausgefunden, war die japanische Bezeichnung für Karpfen. Seit er seinen Fisch kannte, hatte Schwiete zunächst begonnen, sich mit dieser Gattung Tier zu beschäftigen. Später dann mit der Bedeutung der Karpfen in der japanischen Kultur. So wusste er heute, dass der Karpfen für die Menschen in Japan Stärke symbolisiert, da er angeblich als einziger Fisch die Wasserfälle des Gelben Flusses bezwingen kann.

Als junger Polizist hatte Schwiete sich schon einmal für das Land der aufgehenden Sonne interessiert. Damals war sein Zugang die Kampfkunst gewesen. Nach einiger Zeit hatte die gerade entwickelte Affinität allerdings wieder ein Schattendasein im Leben des Hauptkommissars eingenommen.

Doch mit der Entdeckung des Fisches war das Interesse für die fernöstlichen Kulturen wieder in den Vordergrund getreten. Er hatte erneut angefangen, die verschiedenen japanischen Kampfsportarten zu trainieren, hörte auf, Kaffee zu trinken, und bevorzugte Tee in verschiedensten Varianten. Kurze Zeit später begann er japanisch zu kochen. Er lernte zu meditieren und viele Dinge mehr, die dieses Land und umliegende Staaten zu bieten hatten.

Das Nachdenken über sich und seinen Karpfen hatte ihn für kurze Zeit der Welt entrückt. Wie aus dem Nichts baute sich plötzlich die Stadtbibliothek Paderborns vor ihm auf.

Schwiete hob einen abgebrochenen Zweig auf und ging zu seinem Lieblingsplatz. Hier setzte er sich auf seinen Stein und schlug mit dem Zweig in monotonem Takt auf die Wasseroberfläche.

Es dauerte keine zwei Minuten, da sah er den goldenen Fisch heranschwimmen. Schwiete warf ein paar Brocken Futter in die Pader, die der Koi sich schmecken ließ. Der Hauptkommissar sah dem Fisch einige Zeit zu. Ohne etwas dafür zu tun, rückte nach und nach das Gespräch, das er mit Hilde Auffenberg geführt hatte, in den Vordergrund seines Bewusstseins.

Was war los im Viertel? War ihm da was entgangen? Wenn dieser Hagemann wirklich noch ein Freund von Balhorn war, konnte man durch ihn vielleicht etwas über den Toten herausfinden. Denn bisher hatte die Polizei nichts Greifbares. Es gab zwar eine große Familie Balhorn in Paderborn. Viele aus der Sippe waren auch mit dem Ermordeten bekannt gewesen. Doch das war schon alles. Dieser Balhorn hatte sich abgesondert. Hatte für sein Musikmanagement gelebt und jedem, der diese Leidenschaft nicht mit ihm teilte, jegliche Aufmerksamkeit entzogen. Er war nicht unhöflich zu denen gewesen, die seine Interessen nicht teilten, hatte niemanden beleidigt, er hatte lediglich nichts mehr dafür getan, auch nur den geringsten Kontakt aufrechtzuerhalten. Michael Balhorn war sozusagen der blinde Fleck der Familie.

Schwiete betrachtete wieder seinen Karpfen. Er konnte sich nicht des Eindrucks erwehren, dass der Fisch ihn ansah.

Wahrscheinlich kennst du die Lösung des Rätsels schon, alter Junge, dachte der Hauptkommissar. Aber ich habe gerade auch so ein Gefühl, als würde ich der Sache ganz langsam etwas näher kommen.

Schwiete warf noch einen Brocken Fischfutter ins Wasser. Es wurde Zeit, sich auf den Weg in die Riemekestraße zu machen. Dort wartete ein Haufen Arbeit auf ihn.

14

Winters Körpertemperatur stieg innerhalb von einer Sekunde auf Fieberniveau, um im nächsten Moment in einem Tempo abzusinken, als würde kübelweise Eiswasser in ihn hineingeschüttet. Eine Polizeisperre! Jetzt hatten sie ihn! Was tun? Stoppen, rückwärtsfahren und dann mit Vollgas die Fürstenallee herunterdonnern? Aber mit welchem Ziel? Und was sollte er mit dem hohen Geistlichen auf dem Rücksitz anstellen? Unterwegs rauswerfen? Als Geisel nehmen? Oder sollte er besser einfach mit Vollgas die Sperre durchbrechen und auf der Rückseite des Hotelparkplatzes wieder rausfahren?

Innerhalb von zwei Sekunden alle diese Gedanken durchzuspielen, ist die eine Sache. Einen davon in die Tat umsetzen, eine ganz andere. Und wie zu erwarten stand, unternahm er gar nichts.

Langsam und brav rollte er den Mercedes an den Polizisten heran. Der blickte kurz auf den Kardinal, grüßte zackig und winkte das Auto durch. Für den Chauffeur hatte er keinen Blick gehabt. Winter blieb nur zu hoffen, dass der Kardinal nicht das Poltern des riesigen Steines hörte, der ihm vom Herzen fiel. Doch der telefonierte noch immer und hatte von Winters Schrecken nichts mitbekommen. Er winkte jedoch dem Polizisten huldvoll zu, was diesen sichtbar stolz werden ließ. Wer kümmert sich um einen einfachen Fahrer, wenn er mit einem Kardinal kommunizieren kann?

Ein Hoch auf die Menschenkenntnis von Hilde Auffenberg, dachte Winter. Ihre Strategie hatte bis jetzt funktioniert.

»Ein ganz ausgeschlafenes Weib«, murmelte Winter anerkennend, aber so leise, dass der Kardinal auf dem Rücksitz nichts davon hören konnte. Dank ihrer umsichtigen Leitung war er bislang sowohl dem Zugriff der Polizei als auch dem möglichen

Anschlag auf sein Leben durch den oder die Mörder Balhorns entkommen. Sicher, sein Dasein hatte sich völlig umgekrempelt, nichts war mehr so, wie er es gern gehabt hätte. Aber besondere Umstände erforderten besondere Maßnahmen, das war ihm schon klar.

Winter lenkte den Wagen auf den für ihn reservierten Parkplatz, sprang heraus und öffnete seinem Fahrgast die Tür. Wie ein Butler, dachte er. Fehlte nur noch, dass er einen Diener machte, wenn der Kardinal ausstieg. Aber der Geistliche war nicht der Typ, solche Unterwürfigkeit einzufordern. Er schlug Winter mit seiner Riesenpranke jovial auf die Schulter, lachte dröhnend und rief:

»Gut gefahren, junger Mann! Die Fahrt ging so schnell vorüber, dass ich kaum zum Telefonieren gekommen bin. Machen Sie sich ’nen schönen Tag. Bis heute Abend!« Und weg war er.

Winter, der ja nun unmöglich kreuz und quer durch Paderborn bummeln konnte, da er trotz seiner Persönlichkeitsveränderung zu leicht hätte erkannt werden können, setzte sich wieder auf seinen Fahrersitz, schaltete das Autoradio an und beobachtete die Szenerie auf dem Parkplatz. Immer neue dunkle Dienstwagen kamen an, Fahrer sprangen heraus und öffneten alten, teilweise schon reichlich hinfälligen Männern die Tür. Keiner von ihnen machte auch nur annähernd einen so gemütlichen Eindruck wie sein Kardinal. Da hatte er offenbar großes Glück gehabt. Wie hatte Hilde Auffenberg das nur wieder gedeichselt?

Wenn die Klitschko-Brüder jemanden durch die Mangel gedreht haben, sieht der bestimmt nicht schlimmer aus als ich, dachte Kükenhöner, als er sein verbeultes Gesicht im Spiegel betrachtete.

Nachdem er verprügelt worden war, hatte Kükenhöner die Observation sofort abgebrochen. Er war augenblicklich zum nahen Vincenz-Krankenhaus gefahren und hatte sich durchchecken lassen.

Diese Untersuchung war aus Kükenhöners Sicht die größte Unverschämtheit, die er je erlebt hatte. Die Ärzte der Ambulanz gaben ihm lediglich den Rat: Immer gut kühlen, dann wird das schon wieder. Außer dem kleinen Cut über dem Auge sei nichts passiert. Die ganze Angelegenheit sei ein bisschen schmerzhaft, aber nicht lebensbedrohlich. Als Kükenhöner die Frage nach dem gelben Schein äußerte, lachte der behandelnde Arzt ihn fast aus: Diese kleine Verletzung rechtfertige in keiner Weise eine Arbeitsunfähigkeitsbescheinigung. Er habe ja nicht einmal eine Gehirnerschütterung.

»Mal im Ernst«, hatte der Doc gesagt, »ich weiß wirklich nicht, warum ich Sie krankschreiben sollte. Aber Sie können aus den jüngsten Ereignissen ein paar Lehren ziehen. Am besten, Sie gehen Schlägereien zukünftig aus dem Weg, dann passiert so etwas auch nicht wieder.«

»Noch ein Wort, Freundchen«, hatte Kükenhöner ihm geantwortet. »Dann kannst du hier mal zeigen, wie man einer Schlägerei aus dem Weg geht.«

Danach hatte er dem Arzt wütend seinen Polizeiausweis unter die Nase gehalten, sich umgedreht und beim Verlassen des Behandlungsraums die Tür ins Schloss gedonnert.

Zu Hause hatte seine noch im Halbschlaf befindliche Ehefrau einen kurzen Blick auf sein Gesicht geworfen und, bevor sie sich zum Weiterschlafen auf die andere Seite drehte, gesagt: »Eis ist im Gefrierfach.«

Kein Wort des Mitleids, kein Wort des Bedauerns.

Das Leben ist zum Kotzen, dachte Kükenhöner erbittert. Dann gönnte er sich einen großen Schnaps und presste sich den von allen Seiten viel gepriesenen Eisbeutel auf das lädierte Auge.

Jetzt stand er in Schwietes Büro, doch niemand war anwesend. »Ja, wo sind wir denn hier?«, fragte er sich selbst, und seine Verärgerung hatte augenblicklich den gleichen Pegelstand erreicht wie vergangene Nacht im Krankenhaus.

»Bin ich denn hier der Einzige, der arbeitet?«

Ungehalten wischte Kükenhöner über Schwietes akkurat aufgeräumten Schreibtisch, sodass sich die dort eben noch in Reih und Glied liegenden Utensilien wahllos auf der gesamten Tischplatte verteilten.

»Sind Sie nicht ganz gescheit?«, hörte er im gleichen Augenblick die empörte Stimme der neuen Kollegin hinter sich, die gerade mit einer frischen Tasse Kaffee in der Hand das Büro betreten hatte.

»Nun bleib mal locker, Mädchen. Erstens geht mir dieser Ordnungsfimmel von Schwiete schon seit Jahren auf den Zeiger. Und zweitens bin ich ja hier wohl der Einzige, der noch ein bisschen Einsatz zeigt. Im Übrigen, seit der Millimeterpisser Leiter der Mordkommission ist, kommt der wohl erst kurz vor Mittag zur Arbeit. Und du scheinst auch nichts Besseres zu tun zu haben, als Kaffee zu trinken und Däumchen zu drehen.«

Linda Klockes Augen begannen gefährlich zu funkeln.

Doch das nahm Kükenhöner nicht wahr. Ihm tat es gut, dass er seinem Unmut erst mal so richtig Luft machen konnte. Ein selbstzufriedenes Grinsen machte sich auf seinem Gesicht breit. Einer musste die Dinge schließlich beim Namen nennen. Und ganz offensichtlich war er der Einzige, der sich das traute.

Doch dann kam das Echo. Ganz leise, aber deutlich:

»Herr Kükenhöner, sagen Sie nicht noch einmal Mädchen zu mir!«

Kükenhöner grinste dümmlich und wollte etwas erwidern, aber die junge Frau widmete sich demonstrativ einem Aktenordner und tat, als gäbe es ihn nicht.

Es gab Tage, da zog Höveken einen anständigen Döner einem Eisbein mit Sauerkraut vor. Heute war so ein Tag. Kurz nach zwölf machte er seinen Laden dicht und schlenderte zu seinem türkischen Stammlokal. Als er die Gaststätte betreten hatte, wurde er vom Wirt mit Handschlag und den Worten begrüßt: »Ah, jetzt kommt der reichste Mann aus dem Ükernviertel!«

»Wie kommst du denn auf die Idee, Mesut?«

»Na, gestorben wird immer.«

Der Wirt kicherte über seinen eigenen Witz. Doch Höveken war nicht zum Lachen. Er sah sich über die Schulter, um zu prüfen, ob er sich ein offenes Wort erlauben konnte. Das Lokal war noch ziemlich leer. Der Mittagsrun würde erst in einer viertel Stunde einsetzen.

»Weißt du, Mesut«, sagte er dann. »Es wird zwar immer gestorben, aber ich habe im Moment dennoch ein paar Probleme. Bei mir war so ein Typ, der wollte mir mein Geschäft abschwatzen, und als Druckmittel benutzte er einen Kredit, den ich noch bei der Hase-Privatbank laufen habe. Die Geschichte ist zwar nicht wirklich existenziell für mich, aber so ganz ohne Schrammen komme ich aus der Nummer vielleicht doch nicht heraus.«

Dem türkischen Wirt verschlug es vorübergehend die Sprache. Dann hatte er sich wieder gefasst.

»Heißt der Typ etwa Hagemann?«

Jetzt war es an Höveken, sprachlos zu sein.

»Woher weißt du das, Mesut?«

»Der Typ war auch bei mir. Der kann froh sein, dass ich die Qualität meiner Speisen nicht versauen wollte, sonst hätte ich ihn zu Dönerfleisch verarbeitet. So was Unverschämtes ist mir noch nicht untergekommen.«

»Ich sage dir, Mesut«, orakelte Höveken, »bei uns im Viertel passiert gerade etwas, das uns nicht gefallen wird. Ich weiß nur noch nicht, was sich da zusammenbraut. Aber wenn ich Hunger habe, kann ich sowieso nicht vernünftig denken. Mach mir erst mal was zu essen.«

»Wie immer?«, fragte der Wirt.

»Ja, und zum Warten einen Tee.«

15

»So geht es nicht weiter!«, hatte Hilde Auffenberg am Nachmittag empört ausgerufen, als sie vom gewaltsamen Eindringen in die Wohnung des alten Herrn Schröder und der anschließenden Nötigung gehört hatte, die dem Rentner widerfahren war. »Hier ist gewaltig was faul. Das kann ich förmlich riechen!«

Das Gespräch über die aktuellen Probleme im Ükernviertel mit einem sehr formal argumentierenden Horst Schwiete war nicht sehr ergiebig gewesen. Eher eine Enttäuschung. Es hatte sie aber zu der Einsicht gebracht, dass hier mit der Polizei nicht groß zu rechnen war und dass sie die Sache selbst in die Hand nehmen musste, um wirklich etwas zu ändern. Sie zitierte Herbert Höveken zu sich und besprach sich mit ihm. Die beiden kamen zu dem Entschluss, dass man möglichst viele Einwohner des Quartiers zusammentrommeln müsse, um gemeinsam nach Lösungen zu suchen.

»Wir müssen eine Bürgerversammlung machen!«, fand Hilde Auffenberg. Als sie anfingen, darüber nachzudenken, wurde ihnen klar, dass es deutlich einfacher ist, zu einer solchen Erkenntnis zu kommen, als sie in die Tat umzusetzen. Aber Hilde Auffenberg war keine von der Sorte, die schnell die Flinte ins Korn wirft. Wo andere die Nerven verlieren, schaltete sie ihren Turbo ein und legte erst richtig los. Eine Stunde später hatte sie den Inhaber einer Kneipe am Ükernplatz überzeugt, seinen Saal, in dem sonst Konzerte, Poetry-Slams und Lesungen stattfanden, am Samstagabend zur Verfügung zu stellen. Sie verpflichtete sich ihm gegenüber wagemutig, ihm »die Bude vollzumachen«, sodass er keinen Umsatzverlust fürchten müsste.

Dann suchte sie einen befreundeten Grafiker auf, der ihr nach viel gutem Zureden etwas widerwillig viel Zeit und seinen Laserdrucker zur Verfügung stellte, um auf seine eigenen Kosten zweihundert Flyer zu drucken. Strahlend vor Unternehmungslust ging Hilde Auffenberg mit den Flyern nach Hause, um die kleinen Zwischenerfolge mit einer schönen Tasse Tee zu feiern. Höveken war auch wieder da und konnte sich ihrer nächsten Attacke nicht entziehen. Sie teilte ihn, ohne Widerspruch zuzulassen, als Verteiler der Flyer ein. Sie sprachen sich ab, wer welche Straße übernehmen sollte, und dann legten die beiden nicht mehr ganz jungen Menschen los.

Hilde Auffenberg klingelte, im schicken Zwirn, an nahezu jeder Wohnungstür in den ihr zugeteilten Straßen und sprach mit den Bewohnern. Mal ging es problemlos und schnell, mal musste sie sich gewaltig ins Zeug legen, um zu überzeugen. Und lange nicht bei allen Anliegern hatte sie Erfolg. Sie war zwischendurch immer wieder erschüttert, wie wenig Bereitschaft die Leute zeigten, sich um ihre eigenen Interessen zu kümmern.

»Was geht mich das an?«, blaffte eine dralle Mittvierzigerin sie an. »Um mich kümmert sich auch keiner!«

»Ich wohne hier nur zur Miete, oben unterm Dach«, maulte eine andere, jüngere Frau. »Ist mir doch egal, ob unten einer das Haus anpinselt. Solange die nicht in mein Schlafzimmer kommen …«

Zwei Männer schlugen ihr ohne jede Antwort die Tür vor der Nase zu.

War es Desinteresse, Bequemlichkeit oder Feigheit? Hilde Auffenberg wusste es nicht, machte aber tapfer weiter. Es war früher Donnerstagabend, und die meisten Bewohner waren zu Hause. Für die energische Frau wurde es eine lange und nervenaufreibende Zeit, die ihr neben vielen neuen Gesichtern auch viele neue Erkenntnisse über die Menschen an sich und die Paderborner im Besonderen brachte.

Am Abend traf sie sich, wie vorher vereinbart, völlig erschöpft im »Rock Café« mit Herbert Höveken. Der ältere Mann war am Ende seiner Kräfte. Zwar körperlich noch gut in Schuss, aber nicht mal ansatzweise mit der unglaublichen Energie Hilde Auffenbergs gesegnet, war die Aktion für ihn zu viel gewesen. Sie kamen in ihrer Bewertung zu dem Ergebnis, dass mit etwas Glück etwa zwanzig Prozent der Anlieger dieses Viertels am Samstagabend kommen würde. Nicht so viel, wie sie erhofft hatten, aber wesentlich mehr als nichts. Das Ükernviertel hatte den Kampf angenommen.

Wer den Schaden hat, spottet jeder Beschreibung, dachte Kükenhöner, als seine Kollegen ihn nicht mit Mitleid bedachten, sondern feixend fragten: »Gegen welchen Zug bist du denn gerannt?«

Schwiete hatte sein Team sofort nach seinem Eintreffen in der Kreispolizeibehörde zusammengetrommelt. Natürlich war der Mann mit dem Klitschauge die Attraktion des Treffens. Doch Schwiete ließ den Lästereien keinen Raum.

»Karl, du hattest den Auftrag, Winters Wohnung zu überwachen. Wie wäre es mit einem Bericht?«

Die Ereignisse waren dem Polizisten ziemlich peinlich. Am liebsten wäre er sang- und klanglos darüber hinweggegangen. Da das nun nicht möglich war, erzählte er die Geschichte.

Einige der anwesenden Polizisten begleiteten den Bericht mit Kichern. Doch Schwiete versuchte sich auf das Wesentliche zu konzentrieren.

»Karl, erinnere dich! Was genau haben die Männer, die dir eine verpasst haben, besprochen, als sie an deinem Auto standen?«

Man sah Kükenhöner förmlich an, wie er grübelte.

»Ich weiß es auch nicht mehr so genau. Ich glaube, sie sagten, dass der Job hier in Paderborn nichts taugen würde. Weiter meinten sie, die Arbeit auf Sankt Pauli, die wäre wohl okay gewesen, aber das, was sie hier in Paderborn zu tun hätten, würde sie nicht gerade begeistern. Ich hab aber nicht so genau hingehört, Schwiete.«

Der Leiter der Mordkommission verdrehte die Augen.

»Setz dich heute Nachmittag in dein Büro, und schreib alles zu gestern Abend auf, was dir wieder einfällt.«

Nach einer kurzen Zeit der nachdenklichen Stille fragte

Linda Klocke: »Hat denn die Fahndung nach diesen Kerlen schon was ergeben?«

Kükenhöner glotzte die Kommissarin an.

»Welche Fahndung?«

»Na, da wird ein Polizist verprügelt. Das ist immerhin eine Straftat. Da hast du doch hoffentlich gleich die Kollegen alarmiert und Anzeige erstattet?«

Kükenhöner glotzte noch dämlicher.

»War mir ehrlich gesagt zu peinlich«, druckste er herum.

Es ist zum Verrücktwerden, dachte Schwiete. Wenn der Kerl sich produzieren kann, ist er der Erste, der die große Klappe hat. Wie oft hatte sich Kükenhöner das auf Schwietes Kosten geleistet, als sie noch Gleiche unter Gleichen waren.

Eine Sekunde lang war Schwiete geneigt, den Spieß umzudrehen, sagte aber nur: »Dann hol das schnellstens nach!«

Anschließend berichtete der Leiter der Mordkommission das, was ihm Hilde Auffenberg gesteckt hatte. Die Quelle behielt er allerdings für sich. Dann verteilte er die Aufgaben: »Kükenhöner, von dir will ich nachher einen Bericht über den gestrigen Abend. Zwei Kollegen fahren zum Ükernviertel und hören sich dort um. Wer kennt sich da einigermaßen aus?«

Zwei Finger gingen nach oben.

»Okay, ihr macht das. Und Sie, Kollegin Klocke, sind bitte so nett und nehmen sich mal diesen Hagemann vor. Finden Sie heraus, ob und was der mit Balhorn zu tun hat. Sein Büro hat er in der Friedrichstraße. Ich selber werde mal überprüfen, was in den letzten Wochen so an Anzeigen und Beschwerden im Zusammenhang mit dem Ükernviertel eingegangen ist.«

Kükenhöner meldete sich noch einmal:

»Dies ist aber jetzt schon noch die Mordkommission Winter?«

Schwiete sah ihn an und schwieg.

Seit Winter diesen Brief gelesen hatte, konnte er an nichts anderes mehr denken. Er musste seine Band wieder zusammentrommeln. Sie mussten noch einige Male üben bis nächsten Freitag. Hoffentlich hatte Hilde Auffenberg der Konzertagentur zugesagt. Winters Gedanken blitzten in seinem Gehirn wie ein Feuerwerk, und immer wieder drehte sich sein Denken um seine Tournee und um seine Karriere als Musiker. Er hatte diese Schützenfestmucke so satt. Winter wollte endlich seine Musik spielen: Rockmusik!

Heute begann das Wochenende. Da würde sein Kardinal in die Kirche gehen. Anschließend wahrscheinlich noch einmal seinen Vortrag überarbeiten, den er morgen halten wollte, und dann – ab ins Bett. Und er, Winter, würde sich endlich um seine Belange kümmern können. Um seine Band!

Aufgeregt klopfte Winter mit seinen Fingern das Schlagzeugsolo von »In-A-Gadda-Da-Vida« auf das Lenkrad. Wann kam sein Chef endlich? Er war schon eine viertel Stunde später dran, als er angekündigt hatte. Da endlich tauchte der Kardinal auf. Mit wehenden Rockschößen rannte er auf das Auto zu.

»Tut mir leid, dass Sie warten mussten, aber der Lehmann fand einfach kein Ende. Wie auch immer, jetzt geht es ab nach Dortmund! Yeah!«

»Dortmund?« Winter sah den Kardinal entgeistert an, dem wiederum ein riesengroßes Fragezeichen entgegenprangte.

»Ach, das wissen Sie ja noch gar nicht. Der Zorc, das ist der Manager von Borussia Dortmund, der hat mich angerufen. Dieser Teufelskerl hat noch zwei VIP-Karten für mich ergattern können. Der BVB spielt gegen den 1. FC Nürnberg. Wenn wir heute gewinnen und Leverkusen gegen Köln verliert, haben wir die Meisterschaft im Sack.«

Redet so ein Kardinal?, dachte Winter missmutig und erneut völlig bestürzt. Schließlich wurden seine Pläne gerade wieder durcheinandergeworfen.

Der Geistliche bemerkte das wenig begeisterte Gesicht seines Fahrers.

»Ist doch hoffentlich in Ordnung, diese kleine Spritztour, oder haben Sie schon andere Vorhaben für heute Abend?«

»Nee, geht schon klar, Eminenz. Ich bin nur kein Fußballfan.«

»Winter, das ändert sich heute, das ändert sich. Die zweite Karte ist nämlich für Sie. Ich nehme Sie mit in den VIP-Bereich. Das wird Ihnen gefallen.«

»Und wenn wir heute Meister werden«, plauderte der Kardinal weiter, »dann rufe ich sofort den Papst an. Ob der Ratzinger dann schon pennt oder nicht, ist mir egal. Den störe ich, darauf kann er sich verlassen. Sie müssen nämlich wissen, der heilige Knabe ist bereits seit 1987 Mitglied bei Schalke. Aber wenn wir heute die Schale holen, dann erfährt der das von mir exklusiv. Der wird sich schwarz-, nee, gelb-schwarzärgern!«

Interessant, was man hier so alles erfährt, dachte Winter.

Während der Fahrt sah Engels immer wieder auf die Uhr. Als Winter das Auto auf die A44 lenkte, sagte der Kardinal: »Nun geben Sie mal richtig Gas, wollen doch mal sehen, zu was so ein Mercedes wie dieser hier in der Lage ist.«

Winter tat, wie ihm geheißen, und so raste die Kardinal-Karosse mit weit über zweihundert Stundenkilometern die Autobahn entlang.

»Ach, da wär noch was«, sagte der kirchliche Würdenträger.

Der Kardinal kramte in seiner Aktentasche und zog drei gelbschwarze Schals heraus. »Einen für Sie, einen für mich, und den hier, der ist nicht mehr ganz sauber, den klemmen wir in die Seitenscheibe und lassen ihn im Wind flattern.«

Eine Stunde später, genau fünf Minuten vor dem Anpfiff, betraten Winter und der Kardinal den VIP-Bereich des Dortmunder Stadions.

Die Stimmung war atemberaubend. Winter bemühte sich noch eine viertel Stunde um ein gelangweiltes Erscheinungsbild, dann hatte es ihn gepackt. Innerhalb kürzester Zeit war er BVB-Fan geworden und nun mit solcher Inbrunst dabei, als sei er seit seiner Geburt ein Gelb-Schwarzer.

Nur wenige Minuten nachdem Winter zum Fußballfan mutiert war, ging folgender Kommentar durch den Äther: »Götze rennt auf das Nürnberger Tor zu. Schäfer, der Torwart, patzt. Er lässt den Ball abprallen, und dann ist Lucas Barrios da und befördert das Leder ins Netz. Sechzehn Uhr drei! Dortmund ist im Moment Deutscher Meister.« Der Kardinal und Winter jubelten, sie lagen sich in den Armen. Anscheinend gab es bei diesem entscheidenden Spiel nicht mehr den Kardinal und seinen Fahrer, sondern nur noch Fans, und die hatten bloß eins im Sinn: Hoffentlich bleibt Dortmund heute und morgen und überhaupt Deutscher Meister.

Dann, elf Minuten später, ertönte erneut die Stimme des Kommentators aus dem Lautsprecher: »Lewandowski läuft mit dem Ball am Fuß auf das Tor zu. Diesmal steht Schäfer zu weit vor seinem Kasten. Der Dortmunder Spieler lupft den Ball über den Keeper. Tor! Tor! Tor! Dortmund führt mit zwei zu null!«

Das Stadion tobte.

»Winter, ich sag's Ihnen, jetzt muss nur noch Köln gewinnen, dann können Sie sich auf eine lange Nacht gefasst machen. Dann feiern wir beide schon mal die Meisterschaft.«

Fußballspieler sein ist wahrscheinlich fast so gut wie Musiker, dachte Winter.

16

Samstagabend, viertel vor acht. In den meisten Haushalten Paderborns bedeutete dies das Ende der Sportschau. Männer wuchteten sich stöhnend aus ihrem Fernsehsessel, um zur Toilette zu gehen. Abendessen hatte es entweder bereits in einer der Werbepausen während der Sendung gegeben oder stand nun als Nächstes auf dem Programm. Dann ließ man sich für den Rest des Abends wieder behaglich in den Polstersessel fallen.

Einige Bürger des Ükernviertels jedoch machten sich zu dieser Zeit stadtfein und verließen ihre Wohnungen, um in eine Kneipe am Ükernplatz zu gehen. In dieser als Künstlerkneipe bekannten Gaststätte gab es einen großen Saal im hinteren Bereich, der sich für den Geschmack des Wirtes viel zu langsam mit Besuchern füllte.

Hilde Auffenberg stand an der Theke und versuchte ihn bei Laune zu halten. Der Wirt war besorgt:

»Es ist Samstagabend! Normalerweise habe ich gleich die Bude voll. Wenn zu Ihrer Versammlung nur fünfzehn Leute kommen, sehe ich alt aus. Hoffentlich trinken die wenigstens ordentlich was.«

Sie gab dazu keinen Kommentar ab, mahnte ihn aber zur Geduld. Eigentlich war sie selbst enttäuscht von der Resonanz ihrer Aktion, aber das durfte sie dem Wirt gegenüber, dem ja tatsächlich ein herber Umsatzausfall drohte, keinesfalls zeigen.

»Die Versammlung ist für zwanzig Uhr angesetzt. Die Leute kommen immer erst ganz zum Schluss. Warten Sie es ab, Sie werden staunen!«

Auch wenn sie kaum ihren eigenen Worten Glauben schenkte – ihr blieb nichts anderes übrig als Zweckoptimismus. Doch es trudelten wirklich immer wieder Leute ein. Mal einzeln, mal in kleinen Gruppen. Viele kannten sich und plauderten bereits miteinander. Andere standen etwas linkisch in einer Ecke herum und wussten nicht so recht, wie sie sich verhalten sollten. Hilde Auffenberg ging von einem zum anderen, stellte sich vor und sagte jedem ein paar nette Worte zur Begrüßung. Als es an der Zeit war, mit der Versammlung zu beginnen, hatte sie bereits ein Pensum hinter sich, das viele andere restlos erschöpft hätte. Für Hilde Auffenberg begann der Abend jedoch erst.

»Können wir die Tür schließen, oder kommen noch Leute?«, fragte sie einen jungen Mann, der als bislang Letzter in den mittlerweile recht gut gefüllten Saal kam.

»Weiß ich nicht«, antwortete der. Ihm war anzusehen, dass ihn irgendetwas beunruhigte. Er druckste herum, suchte offenbar nach den richtigen Worten.

»Vielleicht spinne ich ja, aber ich fürchte, dass es heute Abend noch Ärger gibt. Ich bin gerade, fast direkt vor der Eingangstür der Kneipe, von drei Kerlen angesprochen worden, die wissen wollten, ob ich zu dieser Versammlung gehe. Als ich das bestätigte, meinte einer von ihnen, es sei gesünder für mich, wenn ich das Weite suchte. Ich bin dann einfach weitergegangen. Was soll ich davon halten?«

Das wusste Hilde Auffenberg auch nicht, aber sie war jetzt nicht mehr bereit, sich verunsichern zu lassen.

»Kannten Sie die Männer?«

Der junge Mann schüttelte den Kopf, und sie bat ihn: »Tun Sie uns den Gefallen, und erzählen keinem davon. Wahrscheinlich waren das irgendwelche Wichtigtuer, und es hat überhaupt keine Bedeutung. Warum die Leute unnötig in Sorge versetzen?«

Wenig überzeugt sagte der junge Besucher dies zu und suchte sich einen Platz.

Hilde Auffenberg ging nach vorn auf die kleine Bühne, auf der Herbert Höveken bereits auf sie wartete, und schaltete das Mikrofon ein. Sie begrüßte die Anwesenden, dankte ihnen für ihr Kommen und gab einen Überblick über die Denkwürdigkeiten, die in den letzten Tagen im Viertel auffällig geworden waren.

»Erst die Farbschmierereien, bei denen nicht nur Schaufenster und Hausfassaden besudelt wurden, sondern bei denen es auch einen Angriff auf unseren Mitbürger Walter Meerkötter gab, den ich heute Abend ganz besonders herzlich begrüßen möchte. Walter, steh doch mal auf!«

Die Besucher reckten die Hälse, um den alten Mann sehen zu können, der nun in der Mitte der Zuschauer aufstand und verlegen in die Runde grüßte. Offensichtlich war es ihm nicht gelungen, seine Haare restlos von der Farbe zu befreien. Am Hinterkopf, wo die Haare schulterlang waren und wo Meerkötter selbst nicht hinschauen konnte, lockerten nach wie vor einige ultramarinblaue Strähnen das sonst so triste Grau auf. Hinter ihm kicherten einige Leute, verstummten aber schnell, als ihnen wegen ihrer Pietätlosigkeit böse Blicke zugeworfen wurden.

»Dann bekam unser aller Nachbar Alois Schröder einen unliebsamen Besuch. Man forderte ihn auf wegzuziehen. Das muss man sich mal vorstellen! So was hat es in Paderborn noch nie gegeben, jedenfalls nicht in den letzten sechzig Jahren. Herr Schröder ist zurzeit im Krankenhaus, um sich von dem Schrecken zu erholen. Zwischendurch wurden anständige Geschäftsleute von einem windigen Finanzmenschen angesprochen. Man hat ihnen angeboten, ihre Geschäfte für 'nen Appel und 'n Ei an ihn zu verkaufen. Ob es hier einen Zusammenhang gibt, wissen wir nicht sicher, vermuten es aber ganz stark. Sogar ein Polizeiauto wurde schon Opfer dieser Vandalen. Direkt vor meinem Haus. Als gestern …«

»Aber das Polizeiauto stand doch aus einem ganz anderen Grund vor Ihrem Haus, Frau Auffenberg«, unterbrach sie eine aufgedonnerte Endsechzigerin. »Wenn wir schon alle hier versammelt sind, muss auch alles auf den Tisch kommen. Wir sollten auch darüber reden, dass Sie einen Mörder in Ihrem Haus wohnen haben. Das finde ich eigentlich viel schlimmer als so ein bisschen Farbe an den Wänden. Wo ist denn Ihr Mieter jetzt, Frau Auffenberg?«

Die Angesprochene war dunkelrot angelaufen, ihre ganze

Körperhaltung hatte sich verändert, war auf Abwehr und Gegenangriff eingestellt. Hilde Auffenberg fühlte sich an ihre Zeit als Lehrerin erinnert, wenn es bei Elternabenden zu persönlichen verbalen Attacken auf sie gekommen war. Sie kannte diese Frau gut, war mit ihr vor einigen Jahren einmal heftig aneinandergeraten, als sie gemeinsam mit ihr versucht hatte, ein Straßenfest zu organisieren. Der Versuch war seinerzeit erbärmlich gescheitert, wofür die beiden Frauen sich gegenseitig die Schuld gegeben hatten.

»Das ist nun wirklich nicht das Thema dieser Versammlung. Hier geht es um die Bedrohung unseres Viertels, so wie es ist. Zu meinem Mieter kann ich nur sagen: Ich persönlich bin fest davon überzeugt, dass er völlig unschuldig ist. Er war einfach nur zum falschen Zeitpunkt an der falschen Stelle.«

»Und warum ist er dann abgehauen, wenn er so unschuldig ist?«, kam es giftig, diesmal vom Ehemann der aggressiven Frau. »Das sieht doch verdammt nach schlechtem Gewissen aus.«

Lautes Gemurmel im Saal zeigte Hilde Auffenberg, dass diese Frage bei den Anwesenden durchaus Eindruck gemacht hatte. Zum Glück schnappte sich nun eine blonde Frau, von der Hilde Auffenberg wusste, dass sie hier um die Ecke wohnte und Barbara Lukas hieß, das Mikrofon und rief:

»Weil eben nur im Fernsehen immer der Richtige erwischt wird. In der Wirklichkeit muss sich manchmal auch ein Unschuldiger vor der Justiz schützen, sonst geht es ihm an den Kragen. Sie wissen doch, auf hoher See und vor Gericht ist man in Gottes Hand.«

Einige klatschten der jungen Frau Beifall. Das Gemurmel ebbte aber nicht ab, im Gegenteil. Nun wurden auch diese Worte in die Debatte einbezogen. Hilde Auffenbergs Versuche, Ruhe zu schaffen, verliefen im Sande. Genervt blickte sie in die Runde und wollte schon resigniert die Versammlung für beendet erklären, als ein alter Mann ächzend die Stufe zur Bühne erklomm. Walter Meerkötter griff sich das Mikrofon und rief militärisch zackig: »Ruhe, verdammt noch mal!«

Verblüfft schauten die Anwesenden auf. Langsam erstarb das Gemurmel, und alle warteten, was Meerkötter ihnen mitzuteilen hatte. Der schien im ersten Moment selbst vom Erfolg seines Eingreifens überrascht zu sein, dann wurde ihm klar, dass man von ihm nun etwas erwartete. Er räusperte sich.

»Ist doch wahr, wir benehmen uns hier wie im Kindergarten. Worum geht es hier eigentlich? Man hat mich angegriffen, meinen Hund besudelt und mich mit einem Eimer Farbe übergossen. Deshalb bin ich hier. Darüber will ich sprechen und darüber, wie wir so was in Zukunft verhindern können. Wer hier schmutzige Wäsche waschen will, der soll gehen. Den können wir nicht gebrauchen. So, mehr habe ich nicht zu sagen.«

Die Stille hielt an, als Meerkötter mühsam wieder vom Podest stieg. Der alte Herr hatte als erstes Opfer der jüngsten Entwicklung einen heldenähnlichen Status, und sein Plädoyer für die Konzentration auf das eigentliche Thema des Abends war eindrucksvoll gewesen. Hätten nicht bei seinem Rückweg zum Sitzplatz einige lange blaue Haarsträhnen im Rhythmus seiner Schritte heftig auf und ab gewippt, wäre sein Auftritt noch epochaler geworden. Aber man darf auch nicht zu viel auf einmal erwarten. Endlich konnte Hilde Auffenberg wieder das Wort ergreifen.

»Ich will mich hier nicht in den Vordergrund drängen. Wenn ihr das Gefühl habt, dass ich aufgrund bestimmter Umstände nicht geeignet bin, diese Versammlung zu leiten, dann sagt es bitte ganz offen. Dann setze ich mich einfach in die letzte Reihe, und ein anderer macht hier den Kasper. Also, was meint ihr?«

Auffordernd und kampflustig ließ sie den Blick schweifen. Aber niemand meldete sich zu Wort. Bis ein im Viertel sehr bekannter Gastwirt von hinten rief:

»Mach weiter, Hilde! Ist schon in Ordnung!«

Da keine weiteren Stimmen kamen, wurde dies allgemein als eine informelle Wahl zur Versammlungsleitung akzeptiert. Die Atmosphäre entspannte sich langsam, und Hilde Auffenberg konnte wieder Struktur in die Sache bringen. Eine Weile entwickelte sich eine vorbildliche, gut geleitete Debatte über die Ereignisse und deren mögliche Ursachen. Wenn auch gelegentlich reichlich abwegige Ansichten geäußert wurden, bis hin zu den wüstesten Verschwörungstheorien, war Hilde Auffenberg mit dem Verlauf der Veranstaltung bis dahin zufrieden. Doch nach rund fünfzehn Minuten sprang laut krachend die Saaltür auf. Der Wirt des Lokals stand schreckensbleich im Türrahmen und rief:

»Die Schweine haben mir gerade das Fenster eingeschlagen! Zwei Gäste sind verletzt!«

Für ein paar Sekunden herrschte atemlose Stille. Dann breitete sich Gemurmel aus, wurde immer lauter und wirrer, bis schließlich kein Wort mehr zu verstehen war. Die ersten Besucher standen auf und gingen durch die Tür, um sich die Sache mit eigenen Augen anzusehen. Auch Hilde Auffenberg gab ihrer Neugier nach und lief in den Gastraum. Der sah übel aus. Von einer großen Fensterscheibe steckten nur noch zackige Reste im Rahmen. Dafür war der Raum übersät mit Scherben. Auf einem Stuhl hockte zusammengekrümmt ein Mann, dem von der Wange Blut auf sein weißes Hemd tropfte. Ein junges Paar kümmerte sich bereits um ihn. Auf einem anderen Stuhl lehnte mit schreckensweiten Augen eine Frau. Sie blutete aus mehreren Wunden am Oberkörper. Ein junger Kerl, wahrscheinlich ihr Freund, saß in der Hocke vor ihr und redete auf sie ein.

Hilde Auffenberg war schockiert. War das wieder so eine Attacke gewesen? Hatte sie tätsächlich mit dieser Versammlung zu tun? War sie selbst, als Initiatorin, mitverantwortlich dafür? Ihr wurde übel. Dann ging auch noch der Wirt auf sie los und schrie sie an:

»Das ist alles Ihre Schuld! Sie und diese elende Versammlung. Ich habe doch gleich gewusst, dass so etwas Ärger gibt. Hätte ich nur nicht zugestimmt, ich Idiot.«

Zum ersten Mal war sie wirklich dankbar, dass Herbert Höveken neben ihr stand und ihr den Arm um die Schulter legte. Ihre Knie waren weich geworden, und sie brauchte dringend eine Stütze. Dabei konnte sie dem Wirt noch nicht einmal böse sein. Sie verstand ihn gut. Der Mann hatte aus Solidarität zum Viertel auf sein gewöhnlich gutes Samstagabendgeschäft verzichtet und den großen Raum hergegeben. Nun stand er da, in seinem Scherbenhaufen. Hilde Auffenberg wäre an seiner Stelle auch sauer gewesen, keine Frage. Aber sie war hier nicht die Wirtin. Sie war die Person, die den Kampf gegen diese Vandalen aufgenommen hatte, ohne die hier nichts lief und die nun stark sein musste.

Sie bedeutete Höveken, dass sie wieder in Ordnung sei, und ging durch die Menschenmenge zurück in den inzwischen fast leeren Veranstaltungsraum. Es war Hövekens zähe Aufgabe, die Leute zu motivieren, wieder im Saal Platz zu nehmen. Viele Minuten dauerte es, bis alle wieder saßen, weitere Minuten, bis wieder Ruhe eingekehrt war. Hilde Auffenberg sprach leise, als sie erneut zum Mikrofon griff.

»Liebe Mitbürger, wenn es noch eines Beweises bedurfte, wie wichtig unser Zusammentreffen heute Abend ist, dann ist er uns eben geliefert worden. Wir müssen dieses Treiben stoppen! Der Wirt dieses Lokals wird jetzt die Polizei anrufen. Die werden den Schaden aufnehmen, und das war es dann. Und morgen geht wieder etwas zu Bruch, kommen wieder Menschen zu Schaden. Wir müssen die Sache selbst in die Hand nehmen. Hat jemand einen Vorschlag?«

Wieder Gemurmel, dann rief ein bulliger mittelalter Mann aus den hinteren Reihen eifrig und offenbar begeistert von der Entwicklung:

»Willst du ’ne Bürgerwehr aufstellen? Ich bin dabei. An ’ne Knarre komme ich schon ran, keine Sorge.«

Hilde Auffenberg und Höveken blickten sich irritiert an. Beiden war in diesem Augenblick klar geworden, was sie gerade auszulösen im Begriff waren. Sie waren auf dem besten Weg, Geister zu rufen, die sie danach nie wieder loswerden würden. Hier musste sofort ein Riegel vorgeschoben werden, aber was sollte dann kommen? Sie hatte keine Lösung parat.

»Wir dürfen auf gar keinen Fall etwas Ungesetzliches tun. Keine Selbstjustiz, so hatte ich das nicht gemeint. Ich schlage vor, dass wir erst einmal versuchen herauszufinden, wer hinter all dem steckt und was dessen Ziele sind.«

Als sich nun erneut Stimmen meldeten, die einer militanten Bürgerwehr das Wort redeten, erkannte auch die Mehrheit der Anwesenden, dass es zu Hilde Auffenbergs wenig mitreißendem Vorschlag tatsächlich keine Alternative gab. Unter lauten Protesten der kleinen kampfeswütigen Minderheit wählte die Versammlung einen Ausschuss, der sich um weitere Erkenntnisse und um die künftige Koordination der Arbeit kümmern sollte. Dass Hilde Auffenberg dessen Vorsitzende wurde, überraschte wenig. Zum Schluss hielt sie noch eine kurze Ansprache, bedankte sich noch einmal bei allen für ihr Kommen, beschwor alle, die Ruhe zu bewahren, und wünschte ihnen einen guten Heimweg. Es war ihr ein ernstes Anliegen, die Leute zur Vorsicht zu ermahnen. Bereits beim Anblick der zerborstenen Fensterscheibe hatte sie zwei und zwei zusammengezählt, die Scherben mit der Meldung des jungen Mannes, der auf dem Weg hierher provoziert worden war, addiert und war zu der Überzeugung gekommen, dass ihre Gegner, wer immer sie auch waren, nun in eine härtere Gangart geschaltet hatten. Aber wie sollte sie dies den Menschen sagen, die nun laut schnatternd langsam den Versammlungsraum verließen, um sich auf den Heimweg zu machen? Ohne Panik zu erzeugen, ohne damit alle zu demotivieren. Vielleicht war sie selbst ja auch nur, nach der Aufregung der letzten Tage, mit den Nerven runter und sah schon Gespenster.

17

Ein komplett verplemperter Abend, fand Markus Loddenkamp, als er sich mit seiner Ehefrau Petra auf den Heimweg machte. Dieses Kasperletheater hätte er sich schenken können. Alles Weicheier! Das fand auch seine Frau. Dieses Gesindel musste man hart anfassen, eine andere Sprache würden die nicht verstehen. Als ob man mit einem Ausschuss etwas gegen Vandalen ausrichten könnte. Lächerlich! Loddenkamp war nun über vierzig Jahre alt und hatte seine Erfahrungen im Leben gemacht. Dabei hatte er gelernt, dass es immer Leute gab, die es schafften, sich durchzusetzen, und andere, die immer den Kürzeren zogen. Er selbst war ein Gewinnertyp, fand er. Und das war kein Zufall, denn er gehörte zu den wenigen, die wussten, wie es läuft. Das Leben war für ihn kein Fragezeichen, sondern ein dickes, fettes Ausrufezeichen. Wo er war, war vorne. Seine superblonde, mit allen weiblichen Attributen reichlich ausgestattete Frau passte perfekt zu ihm. Er sah sie gerne an und zeigte sie ebenso gerne und stolz vor. Sie waren ein Traumpaar, fand er. Wie ein strahlender Leuchtturm ragten die beiden aus dem schmuddeligen Meer der alltäglichen Erbärmlichkeiten heraus.

Loddenkamp schnaubte wütend, als er neben seiner Frau vom Ükernplatz aus unter den Ükern-Arkaden durchging. Noch immer waren rund um das Verkaufsfenster des griechischen Imbisses die Farbschmierereien zu sehen. Wie gewöhnlich standen zu dieser späten Uhrzeit eine Menge Leute hier herum. Einige bissen bereits herzhaft in ihre Gyros-Pita, andere warteten mehr oder weniger geduldig in einer Schlange, bis sie an die Reihe kamen. Diesen Imbiss kannte Loddenkamp schon seit seiner Kindheit. Ab und zu aß er auch mal ein Gyros oder einen Döner, obwohl er weder Griechen noch Türken leiden konnte. Und was für Gestalten hier herumstanden. Nachtschwärmer von der übelsten Sorte. Gesocks, fand Loddenkamp. Es ekelte ihn, als er diesen unterentwickelten, hühnerbrüstigen Gestalten dabei zuschauen musste, wie sie mit ihrer Pita dastanden, wie ihnen das Fett am Kinn hinunterlief und bei jedem Bissen Fleisch- und Tomatenstücke zu Boden fielen. Eine Ausnahme bildeten drei kräftig gebaute junge Männer, die an einem der Pfeiler der Arkaden lehnten und rauchten. Stramme Burschen, fand Loddenkamp und stellte fest, dass auch seine Frau einen langen, aufmerksamen Blick auf die drei warf.

Dann hatten sie dieses Nadelöhr durchstoßen, überquerten die Heiersstraße und gingen langsam auf der anderen Straßenseite weiter. Auch der Dönerladen hier war rappelvoll.

»Wollen wir noch was essen?«, fragte Frau Loddenkamp und deutete auf das kleine Restaurant.

»Nee«, rief er leidenschaftlich. »Auf so was kann ich heute nicht. Wenn wir zu Hause sind, steige ich eben noch ins Auto und hole was Anständiges von McDonald's. Geht fix, du kannst in der Zeit schon mal Bier aus dem Kühlschrank holen.«

Die Loddenkamps waren eigentlich keine Bewohner des Ükernviertels. Sie wohnten zwar ganz in der Nähe, aber eben nicht in diesem Nachtjackenviertel, wie Loddenkamp immer sagte. Seine Frau war da aufgewachsen und froh, nicht mehr dort leben zu müssen. Die beiden logierten nun stolz in einem gepflegten modernen Haus an der Gertrud-Gröninger-Straße. Sie hatten zufällig von der Versammlung Wind bekommen, und weil die Loddenkamps sich gern da aufhielten, wo Menschen sich aufregten, hatten sie sich einen kurzweiligen Abend versprochen. Er hatte zu den entschiedenen Befürwortern einer schlagkräftigen Bürgerwehr gehört, war aber von der feigen, blutleeren Mehrheit niedergestimmt worden. Diese Hilde Auffenberg sah zwar aus wie ein Flintenweib, hatte auch eine große Klappe wie ein Oberfeldwebel, aber als es ernst wurde, hatte auch sie sich als weichgespülte Friedenstussi entpuppt. Zum Kotzen!

Als sie an der Fußgängerampel auf Grün warteten, um den breiten Gierswall zu überqueren, blickte Frau Loddenkamp gelangweilt in die Runde und stellte dabei erfreut fest, dass die drei gut aussehenden Männer offenbar den gleichen Weg hatten. Direkt gegenüber der Ampel führte eine schmale Gasse ins Dunkle. Auf der rechten Seite war die Gasse von einer hohen Hecke begrenzt, links von einer Hauswand. Frau Loddenkamp hasste es, hier im Dunkeln durchzugehen, auch wenn es eine spürbare Abkürzung war. Doch an der Seite ihres tapferen Mannes fühlte sie sich sicher, und als sie sah, dass die drei netten Burschen auch jetzt noch hinter ihnen herkamen, schob sie alle Bedenken beiseite. Sie hakte sich bei ihrem Mann ein und schritt trotz ihrer hochhackigen Schuhe munter aus. Ein feines Lächeln umspielte ihre Lippen, als sie sich klarmachte, welchen guten Eindruck ihre weibliche Figur, ihre sinnlichen Bewegungen und ihre absolut angesagte Kleidung auf die jungen Männer, die immer weiter aufgeholt hatten und nun direkt hinter ihnen waren, erwecken mussten.

Als auf der linken Seite große Müllcontainer, die zu einem Supermarkt gehörten, auftauchten, wurden die Loddenkamps von den drei Kerlen überholt. Zwei, drei Schritte gingen die drei noch im schnellen Tempo weiter, dann stoppten sie abrupt und drehten sich um. Beinah wären die Eheleute direkt auf sie aufgelaufen. Auch sie mussten nun stehen bleiben, da die Gestalten den schmalen Weg versperrten. Selbst zwei so selbstgefälligen Menschen war nun klar, dass dies kein fröhliches Begrüßungskomitee sein konnte. Frau Loddenkamp hielt ihre Handtasche fest umklammert. Sie spürte, dass auch ihr Mann sich heftig verkrampfte.

»Was soll das?«, fragte er. Diese Stimmlage kannte sie. So sprach er, wenn er mutiger wirken wollte, als er war. Die Männer starrten sie nur schweigend an.

»Wenn ihr nichts wollt, dann lasst uns durch!«, kam wieder die übertrieben feste Stimme Loddenkamps.

Endlich sprach einer der Männer: »Ihr wart auf der Versammlung?«

Frau Loddenkamp schaute ihren Mann an, um zu sehen, wie

er auf die Frage reagieren würde. Aber auch der schien irritiert zu sein. Obwohl er äußerlich unbeeindruckt wirkte, als er zurückkeilte: »Und wenn? Was geht euch das an?«

Der Sprecher der drei lächelte.

»Das geht uns gar nichts an. Stimmt. Aber es gefällt uns nicht. Wir mögen Leute nicht, die zu solchen Veranstaltungen gehen. Wo die Menschen aufgehetzt werden und auf dumme Gedanken kommen. Einfach widerlich!«

Nun platzte Loddenkamp der Kragen. Seine Empörung war stärker als seine Angst, als er den Arm seiner Frau losließ, auf den Sprecher zuging und sich vor ihm aufbaute. Die beiden waren gleich groß und vielleicht sogar gleich kräftig. Bei einem fairen Kampf Mann gegen Mann hätte Loddenkamp eventuell sogar eine Chance gehabt. Aber ein fairer Kampf war kaum zu erwarten, denn die beiden Kumpane seines Gegners umringten ihn sogleich. Frau Loddenkamp schlug die Hände vor dem Gesicht zusammen, als sie erkannte, dass ihr Ehemann sehenden Auges in diese Falle lief. Die übliche rituelle Schubserei begann. Sie begann langsam, wurde schneller und härter. Bis Loddenkamp dem Erstbesten, den er erreichen konnte, die Faust ins Gesicht schlug. Sofort fielen die beiden anderen über ihn her, warfen ihn zu Boden, traten auf seinen schützend zusammengezogenen Körper ein. Dann ließen sie kurz von ihm ab. Loddenkamp raffte sich ächzend auf. Seine Frau griff ihm unter die Arme und half ihm hochzukommen. Ein paar Sekunden stand Loddenkamp schwer atmend da und starrte die drei Männer hasserfüllt an.

Der Sprecher der Schläger drehte sich von ihm weg und sagte laut zu den anderen gewandt: »Okay, ich denke, der hat jetzt verstanden, dass es ungesund ist, bei diesen Leuten mitzumachen. Lasst uns gehen. Vielleicht finden wir noch mehr von diesen Vollidioten.«

Offenbar sah Loddenkamp bei diesen Worten nur noch rot. Er riss sich von seiner Frau los und machte ein paar schnelle Schritte nach vorn. Er sprang den Mann von hinten an, umklammerte dessen Hals und versuchte ihn rückwärts zu Boden zu reißen. Frau Loddenkamp kreischte laut. Im zweifelhaften Licht einer entfernten Straßenlampe konnte sie kaum erkennen, was vor sich ging. Aber sie sah, dass ihr Mann von den Partnern seines Gegners angefallen wurde. Undeutlich sah sie, wie das Straßenlampenlicht von einem glänzenden Gegenstand reflektiert wurde, wie dieser Gegenstand genauso schnell wieder verschwand, wie er aufgetaucht war. Wie ihr Mann lautlos zusammensackte, wie die drei jungen Männer sich von ihm abwandten, ihn liegen ließen und eilig losliefen, bis sie hinter der Ecke des Supermarktes verschwunden waren.

Das war wieder so ein Abend, an dem Horst Schwiete sich wünschte, einen anderen Beruf erlernt zu haben. Wäre er, wie sein praktisch denkender Vater es ihm vorschreiben wollte, seinerzeit zum Finanzamt gegangen, dann hätte er diesen späten Samstagabend behaglich vor dem Fernseher verbracht oder mit einem guten Buch. Bis Montagmorgen wäre er in Sicherheit vor den Anforderungen seines Arbeitgebers gewesen. Als Polizist gab es für ihn keinen echten Freizeitschutz. Mörder nehmen nun mal keine Rücksicht auf die Arbeitszeiten der Polizei.

Um kurz vor Mitternacht hatte Schwietes Telefon ihn zum Dienst gerufen. Eine Frau hatte die Zentrale angerufen und gemeldet, dass ihr Ehemann getötet worden sei. Die Frau stand offenbar kurz vor dem finalen Nervenzusammenbruch. Schwiete hatte Rufbereitschaft und musste als Vertreter des Kriminalkommissariats 11, das für Kapitaldelikte zuständig ist, vor Ort die Sache in die Hand nehmen. Passenderweise wohnte er gleich um die Ecke, sodass Schwiete den kurzen Weg zum Rattenpatt, wie die schmale Gasse im Volksmund auch genannt wird, zu Fuß machen konnte.

Die Gasse war im Bereich der Müllcontainer nun hell erleuchtet. Im Licht eines starken Strahlers sicherten Beamte den Tatort mit Trassierband, einer fotografierte aus verschiedenen Perspektiven die Szene, andere warteten darauf, von Schwiete eingeteilt zu werden. Er nickte grüßend zwei der Beamten, die er persönlich kannte, zu, trat in die Mitte des Lichtkegels und betrachtete den Toten. Trotz der vielen Jahre im Polizeidienst traf es ihn immer wieder tief im Innersten, wenn er vor dem Opfer einer Gewalttat stand. Er hatte sich mit fernöstlichen Philosophien befasst, mit Meditationstechniken, sich bemüht, sein inneres Gleichgewicht auch in solchen Lagen zu bewahren, aber seine geschundene Polizistenseele reagierte immer wieder so, als wäre es das erste Mal.

Der Tote lag eigentümlich verrenkt auf dem Asphalt. Sein Gesicht war zerschlagen, offenbar hatte er heftige Prügel bekommen.

»Er hat einen Messerstich im Rücken«, murmelte hinter Schwiete eine Stimme. Schwiete drehte sich um und stand vor einem unbekannten Mann, der sich ihm als Arzt vorstellte.

»Der Stich führt direkt unter dem Schulterblatt ins Herz. Der Mann wird sofort tot gewesen sein. Ich bin ja nur ein einfacher Mediziner und kein Kriminaltechniker, aber die Platzierung des Stiches sagt schon eine Menge aus.«

Schwiete nickte wortlos. Es konnte sich theoretisch um einen Zufallstreffer handeln, aber das war eher unwahrscheinlich. So etwas ließ sich auch nicht mit einem normalen Taschenmesser machen, sondern erforderte schon eine große und sehr stabile Klinge. Alles wies auf einen Profi hin. Schwiete seufzte und wandte sich von dem Toten ab.

»Wo ist denn die Ehefrau?«, fragte er einen der Beamten, die eben noch mit dem Trassierband beschäftigt gewesen waren. Der Mann wies mit dem Daumen nach Norden. Schwiete wusste, dass einige Meter weiter in dieser Richtung der große Parkplatz des Lebensmittel-Supermarktes war, zu dem auch die Müllcontainer gehörten.

»Die sitzt im Bulli und zittert vor sich hin. Ist völlig durch den Wind«, berichtete der Polizist.

Schwiete verließ den Tatort und ging zum Parkplatz. Dort stand ein Polizeiauto, ein VW T4, mit weit geöffneter Schiebetür. Drinnen fand Schwiete eine ihm unbekannte Frau, die ihre Hände vor das Gesicht geschlagen hatte und schluchzte. Neben ihr saß, zu Schwietes Überraschung, seine junge Kollegin Linda Klocke. Sie grüßte mit einem dünnen Lächeln und bedeutete ihm mit Handzeichen, dass er nicht hereinkommen sollte, sondern dass sie zu ihm hinauskommen würde.

Draußen zog sie ihn ein paar Meter vom Polizeiauto weg und sagte leise: »Die Frau ist völlig mit den Nerven runter. Vom Gefühl her würde ich sagen, sie sollte erst einmal in ein Krankenhaus gebracht werden, bevor wir sie befragen. Aber ich weiß natürlich auch, dass uns dann vielleicht wertvolle Zeit verloren geht. Vielleicht lassen Sie mich die Fragen stellen, weil ich schon seit einigen Minuten da drin gesessen habe und sie sich etwas an mich gewöhnt hat. Ist das recht?«

Schwiete nickte. Er war sowieso nicht besonders gut darin, mit verzweifelten Frauen zu sprechen. Die weibliche Psyche an sich war schon ein ewiges Rätsel für ihn, er hatte nie wirklich verstanden, was da vor sich ging. Er mied Frauen, nicht weil er sie nicht mochte, sondern weil er sie nicht verstand. Was er nicht verstand, machte ihn unsicher. Und eine Frau kurz vor dem Nervenzusammenbruch würde ihn restlos überfordern. Er war Linda Klocke dankbar für ihre Vermittlerrolle. Und sie machte das recht geschickt. Nach einigen »Eisbrecher«-Fragen, bei denen Frau Loddenkamp langsam, aber stetig den Kopf wieder in die Höhe reckte, kam sie zum eigentlichen Thema.

»Frau Loddenkamp, Sie sprachen bereits von drei Männern. Können Sie uns diese Männer ein bisschen beschreiben?«

Die Frau des Toten hatte immer noch ein Schluchzen in der Stimme, mühte sich aber, Haltung zu zeigen.

»Ja, es waren drei Männer. Alle noch jung, so um die dreißig. Sie …«, hier zögerte sie. Es sah aus, als sei es ihr peinlich, das auszusprechen, was ihr auf der Zunge lag. Linda Klocke bewies Geduld und wartete ab.

»Sie waren alle groß und kräftig gebaut. Gut aussehende junge Männer. Sie trugen Motorradkleidung, hatten aber keinen Helm dabei. Erst dachte ich, das wären ganz nette junge Leute, aber dann …«

Wieder unterbrach sie. Als sie sich erneut gefasst hatte, fragte Linda Klocke, ob sie die Männer bereits vorher einmal gesehen hätte und wie es zum Zusammentreffen mit ihnen gekommen wäre.

Frau Loddenkamp gab an, dass die drei ihr bislang noch nie unter die Augen gekommen waren. Dann berichtete sie, immer wieder unterbrochen durch kurze Verzweiflungsattacken, wie alles abgelaufen war. Als sie das Schlimmste hinter sich hatte, fragte die junge Polizistin noch, auf Einflüsterung von Schwiete hin, ob ihr an den Schlägern irgendetwas aufgefallen wäre. Hatten sie hochdeutsch gesprochen oder mit ausländischem Akzent?

»Es hat ja nur einer von denen was gesagt«, jammerte Frau Loddenkamp. »Aber ich glaube, der hat irgendwie norddeutsch gesprochen. Also so, wie man in Hamburg oder da in der Gegend eben spricht. Sonst ist mir nichts aufgefallen.«

Auf die Frage, ob sie die Männer wiedererkennen würde, zuckte sie mit den Achseln. Ihr Blick hatte etwas Trostloses, ihre Stimme war ohne jede Kraft.

»Weiß ich nicht. Vielleicht. Vielleicht auch nicht.«

Die beiden Polizisten verständigten sich mit Blicken. Dann erklärte Linda Klocke der Frau, dass man sie nun ins Johannisstift fahren würde, wo sich ein Arzt um sie kümmern konnte. Sie nickte nur schwach.

18

Es gibt Tage, da können die Umstände, die man ansonsten braucht, um es sich nett zu machen, noch so günstig sein – dennoch bleibt alles öde. Heute war so ein Tag. Winter saß in seiner Kemenate im Leokonvikt und starrte aus dem Fenster. In seinem Blickfeld lag ein großartiger Garten. Das Wetter präsentierte sich von seiner wunderbarsten Seite, doch Winters Stimmung war mies. Er hatte an dem gemeinsamen Mittagessen der Bewohner teilgenommen.

Aber die Inhalte der Gespräche, die die Männer führten, interessierten ihn in keiner Weise. Wenn er ehrlich sein sollte, hatte Winter auch gar nicht zugehört. Er hatte seine eigenen Probleme.

Wie sollte er die nächsten Tage angehen? Wenn er nichts unternahm, könnte es passieren, dass die Tournee noch platzte. Hoffentlich hatte Hilde Auffenberg sich wenigstens mit dem Management der Konzertagentur in Verbindung gesetzt.

Winter wusste es nicht. Seit Freitag hatte er nichts mehr von seiner Vermieterin gehört. Warum in aller Welt meldete die sich nicht? Sie war doch sonst so zuverlässig. Hatte sie ihn schon abgeschrieben? Hielt Hilde Auffenberg ihn mittlerweile auch für einen Mörder?

Johannes Winter war verzweifelt. In einem solchen Dilemma wie in diesem Moment hatte er noch nie gesteckt: Während er gesucht wurde, weil man ihm einen Mord unterstellte, eröffnete sich gleichzeitig die bisher größte Chance seines Lebens. Er und seine Band konnten mit einigen der bekanntesten Rockgruppen der Welt auf Tournee gehen.

Winter war hin- und hergerissen. Sollte er den Fahrerjob bei dem Kardinal aufgeben und aus der Deckung kommen, um seinen Zielen als Musiker nachzugehen? Wenn er das täte, läge die

Wahrscheinlichkeit, dass er verhaftet würde, fast zwangsläufig bei hundert Prozent.

Doch wenn er nicht aktiv wurde, was geschah dann? Dann würde sich die Tournee wahrscheinlich erledigen.

Nach langem Nachdenken fasste der Musiker einen Entschluss: Er musste mindestens ein weiteres Bandmitglied in die Vorbereitungen einbeziehen. Wer könnte das sein? Entweder Gipsy, sein Bassist, oder Karl, der Schlagzeuger? Und wenn er zu einem der beiden Kontakt aufnahm, was hätte das für Konsequenzen für ihn?

Winter überlegte. Wenn derjenige, den er auswählte, ihm nicht glaubte, dass er unschuldig war, und die Polizei verständigte, hatte er ein Problem.

Doch dann kam er auf die Idee, dass er ja niemandem erzählen musste, wo er sich versteckt hielt. So minimierte er das Risiko, verhaftet zu werden, falls der entsprechende Musikerkollege ihn verpfiff.

Lediglich die Gefahr, dass die Polizei ihm eine Falle stellte, war gegeben. Also durfte er sich nur einmal mit dem entsprechenden Bandmitglied treffen. Sollten sich danach noch Notwendigkeiten der Kontaktaufnahme entwickeln, musste er sich eben an einen anderen Musiker aus seiner Band wenden. Der musste dann den Boten spielen. Vorsicht war angesagt, das war Winter klar.

Doch er musste endlich handeln. Dazu war es nötig, jenen schmalen Grat zu beschreiten, der ihn einerseits zum Gestalter werden ließ, andererseits musste er sich aber so weit bedeckt halten, dass keiner hinter sein Versteck und die damit verbundene Tarnung kam.

Gut, das ist entschieden, dachte Winter. Ich nehme Kontakt auf. Bloß zu wem? Gipsy war ein feiner Kerl und eine ehrliche Haut. Der würde ihn auf keinen Fall bei den Bullen verpfeifen. Aber der Bassist war der Chaot vor dem Herrn. Der war kaum dazu in der Lage, sein Leben einigermaßen zu regeln. Wenn er dem organisatorische Aufgaben übertrug, lag die Chance, dass er seinen Auftrag verbindlich erledigte, höchstens bei fifty-fifty.

Also zweite Wahl, dachte Winter. Blieb noch Karl. Den kannte er nicht so gut. Doch der Junge war straight drauf. Der war schon eher geeignet, einen Teil des anstehenden Managements zu übernehmen. Mit dem Restrisiko musste Winter leben.

Jetzt, nachdem der Entschluss gefasst war, fühlte sich Winter besser. Es stellte sich wieder eine Haltung bei ihm ein, die ihm das Gefühl gab: Ich bekomme das geregelt.

Diese wiedergefundene Dynamik verlangte nach Taten. Winter schnappte sich den Autoschlüssel des Daimlers und machte sich auf den Weg. Karl wohnte in Sennelager. Jetzt ist er vermutlich nicht zu Hause, weil er sonntags immer auf einer Tanzteeveranstaltung in Bad Lippspringe spielte.

Doch das war Winter egal. Er musste raus. Warum sollte er die Gelegenheit nicht nutzen und mit seinem Dienstwagen ein bisschen durch die Gegend fahren.

Gegen neunzehn Uhr parkte Winter das Auto des Kardinals, das ihm die Diözese Paderborn zur Verfügung gestellt hatte, gegenüber vom »Tingel-Tangel« und dem Supermarkt. Der Musiker wusste nicht ganz genau, wo sein Bandkollege wohnte. Außerdem, das hatte sich Winter überlegt, würde das Auto bei einem möglichen Verrat als Anhaltspunkt dienen. Keine unnötigen Spuren legen, dachte Winter, als er den Mercedes mit einem Knopfdruck verriegelte.

Eine ungefähre Vorstellung von der Lage der Wohnung des Schlagzeugers hatte Winter. Aber keine ganz genaue. Daher musste er einige Klingelbretter inspizieren, bis er fündig wurde. Er drückte auf den entsprechenden Knopf. Sekunden später summte der Türöffner, und Winter hastete die Treppe hoch. Als er vor seinem Schlagzeuger stand, starrte der ihn an wie den Leibhaftigen persönlich.

»Johnny, bist du wahnsinnig? Was machst du denn hier? Die Bullen suchen dich, weil du Balhorn umgebracht haben sollst!«

»Ich würde noch lauter schreien«, entgegnete Winter gedämpft und drückte den völlig überrumpelten Mann in dessen Wohnung.

»Du kannst nicht hierbleiben, meine Freundin kommt jeden Moment.«

»Dann ruf sie an und wimmel sie ab! Ich muss mit dir reden.«

»Das geht nicht. Was glaubst du …«

Winter fasste den Schlagzeuger an den Schultern.

»Mach hier nicht so eine Show. Ruf die Tusse an, und wimmel sie ab. Ich hab was Wichtiges mit dir zu besprechen. Los!«

»Okay, warte kurz«, antwortete Karl eingeschüchtert und wollte sich in sein Schlafzimmer zurückziehen.

Winter folgte ihm.

»Was ist?«

»Meinst du, ich lasse dich, solange ich in deiner Wohnung bin, allein telefonieren? Das kannst du vergessen. Fünf Minuten nachdem du aufgelegt hast, stehen hier dann womöglich die Bullen auf der Matte. Nee, Karl, das vergiss mal. Solange ich hier in deiner Bude bin, will ich alles einhundert Pro unter Kontrolle haben. Also, was ist nun, willst du jetzt telefonieren, oder nicht?«

Karl wurde ärgerlich.

»Als ob ich dich verpfeifen würde, Johnny«, sagte er beleidigt.

»Nimm es mir nicht übel, Alter, aber im Moment halte ich mich an Lenin: ›Vertrauen ist gut, Kontrolle ist besser.‹«

Winter blieb im Schlafzimmer, bis Karl merkte, dass Johnny seine Linie beibehielt. Er ergab sich dem Faktischen und zückte sein Handy.

Das Telefonat war schnell erledigt.

»Geht doch«, meinte Winter lakonisch und fläzte sich in einen Sessel.

»Also, was willst du, Johnny? Geld? Habe ich nicht. Unterschlupf? Kann ich dir nicht bieten.«

»Weder das eine noch das andere. Es hat sich eine Konzertagentur an mich gewandt. Die Tournee findet jetzt doch statt.

Balhorn hat sie vor seinem Tod noch weiter vermakelt. Zwar kommt die Tour nur in abgespeckter Form zustande, aber immerhin, vierzehn Gigs. Freitag geht es los. Halle Münsterland! Wir sind die Vorgruppe von Santana: Guitar Heaven 2011.«

»Wow!«, brachte der Schlagzeuger beeindruckt hervor.

»Genau. Du musst die Band zusammentrommeln. Besorg den Übungsraum, check die Anlage und so weiter. Hier, ich habe dir alles aufgeschrieben.« Winter warf dem Musikerkollegen einen Zettel hin. »Um alles Weitere kümmert sich meine Managerin. Hau rein, Karl, das muss klappen.«

»Geht klar, Johnny, geht klar.«

»So, ich verschwinde dann mal wieder. Du hörst von mir. Ach, und wenn du mich verpfeifst, fällt nicht nur die Tour ins Wasser!«

»Keine Bange, Johnny, von mir erfährt keiner was. Ist doch Ehrensache!«

Hoffentlich, dachte Winter und hatte im nächsten Moment die Wohnungstür hinter sich zugezogen. Sicherheitshalber nahm er einen kleinen Umweg zu seinem Auto. Er beobachtete eine Zeit lang die Umgebung, dann erst überquerte er die Straße. Jetzt fühlte er sich erheblich besser als noch vor ein paar Stunden. Endlich hatte er wieder das Gefühl, Herr der Lage zu sein.

Dieses Wochenende konnte Horst Schwiete wohl komplett abschreiben. Nach seinem Einsatz gestern kurz vor Mitternacht und der Befragung von Frau Loddenkamp hatte er den Abtransport der Leiche überwacht, die Tatortsicherung aufgehoben und war ins Hauptquartier in die Riemekestraße gefahren. Dort hatte er sich an seinen Schreibtisch gesetzt und einen Bericht über den Fall Loddenkamp verfasst. Mit großer Sorgfalt, trotz Müdigkeit. In solchen Dingen war er eigen.

Am frühen Morgen hatte Hilde Auffenberg an seine Wohnungstür geklopft, um mit ihm zu sprechen. Er hatte laut geflucht, sich aber dann schnell gewaschen und angezogen. Anschließend war er zu ihr in die Küche gegangen. Seine Vermieterin, immer noch aufgewühlt von den Ereignissen des Samstagabends, hatte ihm berichtet, wie die Versammlung verlaufen war. Und dass während der Versammlung die Frontscheibe der Gaststätte eingeworfen worden war. Schwiete war beunruhigt, als sie ihm klarmachte, dass es im Viertel eine gewisse Tendenz zur Selbstjustiz gab. Solche Probleme waren bislang in einer kleinen Großstadt wie Paderborn noch nicht aufgetaucht, man kannte solche Entwicklungen aber aus den großen Metropolen und wusste, dass daraus nichts Gutes entstehen konnte. Davon, dass sie selbst beschuldigt worden war, einem Mörder Unterschlupf zu gewähren, erfuhr Schwiete kein Wort. Er seinerseits überlegte, ob er mit ihr über den neuerlichen Mord reden sollte. Doch er zog sich hinter die Dienstpflicht zurück und schwieg. Es war nicht seine Aufgabe, sich um die Fenstergeschichte zu kümmern. Das fiel in den Zuständigkeitsbereich des Kommissariats für Eigentumsdelikte, und Schwiete hatte keine Lust, mit denen aneinanderzugeraten. Dies Hilde Auffenberg klarzumachen, war nicht einfach.

Aber als gegen Mittag zwei Kollegen vom Kommissariat 21 bei Hilde Auffenberg auftauchten, um sie als Organisatorin der Versammlung nach deren Verlauf zu befragen, hatte niemand etwas dagegen, dass sich der Kollege Schwiete in seiner Doppelfunktion als Polizist und Mieter im Auffenbergschen Haus mit an den Küchentisch setzte. Die grauhaarige Paderbornerin gab im Wesentlichen das zu Protokoll, was sie zuvor auch schon Schwiete erzählt hatte. Als einer der Beamten auf den Flüchtigen Johannes Winter zu sprechen kam, wollte Schwiete diese Frage sofort mit dem Hinweis stoppen, dass er für diesen Fall zuständig sei und niemand anderes. Doch mit solch schlichtem Formalismus ließen sich die Beamten nicht abspeisen. Schwiete war in Kollegenkreisen sowieso nicht sehr beliebt, und so freuten sie sich, ihn mal etwas vorführen zu können.

»Wir kommen ja nicht nur zu Ihnen, Frau Auffenberg«, erklärte einer der beiden. »Vor Ihnen waren wir schon bei etlichen anderen, die gestern an der Versammlung teilgenommen haben.

Zwei Besucher sind sich ganz sicher, auf dem Heimweg von der Veranstaltung diesen besagten Herrn Winter gesehen zu haben. Er sah nicht ganz so aus, wie letztens in der Zeitung abgedruckt, aber die Zeugen hatten keinen Zweifel, dass er zur fraglichen Zeit hier im Viertel war. Sie haben recht, Kollege Schwiete, es ist nicht unsere Baustelle, wenn ein gesuchter Mörder zu genau der Zeit hier auftaucht, wenn ein paar Meter weiter ein Mord passiert. Wir haben aber diese Aussage zu Protokoll genommen, und morgen werden Sie sich damit beschäftigen müssen, ob Sie wollen oder nicht. Auch auf Sie, Frau Auffenberg, werden unangenehme Fragen zukommen. Aber wie gesagt, uns geht das ja nichts an!«

19

Egal, ob Sonntag oder nicht. Die Mordkommission wurde zusammengetrommelt. Alle schienen einsichtig. Fast alle!

»Schwiete, was ist das denn wieder für eine verdammte Schikane?«, tobte Kükenhöner in dem Moment los, in dem er das Besprechungszimmer betrat. »Seit du zum ersten Mal eine Mordkommission leiten darfst, tust du nach außen so, als könntest du mit der flachen Hand bügeln und mit dem Finger löten. Aber vergiss es. Aus dir wird nichts mehr. Bei dir ist Hauptkommissar das Ende der Fahnenstange. Außerdem weiß doch jeder hier in der Kreispolizeibehörde, dass es dir wichtiger ist, dass deine Bleistifte in Reih und Glied auf dem Schreibtisch liegen, als einen Mord aufzuklären.«

Kükenhöner ist aber verdammt beleidigt, dass Schwiete die Mordkommission leitet und nicht er, dachte Linda Klocke erstaunt.

Als die Chefin Schwiete die Leitung übertragen hatte, schien Kükenhöner froh zu sein, dass dieser Kelch an ihm vorübergegangen war.

Schwiete verzog keine Miene, sondern ordnete seine Bleistifte. Dann verteilte er seinen Bericht, den er in der letzten Nacht noch geschrieben hatte.

»Kükenhöner, du siehst, dass du nicht der Einzige bist, der im Ükern Stress hatte. Heute Nacht ist jemand erstochen worden. Ich persönlich vermute, von den gleichen Personen, die dir am Freitag ein Veilchen verpasst haben.«

Kükenhöner wurde blass.

»Daher ist es absolut wichtig, dass du versuchst, dich an jedes Detail zu erinnern, Karl«, fuhr Schwiete fort, als wenn zwischen den beiden Polizisten nie etwas vorgefallen wäre. »Denn du bist wahrscheinlich derjenige, der die Mörder gesehen hat. Ich habe dich gestern gebeten, alles aufzuschreiben, woran du dich noch erinnern kannst. Wie weit bist du damit?«

Fast jämmerlich entgegnete Kükenhöner: »Horst, verdammt, ich hab ein Blackout. Ich weiß gar nichts mehr.«

Quatsch! Du bist nur zu faul dazu gewesen, dachte Linda Klocke.

Der Hauptkommissar ging jedoch auf seinen Kollegen ein. Wenn auch wahrscheinlich nicht in dessen Sinne.

»Kann passieren, Karl, kann passieren. Dann müssen wir dir jetzt eben ein bisschen unter die Arme greifen. Die Kollegin Klocke wird dich gleich im Anschluss an diese Sitzung zu den Vorfällen von Freitagnacht verhören und mit deiner Hilfe Phantombilder der Täter erstellen.«

»Das kannst du nicht machen, Horst, dann …«

»Doch!«

Linda Klocke wollte genau wie Kükenhöner protestieren. Sie war nur nicht so schnell wie ihr Kollege. Sei's drum, dachte sie.

Aber Schwiete war noch nicht fertig.

»Frau Klocke, was hat der Besuch bei Hagemann ergeben?«

»Seine Sekretärin sagte, er sei in London, bis heute Abend. Ich habe ihn für morgen zehn Uhr auf die Kreispolizeibehörde bestellt.«

Schwiete nickte.

»Eine Sache noch. Die Kollegen vom K21 haben Zeugen verhört, die beobachtet haben, wie im Ükern ein Kneipenfenster eingeworfen wurde. Zwei der Befragten behaupten steif und fest, dass einer der Täter der gesuchte Johannes Winter sei. Das nur als Vorabinformation für euch. Bleibt die Bewertung unserer Situation: Wie gehen wir weiter vor? Ist unsere Arbeitshypothese die, dass es zwischen dem Mord an Balhorn und dem Mord an Loddenkamp, so heißt der Tote der vergangenen Nacht, eine Verbindung gibt? Oder gehen wir von zwei unabhängigen Fällen aus? Das müssen wir heute noch nicht endgültig entscheiden. Ich gebe euch die Frage einfach mal als Denksportaufgabe mit nach Hause. Ach ja, und ab morgen früh müssen die Anwohner befragt werden.«

Schwiete teilte die Teams ein und bestimmte, dass die Mordkommission am nächsten Tag um fünfzehn Uhr wieder zusammenkommen würde. Es sei denn, es würde sich noch etwas Außergewöhnliches ereignen.

Ja, konnte man denn heute keine fünf Minuten in Ruhe arbeiten? Das Telefon gab schon wieder diesen nervenaufreibenden Laut von sich. Dieser Signalton musste so schnell wie möglich geändert werden. Wieder ertönte das schrecklich technische Geräusch. Ein Himmelreich für einen vernünftigen, soliden Klingelton, dachte er.

Das Gerät gab einfach keinen Frieden. Aus dem Lautsprecher quetschte sich erneut fiependes elektronisches Gejammer. Er nahm den Hörer ab und wollte sich gerade mit seinem Namen melden, doch er kam nicht dazu.

»Hier Feldmann! Mann, sind Sie wahnsinnig geworden?!«, blaffte der Anrufer ihn sofort an. »Als ich mich damals dazu entschlossen hatte, mit Ihnen ins Geschäft zu kommen, war ich der festen Überzeugung, ich hätte es mit einem Profi zu tun. Aber das war ein gigantischer Irrtum! Sie sind die absolute Nullnummer! Wie konnte das im Ükern passieren? Wer ist da von wem umgebracht worden? Waren das etwa Ihre Schläger?«

»Herr Feldmann, lassen Sie sich das erklären …«

»Erklären, Sie sind wohl mit dem Klammerbeutel gepudert. Da gibt es nichts zu erklären. Wenn das Ihre Leute waren, dann kenne ich Sie nicht mehr. Darauf können Sie Gift nehmen. Wir sind doch hier nicht auf Sankt Pauli, Mann! Stellen Sie sich vor, ich werde mit solchen Methoden in Verbindung gebracht, dann brauche ich mich in Paderborn nicht mehr blicken zu lassen. In meiner Position kann ich mir nicht den kleinsten Dreckfleck auf dem Hemd leisten. Ist Ihnen das eigentlich klar? Eine blütenweiße Weste ist das Einzige, was in meiner Position zählt. Die kleinste Unseriosität, und die Bürger dieser Stadt wollen nicht mal mehr ein Stück Brot von mir. Kapiert?«

»Herr Feldmann, ich versichere Ihnen, außer mir weiß niemand von unserer Verbindung.«

»Wenn Sie nicht auch bald die Radieschen von unten betrachten wollen, will ich Ihnen das aber auch geraten haben!«, brüllte der Anrufer ins Telefon. »Die Veränderungen im Ükern müssen leise über die Bühne gehen! Kapieren Sie das nicht? Wenn da jedes Wochenende einer abgestochen wird, will in der Gegend bald niemand mehr wohnen. Das muss Ihnen doch klar sein. Eine Paderborner Bronx ist das Letzte, was wir brauchen. In dieser Stadt ist man katholisch. Die Leute hier wollen nette, saubere Viertel, in denen sie ohne Angst und Aufregung wohnen können. Sie lieben gemütliche Kneipen, in denen man ein gepflegtes Bier trinkt. Die Paderborner wollen Sicherheit und nicht hinter jeder Hausecke einen Mörder vermuten.«

»Herr Feldman, ich bitte Sie …«

»Nichts hier! So etwas wie letzten Samstag darf sich auf keinen Fall wiederholen! Im Ükern muss leise, muss im Verborgenen operiert werden. Die Aktionen müssen mit Fingerspitzengefühl durchgezogen werden. Solche Hauruckmethoden, wie Sie sie da inszenieren, sind das reine Gift. Bei einem solchen Vorgehen wie das am Wochenende ist unser Projekt ruckzuck keinen Hosenknopf mehr wert! Ist Ihnen das klar?«

»Ja, Herr Feldmann.«

»Dann ist es ja gut«, sagte der Anrufer. Das Telefongespräch war beendet.

So mochte er es. Zufrieden ließ Horst Schwiete seinen Blick über seine Schreibtischplatte schweifen. Welch wunderbare Ordnung!

Vor einigen Tagen hatte Linda Klocke den Kollegen Kükenhöner dabei erwischt, wie er Schwietes Bleistifte und andere

Büromaterialien durcheinanderwarf. Daraufhin hatte sie nicht nur den Übeltäter zur Rede gestellt. Nein, das alles hatte sie, im Beisein von Kükenhöner, ihm, Schwiete, brühwarm erzählt.

Danach war Ruhe. Seit Tagen lagen alle Utensilien am nächsten Morgen noch an der gleichen Stelle, wo der Hauptkommissar sie am Abend zuvor abgelegt hatte.

Schwiete war sichtlich zufrieden. Er ließ die letzten Tage Revue passieren. Es ging ihm so gut wie seit Langem nicht mehr. Er fand, dass sich seine Arbeitsbedingungen trotz des momentanen Stresses enorm verbessert hatten.

Vor einigen Tagen, als die Neue, Linda Klocke, ihren Dienst hier beim 11. Kommissariat angetreten hatte, hatte ihm Fürchterliches geschwant. Ihm wurde eine dynamische junge Frau unterstellt, immer gekleidet wie die Managerin einer Bank, die nüchtern, sachlich, klar und lösungsorientiert auftrat. Ausgerechnet ihm, dem Mann, der bei seinen Kollegen, ach was, in der gesamten Kreispolizeibehörde, den Ruf hatte, der Umstandskrämer vor dem Herrn zu sein. Er, der Bleistiftdompteur, sollte eine junge Kollegin in die Geheimnisse der Polizeiarbeit einarbeiten.

Als seine Chefin mit der Kollegin zu ihm kam und ihm seine neue Aufgabe zuwies, hatte er sich augenblicklich überlegt, krank zu werden. Einarbeiten, anleiten, das konnte er nicht, da war er sich sicher gewesen.

Doch zu seiner eigenen Überraschung funktionierte die Zusammenarbeit. Die Neue war ihm gegenüber loyal und akzeptierte seine Marotten. Zumindest kommentierte sie diese nicht und äußerte keinerlei Unmut, wenn er sich oder anderen mit seiner Ordnungsliebe wieder einmal im Weg stand.

Allein das war mehr, als Schwiete erwartet hatte. Doch das Beste war, so fand er, dass die Frau die anfallende Arbeit sah und die notwendigen Aufgaben abarbeitete, ohne lange zu diskutieren.

Die Tür wurde geöffnet. Das Geräusch riss den Hauptkommissar aus seinen Gedanken. Herein kam Linda Klocke, unter dem Arm einen Stapel Akten.

»Herr Hauptkommissar, ich muss etwas mit Ihnen besprechen.«

Schwiete trat zu ihr an den Tisch und nahm dann auf einem der Stühle Platz. »Ich habe auch noch eine Bitte an Sie, Frau Klocke.«

Die Polizistin sah ihn auffordernd an.

»Meine Vermieterin, Frau Auffenberg, ist heute auf die Kreispolizeibehörde bestellt worden. Wir müssen sie offiziell befragen. Ich möchte nicht derjenige sein, der das Gespräch führt, und Kükenhöner soll es auch nicht sein. Wären Sie so nett, Frau Klocke? Kümmern Sie sich um die Dame?«

Die Polizistin erklärte sich einverstanden.

Schwiete nickte zufrieden und sagte, dass er mit dieser Antwort gerechnet habe und deshalb in der schriftlichen Nachricht an seine Vermieterin bereits sie als die zuständige Beamtin genannt hatte.

»Na, dann sind Sie jetzt an der Reihe. Was haben Sie auf dem Herzen?«

»Gleich kommt dieser Hagemann. Ich habe mir lange Gedanken darüber gemacht, wie ich die Befragung des Mannes beginnen könnte. Schließlich gibt es kein konkretes Verdachtsmoment gegen ihn. Allein die Tatsache, dass er vor dreißig Jahren einmal die Schulbank mit dem Ermordeten gedrückt hat, erscheint mir kein hinreichender Anlass, ihn zur Kreispolizeibehörde zu zitieren. Auch Hagemanns Auftritt bei dem Bestattungsunternehmer gibt uns keinen Grund, ihn irgendwie zu verdächtigen. Wir haben nichts Konkretes gegen den Mann in der Hand. Bisher folgen wir lediglich der Intuition einer Person, die Ihnen gegenüber eine Vermutung geäußert hat. Ich finde, das alles gibt nicht viel her.«

Schwiete nickte. Er wusste aber auch nicht, wie er das Herzitieren und die anstehende Befragung Hagemanns rechtfertigen konnte. War es ein Schnellschuss gewesen, den er letzte

Woche abgegeben hatte, als er seine Kollegin auf den Finanz- und Immobilienmakler angesetzt hatte?

Da der Hauptkommissar schwieg, fuhr Linda Klocke mit ihren Überlegungen fort: »Nachdem uns bekannt geworden ist, dass offensichtlich Bewohner des Ükernviertels von dubiosen Schlägern unter Druck gesetzt worden sind, habe ich mir überlegt, ob es Zusammenhänge zwischen Hagemann und den Ereignissen der letzten Tage geben könnte. Hagemann ist Immobilienmakler. Er hat es anscheinend auf das Anwesen dieses Bestattungsunternehmers abgesehen. Vor einiger Zeit wurde ein Rentner von Schlägern unter Druck gesetzt, mit dem Ziel, ihn aus seiner Wohnung zu vertreiben. Diese drei Komponenten haben eine Gemeinsamkeit. Immer geht es im weitesten Sinne um Grundstücke.«

Wieder nickte Schwiete. Vielleicht doch kein Schnellschuss, dachte er. Verdammt clever, die Neue. Was kommt jetzt wohl?

Linda Klocke ließ noch einige Sekunden verstreichen. Als außer dem Kopfnicken keine weiteren Aktivitäten von ihrem Chef ausgingen, setzte die Polizistin ihren Bericht und die damit verbundenen Überlegungen fort.

»Ich habe mich mit dem Grundbuchamt der Stadt Paderborn in Verbindung gesetzt, um mir einen Überblick über die Eigentumsverhältnisse im Ükern zu verschaffen. An einen Plan über die Grundstücke und Liegenschaften ist nicht so schnell heranzukommen. Das dauert ein paar Tage. Aber eine Liste der Eigentümer habe ich schon bekommen. Und wem, glauben Sie, gehören einige der Grundstücke im Ükern?«

»Hagemann?«, kam die zaghafte Antwort von Schwiete.

Jetzt nickte Linda Klocke, dann lächelte sie. »Dieser Balhorn steht übrigens auch auf der Liste der Grundeigentümer des Viertels.«

Schweigen.

Also fuhr die Polizistin mit ihren Ausführungen fort: »Ich dachte mir, ich suggeriere diesem Hagemann, dass wir alle Personen, die Eigentum im Ükernviertel besitzen, befragen, ob sie in irgendeiner Art und Weise belästigt oder bedrängt worden sind oder gar genötigt wurden, ihre Grundstücke zu verkaufen. Sozusagen rein routinemäßig. Wenn das der Ausgangspunkt meines Gespräches mit Hagemann wäre, dann könnten sich im weiteren Verlauf der Unterredung viele Fragen ergeben.«

20

Es würde Probleme geben, gewaltige Probleme. In nächster Zeit würde sie einen schweren Stand im Ükernviertel haben.

Hilde Auffenberg lag in ihrem Bett und starrte gegen die weiße Decke. Um sich abzulenken, versuchte sie Figuren zu erkennen, die sich zufällig durch Schatten, Risse, Unebenheiten und Staubanordnungen gebildet hatten.

Sie hatte noch nie eine absolut weiße Zimmerdecke gesehen. Auf jeder, die sie im Laufe ihres Lebens betrachtet hatte, entdeckte sie schon auf den ersten Blick Bilder, Figuren und sonstige Gebilde. Und je nachdem, wie sie hinsah, welche Perspektive sie einnahm, veränderten die Bilder ihr Aussehen. Blickte sie direkt von unten, sah sie zum Beispiel einen Engel. Wechselte sie dann ihren Standort, so wurde daraus die Fratze eines Dämons.

Wie im richtigen Leben, dachte sie. Du glaubst, du hast einen Freund. Dann wechselst du deine Position, und schon hast du einen Feind fürs Leben.

Hilde Auffenberg dachte an den gestrigen Nachmittag. Sie wollte zur Probe ihres Kirchenchors gehen. Auf dem Weg war sie einigen Nachbarn begegnet, die von ihr freundlich wie immer begrüßt wurden. Doch das Paar aus dem Nebenhaus hatte sie ignoriert, hatte sie behandelt, als wäre sie Luft.

Nach diesem Erlebnis war Hilde Auffenberg die Lust auf das Singen vergangen. Sie war sich nicht im Klaren darüber, was an ihrem Verhalten den Zorn der Leute provoziert hatte. Jedenfalls war sie nicht zur Kirche gegangen, sondern hatte umgehend den Heimweg angetreten. Sie war verletzt. Als sie wenige Minuten später vor ihrer Haustür nach ihrem Schlüssel suchte, kam Höveken aus seinem Laden und hielt direkt auf sie zu. Auch ihn schien etwas aufzuwühlen. Das hatte sie schon an seinem Gang gesehen. Irgendetwas erregte ihren Nachbarn und Freund.

Sie lag richtig. Kaum war der Bestatter auf Hörweite herangekommen, da sprudelte es auch schon aus ihm heraus.

Er hatte ein ähnliches Erlebnis gehabt wie Hilde Auffenberg vor einigen Minuten. Am Mittag hatte Höveken wieder einmal Hunger auf einen Döner und war zum Türken gegangen. Dort traf er ein paar Geschäftsleute des Ükernviertels. Aus guter Gewohnheit wollte er sich zu ihnen an den Tisch setzen. Doch der Blumenhändler hinderte ihn augenblicklich daran. Der Bestatter hatte noch nicht mal an die Lehne eines freien Stuhles gegriffen, da hatte der Blumenfritze schon losposaunt, dass er nicht bereit sei, mit jemandem an einem Tisch zu sitzen, der mit einer gewissen Dame, die einen Mörder decke, gemeinsame Sache mache.

Die Nachricht, dass bei dem Überfall auf die Kneipe am Samstag angeblich Johannes Winter gesehen worden war, hatte schnell die Runde gemacht. Und jeder, dem die Geschichte zu Ohren gekommen war, hatte etwas dazugedichtet. Mittlerweile kursierten die abenteuerlichsten Geschichten. So wurde kolportiert, dass die pensionierte Lehrerin Johannes Winter versteckt hielte.

Was ja in gewisser Weise auch stimmte. Manchmal war die Mythenbildung doch verdammt dicht an der Wahrheit dran, dachte Hilde Auffenberg, halb genervt und entsetzt, halb stolz und amüsiert.

Ein weiteres Gerücht besagte, dass sie, die pensionierte Beamtin, diese ganze Veranstaltung – Widerstand gegen irgendwelche Rocker, die das Viertel terrorisierten – nur deshalb aufgezogen hätte, um von dem jetzt schon zweifachen Mörder Winter abzulenken. Und der alte Höveken, dieses treue Schaf, sei ihr willfähriger Handlanger. Der mache das nur, so wurde behauptet, weil er sich Chancen bei Hilde Auffenberg ausrechnete, wenn er ihr bei dem ganzen Theater die Stange hielte.

War das wirklich so? Rechnete Höveken sich bei ihr Chancen aus?, überlegte Hilde Auffenberg. Wenn ja, dann wusste ihr Nachbar die Annäherungsversuche aber gut zu tarnen. Sicher, er war immer höflich und zuvorkommend. Ein Kavalier der alten Schule eben. Aber das waren doch keine Flirtversuche. Das konnte sie sich nun wirklich nicht vorstellen.

Hilde Auffenberg war sich sicher, bei ihrem Freund Höveken handelte es sich um gute Kinderstube, um gute Manieren. Der war einfach durch und durch galant.

Die Lehrerin sah auf die Uhr. Zeit aufzustehen! Sie schwang ihre Beine ins Freie und saß im nächsten Moment auf der Bettkannte. Hier verweilte sie.

Oder waren es vielleicht doch Flirtversuche?

Widerlicher Kerl, war der erste Eindruck, der sich Linda Klocke aufdrängte, als Hagemann vor ihr stand.

Verdammtes Schubladendenken, schalt sich die Polizistin selbst und suchte nach einem Fetzen Objektivität.

»Ich hoffe, es gibt einen triftigen Grund dafür, dass Sie mich auf die Kreispolizeibehörde zitiert haben! Wenn nicht, wird es Ihnen leidtun, das schwöre ich Ihnen. Ich treffe noch heute den Landrat. Dieses Umgehen mit mir werde ich nicht unerwähnt lassen!«, ging Hagemann gleich zum Angriff über, nachdem er sich unaufgefordert auf einen der Stühle, die an dem kleinen Besprechungstisch standen, gefläzt hatte.

Nix Schubladendenken, gesunder Menschenverstand, positionierte sich Linda Klocke gedanklich aufs Neue. Objektivität hin oder her! Dieser Kerl ist ein Arschloch! Der erste Gedanke ist doch meist der Richtige, bestätigte sich die Polizistin ihren Eindruck.

»Können Sie mir das erklären?«, entgegnete sie cool. Und wartete ab.

Langes Schweigen bestimmte die Atmosphäre.

Mit Genugtuung stellte sie fest, dass ihr Gegenüber von Augenblick zu Augenblick unruhiger wurde.

Die Schwietesche Strategie, gab sie ihrem Vorgehen einen Namen. Super! Man stellt eine Frage und wartet.

Linda Klocke begann sich in ihrer Rolle wohlzufühlen.

»Wie jetzt? Verstehe ich nicht«, kam dann auch bald der hilflose Versuch von Hagemann, das Gespräch wiederzubeleben.

Linda Klocke schwieg weiterhin. Jedoch mit einem nun, wenn auch nur angedeuteten, spöttischen Grinsen auf den Lippen.

Hagemann sah die junge Frau an. Das, was er wahrnahm, war für ihn die Fratze des Hochmuts. Das ärgerte und verunsicherte ihn. Er fühlte sich genötigt, etwas zu sagen.

Nur was? Verdammt, diese Stille ging ihm auf die Nerven! Er hasste jede Art von Psychospielchen, wenn er sie nicht selbst inszenierte.

»Also, was wollen Sie von mir?«, versuchte er die Flucht nach vorn.

Ein zuckersüßes Lächeln war die Reaktion, aber weiterhin keine Antwort.

Der Ärger schlug um in Wut. Wenn diese dumme Kuh nicht langsam zum Besten gab, was sie von ihm wollte, würde die bald ihr blaues Wunder erleben.

Hagemann plusterte sich auf. Kurz bevor seine Aufgebrachtheit jenes Maß erreicht hatte, das ihn zum Platzen brachte, ließ sich die Polizistin dazu herab, etwas zu sagen.

»Ich habe den Eindruck, Sie sind verärgert, Herr Hagemann. Ich hoffe, nicht über mich. Wissen Sie, ich bin erst seit ein paar Tagen hier in diesem Kommissariat und neu bei der Polizei Paderborn.«

Sie lächelte Hagemann wieder an. Aus seiner Wut wurde wieder Unsicherheit, dann erneut Ärger.

»Ja und, was hat das Ganze damit zu tun, dass ich hier erscheinen muss?«

Wieder dieses verdammte undurchsichtige Lächeln der Polizistin.

»Na ja, Herr Hagemann, wie soll ich es sagen? In einem

Stadtteil, dem sogenannten Ükern, sind Grundeigentümer und Hausbesitzer mehrfach von einer, nennen wir es Bande, genötigt worden, sich eine neue Wohnung zu suchen. In anderen Fällen wurden sie auf rüdeste Art aufgefordert, ihr Grundstück zu verkaufen, und zwar weit unter Preis.«

Wieder dieses unangenehme Schweigen.

Was wollte diese Frau von ihm? Hatte dieser Bestattungsfritze ihn angezeigt? Na gut, dachte Hagemann. Aber dazu werde ich nichts sagen. Das war eine ganz saubere Angelegenheit. Ganz sauber.

Die Polizistin räusperte sich. Anscheinend fiel es auch ihr schwer, weiterzureden. Dann endlich fuhr sie fort.

»Es gab daraufhin einige Anzeigen, auf die wir reagieren müssen. Ich habe nun die unangenehme Aufgabe, alle Grund- und Wohnungseigentümer zu befragen, ob ihnen Ähnliches widerfahren ist.«

Linda Klocke merkte augenblicklich, wie von Hagemann geradezu Zentnerlasten abfielen.

Jetzt hatte sie ihn da, wo sie ihn haben wollte.

Hagemann beantwortete die Fragen bereitwillig. Er behauptete, dass er nichts Außergewöhnliches festgestellt habe. Immobiliengeschäfte seien ja sein täglich Brot. Da entwickle man schon ein Gespür für Vorgehensweisen, die nicht alltäglich sind. An ihn jedenfalls sei niemand herangetreten, der ihn zum Verkauf von Grundstücken oder Häusern genötigt oder sich sonst wie seltsam verhalten habe.

Als Nächstes legte ihm die Kommissarin die Liste der Grundeigentümer des Ükerns vor. Hagemann erklärte, einige zu kennen. Die Polizistin bat ihn, die Namen zu markieren. Das tat er. Linda Klocke sah sich die Liste an. Ihr fiel sofort auf, dass Balhorn nicht zu den Bekannten Hagemanns gehörte. Sie überlegte, ob sie ihn darauf ansprechen sollte, entschloss sich aber, erst einmal darüber hinwegzugehen.

»Und, wie ist es mit Ihnen, Herr Hagemann, haben Sie noch Fragen an mich?«

Der überlegte eine Weile und schüttelte dann den Kopf.

»Sind Sie in nächster Zeit wieder im Ausland? Wenn ja, melden Sie sich bitte vor Reiseantritt kurz. Vielleicht benötigen wir Ihre Hilfe nächstens noch einmal.«

21

Das war ein Supermorgen. Seit Langem hatte Johannes Winter nicht mehr so gut geschlafen wie in der letzten Nacht. Und das Beste von allem – er hatte endlich wieder einmal das sichere Gefühl: Es geht voran! Daher fuhr der Musiker heute mit einem sauguten Gefühl im Bauch Richtung Geseke.

Langsam, aber sicher wurde dieser Weg zu seiner Hausstrecke. Die Standorte der Blitzer kannte Winter mittlerweile im Schlaf. Und gestern, bei seiner kleinen Landpartie, hatte er herausgefunden, dass der Daimler eine Spitzenstereoanlage besaß.

Viel zu schade für irgendwelche Kirchenmusik. Das war genau das Gerät, mit dem man Rockmusik hörte. Nur die war die einzig richtig senkrechte Musik, und nicht etwa Choräle oder so ein Zeug.

Zurzeit musste er sich noch mit der Mucke aus dem Radio zufriedengeben. Doch gleich heute Nachmittag würde er versuchen, Kontakt mit Hilde Auffenberg aufzunehmen. Die musste ihm ein paar von seinen CDs ranschaffen.

Dann würde das Leben noch lebenswerter. Langsam gewöhnte sich Winter an sein Dasein als Flüchtiger. Und seit er sich gestern seinen Schlagzeuger zur Brust genommen hatte, kam wieder Zug ins Geschäft.

Hauptsache, Karl würde nicht alles versauen. Heute sollte der die Band zusammentrommeln und mit den Jungs die Liste der Stücke durchgehen, damit jeder erst einmal alleine üben konnte. Bis morgen musste Karl einen Übungsraum besorgen. Und dann würde er, Winter, zur Generalprobe dazustoßen. Das musste klappen. Der Musiker ballte die Faust, um seiner Hoffnung Nachdruck zu verleihen.

Winter war so sehr mit seinen Zukunftsträumen beschäftigt, dass es ihn ziemlich überraschte, als er plötzlich vor dem Haus von Kardinal Engels' Schwester stand. Sicher hatte die alte Dame wie jeden Morgen schon einen Kaffee und ein paar Wurstbrötchen für ihn vorbereitet.

Doch heute war alles anders. Kaum hatte er das Gartentörchen geöffnet, da kam ihm der Kardinal mit wehenden Rockstößen entgegengelaufen. Er wedelte drohend mit einer Zeitung.

»Sind Sie wahnsinnig geworden?«, brüllte er. »Wenn Sie schon ins Bordell gehen, dann parken Sie wenigstens nicht meinen Dienstwagen beziehungsweise den der katholischen Kirche vor selbigem!«

Winter war sprachlos. »Wieso Bordell? Ich war in keinem Bordell!«

»Lügen Sie mich nicht an, es steht in der Zeitung. Mit einem Bild von meinem Auto.« Engels drückte ihm die »Paderborner Nachrichten« in die Hand und stieg ein.

»Kreisseite!«, blaffte er, als er auf dem Beifahrersitz saß.

Winter blätterte. Ihm blieb die Spucke weg. Auf der Kreisseite war ein riesengroßes Bild mit dem Auto des Kardinals vor dem »Tingel-Tangel« zu sehen. So fotografiert, dass das Nummernschild des Wagens ebenso gut zu lesen war wie der Name der Nachtbar. Darunter stand: »Gestern Abend um zwanzig Uhr wurde das Dienstfahrzeug von Kardinal Engels vor dem einschlägigsten Lokal Paderborns gesehen.«

»Was soll das, Winter, haben Sie es so nötig, dass Sie ausgerechnet mit meinem Auto in den Puff fahren müssen?«, wetterte der Gottesmann weiter.

Jetzt wurde Winter wütend.

»Was soll das? Ich war in keinem Puff. Sie haben mir vorgestern auf der Rückfahrt von Dortmund nach Paderborn selbst erlaubt, dass ich das Auto Sonntag privat benutzen durfte. Und nichts anderes habe ich getan! Ich habe einen Freund in Sennelager besucht, der mit mir zusammen in einer Band spielt.«

»Würde ich an Ihrer Stelle jetzt auch sagen. Ist mir auch egal. Nur für die Zukunft überlegen Sie sich, wo Sie ein Auto, das der Kirche gehört und mit dem Sie mich durch die Gegend kutschieren, abstellen. Auf keinen Fall vor einem Bordell oder vor ähnlichen Etablissements. Es gibt bei den ›Paderborner Nachrichten‹ so einen kleinen Schmierenreporter. Er nennt sich selbst investigativer Journalist. Ich nenne ihn Drecksack. Das weiß er übrigens, weil ich es ihm schon einmal ins Gesicht gesagt habe. Der ist mir ständig auf den Fersen und versucht mich eines unwürdigen Verhaltens zu überführen. Das hat er über Jahre probiert, auch als ich noch Weihbischof in Paderborn war. Und jetzt, wo ich wieder hier bin, wenn auch nur für ein paar Tage, hängt er mir, wie es aussieht, schon wieder an den Hacken und versucht mir etwas anzuhängen. Aber diesmal kriege ich ihn. Ganz egal, ob Sie Ihrer Fleischeslust verfallen sind oder nicht, Winter. Im Grunde haben Sie mir in die Hände gearbeitet. Wahrscheinlich war dieser kleine Schmierenjournalist selbst im ›Tingel-Tangel‹, oder wie der Laden auch immer heißen mag, und hat dann zufälligerweise mein Auto in Sennelager vor dem Laden stehen sehen. Anstatt abzuwarten, wer damit fährt und woher der Fahrer kommt, hat er einfach das angenommen, was er wahrscheinlich selbst praktiziert hatte, dieser Dreckskerl. Aber der wird sein blaues Wunder erleben. Blättern Sie einmal um zur Paderborner Seite.«

Winter blätterte und wurde im nächsten Moment kreidebleich. Er sah in sein eigenes Gesicht. Zwar noch mit langen Haaren, aber dennoch gut erkennbar.

Schweißperlen traten augenblicklich auf seine Stirn, und er hatte einen trockenen Mund. Hastig las er, dass er gesucht wurde, jetzt wegen Doppelmord und wegen eines Überfalls auf eine Kneipe. Nicht irgendein Lokal, sondern das, in dem er fast täglich sein Bier trank und in dem er schon oft mit seiner Band gespielt hatte.

Der Kardinal hatte ihn genau beobachtet. Dann sagte er: »Haben Sie es gelesen?«

»Was gelesen?«, fragte Winter verwirrt.

»Na, den Artikel über meinen Vortrag. Bei dieser Gazette weiß die Linke doch nicht, was die Rechte tut!«

Wieder sah der Musiker in die Zeitung. Da stand direkt neben seinem Konterfei ein weiterer Artikel. Darin wurde über einen Vortrag des Kardinals berichtet, den er anlässlich der Deutschen Bischofskonferenz in der Aula der Katholischen Fachhochschule über die zivile Nutzung der Kernenergie gehalten hatte. Angeblich hatte er die Atomenergie als »Teufelszeug« bezeichnet. Wegen der großen Risiken und der unabschätzbaren Folgen für die kommenden Generationen sei der Ausstieg aus dieser Art von Energiegewinnung Mehrheitsposition in der Kirche, wurde Engels zitiert.

»Wir fahren gleich mal zur Redaktion, Winter! Denen rücke ich höchstpersönlich auf die Bude. Schließlich hat mich der Chefredakteur gestern Abend selbst interviewt. Dann haben wir noch gemeinsam ein Bier getrunken, danach noch länger geplaudert, und heute steht so ein Dreck in dem Revolverblatt. Das ist doch Ehrabschneidung. Bin gespannt, wie die aus der Nummer herauskommen wollen. Und diesen kleinen Schmierfinken, den bin ich hoffentlich erst einmal los.«

Winter sah auf die Uhr.

»Herr Kardinal, glauben Sie, dass da von den Redakteuren schon jemand an seinem Arbeitsplatz ist? Ich habe mal gehört, dass die alle keine Frühaufsteher sind.«

»Egal, Winter, den Zeitungsfritzen rücken wir jetzt auf die Pelle. Das ist die größte Chance, die ich jemals hatte, um diesem sogenannten investigativen Journalisten das Maul zu stopfen. Die Rache ist mein, spricht der Herr, ich will vergelten. Also fahren Sie schon los. Im Übrigen, haben Sie das Konterfei neben dem Artikel über meinen Vortrag gesehen? Der Mann sieht Ihnen verdammt ähnlich. Ich würde Stein und Bein darauf schwören, dass Sie das auf dem Bild sind. Wenn ich nicht genau wüsste, dass wir gemeinsam auf der kleinen Meisterfeier bei Borussia Dortmund waren, würde ich Sie auf der Stelle anzeigen.« Der Kardinal musterte Johnny eingehend von der Seite. »So, jetzt mal raus mit der Sprache, was haben Sie mit dieser Mordgeschichte zu tun? Ich hätte gleich stutzig werden sollen, als unsere gemeinsame Freundin Hilde zu mir gekommen ist und sich für Sie ins Zeug gelegt hat. Los, Winter, ich will die ganze Wahrheit hören!«

Der Musiker schwieg verbissen.

»Ich würde ja gern bei Ihnen die Beichte ablegen, Eure Eminenz«, kam es nach langer Zeit des Schweigens von Winter. »Aber ich fürchte, es gibt in dieser Frage nichts, was ich mir vorzuwerfen habe.«

»Also, entweder Sie offenbaren mir jetzt Ihr Geheimnis oder Sie können nicht mehr auf mich zählen! Die einzige Chance, die Sie jetzt noch haben, ist Ehrlichkeit, absolute Ehrlichkeit. So ohne Weiteres lasse ich mich nicht vor Ihren Karren spannen. Ich sehe vor meinem inneren Auge schon die nächste Schlagzeile: ›Der Mörder war Fahrer des Kardinals!‹ Jetzt müssen Sie sich schon in die Kurve legen, wenn Sie von mir Hilfe erwarten wollen.«

Winter versuchte krampfhaft, einen klaren Gedanken zu fassen. Langsam, aber sicher wurde ihm klar, was eine Denkblockade war. Was hatte er noch für Möglichkeiten? Ihm fielen keine ein. Okay, dachte er, also Flucht nach vorn! Ihm blieb gar nichts anderes übrig, als dem Mann Gottes die ganze Geschichte zu erzählen.

Und der Kardinal hörte zu. Winter hatte noch nie jemanden erlebt, der diese Fähigkeit so beherrschte wie Engels. Der Priester gab ihm das Gefühl, dass er seine ganze Aufmerksamkeit hatte. Er bewertete nicht, fragte nur dann nach, wenn er etwas nicht verstanden hatte, aber in allererster Linie hörte der Mann einfach zu.

Als der Musiker geendet hatte, sagte der Kardinal: »Schöne Scheiße!«, und damit, so fand Winter, brachte der Geistliche die Sache auf den Punkt.

22

Keiner der drei sah aus, als könne man ihm unbedenklich fünf Euro leihen. Jedem war schon von Weitem der Ganove anzusehen. Alle groß und breitschultrig, tätowiert, Rockeroutfit, Reeperbahnslang, betont cooles Gehabe. Durch keinerlei intellektuellen Ballast daran gehindert, schnell und hart zuzuschlagen. Die richtigen Männer fürs Grobe. Jedenfalls solange man sie unter Kontrolle hatte. Aber diese Kontrolle hatte versagt, der Einsatz der drei hatte sich verselbstständigt, eine Eigendynamik bekommen, die niemand geplant oder auch nur gewünscht hatte. Geister waren entfesselt worden, Geister, die man nun vielleicht nicht wieder loswurde. Aber sie mussten gestoppt werden, wie auch immer. Ein Toter war schon zu viel. Auf gar keinen Fall durfte noch mehr Blut fließen. Jetzt standen sie provozierend vor Hagemanns Schreibtisch, der sie vor einigen Tagen beauftragt hatte, im Viertel für etwas Unruhe zu sorgen.

»Ihr müsst verschwinden! Sofort!«

Der Sprecher der Schläger antwortete lachend: »Wir denken gar nicht dran, Alter. Uns gefällt's hier in eurem kleinen Paderborn. Alles ist so gemütlich, die Leute mögen uns. Warum sollten wir weggehen?«

»Weil ihr Idioten einen Menschen auf dem Gewissen habt, deshalb!«, schrie Hagemann hinter seinem Schreibtisch und schlug dabei mit der flachen Hand klatschend auf die Tischplatte. »Ihr solltet die Leute einschüchtern und nicht umbringen. Ist das so schwer zu verstehen?«

Wieder lachte der Mann in der Lederkluft.

»Hat doch geklappt, die Leute sind nun eingeschüchtert. War doch ein voller Erfolg, oder nicht?«

Hagemann schüttelte genervt den Kopf.

»So geht es nicht. Es gab einen ganz klaren Auftrag. Den habt ihr nicht eingehalten. Wenn ihr euch nicht an die Absprachen haltet, dann brauche ich das auch nicht. Kurz und gut, ihr kriegt euer Geld erst, wenn ihr die Stadt verlassen habt und euch hier nie wieder sehen lasst. Ihr könnt euch das Honorar bei einem Gastwirt in Hamburg abholen. Der weiß Bescheid. Die Kneipe heißt …«

»Ich glaub, ich hör nicht richtig! Für wie dumm hältst du uns, Macker? Wenn du nicht willst, dass wir dir die Bude in alle Einzelteile zerlegen, dann rückst du jetzt die Kohle raus. Und keinen Cent weniger als abgesprochen, sonst muss diese nette kleine Stadt noch ein weiteres Opfer beklagen. Habe ich mich klar ausgedrückt?«

Eindeutig, fand Hagemann, sagte dies aber nicht laut. Diese Aussprache erforderte von ihm mehr Mut, als ihm normalerweise zur Verfügung stand. Die Forderungen der Männer waren einfach nicht einzusehen, fand er. Diese Trottel hatten sich benommen wie Elefanten im Porzellanladen. Sie sollten Staub aufwirbeln, aber keinen Sandsturm entfachen. Das ganze Projekt war dadurch gefährdet worden, mit unabsehbaren Folgen für ihn selbst und seine Partner. Und jetzt standen sie hier vor ihm in ihrer raumfüllenden körperlichen Präsenz und hielten frech die Hand auf. Draufspucken sollte man, den Zeigefinger ausstrecken und sie rausjagen. Aber er wusste sehr genau, dass er dies nicht durchsetzen konnte. Die drei Burschen waren gut gelaunt schon gefährlich, wütend waren sie vermutlich eine Naturkatastrophe. Das Geld würde er ihnen geben müssen, wollte er nicht Leib und Leben riskieren. Aber die ganze Summe würden sie nicht bekommen, jedenfalls nicht sofort. Diese Chaoten mussten so schnell wie möglich Paderborn verlassen, das war das vorrangige Ziel. Wer weiß, was die sonst noch anstellen würden. Die waren so durchgeknallt, die wussten schon lange nicht mehr, was kriminell ist und was nicht.

Der nächste Satz des Hamburgers verstärkte seine Einschätzung noch.

»Keine Sorge wegen dieser Frau von dem Toten. Um die

Tussi kümmern wir uns schon. Nach unserer Spezialbehandlung wird die ganz ruhig sein. Kein Wort mehr zur Polizei. Sie wird alles vergessen haben, was sie Samstagnacht gesehen hat. Wir regeln das schon.«

»Auf keinen Fall! Ihr habt bereits genug Unheil angerichtet. Lasst die Frau in Ruhe! Hier, die erste Rate des Geldes, nehmt sie und verschwindet einfach. Unser gemeinsamer Auftraggeber will euch nicht mehr sehen! Also macht euch einfach vom Acker. Den Rest des Geldes bekommt ihr in Hamburg, wenn ihr Paderborn den Rücken gekehrt habt. Das macht ihr am besten ganz schnell und kommt nie wieder! Wenn ihr nicht mehr in der Stadt seid, ist das der beste Schutz für euch selbst und auch für uns.«

Bei diesen Worten öffnete Hagemann eine Schublade seines Schreibtisches, holte einen braunen Umschlag heraus und warf ihn dem Sprecher der drei zu. Dieser zog blitzschnell einen Dolch aus seinem Stiefelschaft und richtete die Klinge auf den Mann hinter dem Schreibtisch. Dem stockte der Atem, die Muskeln verkrampften sich schmerzhaft. Er entspannte sich erst wieder leicht, als der Tätowierte laut lachend mit dem Dolch den Umschlag aufschlitzte und das Geld zählte. Er zählte mehrmals, offenbar hatte er wenig Vertrauen zu seinem Auftraggeber. Dann steckte er breit grinsend den Umschlag in eine Innentasche seiner Lederjacke.

»Besten Dank, der Herr. Immer ein Vergnügen, mit Ihnen Geschäfte zu machen.« Der Wortführer drehte sich auf dem Absatz um und ging zur Tür. Seine beiden Gorillas folgten ihm, wie immer wortlos.

»Und was passiert jetzt?«, rief Hagemann ihnen hinterher. »Kann ich denn wenigstens sicher sein, dass ihr sofort Paderborn verlasst?«

Der andere, bereits im Türrahmen, drehte sich wieder um und sagte lässig: »Sicher ist nur, dass gleich um sechs Uhr in eurem Dom die Glocken läuten.«

Es stellte sich doch ein komisches Gefühl ein, als Hilde Auffenberg vor der Kreispolizeibehörde stand. Der Beamte an der Pforte war ausgesprochen nett, als sie ihr Anliegen nannte. »Ükernviertel, da sagen Sie was. Was man so hört, geht es dort ja drunter und drüber.« Er blätterte in einer abgegriffenen Kladde. »Zu wem wollen Sie denn?«

»Zu Herrn Schwiete.«

»Der ist gerade eben mal aus dem Haus gegangen. Wenn Sie mit dem einen Termin haben, können Sie jedoch sicher sein, der ist pünktlich zurück. Wahrscheinlich aber sind Sie ein paar Minuten zu früh. Bei uns im Haus stellen einige Kollegen die Uhr nach dem. So zuverlässig ist der Hauptkommissar. Am besten, Sie gehen in den zweiten Stock, dann rechts in den Flur. Klopfen Sie bei Kükenhöner oder Klocke. Einer von den beiden weiß mit Sicherheit Bescheid.«

Hilde Auffenberg hatte nur den Namen von ihrem Mieter genannt, weil sie sonst niemanden kannte. Jetzt sah sie auf das Formular, das man ihr gegeben hatte. Darauf stand: Kommissarin Klocke. Also gut, dachte die ehemalige Lehrerin, dann bringen wir es hinter uns. Sie stieg die Treppe hinauf.

Oben im Flur las sie die Türschilder, um sich zu orientieren. Als Hilde Auffenberg vor der zweiten Tür stand und gerade nachsehen wollte, wer in diesem Büro untergebracht war, öffnete sich die Tür. Sie blickte in ein geschwollenes, von Blutergüssen überzogenes Gesicht. Die Farben Grün, Blau und Gelb dominierten und rahmten die zwei fast völlig zugeschwollenen Augen ein.

Hilde Auffenberg erschrak sich zu Tode.

Der Mann, der zu diesem lädierten Konterfei gehörte, wirkte unfreundlich.

»Was wollen Sie?«, fragte er mürrisch.

Der Schreck war Hilde Auffenberg auf die Stimme geschlagen. Konsterniert streckte sie dem Mann die Hand entgegen, in der sie immer noch das Formular hielt. Der griff danach, las und brummte: »Kommen Sie rein!«

Das Büro war unaufgeräumt. Es roch nach abgestandener Luft.

Der Mann fläzte sich auf seinen Schreibtischstuhl und verschränkte die Arme hinter seinem Kopf.

»Na, dann legen Sie mal los«, sagte er ohne jede Vorrede und ohne seiner Besucherin einen Stuhl angeboten zu haben.

Bei Hilde Auffenberg wurde die anfängliche Unsicherheit schnell zu Empörung. Wenn man ihr krumm kam, konnte sie verdammt stur sein. Also sah sie ihn nur fragend an.

»Ja, was ist nun?«, fragte der Polizist ungehalten.

»Junger Mann, ich bin ja schon eine ältere Dame und nicht mehr so ganz auf der Höhe, wenn es um moderne Umgangsformen geht. Aber zu meiner Zeit stellte man sich unbekannten Gästen vor und gab ihnen ebenfalls die Möglichkeit, dieses zu tun.«

Der Polizist sah sie verständnislos an.

Hilde Auffenberg schwieg lange.

Dann ging sie auf den Mann zu und streckte ihm die Hand entgegen. Weil der nicht wusste, wie ihm geschah, nahm er sie und schüttelte sie.

»Mein Name ist Hilde Auffenberg«, sagte die Lehrerin. »Ich bin hierher bestellt worden, um einer Kommissarin Klocke ein paar Fragen zu beantworten. Das würde ich jetzt gerne tun.«

Sie sah den Polizisten auffordernd an.

»Ja, äh, Frau Klocke ist nicht da. Sie müssen schon mit mir vorliebnehmen.«

Mit diesem ungehobelten Kerl würde Hilde Auffenberg nicht ein Wort über Winter oder über die Ereignisse im Ükern sprechen. Das stand für sie fest.

»Das finde ich aber ungewöhnlich«, entgegnete sie daher. »Mein Freund und Mitbewohner, Herr Schwiete, hat mir da aber etwas ganz anderes erzählt. Wissen Sie, Herr …?«

Der Polizist gab einen undefinierbaren Grunzlaut zum Besten. Das war wohl der Versuch, seinen eigenen Namen zu nennen.

»Wie bitte?«, fragte denn auch Hilde Auffenberg.

Der Polizist versuchte sich nun in einer deutlicheren Artikulation. »Kükenhöner«, kam es langsam und deutlich über seine Lippen.

»Geht doch, Herr Kükenhöner. Also, Herr Schwiete hat mir erzählt, dass Frau Klocke genau die geeignete Person sei«, log Hilde Auffenberg. »Die wüsste als Einzige alles über die Zusammenhänge der Ereignisse. Na, und meinem Mitbewohner, dem glaube ich. Der ist ja so etwas von ordentlich. Auf den kann ich mich hundertprozentig verlassen. Hätte Herr Schwiete gemeint, Sie seien der richtige Mann für die Befragung, dann hätte er mit absoluter Sicherheit gesagt: Gehen Sie zu meinem Kollegen Kükenhöner. Der ist in Ordnung! Hat er aber nicht. Also will ich nicht mit Ihnen reden, sondern mit Frau Klocke. Ihnen jedenfalls sage ich kein Wort.«

Hilde Auffenberg gab ihr charmantestes Lächeln zum Besten und schwieg. Sie sah ihm deutlich an, dass Kükenhöhner sich nicht ernst genommen fühlte. Er wurde langsam wütend.

»Jetzt machen Sie hier nicht so ein Theater, Frau Auffenberg. Und rücken Sie endlich mit der Sprache raus. Was ist mit Ihrem anderen Mitbewohner, diesem Winter?«

»Ich mache kein Theater! Aber ich glaube, man muss Ihnen einmal etwas Benehmen beibringen. Wissen Sie, wenn man Ihnen Ihre Unhöflichkeit permanent durchgehen lässt, dann ändern Sie sich ja nie. Wir brauchen Staatsbürger, keine Flegel in Uniform!«

Hilde Auffenberg lächelte.

In Kükenhöner tobte inzwischen die Wut.

»So, und jetzt will ich mit Ihrem Vorgesetzten sprechen!«

Hilde Auffenberg lächelte weiterhin. Kükenhöhner sah sie an, als wollte er sie umbringen.

In diesem Moment klopfte es. Eine junge Polizistin steckte ihren Kopf ins Zimmer und fragte ihren Kollegen, ob er eine Frau Auffenberg gesehen habe. Die sei zu einer Befragung bestellt worden, aber nicht erschienen.

Noch bevor Kükenhöner etwas sagen konnte, ergriff Hilde Auffenberg resolut das Wort.

»Oh doch, die ist erschienen und muss sich seit geraumer Zeit mit diesem unhöflichen Staatsdiener auseinandersetzen. Ach was, Staatsdiener, ein ungehobelter Flegel ist das!«

Sie ging der Polizistin entgegen und reichte ihr die Hand.

Linda Klocke stellte sich vor und sagte: »Na, dann kommen Sie mal mit, Frau Auffenberg. Wenn Sie Unannehmlichkeiten hatten, tut mir das leid. Auch bei der Polizei läuft manchmal was aus dem Ruder. Jetzt habe ich Sie ja gefunden.«

Bevor die Kommissarin Kükenhöners Bürotür schloss, warf sie dem noch einen bösen Blick zu.

An ihrem Arbeitsplatz angekommen, bot Linda Klocke der Zeugin einen Kaffee an. Danach begann sie das Gespräch.

»Sie wissen ja, worum es geht, Frau Auffenberg. Erzählen Sie doch einmal.«

Die Kommissarin rückte das Mikrofon zurecht und stellte es an.

»Also, in unserem Viertel, dem Ükern, gibt es mehr und mehr Ereignisse, die darauf hindeuten, dass Bewohner vergrault werden – mit der Zielsetzung, dass sie ausziehen. Darüber hinaus werden Geschäftsleute angesprochen, ihre Läden oder Unternehmen im Viertel aufzugeben, um sich künftig an vermeintlich lukrativeren Standorten anzusiedeln. Für letztere Offerten war ein ehemaliger Schüler von mir, Georg Hagemann, verantwortlich. Er nennt sich heute euphemistisch Immobilien- und Investmentberater. Für mich hört sich das so an, als wenn der Kellner einer Studentenkneipe sich als Schauspieler ausgibt, der nur gerade kein Engagement hat. Na, wie auch immer. Jedenfalls hatte dieser Hagemann während seiner Schulzeit einen Freund. Michael Balhorn! Und genau dieser Michael Balhorn wurde vor ein paar Tagen umgebracht. Die Polizei macht meinen Mieter, Johannes Winter, verantwortlich für seinen Tod. Zum jetzigen Zeitpunkt gibt es auf den ersten Blick, außer der Jungenfreundschaft, zwar keine Verbindung zwischen den Ereignissen in unserem Viertel und dem Mord oder Totschlag an Michael Balhorn. Aber ich bin mir sicher, dass es da Berührungspunkte gibt, die weder ich noch die Polizei kennen.«

Spätestens an dieser Stelle hätte Hilde Auffenberg erwartet, dass die junge Kommissarin sie für verrückt erklären würde. Doch die Polizistin machte keine Anzeichen, sie zu unterbrechen. Also fuhr die ehemalige Lehrerin mit ihren Darlegungen fort.

»Als auch mein Freund und Nachbar Herbert Höveken von Hagemann aufgesucht wurde und einige Rentner von Unbekannten mehr und mehr unter Druck gesetzt wurden, immer mit der Zielsetzung, dass sie ihre Wohnung räumten, da ist mir die ganze Angelegenheit zu bunt geworden. Höveken und ich haben die Bewohner des Viertels zu einer Veranstaltung zusammengetrommelt. Das Ergebnis kennen Sie. Nur eins kann ich Ihnen gleich sagen: Johannes Winter ist Musiker, kein Schläger! Der war letzten Samstag mit Sicherheit nicht mit dabei, als die Scheibe des Gastraums eingeworfen wurde. Dafür lege ich meine Hand ins Feuer!«

23

Für Hagemann hätte dieser Montag auch komplett ausfallen können. Lange hatte er keinen so nervenden Tag mehr gehabt. Wenn es allein nach ihm gegangen wäre, dann säße er jetzt bei einem gepflegten Cocktail im »Blauen Engel«. Aber es geht nun mal im Leben nicht immer so, wie man sich das wünscht. Statt auf dem Barhocker saß er nun hinter dem Lenkrad seines Saab und donnerte die Borchener Straße hinauf.

Am späten Nachmittag hatte Karl-Heinz Kaup angerufen und ihn aufgefordert, am Abend zu ihm nach Nordborchen, einem kleinen Ort südlich von Paderborn, zu kommen. Sie hatten sich für Punkt zweiundzwanzig Uhr im Haus von Kaup verabredet. Hagemann war spät dran und hatte keine Lust, sich von Kaup vorwerfen zu lassen, er sei unzuverlässig. Eigentlich war der sowieso nicht in der Lage, ihm dumm zu kommen. Der konnte froh sein, wenn Hagemann seine schützende Hand über ihn hielt.

Was der Kerl wohl von ihm wollte? Kaup hatte die Sache so wichtig gemacht, sich aber nur auf Andeutungen beschränkt. Er müsse unbedingt mit Hagemann reden, könne aber wegen der Kinder nicht von zu Hause weg. Seine Frau war angeblich bei ihrem Chor und werde daher beim Gespräch nicht stören. Es sei existenziell wichtig. Hagemann schaltete sein Autoradio an und gab Gas. Diese kleinen Banker, dachte er kopfschüttelnd, mit ihren kleinen Bankersorgen. Wahrscheinlich hatte er wieder Bauchschmerzen wegen Balhorns Tod und brauchte jemanden, bei dem er sich mal ausheulen konnte.

Nachdem Hagemann das Industriegebiet Mönkeloh hinter sich gelassen hatte, bog er nach links ab in die Straße, die nach Nordborchen führt und die hier, wie auch sonst, Paderborner Straße heißt. Es war für Anfang Mai eine verdammt dunkle

Nacht, die dichten Wolken ließen kein Mondlicht durchkommen. Nach den letzten Sonnentagen hatte es heute fast nur geregnet. Der Arbeitstag war ohnehin schon viel zu lang gewesen und seine Laune miserabel. Er hatte absolut keine Lust auf Kaup, und überhaupt ... was machte er eigentlich hier? War er vielleicht zu gutmütig? Hätte er einfach Nein sagen sollen? Aber irgendetwas in Kaups Stimme hatte ihn alarmiert, beunruhigt, besorgt gemacht. Dem Mann lag etwas auf der Seele. Nein, es war weniger Hagemanns Gutmütigkeit, die ihn zu diesem Besuch verleitet hatte. Neugier war es, pure ungezähmte Neugier, die Möglichkeit, dass Kaup etwas mitzuteilen hatte, was für Hagemann wichtig sein könnte. Jetzt, wo es um so viel ging, war Wissen Macht. Hagemann schob alle Bedenken beiseite und gab Vollgas.

Er war etwa einen Kilometer Richtung Süden gefahren. Aus der kahlen Straße war eine hübsche Allee geworden, als plötzlich eine sehr scharfe u-förmige Rechtskurve vor ihm auftauchte. Hagemann war diesen Weg früher schon einige Male gefahren, hatte diese Kehre aber völlig vergessen, und es bereitete ihm große Mühe, das Tempo des Saab so weit zu reduzieren, dass er nicht gleich zu Beginn aus der Bahn flog. Dennoch raste er mit quietschenden Reifen in die Kurve hinein. Dabei musste er alle Konzentration und fahrerisches Können aufbringen, um den schweren Wagen in der Spur zu halten.

Am Scheitelpunkt, da wo die Fliehkraft am heftigsten ist, tauchte vor ihm ein kleiner roter Punkt auf, der zittrig immer näher zu kommen schien, der ihm die Sicht zu nehmen begann, der sich in Hagemanns Augen einbrannte und sich urplötzlich wie ein greller roter Lichtblitz vor ihm entlud.

Hagemann war geblendet, riss die Hände vom Lenkrad, um sich vor dem schmerzenden, grellen Licht zu schützen. Dabei spürte er noch, wie das Steuer mit unglaublicher Kraft umschlug, der Saab am Heck ausbrach, ins Schleudern geriet und mit nahezu unvermindertem Tempo scharf nach links ins Nichts, ins Bodenlose, in die große Dunkelheit raste.

Genau das richtige Wetter für einen Abendspaziergang. Hilde Auffenberg musste sich unbedingt mit ihrem Schützling treffen. Doch es war alles komplizierter geworden. Es konnte durchaus sein, dass sie beschattet wurde. Von der Polizei oder von sonst wem. Sie hatte das Gefühl, dass alle Welt auf sie blickte.

Ist vielleicht ein bisschen arrogant, diese Sichtweise, dachte sie. Nachdenklich zog sie sich eine leichte Sommerjacke an und ging zu ihrem Auto. Die Dämmerung hatte bereits eingesetzt. Sie startete ihren Golf und fuhr Richtung Detmolder Straße.

An den Fischteichen hielt sie an, stieg aus und umrundete einmal das Gewässer. Dabei beobachtete sie sehr genau ihre Umgebung. Gleichzeitig schaute sie sich immer wieder um und prüfte, ob sie wohl verfolgt wurde. Als sie ziemlich sicher war, dass niemand auf sie achtgab, ging sie wieder zurück zu ihrem Wagen. Hilde Auffenberg schlug jetzt den Weg zurück in die Stadt ein, fuhr jedoch nicht direkt zum Leokonvikt, sondern zum Paderborner Dom. Wider Erwarten fand sie schnell einen Parkplatz.

Jetzt bummelte sie gemütlich durch die Fußgängerzone. Zu dieser abendlichen Stunde herrschte reges Treiben. Viele Menschen waren unterwegs, und die Biergärten waren gut besucht.

Hilde Auffenberg hielt sich vor einigen Schaufenstern länger auf. Trat in einen Hauseingang. Verweilte dort. Anschließend ging sie wieder ein paar Hundert Meter zurück in Richtung Dom. Blieb wieder vor einem Schaufenster stehen und marschierte nach einiger Zeit mit schnellen Schritten stadteinwärts. Sie flanierte links in die Rosenstraße hinein und von hier mit zügigem Tempo in die Südstadt.

Das hätte kein Stuntman besser hinbekommen. Das Auto vor ihnen nutzte die Schräge der Leitplanke und schoss in den nachtschwarzen Himmel. Die Scheinwerfer beleuchteten die Landschaft wie die Laserstrahler einer Diskothek. Im nächsten Augenblick gab es einen lauten, scheppernden Knall. Blech knirschte, und Scheiben klirrten. Dann war es wieder stockdunkel, und es herrschte absolute Stille.

Den drei Studentinnen, die hinter dem Saab fuhren, stockte der Atem. Die für eine Sekunde anhaltende Faszination schlug augenblicklich in blankes Entsetzen um. Kreidebleich brachte die Fahrerin des Opel Corsa ihren Kleinwagen zum Stehen. Nach einigen langen Sekunden ergriff sie die Initiative.

»Komm, Frieda!« Die junge Frau lief los, gefolgt von ihrer Freundin. Es dauerte keine Minute, dann hatten sie den auf dem Fahrzeugdach liegenden Saab erreicht.

Durch den unsanften Aufprall waren jede Menge Airbags ausgelöst worden. Der Fahrzeuginsasse war zwischen den weißen Luftpolstern kaum zu sehen. Das Ganze sah aus, als hätte ein Verpackungskünstler gute Arbeit geleistet. Gestützt von den weißen Luftpolstern und gehalten vom Sicherheitsgurt, hing der Fahrer wie ein auf den Kopf gestellter Maikäfer in dem umgestürzten Auto.

Als die Frauen mit einer Lampe ins Innere des Wagens leuchteten, bewegte sich der Mann.

»Bleiben Sie ruhig«, sagte die Stimme hinter dem Lichtkegel. »Unsere Freundin hat die Polizei und den Rettungsdienst schon verständigt. Die kommen jeden Moment.«

Der Mann im Fahrzeuginneren gab ein »Hm, hm, hm« von sich. Anscheinend steckte ihm einer der Airbags zwischen den Zähnen.

Nach wenigen Minuten, die allen beteiligten Personen wie Stunden vorkamen, sahen die jungen Frauen, wie ein übergewichtiger Polizist den Abhang herabstieg. Er brauchte einige Zeit, um wieder zu Atem zu kommen. Als es mit dem Luftholen und später mit der Sprache wieder klappte, schnaufte er: »Gut gemacht, Mädchen.«

In dem Moment bimmelte ein Handy. Es musste irgendwo auf der Innenseite des Autodachs liegen.

Der dicke Polizist, dem klingelnde Telefone, die nicht bedient wurden, den letzten Nerv raubten, robbte um das Fahrzeug herum und öffnete die Beifahrertür. Dann kniete er sich unter größter Anstrengung hin und tastete das Dach im Inneren des Saabs ab.

Nach dem ungefähr zehnten Klingelton hielt er das Telefon endlich in der Hand. Am anderen Ende meldete sich ein Karl-Heinz Kaup.

»Hallo, Herr Hagemann, haben Sie unseren Termin vergessen? Ich warte schon seit dreißig Minuten auf Sie. Wenn Ihnen etwas dazwischengekommen ist, können wir unser Meeting auch verschieben.«

Der dicke Polizist stöhnte erst und schnaubte dann.

»Oh, Entschuldigung, wenn ich Sie in einem so unpassenden Moment gestört habe. Ich melde mich später wieder.«

Der Anrufer beendete das Gespräch.

Der dicke Polizist kratzte sich am Kopf. »Wie hieß der Kerl jetzt noch mal, der angerufen hatte?«

Eine der beiden Frauen nahm ihm das Handy aus der Hand und drückte ein paar Knöpfe auf dem Gerät.

»Unbekannte Nummer«, sagte sie dann und gab das Telefon zurück.

24

Schließlich kam Hilde Auffenberg nach dieser Odyssee durch Paderborn am Leokonvikt an. Johannes Winter wartete schon ungeduldig vor dem Gebäude.

»Da sind Sie ja endlich, Frau Auffenberg. Ich dachte schon, Sie kommen nicht mehr.«

»Ich hatte Ihnen doch versprochen, dass ich Sie heute Abend besuche. Und was ich zusage, halte ich im Allgemeinen auch ein. Das sollten Sie eigentlich wissen, Herr Winter.«

»Ja, ja, schon gut! Entschuldigen Sie. Haben Sie sich mit der Konzertagentur ins Benehmen gesetzt?«

»Auch das habe ich, wie versprochen, getan! Es geht alles klar. Ihre Band braucht für den Auftritt am Freitag nur noch einen neuen Leadgitarristen.«

»Wieso? Das bin doch ich!«

Hilde Auffenberg sah ihren Mieter verärgert an.

»So, jetzt will ich Ihnen einmal etwas sagen, Sie Kindskopf. Vergessen Sie Ihre blöde Tournee. Was meinen Sie, wer mich heute Abend angerufen hat und mir bittere Vorwürfe gemacht hat?«

Winter sah seine Vermieterin zerknirscht an.

»Ich kann es mir denken. Wahrscheinlich war es Kardinal Engels. Er hat herausgefunden, dass ich der Gesuchte bin. Aber das war nicht meine Schuld. Er hat das Bild in der Zeitung gesehen und mich leider erkannt.«

Hilde Auffenberg verdrehte die Augen.

»Egal, wessen Schuld es war, dass Engels es herausbekommen hat. Das Dumme bei der ganzen Angelegenheit ist, dass Ihre Tarnung aufgeflogen ist. Ich musste mein gesamtes diplomatisches Geschick aufbringen, damit der Kardinal die Füße ruhig hält. Als sein Fahrer können Sie nicht mehr bei ihm arbeiten.

Das ist dem Kardinal aus verständlichen Gründen zu heiß. Der fasst Sie jetzt mit ganz spitzen Fingern an. Morgen ist die Bischofskonferenz ja sowieso zu Ende. Dann reist unser Hochwohlgeboren wieder ab. Mit Ihnen will er, solange Ihre Unschuld nicht bewiesen ist, nicht mehr gesehen werden. Darüber hinaus müssen Sie spätestens bis übermorgen Ihr Zimmer hier im Leokonvikt geräumt haben. Was mich wundert, ist, dass mein lieber Jugendfreund nicht getobt hat. Er muss wohl einigermaßen mit Ihnen zufrieden gewesen sein.«

»Er war nur so friedlich, weil er unbedingt mit Ihnen essen gehen wollte«, grinste Winter.

Hilde Auffenberg wurde ein klein wenig rot. Das stand ihr gut, fand der Musiker.

»Ist auch egal, dann ziehe ich eben hier aus. Ich muss mich sowieso endlich um meine Band kümmern.«

Die Verlegenheitsröte, die eben noch den Teint der älteren Dame bestimmt hatte, wich der Zornesröte.

»Haben Sie es immer noch nicht begriffen? Sie werden wegen zweifachen Mordes gesucht, und zwar nicht nur von der Polizei.«

»Für den Zeitpunkt des einen Mordes habe ich ein wasserdichtes Alibi.«

»Leider nur für den zweiten Tatzeitpunkt. Aber das ist auch egal. Seien Sie froh, wenn Sie von der Polizei erwischt werden. Dann sind Sie wenigstens sicher. Bei uns im Ükern macht man Sie mittlerweile für alles, was in letzter Zeit passiert ist, verantwortlich. Wenn Sie da an die falschen Personen geraten, werden Sie erst geteert und gefedert, um anschließend, ausgestattet mit diesem wunderbaren neuen Outfit, an der erstbesten Laterne aufgehängt zu werden.«

Der Gesichtsausdruck von Johannes Winter nahm verzweifelte Züge an.

»Aber, Frau Auffenberg, meine Tournee. Ich habe doch so viel Zeit in dieses Projekt investiert und mein ganzes Geld. Mit der Schützenfestband habe ich mich auch angelegt. Ich bin pleite!«

»Pleite hin oder her! Die Tournee schlagen Sie sich aus dem Kopf. Sie haben Freitag in Münster bei Ihrem Auftritt noch nicht den ersten Akkord gegriffen, dann hat man Sie schon verhaftet. Sie können nicht spielen! Vergessen Sie das! Von manchen Träumen muss man sich hin und wieder zeitweise verabschieden. Das hier ist gerade so eine Situation. Für Sie findet das Konzert nicht statt! Basta!«

Winter war trotz seiner vierzig Jahre den Tränen nahe.

»Aber, Frau Auffenberg, so eine Chance bekomme ich nie wieder!«, jammerte er.

»Können Sie hellsehen, Herr Winter?«

»Nein, aber ...«

»Die Tournee ist für Sie gestorben. Sie und ich haben jetzt nur noch ein Ziel, nämlich Ihre Unschuld zu beweisen!«

»Und was haben Sie dann mit dieser Konzertagentur besprochen?«

»Na ja, Herr Winter, wenn man eine Aufgabe nicht wahrnehmen kann, dann muss man das den Verantwortlichen doch sagen, oder nicht? Genau das habe ich getan!«

Winter sah seine Vermieterin an, als wollte er jetzt wirklich einen Mord begehen.

»Ich habe den Verantwortlichen gesagt«, fuhr Hilde Auffenberg fort, »dass die Band zwar spielen wird, aber in veränderter Besetzung. Weiter habe ich mit dem Management ausgehandelt, dass Sie nach wie vor der Vertragspartner des Veranstalters sind. Das heißt, Sie vermitteln die Band. Sie sind jetzt sozusagen selbst Besitzer einer kleinen Konzertagentur, und ich bin Ihre Managerin.«

Winter hatte es die Sprache verschlagen. Glücklich war er mit dieser Lösung nicht. Er war Musiker.

»Also, Herr Winter, ich brauche Telefonnummern!«, riss Hilde Auffenberg ihren Mieter aus seinen Träumen. »Und ich brauche die Adressen, damit ich mich morgen mit den Musikern treffen kann, um mit denen die Verträge auszuhandeln.«

Wortlos zog Winter ein kleines Notizbuch aus der Gesäßtasche seiner Jeans und hielt es seiner neuen Managerin hin.

»Auf der letzten Seite steht alles!«

»Gut, Herr Winter. Heute Nacht haben Sie ja noch ein Dach über dem Kopf. Morgen müssen wir dann weitersehen. Ich komme nicht mehr hierher. Wir müssen uns, wenn Sie hier ausgezogen sind, woanders treffen. Wenn Sie schön brav Ihren Anzug anziehen und sich Ihre Haare noch einmal kurzscheren lassen, sind Sie nicht so leicht zu identifizieren. Das Bild, das in der Zeitung stand, ist schon ein paar Jahre alt. Das kommt Ihrem jetzigen Aussehen nicht sehr nahe. Ich glaube, das können wir wagen. Solange Sie keinem Bekannten über den Weg laufen, wird man Sie nicht erkennen.«

Winter sah Hilde Auffenberg unglücklich an.

Doch die ließ keine Lethargie zu und sagte: »Ich schlage vor: Mittwochmorgen um zehn Uhr in der Bartholomäuskapelle am Dom. Kennen Sie die?«

Das war die Chance seines Lebens!

Hermann Greiteler war es eigentlich gewohnt, in der zweiten Reihe zu stehen. Er war zwar nie zu überhören gewesen, aber ganz nach vorne, in die erste Reihe, hatte man ihn nie gelassen. Greiteler musste bereits in der Schule ganz hinten sitzen und war auch in der Folgezeit stets hinter allen anderen hergelaufen. Immer hinter ihnen, nie vorneweg. Seine große Hoffnung war die Bundeswehr gewesen, denn dort würde er seine Stärken nutzen können, glaubte er. Seine Stärke, er hatte nur eine, war ein bulliger und robuster Körper. Genau das, was man für eine Karriere bei der Armee braucht, fand er. Seine Vorgesetzten sahen das anders, und Greiteler verließ die Bundeswehr frustriert, ohne auch nur ein einziges Mal befördert worden zu sein. Danach war es so weitergelaufen wie zuvor.

Immer war er es gewesen, der aus der zweiten Reihe am lautesten kläffte, aber devot warten musste, bis andere sich die fettesten Stücke von der Beute gerissen hatten. Ständig fühlte

Greiteler sich übergangen, unterschätzt, übersehen, benachteiligt, zu kurz gekommen. Sein Groll gegen die ganze Welt wuchs von Jahr zu Jahr und hatte nun, im Alter von achtunddreißig Jahren, pathologische Züge angenommen. Sein Hass auf alles und jeden war Teil seiner Persönlichkeit geworden. Sein ehemals kräftiger und hünenhafter Körper war im Laufe der Jahre zu einer schwergewichtigen und trägen Masse angeschwollen. Frauen rümpften die Nase, wenn er seine plumpe Anmache versuchte. Seinen Job als Lastwagenfahrer hatte er zwischendurch schon mehrfach für einige Zeit aufgeben müssen, weil er sein Alkoholproblem nicht in den Griff bekam. Eigentlich war Hermann Greiteler zu nichts zu gebrauchen. Nur eines konnte er noch immer – draufhauen!

Dass ausgerechnet er sich am vergangenen Samstag bei der Bürgerversammlung des Viertels zu Wort gemeldet und Hilde Auffenberg angeboten hatte, eine bewaffnete Bürgerwehr zu gründen, war für viele Teilnehmer der Anlass dafür gewesen, sich für Auffenbergs moderate Form des Widerstandes zu entscheiden. Mit Hermann Greiteler wollte niemand im Viertel was zu tun haben.

Doch zu Greitelers Erstaunen saßen nun immerhin fünf Männer an einem massiven Eichentisch im Hinterzimmer einer Gaststätte des Viertels und warteten auf das, was er zu sagen hatte. So etwas hatte Greiteler noch nie erlebt, so eine Rolle noch nie gespielt, und er beschloss, jede Sekunde davon in vollen Zügen zu genießen. Nach der Versammlung am Samstag, die in Greitelers Augen so jämmerlich ausgegangen war, hatte er vor der Tür des Versammlungsortes noch eine Weile lauthals der Welt seine Meinung gesagt. Offenbar hatten einige Aufrechte gut zugehört und waren nun tatsächlich seiner Aufforderung gefolgt, am Montagabend hier zu erscheinen, um die Dinge auf Greitelersche Art in die Hand zu nehmen. Lauter echte Kerle. Kräftige Körper, ernste und entschlossene Gesichter. Mit diesen Männern könnte man eine ganze Kompanie besiegen, wenn sie richtig geführt würden, dachte Greiteler. Und das würde er tun, er würde sie anführen. Zum ersten Mal in seinem Leben bot sich ihm die Chance zu zeigen, was wirklich in ihm steckte. Hier saßen keine Klugscheißer und Besserwisser herum, die immer alles kurz und klein redeten. Die so lange diskutierten, bis aus einem Felsen erst ein Haufen Geröll, dann ein Berg Kieselsteine und schließlich eine ganze Wüste voller Sand geworden war, so unüberschaubar groß, dass Greiteler wieder mal den Überblick verlor. Das würde es hier nicht geben, bei ihnen blieb ein Fels ein Fels, der würde nicht durch unnötige Worte zermahlen werden.

Hermann Greiteler fühlte sich schnell wohl in seiner ungewohnten Rolle. Er begrüßte die fünf Männer und begründete noch einmal seine Forderung nach einer schlagkräftigen Bürgerwehr.

»So geht es nicht weiter!«, dröhnte er gerade, als die Kellnerin mit einem neuen Tablett Bier in das Hinterzimmer kam. Seiner neuen Rolle entsprechend machte er gleich der drallen, nicht mehr jungen Frau ein anzügliches Angebot. Die Herren schmunzelten, die Kellnerin, die schon seit vierzig Jahren solche Sprüche gewohnt war, drehte sich einfach um und ging wortlos hinaus. Greiteler war mit sich zufrieden und dozierte weiter:

»Hier im Viertel geht es drunter und drüber. Jeder glaubt, dass er hier machen kann, was er will. Leute bedrohen, Häuser versauen. Das wird immer schlimmer. Wisst ihr noch, wie sie am Samstag geredet haben, die ganzen klugen Schwätzer? Angemessen reagieren wollten sie, nicht mit Kanonen auf Spatzen schießen und so weiter. Lauter schöne Sprüche. Und was ist passiert? Zwei Stunden später war einer von den Besuchern der Versammlung tot. Ermordet durch ein paar dahergelaufene Totschläger, die nicht von hier sind, die keiner kennt.«

Greiteler nahm einen großen Schluck Bier und wischte sich mit der Hand den Schaum vom Mund, bevor er weitersprach.

»Also, wenn mich Spatzen nerven, dann schieße ich auf sie. Wenn es sein muss, auch mit Kanonen. Wollen wir etwa dabei zusehen, wie unser schönes Viertel in Schutt und Asche versinkt? Wollen wir, dass wir alle von irgendwelchen Kriminellen aus unseren Wohnungen getrieben werden? Wollen wir, dass unsere Frauen und Kinder sich nicht mehr auf die Straße trauen?«

Alle murmelten zustimmend, niemand unterbrach ihn, niemand war so unhöflich, ihn darauf hinzuweisen, dass er doch weder Frau noch Kind habe. Nein, sie hingen förmlich an seinen Lippen. Dies war sein Abend, nun war alles möglich. Greiteler wurde geradezu besoffen von seiner eigenen Rhetorik, die sich zu immer größeren Höhen aufschwang.

»Ich beantrage die Gründung einer schlagkräftigen Bürgerwehr. Von Männern aus diesem Viertel für die Menschen in diesem Viertel. Sechs Männer für alle. Von der Polizei und der Stadt ist keine Hilfe zu erwarten, wir sind auf uns allein gestellt. Und ich sage euch, liebe Freunde: Wir brauchen keine Hilfe! Wir haben alles, was wir brauchen. Unseren Mut und unsere Tatkraft.«

»Ich könnte ein paar Baseballschläger auftreiben«, rief ein noch junger Mann. Als hätte man ein Ventil aufgeschraubt, bahnten sich nun die erstaunlichsten Vorschläge zur Bewaffnung der Gruppe einen Weg ins Freie. Greiteler hatte alle Mühe, die ausufernde Debatte wieder in den Griff zu bekommen.

»Freunde! Ich freue mich über eure Begeisterungsfähigkeit, aber viel wichtiger als die Frage nach eventuellen Waffen ist die Frage, wer ist eigentlich unser Gegner?«

Nun herrschte plötzlich Schweigen. Tatsächlich konnte niemand sagen, wer hinter den Problemen des Viertels steckte. Wieder war es Greiteler, der einen Schritt nach vorn ging. Der geborene Führer.

»Solange wir nicht genau wissen, wer hinter all dem steckt, können wir nur eines machen. Wir laufen Patrouille im Viertel. Wir sind sechs Leute. Ich schlage vor, wir teilen uns in zwei Dreiergruppen auf. Immer im Wechsel geht eine Gruppe bis Mitternacht Streife, die andere bis zum Morgengrauen. Dann werden wir schon sehen, was für ein Volk sich auf den

Straßen herumtreibt. Und wir können jederzeit eingreifen, wenn was passiert. Was haltet ihr davon?«

Die Begeisterung hielt sich in Grenzen. Die Vorstellung, sich von nun an jede zweite Nacht um die Ohren hauen zu müssen, schlug ihnen auf die Laune. Doch Greiteler gab eine Runde aus und appellierte so leidenschaftlich an ihren Heldenmut, dass tatsächlich nach einer Weile alle seinem Vorschlag zustimmten. An diesem Abend war Greiteler in der Form seines Lebens, nichts hätte ihn heute bremsen können. Und er war fest entschlossen, diese Chance zu nutzen. Nichts würde ihn jetzt noch aufhalten auf seinem Weg, endlich einmal in der ersten Reihe zu stehen.

25

Ein Krankenhaus hat nichts mit Gesundheit zu tun. Das war Hagemann schnell klar geworden. Er hatte drei Rippen gebrochen, ein Schleudertrauma, eine Gehirnerschütterung und eine gebrochene Nase vom Airbag. Das alles bereitete ihm Schmerzen und setzte ihm arg zu.

Doch am meisten hatte er unter seinem Krankenhausaufenthalt zu leiden. Heute früh um sechs Uhr war er geweckt worden, um zu frühstücken. Nachdem er sich das bescheidene Mahl einverleibt hatte, freute er sich auf eine weitere Runde Schlaf. Doch kaum war er ins Reich von Morpheus abgetaucht, da wurde er wieder geweckt. Eine resolute Krankenschwester stand vor ihm. Sie wollte sein Bett machen. Auch dagegen konnte er sich nicht wehren. Also quälte er sich auf einen Besucherstuhl und wartete ab, bis Laken und Decken wieder gerichtet waren.

Jetzt wollte er endlich schlafen. Doch weit gefehlt. Kaum hatte Hagemann sich die Decke über die Ohren gezogen, da betrat wieder eine Schwester das Zimmer. Fiebermessen war angesagt.

Als seine Temperatur in die Kurve eingetragen wurde, ließ er die Krankenschwester seine Verärgerung spüren. In einem sehr unfreundlichen Ton teilte Hagemann der Frau mit, dass er unbedingt etwas schlafen müsse. Es ginge ihm schlecht. Ihm sei übel und er habe Kopfschmerzen.

Die Schwester sah ihn ängstlich an.

»Das hört sich aber gar nicht gut an. Soll ich nicht lieber doch noch einmal den Arzt rufen!«

»Nein!«, wurde sie angeherrscht. »Schließen Sie lieber das Zimmer ab, damit ich mal fünf Minuten meine Ruhe habe!«

Die Schwester verließ beleidigt die Krankenstube.

Es waren nur wenige Minuten vergangen, da klopfte schon

wieder jemand an. Hatte diese dumme Schnepfe ihn nicht verstanden? Hatte sie doch dem Arzt Bescheid gesagt?

»Verdammt noch mal!«, schrie er. Die fehlende Ruhe ließ ihn langsam, aber sicher hysterisch werden.

»Was ist das hier überhaupt für ein Laden? Ich bin schwer verletzt! Ich muss mich ausruhen! Wer will denn jetzt schon wieder was von mir?«

»Ich«, hörte er eine angenehme Stimme.

Hagemann blickte zur Tür. Herein kam Linda Klocke, die Polizistin, die schon gestern versucht hatte ihn auszuhorchen.

»Ich bin krank. Kommen Sie in ein paar Tagen wieder!«

Der Patient drehte sich demonstrativ auf die andere Seite, sodass die Polizistin nur noch seinen Rücken sah.

»Tut mir leid, Herr Hagemann. Ich kann mich leider bei der Verbrechensbekämpfung nicht nach Ihren Befindlichkeiten richten. Die Untersuchung des Unfallortes hat ergeben, dass Sie eindeutig zu schnell gefahren sind. Sie aber haben dem Kollegen der Verkehrspolizei gegenüber behauptet, dass Sie mit einem Laserpointer geblendet wurden. Wenn das stimmt, dann war das ein Mordversuch und fällt damit in meinen Aufgabenbereich.«

Linda Klocke rückte den Besucherstuhl heran und setzte sich ans Bett des Verletzten. Aus ihrer Handtasche zog sie ein Diktiergerät.

Hagemann drehte sich wieder zu der Polizistin um und sah ihr direkt in die Augen.

»Da hat nicht nur jemand versucht, mich umzubringen. Oh nein, Frau Kommissarin. Zuvor bin ich auch noch handfest bedroht worden. Kaum, dass ich nach unserem gestrigen Gespräch wieder zurück an meinem Arbeitsplatz war, standen vier Männer in meinem Büro. Die wollten einige Grundstücke, die ich im Ükernviertel besitze, von mir kaufen. Auch wenn die Burschen ziemlich ungehobelte Kerle waren, fand ich das natürlich erst einmal gar nicht schlecht. Schließlich ist Immobilienhandel ja mein Job. Doch als ich den Preis hörte, den die Männer mir zahlen wollten, habe ich sie ausgelacht. Das hätte ich besser lassen sollen. Sofort zog einer der Kerle ein Messer und hielt es mir an die Kehle. Er sagte, sie würden hier keinen Spaß machen und selbigen auch nicht verstehen. Darüber hinaus wäre ihre Zeit knapp bemessen. Ich hätte genau zwei Tage Zeit, es mir zu überlegen. Sie würden wiederkommen, so oder so.«

»Kannten Sie die Männer, die Sie bedroht haben?«, fragte die Polizistin.

»Persönlich kannte ich niemanden. Aber das Bild von dem, der mir das Messer an den Hals gesetzt hat, das habe ich in der Zeitung gesehen. Das war dieser Winter oder wie der hieß. Dieser Mörder!«

»Was?« Linda Klocke konnte es nicht fassen. »Sie wurden bedroht, Sie haben sogar einen der Männer erkannt, und Sie haben nicht sofort die Polizei verständigt? Das verstehe ich nicht.«

»Wenn man Ihnen ein Messer an die Kehle drückt und Sie bedroht, möchte ich Sie mal sehen, was Sie dann unternehmen. Sie würden dann wahrscheinlich auch dreimal überlegen, ob Sie anschließend zur Polizei rennen oder nicht. Außerdem hatte ich viel zu tun. Ich weiß kaum noch, wo ich anfangen soll.«

Die Polizistin dachte nach.

»Aber eben, als ich Ihr Zimmer betrat, da waren Sie nicht gewillt, mit mir zu reden. Wenn ich nicht etwas hartnäckig gewesen wäre, hätten Sie mich wieder hinauskomplimentiert und mir nichts von den Männern erzählt.«

»Mir geht es total dreckig, Frau Kommissarin! Ich bin vollgepumpt mit Schmerzmitteln. Ich stehe quasi neben mir. Trotz der Medikamente, mit denen man mich gefüttert hat, habe ich höllische Kopfschmerzen, und meine Rippen tun mir so weh, dass ich heulen könnte. Ich will schlafen, Frau Kommissarin. Einfach nur schlafen. Und was ist? Alle zwei Minuten kommt hier irgendein Knalli reingerannt und will was von mir.«

Hagemann klang weinerlich. Entweder ist der Kerl ein super Schauspieler, oder es geht ihm wirklich dreckig, dachte Linda Klocke. Dann nahm sie ihren Gesprächsfaden wieder auf.

»Was ich auch nicht verstehe, ist Folgendes: Da kommen vier

Männer zu Ihnen und wollen möglichst schnell Liegenschaften zu einem ungeheuer niedrigen Preis von Ihnen kaufen. Die setzen Ihnen ein Ultimatum, doch noch bevor dies abgelaufen ist, versuchen die, Sie umzubringen? Da passt doch irgendwas nicht.«

»Was weiß denn ich, Frau Kommissarin. Jedenfalls hat man versucht mich umzubringen. Darüber hinaus hat man mich bedroht. Ich habe eine schwere Gehirnerschütterung und kann kaum einen klaren Gedanken fassen. Aber eins weiß ich: Die Schläger wollen morgen wiederkommen, um mich zu dem Verkauf zu nötigen, und ich bin hier ans Bett gefesselt. Ich brauche Personenschutz!«

Wirklich beharrlich, dieser Engels. Was vor vierzig Jahren nicht klappte, jetzt hatte er es erreicht. Er hatte Hilde Auffenberg zu einem Rendezvous überreden können. Na ja, Rendezvous war vielleicht ein bisschen zu viel gesagt. Aber immerhin ein gemeinsames Mittagessen im »Balthasar«.

Als Herbert Höveken davon erfahren hatte, dass Hilde sich mit dem Kardinal verabredet hatte, war er verschnupft abgezogen. Doch bevor er die Auffenbergsche Küche verließ, hatte er noch zum Besten gegeben: »Der war schon vor über vierzig Jahren ein Arschloch. Weil der so ein Kameradenschwein war, bin ich damals beinahe durch das Abitur gefallen.«

Sprach's und verschwand.

Sieh an, dachte Hilde, unser schwarzer Engel hat in Paderborn doch jede Menge Spuren hinterlassen und auch ein paar Feinde. Und das nicht nur als Bischof oder späterer Kardinal. Mal sehen, ob ich herausbekomme, warum der gute Höveken so schlecht auf unseren Exbischof zu sprechen ist.

Sie sah in den Spiegel und versuchte noch einmal ihre Mähne zu ordnen. Grau geworden war ihr Haar. Aber immer noch so widerspenstig wie in ihrer Jugend. Die einzige Möglichkeit, es zu bändigen, wäre Abschneiden gewesen. Doch das kam auf keinen Fall infrage. Ihre Haare waren ihr Markenzeichen, waren

Programm. Die mussten bleiben. Lockig wild und widerspenstig. Über all die Jahre hatten ihre Haare ihren ungezähmten Ausdruck behalten. Das gleiche Attribut hatte man einst ihr zugeordnet. War auch sie sich treu geblieben?

Hilde Auffenberg dachte nach. Kurze Zeit später hatte sie sich entschieden. Ja! Sie war der Meinung, dass sie immer noch diesen unbändigen Charakter hatte, doch es war ein gewisses Maß an Vernunft hinzugekommen, die das Leben sie, wenn auch manchmal schmerzlich, gelehrt hatte. Heute war Hilde Auffenberg mit dem Ergebnis zufrieden. Und die Scharten, die sie sich während der Auseinandersetzungen mit sich und der Welt eingehandelt hatte, trug sie mit Stolz.

Im Moment war sie fest entschlossen, ihre Qualitäten noch einmal unter Beweis zu stellen. Es ging darum, die Unschuld ihres Freundes und Mieters Winter zu beweisen, und darum, dass das Ükern bleiben sollte, was es immer schon gewesen war: ein Nachtjackenviertel mit viel Lebensqualität und hervorragender Nachbarschaft.

Die Hausklingel gab Signal. Hilde Auffenberg sah auf die Uhr. Pünktlich war der Kardinal, das musste man ihm lassen. Sie nahm sich ihre Jacke und ging zur Tür.

Engels trug die Tracht eines katholischen Priesters. Er begrüßte sie mit ausgewiesener Freundlichkeit. Danach führte er sie zu seinem Auto.

»Leider muss ich heute selber fahren«, sagte er. »Ich muss gestehen, mit unserem gemeinsamen Freund gesehen zu werden, wäre mir im Moment wahrlich nicht recht.«

Hilde Auffenberg schmunzelte.

»*Haltet meine Gebote und tut ohne Zögern und rückhaltlos, was ich euch sage: Seid unparteiisch, wendet euer Antlitz nicht von jemandem ab, damit ich mein Antlitz nicht von euch abwende.* Ja, mein lieber Lorenz, ihr Gottesmänner habt es wirklich nicht einfach. Immer sitzt ihr zwischen den Stühlen. Entweder ihr folgt den Worten der Bibel, dann habt ihr in dieser Gesellschaft einen schweren Stand. Gebärdet ihr euch aber wie Politiker, dann kann es sein, dass der liebe Gott sich von euch abwendet. Aber legt ihr dieses weltliche Handeln an den Tag, dann werdet ihr wahrscheinlich die Haltung eures Chefs erst herausfinden, wenn ihr hier in politischen Belangen keine Fehler mehr machen könnt.«

Der Kardinal lächelte ebenfalls.

»Ich sehe schon, der roten Hilde ist von ihrer Streitbarkeit nichts verloren gegangen. Aber ich denke, wir beide haben es nicht mehr nötig, uns Bibelzitate um die Ohren zu hauen, um zu beweisen, wer der bessere Mensch von uns ist.

Ich verspreche dir jedoch, wenn dein Freund Winter Hilfe braucht, kann er auf mich zählen. Verstecken tue ich ihn nicht, das musst du schon selber machen.«

Hilde Auffenberg überlegte einen Moment.

»Danke für diesen wertvollen Hinweis«, schmunzelte sie hintersinnig.

Sie hatten das Restaurant an der Warburger Straße erreicht. Nach einem wirklich guten Menü, bestehend aus frischem Delbrücker Spargel, gegrilltem Thunfisch und einem Sorbet von Holunderblüten-Himbeer-Champagner, saßen die beiden so unterschiedlichen Menschen auf der Terrasse des Restaurants und hingen ihren Gedanken nach. In der Stille kam Hilde Auffenberg die Reaktion von Herbert Höveken wieder in den Sinn.

»Weißt du, Lorenz, ich habe einen Freund, der hält dich für ein Arschloch.«

»Das tun viele, meine Liebe«, entgegnete der Kardinal ungerührt. »Wer ist denn derjenige, der so konkret über mich denkt?«

»Einer meiner besten Freunde, Herbert Höveken.«

Der Kardinal sah versonnen gen Himmel.

»Ja, das kann ich mir denken. Herbert und ich waren einmal beide in dieselbe Frau verliebt. Wie heißt es so schön? Im Krieg und in der Liebe sind alle Mittel erlaubt, oder?«

26

So richtig konnte sich Linda Klocke keinen Reim aus Hagemanns Verhalten machen. Sie glaubte, Angst bei ihm wahrgenommen zu haben. Doch sie war sich sicher, dass diese Angst den Mann nicht dazu bewegen würde, bei der Aufklärung der begangenen Straftaten zu kooperieren. Er forderte zwar Polizeischutz ein, aber gleichzeitig vermittelte er den Eindruck, es nicht ernst zu meinen. Aber unterm Strich war die Kommissarin der Meinung, dass Hagemann weder mit dem Tod von Balhorn noch mit dem Mord, der Samstagnacht verübt worden war, etwas zu tun hatte.

Sie war gespannt, was ihr Chef zu ihrer Einschätzung zu sagen hatte. Der behauptete ja, so etwas wie eine Intuition zu haben, und die sage ihm, dass dieser Hagemann der Verdächtige Nummer eins sei. Gefühl gegen Indizien. Welches weitere Vorgehen würde Schwiete wohl präferieren?

Als Linda Klocke ihr gemeinsames Büro betrat, lümmelte Kükenhöner auf ihrem Bürostuhl herum.

»Wenn man vom Teufel spricht«, sagte er lakonisch, als er sie sah.

Linda Klocke drehte sich um und fragte: »Von welchem Teufel?«

Schwiete, der keine Auseinandersetzung zwischen den beiden wollte, ging dazwischen.

»Kükenhöner möchte nicht von Ihnen zu dem Vorfall, der ihm im Ükernviertel widerfahren ist, verhört werden.«

»Wenn ich ehrlich bin«, entgegnete Linda Klocke, »möchte ich die Befragung auch nicht durchführen. Ich schiebe den Auftrag von Ihnen schon seit gestern vor mir her. Im Übrigen bringt das Ganze auch nichts, wenn der Kollege Kükenhöner nicht kooperiert.«

Kükenhöner sprang, wie von einer Feder nach oben katapultiert, vom Stuhl auf.

»Wenn ich das schon höre, nicht kooperiert! Wenn ich etwas wüsste, würde ich es natürlich sagen. Ihr könnt mir glauben, keiner hat ein größeres Interesse daran, diese Kerle hinter Schloss und Riegel zu bringen, als ich! Die demolieren mir halb mein Auto, und da bin ich natürlich wütend aus dem Wagen raus und habe meine Polizeimarke gezückt. Doch bevor ich den Arm oben hatte, schlug mir schon einer der Kerle was auf die Fresse. Dann waren sie weg. Ich versichere euch, ich habe mich sogar schon an den Computer gesetzt und versucht Phantombilder zu erstellen. Aber mehr als Strichmännchen sind nicht dabei rausgekommen. Ihr müsst es mir einfach glauben! Ich habe nichts gesehen!«

Linda Klocke setzte sich auf ihren frei gewordenen Stuhl und wandte sich an ihren Chef.

»Ich glaube ihm.«

Der nickte.

»Wird wohl so gewesen sein, also lassen wir das. Schade, Karl, du bist einer der wenigen, der die Kerle bewusst gesehen hat. Die Frau des Toten kann sich nicht erinnern, der alte Mann, dem sie den Farbeimer über den Kopf gestülpt haben, nicht und alle anderen auch nicht. Die den Kerlen begegnet sind, sagen alle nur, dass die Männer in Lederkluft auftraten. Verdammt wenig! Oder?«

Die drei Polizisten schwiegen eine Weile. Dann ergriff Schwiete erneut das Wort.

»Und was hat der Besuch bei Hagemann ergeben, Frau Klocke?«

»Ja, da kann ich gleich an das Gespräch anknüpfen. Der hatte nämlich gestern noch Besuch. Und was meinen Sie, von wem?«

Linda Klocke legte eine kurze Kunstpause ein, um die Spannung zu steigern. Dann beantwortete sie die Frage selbst.

»Diese Schläger waren angeblich bei Hagemann und haben ihn unter Druck gesetzt mit der Absicht, ihm einige Grundstücke im Ükernviertel abzupressen. Nur seltsam war, dass Hagemann von vier Männern sprach. Bisher war die Rede aber immer von drei Personen. So, und jetzt kommt's! Was meinen Sie, wer der angebliche vierte Mann gewesen sein soll?«

Wieder eine Kunstpause. Doch diesmal kam eine Antwort.

»Winter«, sagte Schwiete.

»Genau!«, antwortete Linda Klocke. »Was außerdem seltsam ist: Obwohl Hagemann ein Messer an die Kehle gedrückt bekommen hat, das behauptet er jedenfalls, ist er nicht zur Polizei gegangen. Doch jetzt fordert er Personenschutz. Wenn auch ganz zaghaft. Das heißt, er hat ihn zwar gefordert, aber mein Gefühl sagt mir, dass er eigentlich nicht wirklich erpicht darauf ist. Weiterhin behauptet er, der Verkehrsunfall, den er hatte, sei in Wirklichkeit ein Mordversuch gewesen. Er sei mit einem Laserpointer geblendet worden.«

Sie überlegte einen Moment.

»Ich habe mich bei dem behandelnden Arzt erkundigt. Er hat wirklich Verbrennungen auf der Netzhaut und ein Ödem. Das sind eindeutige Symptome, die auftreten, wenn ein Laserstrahl ein Auge getroffen hat. Allerdings zweifele ich daran, dass diese Schläger, die auch Hauptkommissar Kükenhöner verletzt haben, das, nennen wir es ruhig Attentat, ausgeübt haben. Um noch eins draufzusetzen. So, wie sich die Faktenlage im Moment darstellt, hat dieser Hagemann meiner Meinung nach mit den Morden nichts zu tun.«

Nach diesen Ausführungen herrschte wieder Schweigen, diesmal nachdenkliches.

»Ich kann mir nicht vorstellen, dass mein Nachbar Winter etwas mit diesen Schlägern zu tun hat«, meinte Schwiete nach einiger Zeit. »Aber vielleicht bin ich in dem Punkt auch wirklich befangen. Doch was ist mit Hagemann los? Ich habe in den letzten Tagen ein bisschen recherchiert. In vielen deutschen Großstädten findet gerade eine Gentrifizierung statt.«

Kükenhöner sah seinen Kollegen an, als spräche dieser Chinesisch.

»Der Begriff kommt aus der Stadtsoziologie. Er beschreibt einen Umstrukturierungsprozess urbaner Quartiere. In preisgünstigen Stadtvierteln werden Wohnungen zunehmend von wohlhabenderen Eigentümern und Mietern belegt und baulich aufgewertet. Gleichzeitig werden in diesem Zuge Gruppen mit einem niedrigeren Sozialstatus, also ärmere Leute, ersetzt oder verdrängt. Das Ganze passiert natürlich nicht immer konfliktfrei. Die ursprünglichen Bewohner des Viertels wehren sich und sind oft nicht gewillt auszuziehen. Es ist jedoch auch keine Seltenheit, dass skrupellose Immobilienmakler sogenannte Entmieter einsetzen. Das sind Personen, die das Leben für die Anwohner unerträglich machen, bis die keinen anderen Ausweg mehr wissen und wegziehen. Unsere gesuchten Schläger könnten zu dieser Kategorie gehören«, lieferte Linda Klocke die Erklärung.

»Hab ich schon mal was von gehört«, bestätigte Kükenhöner.

»Jedenfalls habe ich so eine Ahnung, dass auch in unserem Ükernviertel ein solcher Prozess im Gange ist und Hagemann da seine Finger im Spiel hat.«

Die Welt ist eine anarchische Angelegenheit. Kaum war man der Meinung, man habe alles bedacht und geplant, man habe alles im Griff, dann brachte ein kleines Ereignis, welches ganz einfach übersehen worden war, das ganze Kartenhaus zum Einsturz.

Jetzt lag Hagemann im Josefs-Krankenhaus. Dem Tod gerade noch einmal von der Schippe gesprungen, grübelte er, wie das alles hatte kommen können.

Kaup war kein verlässlicher Partner, das war jetzt so sicher wie das Amen in der Kirche. Anstatt dass er sich ihm, Hagemann, gegenüber erkenntlich zeigte, versuchte dieser Drecksack ihn umzubringen. War das gerecht? Er hätte Kaup locker bei der Polizei wegen Mordes an Balhorn anzeigen können, hatte sich das aber verkniffen. Anstatt sich in Dankbarkeit zu üben, versuchte der Kerl ihn nun als Mitwisser aus dem Weg zu räumen. Jetzt würde er Kaup eliminieren. Der würde für seine Undankbarkeit bezahlen, und zwar teuer, nämlich mit dem Leben.

Nicht nur das, er würde gleich zwei Fliegen mit einer Klappe schlagen. Neben Kaup würde er sich im selben Atemzug auch seiner Schlägertruppe entledigen. Dann war endlich wieder Ruhe.

Hagemann wuchtete sich aus dem Krankenbett. Allein die Schmerzen, die er bei dieser Aktion ertragen musste, rechtfertigten es, dass Kaup sterben musste.

Unter erheblichen Qualen schleppte er sich zur Tür des Krankenzimmers und spähte auf den Flur. Da war niemand, der ihn bewachte. Also gab ihm die Polizei keinen Personenschutz. Auch gut, dann konnte er ganz anders agieren, als wenn ihm ständig ein Polizist auf den Hacken stünde.

Hagemann schleppte sich zu seinem Schrank und zückte sein Handy. Dieses Telefon war sein offizielles. Mit dem konnte er den geplanten brisanten Anruf nicht tätigen. Er rief im Büro an und bat seine Sekretärin darum, ihm die Post zu bringen und auch das Mobiltelefon, welches in seiner Schreibtischschublade lag.

Es war baugleich mit jenem, von dem aus er just telefonierte. Doch das andere Gerät war mit einer Prepaidkarte ausgestattet. Sicher war sicher! Schließlich war schon genug schiefgegangen.

Keine Viertelstunde später brachte seine Sekretärin die gewünschten Dinge. Hagemann bedankte sich. Er fühlte sich unter Zeitdruck, doch seine Mitarbeiterin zog sich einen Besucherstuhl heran und setzte sich zu ihm ans Bett.

»Mein Gott, Chef, was machen Sie denn für Sachen? Erzählen Sie doch mal! Wie ist denn das passiert? Sie sind doch sonst so ein sicherer Autofahrer.«

Hagemann wollte jetzt nicht reden. Er wollte telefonieren. Gequält und sichtlich leidend antwortete er: »Das kann ich Ihnen auch nicht sagen. Ich habe einen totalen Blackout.«

»Einen Blackout? Nein, dass es so etwas wirklich gibt«, parlierte die Sekretärin munter drauflos.

Merkte die dumme Kuh nicht, dass es ihm schlecht ging?, verfluchte Hagemann seine Besucherin in Gedanken. Demonstrativ begann er herzerweichend zu stöhnen. Sie sah ihn mitleidig an.

»Können Sie bitte einmal für mich zum Schwesternzimmer gehen, Frau Meyer, und mir ein paar Aspirin holen? Ich habe fürchterliche Kopfschmerzen.«

Die Frau sprang dienstbeflissen von ihrem Stuhl auf.

»Oh, Sie Armer! Selbstverständlich mache ich das! Ach, ich bin wirklich eine schlechte Krankenbesucherin. Sie leiden, und ich schwatze einfach drauflos.«

Hagemann winkte ab.

»Schon gut, Frau Meyer, Sie können ja nicht in mich hineinsehen. Außerdem hätte ich auch etwas sagen können.«

Die Angestellte schritt leise und auf Zehenspitzen aus dem Zimmer. Das sah urkomisch aus, und Hagemann musste alle Körperbeherrschung aufbringen, um nicht loszulachen. Hastig zog er sich die Bettdecke bis zur Nase.

Nach zwei Minuten kam sie mit den gewünschten Tabletten, legte sie auf das Nachtschränkchen und verabschiedete sich.

»Ich geh dann mal wieder«, flüsterte sie.

Hagemann gab nur ein wehleidiges Stöhnen von sich. Doch da hatte Frau Meyer das Krankenzimmer schon verlassen.

Umgehend schnappte er sich das mitgebrachte Telefon, aktivierte es und wählte eine Nummer.

Eigentlich hatte Hilde Auffenberg immer gedacht, wenn sie erst Pensionärin wäre, würde das Leben ruhiger. Doch anscheinend hatte sie sich da fundamental geirrt. Eben hatte sie noch gemütlich auf der Terrasse des »Balthasar« gesessen und mit dem Kardinal über alte Zeiten geschwatzt, da fiel ihr Blick auf die Armbanduhr des Kellners. Es war fast halb drei. Verflixt, sie hatte doch noch einen Termin. Daher drängte sie den Kardinal zum Aufbruch.

»Lorenz, ich würde gerne noch weiter mit dir plaudern. Doch heute ist meine Zeit begrenzt. Ich habe leider noch einen Termin, den ich auf keinen Fall schwänzen kann. Wenn du wieder mal in der Heimat bist, kannst du dich ja melden.«

Auch Engels sah nun auf seine Uhr.

»Kinder, wie die Zeit vergeht! Ja, Hilde, auch ich wollte schon längst auf der Autobahn sein. Ich hoffe, wir sehen uns einmal wieder. Vielleicht schaffst du es ja, mich auf meine alten Tage noch zu überreden, bei attac mitzumachen.«

Hilde Auffenberg lächelte.

»Das ist doch ein Trick. Du und attac, niemals. Du bist und bleibst so schwarz, dass du sogar noch im Kohlenkeller einen Schatten wirfst. Eine solche Offerte machst du doch nur, um mir einen Anreiz zu geben, dich wieder einmal zu treffen. Na ja, zum Essen, meinetwegen, aber zur Mätresse des Kardinals tauge ich nicht. Da sind deine Chancen genauso aussichtslos wie vor über vierzig Jahren.«

»Du hattest es in der Hand, meine Liebe«, grinste der Kardinal. »Hättest du mir damals nicht ständig die kalte Schulter gezeigt, wär ich kein Mann Gottes geworden und vielleicht sogar in die SPD eingetreten.«

»Dies wiederum hättest du aber nur getan, damit im Falle deines Ablebens einer von den Roten und ja keiner von der CDU stirbt«, konterte sie.

Kurz darauf war Hilde Auffenberg auf dem Weg nach Sennelager und wunderte sich immer noch über die ausgesprochen charmante Seite des früher so grob und polterig wirkenden Kirchenfürsten. Er hatte in den letzten fünfundvierzig Jahren dazugelernt. Eindeutig.

Mittlerweile war sie fast an ihrem Fahrtziel angelangt. Hilde Auffenberg konzentrierte sich auf die Umgebung. Da war das »Tingel-Tangel«. Sie musste augenblicklich an den Zeitungsartikel von vor ein paar Tagen denken und lachen.

Hier war sie richtig. Im Gegensatz zu Winter stellte sie ihr Auto jedoch auf dem Rewe-Parkplatz ab.

Nur wenige Minuten später stand Hilde Auffenberg in der Wohnung von Karl Rosenberg, dem Schlagzeuger der Band, und stellte sich als Winters Managerin vor.

Karl Rosenberg bot ihr einen Sitzplatz an. Er hielt sich nicht mit einer langen Vorrede auf, sondern fragte gleich, was er für sie tun könne.

Sie berichtete, dass Winter sich nun doch dazu entschlossen habe, nicht mit der Band aufzutreten. Es müsse also schnell ein neuer Leadgitarrist gefunden werden. Sie hätte da schon jemanden, den man nehmen könne, doch sie wolle der Band den Musiker nicht einfach aufdrücken. Schließlich wäre so eine Kapelle ja ein Team, und da müsse alles zusammenpassen.

Rosenberg hielt das für eine sehr vernünftige Sichtweise. Er wüsste da auch schon einen guten Mann. Im Übrigen sei er ganz froh, dass Winter nicht mitmachen könne. Ein David Gilmour sei der schließlich nicht gerade. Jetzt, wo Johnny nicht dabei sei, werde die Band noch einmal erheblich an Qualität dazugewinnen.

Ja, dann werde er sich jetzt mal an die Konzertagentur wenden und mit denen einen neuen Vertrag machen. Er benötige nur noch Name, Adresse und Telefonnummer.

Winter hieße das Vermittlungsbüro, entgegnete Hilde Auffenberg, und die Verträge habe sie schon vorbereitet.

Sie zog einen Stapel Papier aus der Tasche und legte sie auf den Tisch.

Karl Rosenberg sah sie verständnislos an.

»Wieso sollen wir mit Johnny einen Vertrag machen? Das ist doch gar nicht der Veranstalter.«

Hilde Auffenberg legte das unverfänglichste Lächeln an den Tag, das ihr zur Verfügung stand.

»Das stimmt zwar«, sagte sie, »aber mein Partner hat die ganze Arbeit gemacht, und die müssen Sie ihm natürlich vergüten, Herr Rosenberg.«

Der Musiker nahm sich seinen Vertrag und begann zu lesen. Hin und wieder schüttelte er den Kopf. Zwischendurch lachte er affektiert. Zum Ende hin schnaufte er noch einmal. Dann warf er den Schriftsatz vor Hilde Auffenberg auf den Tisch.

»Das geht ja gar nicht, Frau ...?«

Er sah sie fragend an.

»Auffenberg!« Sie packte die Papiere zusammen und erhob sich. »Schade, dann eben die zweitbeste Lösung.«

Sie machte eine kurze Pause.

»Wenn ich es mir recht überlege, sogar die bessere Lösung.«

Sie grinste verschmitzt und ließ die Verträge in ihrer Tasche verschwinden.

Rosenberg starrte die Frau an, als hätte sie ihm einen schmutzigen Witz erzählt. »Was soll denn das jetzt heißen?«

»Das haben Sie doch gerade gesagt: Das geht ja gar nicht! Nun, wenn das wirklich so ist, dann arbeite ich eben mit einer anderen Band zusammen. Eine, mit der ich in der Vergangenheit schon viele gute Erfahrungen gemacht habe. Johannes Winter wollte Ihnen aus alter Verbundenheit diesen Gig zukommen lassen. Doch ich denke, er wird verstehen, dass ich unter den gegebenen Umständen eine andere Kapelle nehme.«

Rosenberg war kreidebleich geworden.

»Ist Ihnen nicht gut?«

»Doch, doch«, sagte der Schlagzeuger. »Äh, alles bestens.« Jetzt wurde der Mann hektisch. »Äh, Frau Auffenberg, so war das natürlich nicht gemeint. Wir können doch über alles reden.«

»Das ist es ja gerade! Das können wir nicht! Entweder nehmen Sie die Bedingungen so an, wie sie da stehen, oder ich nehme die andere Band!«

Rosenberg nickte. »Okay, Frau Auffenberg. Sie drehen uns zwar den Arm auf den Rücken, aber wenn Johnny will, dass wir in diesen Vertrag einsteigen, dann machen wir das natürlich. Ist doch Ehrensache. Was bleibt denn für den guten alten Winter bei der ganzen Sache hängen?«

»Bis vorhin zwanzig Prozent, jetzt fünfundzwanzig.«

»Wieso das denn?«, fragte Rosenberg empört.

»Fünf Prozent weniger verdienen Sie, weil Sie vorhin schlecht über meinen Partner Johannes Winter geredet haben, als Sie abschätzig äußerten, ganz froh zu sein, dass Winter nicht mitmachen könne. Er sei schließlich nicht gerade ein David Gilmour. Sie wissen schon.«

27

Hermann Greiteler schaute auf seine Armbanduhr und sagte:

»Auf geht's!«

Die selbsternannte Ükern-Bürgerwehr nahm in diesem Moment, es war Mitternacht, ihre Arbeit auf. Ihrem unangefochtenen Chef, Hermann Greiteler, folgten zwei Männer, die ihre breiten Schultern in dicke, belastungsfähige Motorradjacken gesteckt hatten und eine ihrer Bedeutung entsprechende finstere und entschlossene Miene zur Schau trugen. Die erste Streife! Eigentlich hatten alle drei keine Vorstellung davon, wen oder was sie eigentlich vor wem schützen wollten.

»Das wird sich zeigen!«, hatte Greiteler gesagt, und die anderen sahen keinen Grund, an seiner Kompetenz in diesen Dingen zu zweifeln. Sie hatten die Kneipe in der Heiersstraße, in der sie sich am Abend zuvor konstituiert hatten, als Operationsbasis gewählt. Hier sollten alle Fäden und Informationen zusammenlaufen, hier sollten ihre Einsätze starten und enden. Greiteler hatte vom Wirt, der mit ihren Zielen sympathisierte, einen Schlüssel bekommen, sodass sie sich auch in der zweiten Nachthälfte, wenn die Kneipe bereits geschlossen war, hier treffen konnten. »Aber lasst die Finger von der Zapfanlage!«, war seine einzige, allerdings unumstößliche Bedingung gewesen. Für sein Entgegenkommen hatte Greiteler ihm versprochen, auf die Sicherheit seiner Kneipe ganz besonders zu achten.

Sie hatten sich vorgenommen, Straße für Straße nach einem festen Laufplan abzugehen. Den Plan hatte Greiteler, der wieder mal seinen Führerschein verloren hatte und daher vorübergehend arbeitslos war, im Laufe des Tages ausgearbeitet und bei Streifenbeginn seinen Kollegen vorgestellt, die daran nichts auszusetzen hatten.

Thisaut und Krämerstraße sind gutbürgerliche, brave, kleine

und enge Straßen, in denen nichts Auffälliges zu erkennen war. Bei der Bürgerwehr setzte die erste leichte Enttäuschung ein. Nachdem sie zurück zur Heiersstraße gelaufen waren, machte sich Ernüchterung breit. Niemand war ihnen bislang begegnet, ganz zu schweigen von verdächtig aussehenden Subjekten, denen man schon mal prophylaktisch was vor's Maul hauen konnte. Nun sah dies allerdings anders aus. Hier liefen verschiedene Typen herum, die nach Meinung der Bürgerwehrmänner alles andere als vertrauenswürdig aussahen. Leider machte keiner von denen irgendwelche Versuche, sich mit ihnen anzulegen. Ein paar Meter weiter trafen sie auf einen alten Mann, der mit seinem Hund Gassi ging. Den Mann kannten sie, es war Walter Meerkötter, der nun einen Hut mit breiter Krempe trug. Der sah die drei Männer aber nur scheel von der Seite an, knurrte auf eine Weise, wie sein Hund es offenbar zu tun vergessen hatte, und drehte sich demonstrativ von ihnen weg.

»Der will wohl mit uns nichts zu tun haben«, brummte Greiteler erbost. »Der alte Knacker sollte froh sein, dass wir hier sind und aufpassen, dass keiner seinen blöden Köter klaut. Undankbares Pack! Und mit diesem bekloppten Hut sieht er noch bescheuerter aus als sonst. Dabei sieht man die blauen Haare trotzdem. Einfach abschneiden, dieses lange, häßliche Gestrüpp. Ist ja lächerlich für so'n alten Knacker.«

Er hatte seinen Leuten eingebläut, ganz besonders auf Johannes Winter zu achten. Weil er seine Aufgabe ernst nahm und auch viel Zeit hatte, war er tagsüber einem seiner wenigen Bekannten auf die Nerven gefallen und hatte den genötigt, ihm ein Bild Winters aus dem Internet auszudrucken. Es war ein Foto, das Winter als Gitarrist der Tanzkombo »Ramona« zeigte. Greiteler konnte nun sicher sein, dass Winter ihnen nicht durch die Lappen ging, wenn er es wagen sollte, hier im Viertel aufzutauchen. Solche windigen Gestalten mussten hart angefasst werden, davon waren Greiteler und seine Mannen überzeugt.

Dann, endlich, hatten sie einen Störer des nächtlichen Friedens entdeckt. Ein junger Türke fuhr mit seinem Auto im

Schritttempo durch die Mühlenstraße, hatte die Scheiben heruntergedreht und beglückte die schlafenden Anlieger mit der Art von Musik, die Greiteler als »Muselmanen-Gedudel« bezeichnete und die er heftig verabscheute. Der junge Bursche war völlig überrascht, als sich ihm urplötzlich ein dunkel gekleideter Mann in den Weg stellte. Er bremste heftig, vergaß auszukuppeln und würgte dabei den Motor ab. Ehe er sich besinnen konnte, wurde seine Fahrertür aufgerissen, er selbst von kräftigen Händen erfasst und aus dem Auto gezerrt.

»Der wird erst mal Ruhe geben!«, frohlockte einer von Greitelers Helden anschließend, als sie weitergingen. »Das macht der so schnell nicht noch mal.«

Ja, es hatte ihnen Spaß gemacht. Aber so richtig zufrieden waren sie nicht. Es war zu einfach gewesen, das war kein echter Gegner. Beim Abbiegen um die nächste Häuserecke sah Greiteler, als er zurückschaute, dass sich der alte Meerkötter nun um den auf dem Bürgersteig liegenden Türken kümmerte. Verächtlich schüttelte er den Kopf. Der alte Mann hatte offenbar eine gestörte Auffassung davon, wer hier Freund und wer Feind war. Bei Gelegenheit würde er sich den Alten auch mal zur Brust nehmen.

Von der verkehrsberuhigten Straße Ükern versprachen sie sich einiges. Hier war am Ende der Straße die Gaststätte »Highlander«, die vor allem von englischen Soldaten besucht wurde. Und tatsächlich kamen ihnen zwei sehr laut englischsprechende junge Männer entgegen. Sie waren klein, stiernackig und kompakt. Beide sahen aus wie der Fußballer Wayne Rooney. Greiteler, dessen Männer und er selbst größer waren als diese beiden, wusste aber aus leidvoller Erfahrung, dass es sich bei diesem Typus um einen nicht zu unterschätzenden Gegner handelte. Schon häufig hatte Greiteler Streit mit englischen Soldaten bekommen und stets gegen diese durchtrainierten Kampfstiere den Kürzeren gezogen. Aber diesmal waren die Karten anders gemischt, fand er. Die beiden Briten waren betrunken, Greitelers Truppe war in der Überzahl und mit Baseballschlägern bewaffnet.

Hermann Greiteler schaute sich schnell um. Lästige Zeugen konnten sie bei ihrer wertvollen Aufräumarbeit nicht gebrauchen. Aber niemand sonst war in der Straße zu sehen. Seine ganze, jahrelang aufgestaute Wut auf diese englischen Soldaten quoll nun hoch. Was glaubten die eigentlich, wer sie waren? Spielten sich auf wie eine Besatzungsmacht. Und dann ständig diese wohlfeilen, feierlichen Worte des Bürgermeisters über das ach so gute Verhältnis von englischen Soldaten und Paderborner Bürgern. Alles wäre so toll, wenn man nur dem Bürgermeister Glauben schenken wollte. Aber der sollte mal samstagnachts durchs Ükernviertel gehen, dann würde er sehen, wie es tatsächlich hier zuging. Dieser weltfremde Schönredner! Greiteler konnte seine immer stärker werdende Wut nachgerade körperlich spüren. Sie musste sich einfach entladen, und hier war die Gelegenheit dazu.

Er gab seinen Männern ein Zeichen, zog seinen Baseballschläger unter seiner Jacke hervor und stellte sich den Betrunkenen in den Weg. Die beiden anderen Bürgerwehrmänner folgten seinem Beispiel. Für Greiteler war es ein Genuss, mit anzusehen, wie die beiden Briten erst überrascht dreinschauten, dann offenbar erschraken und langsam, ganz langsam ihre Situation zu begreifen schienen.

Es war zum Verrücktwerden. Am liebsten hätte Schwiete den Hörer aufs Telefon geknallt. Doch solche Emotionsausbrüche gestand er sich nicht zu. Vor einigen Jahren hätte in solchen Situationen gleich sein Magen rebelliert. Doch das Problem hatte er in den Griff bekommen, seit er sich mit fernöstlicher Meditations- und Kampfkultur beschäftigte.

Schwiete trommelte seine Mordkommission zusammen und berichtete von dem neuerlichen Vorfall in der letzten Nacht.

»Wenn das so weitergeht, brauchen wir mehr Leute«, meldete sich Kükenhöner zu Wort. »Mit unseren paar Männeken ist das alles nicht mehr zu schaffen.«

Die anderen Polizisten nickten zustimmend.

»Das Personalproblem ist die eine Sache«, nahm Schwiete den Einwand auf. »Die andere ist: Wir erzielen keine brauchbaren Ergebnisse. Versteht mich nicht falsch, Leute, das ist keine Kritik an euch. Aber wir rödeln seit über einer Woche wie die Berserker, und was ist unterm Strich rausgekommen? Nichts! Wir können nur froh sein, dass die Tage unserer Chefin bis zu ihrer Versetzung gezählt sind. Vor einem Jahr hätte die uns bei den Ergebnissen, die wir bis jetzt präsentieren können, die Hölle heiß gemacht.«

Da niemand etwas dazu sagte, fuhr Schwiete fort.

»Es waren wieder drei Männer, und wieder hatten sie eine Lederkluft an. Aber dennoch gibt es Unterschiede. Bisher gingen die Aktionen der Schläger immer einher mit der Drangsalierung von Mietern und Hausbesitzern. Das war bei den letzten Taten anders. Bei denen sieht es im ersten Moment so aus, als wenn die Gewalttaten willkürlich stattgefunden hätten.«

Wieder herrschte allgemeines Schweigen. Da meldete sich Linda Klocke.

»Einen kleinen Hinweis auf die Handlungsmotivation der Täter gibt es vielleicht doch. Die Opfer sind alle keine Deutschen.«

»Nee, Mädchen!«, ging Kükenhöner dazwischen. »Jetzt komm mir nicht mit rechtsradikalem Hintergrund.«

»Erstens bin ich nicht Ihr Mädchen und …!«

Schwiete grätschte dazwischen. »Kommt, Leute! Jetzt keine Nebenkriegsschauplätze. Für dich, Karl, gelten in Zukunft mitteleuropäische Höflichkeitsrituale, und Sie, Frau Klocke, bitte ich, wieder zur Sache zu kommen!«

Alle merkten, dass Linda Klocke sich große Mühe gab, ihre Aufregung zu beherschen.

Da meldete sich Kükenhöner kleinlaut.

»War nicht so gemeint, Frau Klocke. Ist mir so rausgerutscht.«

Alle starrten den Kollegen an, als hätte er gerade behauptet, auf dem Wasser gehen zu können. Doch der zuckte mit den Schultern und meinte lapidar:

»Wenn es gar nicht anders geht, kann ich mich auch mal entschuldigen.«

Die Kollegen grinsten. Nur Kükenhöner dachte: Aber ich weiß jetzt, wie ich dich auf den Baum bringe, Mädchen.

Linda Klocke setzte ihre Ausführungen fort.

»Ich will überhaupt nicht behaupten, dass es da einen rechtsradikalen Hintergrund gibt. Aber haben nicht ein paar Zeugen berichtet, dass am Samstag auf der Bürgerversammlung einige der Teilnehmer gefordert haben, eine Bürgerwehr zu gründen? Vielleicht haben sich ja mittlerweile so ein paar Knallköppe zusammengetan und gehen jetzt gegen alles vor, was nicht ihrem Ordnungsbild entspricht.«

»Das wäre natürlich fatal«, entgegnete einer der Kollegen, dessen Namen Linda Klocke noch nicht kannte. »Das würde ja bedeuten, dass wir im Ükern kurz vor einem Bürgerkrieg stehen. Also mehr Polizeipräsenz, verstärkte Streifenfahrten, und das alles mit den wenigen Leuten.«

28

Die vier alten Männer, die rund um den Stammtisch saßen, bekamen von der freundlichen Wirtin ihr zweites sorgfältig gezapftes Pils gebracht, zusammen mit einem kleinen Gläschen Korn. Hier war es auszuhalten, fand Walter Meerkötter, der in der behaglichen Gaststätte »Zum Brunnen« mit den altmodischen Holzeimer-Lampen nahezu jeden Tag den Feierabend einläutete. Natürlich war es kein echter Feierabend, schon seit neunzehn Jahren nicht mehr, seit dem Tag, an dem er von seiner Firma vorzeitig in den Ruhestand geschickt worden war. Irgendwie war aus seinem ganzen Leben eine Art Feierabend geworden. Morgens, mittags, abends. Der Morgen unterschied sich kaum noch vom Abend, der Werktag nicht mehr vom Wochenende. Alles verschwamm zu einem einzigen großen Zeitbrei. Meerkötter hatte schon manchmal das Bedürfnis, darüber Klage zu führen, sich mit Altersgenossen darüber auszutauschen. Aber das machte man nicht. Klar, über körperliche Wehwehchen zu reden, war kein Problem, das gehörte zum Standardrepertoire jedes Stammtisches. Aber über die Seele? Mit fremden Leuten? Nein, das kam für Meerkötter nicht infrage. So etwas besprach er höchstens mit seinem Cockerspaniel, der hörte immer gut zu und zweifelte an gar nichts.

Doch den drei anderen Männern am Tisch ging es ähnlich, und so hatte keiner Lust, daraus ein Thema zu machen. Das war eben so und fertig. Normalerweise war Walter Meerkötter trotz allem ein Mensch, der zufrieden war, wenn er in Ruhe abends sein »Pilsken« trinken und einen kleinen Klön halten konnte. Viel mehr verlangte er kaum vom Leben. Der Ostwestfale ist eben bescheiden.

»Sag mal, Walter«, kam mit leichter Boshaftigkeit eine Frage von einem Mann neben ihm, »seit wann hast du dir denn die

Haare hinten abgeschnitten? Man erkennt dich ja gar nicht wieder. Siehst ja richtig erwachsen aus.«

Meerkötter antwortete nicht auf diese Spitze. Ihm tat es leid um seinen, wie er fand, prächtigen grauen Schweif. Aber nachdem ihn Hilde Auffenberg heute schonungslos auf sein blaues Dilemma hingewiesen hatte, war er schnurstracks zum Friseur gegangen und hatte sich den Nacken ausrasieren lassen. Wenn schon, denn schon. Er brummte nur, was den feixenden Mittrinkern als Antwort reichen musste.

Aber an diesem Mittwochabend war Meerkötter unruhig und aufgebracht. Eben hatte er den anderen Männern, die nur unwesentlich jünger waren als er, von seinen Befürchtungen und Beobachtungen berichtet. Davon, dass es im Viertel immer schlimmer wurde, und davon, dass er in der letzten Nacht einen schwer verletzten jungen Türken auf dem Bürgersteig gefunden und den Notarzt samt Polizei gerufen hatte. Willi Künnemeier, einer der anderen Herren in der Runde, konnte mitteilen, dass es in der Nacht eine heftige Schlägerei in der Straße Ükern gegeben hatte. Einige Anlieger seien vom Lärm geweckt worden und hätten besorgt aus dem Fenster geschaut. Viel erkennen konnten sie nicht, nur dass offenbar drei dunkel gekleidete Männer mit Baseballschlägern auf zwei jüngere Männer eingeschlagen hatten und schnell weggelaufen waren, als die beiden blutüberströmt auf der Straße lagen. Niemand hatte rechtzeitig die Polizei rufen können, niemand hatte sich getraut, selbst einzugreifen. Meerkötter nickte während des Berichts von Künnemeier immer wieder mit dem Kopf und brummte vielsagend.

»Ich sage euch, das waren dieselben Leute, die diesen Türken verprügelt haben«, rief er irgendwann dazwischen und schlug mit der Faust auf den Tisch. »Ich habe die drei doch vorher rumlaufen gesehen. Einen davon kannte ich vom Sehen, der war Samstag bei der Bürgerversammlung auch da und hatte eine große Klappe. Ein richtiger Vollidiot. Aber gefährlich. Ich weiß nur, dass er Hermann heißt. Den Nachnamen kenne ich nicht.

Er hatte am Samstag dafür gesprochen, eine bewaffnete Bürgerwehr aufzumachen. Anscheinend hat er das jetzt wirklich gemacht, ist mit zwei anderen Knallköpfen durch die Straßen gelaufen und hat unschuldige Leute fast erschlagen. Was für eine Riesenscheiße!«

Auch eine neue Runde Pils konnte seine Laune nicht verbessern. Wieder ergriff Künnemeier, ein kleiner, lebhafter und drahtiger Mann von Anfang siebzig, erst das Bierglas und dann das Wort:

»Wenn es stimmt, was du sagst, dann haben wir hier bald einen regelrechten Zweifrontenkrieg. Auf der einen Seite diese Totschläger, die keiner kennt. Auf der anderen Seite diese bekloppten Bürgerwehrtypen, die vielleicht echte Paderborner, aber anscheinend nicht weniger gefährlich sind. Fehlt nur noch, dass die Engländer nun in großen Gruppen hierherkommen und sich für ihre Kameraden rächen. Dann haben wir aber echt die Kacke am Dampfen.«

»Sag ich doch«, brummte Meerkötter. Die beiden Männer, die sich bislang eher zurückhaltend gezeigt hatten, stimmten ihnen zu. Dann saßen die vier lange Zeit grübelnd am Tisch. Einzige Abwechslung war eine neue Runde Pils und Korn. Die immer fröhliche Wirtin fragte besorgt, was denn heute mit ihnen los sei. Willi Künnemeier blickte auf.

»Wenn das so weitergeht, dann kannst du deinen Laden bald dichtmachen. Weil sich keiner mehr auf die Straße traut. Vielleicht musst du auch bald Schutzgeld zahlen, wer weiß das schon so genau.«

Sie hoben wie auf Kommando gleichzeitig die Korngläser hoch, warfen den Kopf in den Nacken, kippten den Hochprozentigen runter, schüttelten sich und knallten die Gläser auf den Tisch. Dann wechselten sie zum Pils. Wieder flogen die Köpfe in den Nacken, und sie leerten ihr Glas bis zur Hälfte. Dieses wurde deutlich langsamer und leiser wieder auf den Tisch gestellt, verbunden mit einem wohligen Stöhnen. Der gesamte Prozessablauf war so perfekt synchronisiert, wie es nur durch jahrzehntelanges Zusammenspiel erreicht werden kann. Als Gesamtkunstwerk eine großartige Teamleistung.

Wieder war es der quicklebendige Rentner Willi Künnemeier, der das Wort ergriff.

»Wir müssen das selber machen!« Und als die anderen ihn ratlos anschauten, fuhr er fort:

»Wir sind doch alle Schützenbrüder. Waren es nicht früher die Schützen, die bei Gefahr ihre Stadt und die Leute verteidigt haben? Wenn die ganze Schützenbruderschaft oder, sagen wir, wenigstens unsere Maspern-Kompanie für Ordnung im Viertel sorgt, dann herrscht wieder Ruhe, das könnt ihr mir glauben.«

Der stets skeptische Meerkötter lachte.

»Das glaubst du doch selbst nicht, Willi! Einmal kann ich mir beim besten Willen nicht vorstellen, dass du dafür genug Leute zusammenkriegst. Zum anderen hätten wir dann ja noch eine Front, um mit deinen Worten zu sprechen. Dann blickt gar keiner mehr durch. Und was glaubst du, was die Polizei dazu sagt, wenn hier alle anfangen, Bürgerwehr zu spielen? Nee, vergiss es!«

Aber Künnemeier ließ nicht locker.

»Wisst ihr, dass es ganz früher, vor über fünfhundert Jahren, hier im Ükern schon einen Schützenhof gab? Die Ükernleute waren schon immer ein ganz eigenes Volk und haben selbst auf sich aufgepasst. Wir sollten hier und heute und aus gutem Grund diese Tradition wieder zum Leben erwecken.«

Meerkötter winkte genervt ab.

»Willi, hör auf zu träumen! Schützen, das ist doch heute nur noch ein Grund zum Feiern. Das kann man doch nicht mehr ernst nehmen. Willst du hier mit Holzgewehren durch die Straßen laufen und den Ganoven Angst machen? Mit oder ohne Schützenuniform? Ich weiß, du warst früher mal Hauptmann unserer Schützenkompanie, aber das war doch kein echter Titel, das war doch Spielerei.«

»Ich bin immer noch Ehrenhauptmann«, trompetete Künnemeier stolz. »Bin nur aus Altersgründen aus dem aktiven Vereinsleben ausgeschieden. Aber ich könnte immer noch voranmarschieren, wenn es nötig wäre. Ich muss über die Angelegenheit noch mal in Ruhe nachdenken. Sehen wir uns morgen wieder?«

Ihre Behausung war hell und geräumig. Linda Klocke fand, dass sie wirklich Glück gehabt hatte, als ein Freund ihr diese wunderschöne Jugendstilwohnung angeboten hatte. Einen Balkon gab es auch noch. Der lag auf der Rückseite des Hauses. Es fehlten nur noch die Pflanzen. Ein Bett und ein Schrank standen in ihrem Schafzimmer. Die Küche hatte sie vom Vormieter übernommen. Das war alles, was sie im Moment an Einrichtungsgegenständen hatte.

Trostlos, könnte man meinen, doch Linda Klocke fühlte sich wohl in ihren ersten eigenen vier Wänden. Sie war aus dem Sauerland nach Paderborn gekommen, weil sie hier gleich nach der Fachhochschule einen Job als Polizistin bekommen hatte. Über die Zuweisung ihres Dienstortes war sie nicht glücklich gewesen. Sie hatte sich eher Münster, Köln oder Düsseldorf gewünscht, aber nicht die Stadt, die wie keine zweite für Provinz, Kleinbürgerlichkeit und Katholizismus stand. Doch sie würde das Beste daraus machen.

Bevor sich Linda Klocke dazu entschieden hatte, Polizistin zu werden, hatte sie eine Banklehre absolviert. Der Dresscode, den man im Geldinstitut damals von ihr verlangte, gefiel ihr. Daher hatte sie ihn, seit sie als Polizistin keine Uniform mehr tragen musste, wieder neu für sich entdeckt.

Außerdem hatte sie schnell gemerkt, dass der Auftritt im schicken Kostüm ihr oft Vorteile brachte. Diese Art, sich zu kleiden, schaffte Distanz, vermittelte dem Gegenüber gleichzeitig den Eindruck von Kompetenz, und gab ihr eine gewisse Souveränität.

Linda Klocke war schlank und gut trainiert. Mittlerweile hatte sie den zweiten Dan in Karate. Wenn sie sich ein bisschen in Paderborn eingelebt hätte, würde sie sich nach einem geeigneten Sportverein umsehen.

Jetzt saß Linda Klocke in ihrer fast leeren, aber wunderschönen Wohnung und ließ ihre ersten Tage auf der neuen Arbeitsstelle vorüberziehen. Bis jetzt hatte sie es maßgeblich mit zwei Kollegen zu tun gehabt. Kükenhöner und Schwiete, Männer, wie sie unterschiedlicher nicht sein konnten.

Kükenhöner war laut, distanzlos und selbstherrlich. Er hielt sich für unwiderstehlich. Was er vielleicht als Fünfzehnjähriger auch einmal gewesen sein mochte. Doch seitdem, so fand Linda Klocke, hatten sich weder das Verhalten von Kükenhöner noch sein Intellekt und schon gar nicht sein Frauenbild verändert. Er war der Prototyp eines kleinen dummen Chauvis, jedenfalls in den Augen der Polizistin. Mit solchen Männern tat sie sich schwer. Bei denen hatte sie immer gleich das Gefühl, dass diese sie wie ein kleines dummes Mädchen behandelten. Und genau dieses Verhalten brachte Linda Klocke auf die Palme.

Wenn man sie in diese Rolle drängen wollte, wurde sie böse. Dann verlor sie von jetzt auf gleich ihr damenhaftes Verhalten. Doch war sie stets bemüht, dies zu erhalten, und so ärgerte sie sich jedes Mal über sich, wenn sie die Contenance verlor, und über denjenigen, der es schaffte, sie dazu zu bringen.

Der zweite Kollege und gleichzeitig ihr Chef war genau das Gegenteil von Kükenhöner. Er wirkte stieselig und unsicher. Schwiete trug immer einen Anzug. Doch anscheinend hatte er eine Begabung, nur die Kleidungsstücke anzuziehen, die vollkommen aus der Mode waren. Dazu trug er lindfarbene Hemden ohne Krawatte. Sein Aufzug hätte jeden Stilberater in den Wahnsinn getrieben.

Darüber hinaus legte er eine Pedanterie an den Tag, die man fast als zwanghaft bezeichnen konnte. Schon zwei nicht parallel zueinander liegende Bleistifte zwangen ihn dazu, diesen Zustand zu ändern. Und erst dann, wenn alles seine Ordnung hatte, konnte der nächste Schritt gemacht werden. In den ersten Tagen musste Linda Klocke sich zusammenreißen, um diese Umständlichkeiten zu ertragen. Sie wusste sehr schnell, dass es nicht leicht werden würde, unter bestimmten Umständen mit ihm zusammenzuarbeiten.

Aber dann war da noch etwas anderes, das sie sehr an diesem Mann mochte.

Schwiete war immer ausgesprochen höflich und stets diszipliniert. Bei jeder Handlung stellte er das Ziel in den Vordergrund. Er war beherrscht wie ein Zenmeister und spielte sich nie in den Vordergrund.

Linda Klocke hatte von Anfang an das Gefühl, dass er partnerschaftlich mit ihr umging und sie nie befehligte.

So hielt er es auch mit den anderen Kollegen. Selbst Kükenhöners Frechheiten überging er mit einer Souveränität, die Linda Klocke selten erlebt hatte. Im Sauerland würde man sagen: »Was kratzt es eine Eiche, wenn eine Sau sich dran reibt.« Darüber hinaus behielt er immer seine Linie bei.

Linda Klocke hatte in ihrer Ausbildung zum Thema Führen gelernt, dass an einer einmal getroffenen Entscheidung in der Regel festgehalten wurde, solange sich die Tatsachen nicht veränderten.

Schwietes Verhalten war in dieser Frage wie aus dem Lehrbuch. Da konnte Kükenhöner tausendmal mit solchen Argumenten kommen wie: »Ich muss doch heute Abend zu meinem Schützenverein« oder: »Wenn ich heute nicht pünktlich zu Hause bin, lässt sich meine Frau scheiden.« War die Entscheidung getroffen, hatte ein Einspruch nicht die geringste Chance. Gestaltungsmöglichkeiten bestanden nur, wenn neue Ereignisse es verlangten. Eine solche Haltung mochte Linda Klocke, die gab ihr Sicherheit.

29

Der Tag war nicht besser gewesen als die letzte Nacht. Vielmehr hatte der Blues bei Winter noch einmal so richtig zugeschlagen. Ab morgen war er obdachlos.

Zwar hatte Hilde Auffenberg sich mit ihm in der Bartholomäuskapelle verabredet. Doch seine Vermieterin würde wahrscheinlich auch nicht wissen, wo er jetzt unterkommen könnte.

Es war doch sowieso alles umsonst gewesen. Winters Band würde in drei Tagen auf Tour gehen, und er musste sich derweil unter irgendwelchen Brücken verstecken.

Winter fluchte. Hier den Fahrer für den Kardinal mimen, war auch so eine Schnapsidee gewesen. Anstatt den Bischof durch die Gegend zu kutschieren, hätte Winter besser versuchen sollen den Mord aufzuklären, den man ihm in die Schuhe schieben wollte. Vielleicht hätte er den Mörder schon überführt, aber nein, er musste ja auf Hilde Auffenberg hören. Er hatte wie so oft Däumchen gedreht und sich auf andere verlassen. Nun saß er in der Falle der Handlungsunfähigkeit.

Winter hatte jede Menge Zeit verschenkt, und nichts war geschehen. Hilde Auffenberg war wahrscheinlich zu ihren Kaffeekränzchen gegangen, hatte mit den alten Damen parliert und nannte das dann: sich umhören.

Eine Stubenfliege drehte ihre Runden in Winters Kemenate. Sie landete direkt in seinem Gesicht. Ärgerlich wischte er das Tier weg. Doch das Insekt war nicht so leicht zu vertreiben. Keine zehn Sekunden später landete es wieder auf der Nase des Musikers. Das war zu viel für ihn. Wütend schnappte er sich eine alte Zeitung, die auf seinem Nachtschrank lag, und fing an, ganz gegen seine sonstige Art, wie wild nach dem Tier zu schlagen.

Plötzlich unterbrach er sein Tun. Eine Sekunde stand er stocksteif im Raum. Dann sagte er sich: »Sag mal, Johnny, bist du eigentlich noch ganz dicht? Du bist ungerecht zu den Freunden, die dir helfen wollen, und machst sie für Misserfolge verantwortlich, die du dir selbst zuzuschreiben hast. Du versuchst Tiere zu erschlagen, wenn auch nur Fliegen, die dir nichts getan haben. So geht das nicht weiter, hör endlich auf mit diesem elenden Selbstmitleid.«

Innerhalb weniger Sekunden merkte Winter, dass alle Kraft aus seinem Körper entwich, ähnlich der Luft, die einem Ballon entweicht, den man aufbläst und vor dem Verknoten loslässt.

Erschöpft ließ er sich aufs Bett fallen. Hier lag er eine lange Zeit. Plötzlich hörte er, wie jemand begann, auf einer Gitarre zu spielen. Erst nur ein paar Akkorde. Dann sang dieser Jemand auch noch ziemlich falsch zu dem Geklimper.

So, so you think you can tell
Heaven from Hell,
Blue skies from pain.
Can you tell a green field
From a cold steel rail?
A smile from a veil?
Do you think you can tell?

Winter kam sich ein bisschen vor wie Roger Waters, der bei der Einspielung zu Beginn des Songs »Wish You Were Here« eine Treppe herunterkam, am Radio drehte, dieses Lied hörte, sich seine Gitarre griff und dann erst zu spielen begann.

Musik, dachte Winter. Seine Trübsal war wie weggeblasen. Welcher der zukünftigen Priester versuchte hier ein Lied von Pink Floyd nachzuspielen? Zwar grottenschlecht, aber immerhin. Am liebsten hätte Winter sich jetzt auch seine Fender gegriffen und eingestimmt, genau wie Roger Waters auf der Platte. Doch die stand in seiner Wohnung im Ükernviertel. In Ermangelung seiner Klampfe sang er daher bei der zweiten Strophe leise mit:

Did they get you to trade
Your heroes for ghosts?

Den Text auf den Lippen, verließ er sein Zimmer und folgte den Klängen der Gitarre wie einst die Kinder den Tönen der Flöte des Rattenfängers zu Hameln.

Schon nach einigen Metern stand er vor der Tür, hinter welcher die Musik gespielt wurde.

Selbst wenn Winter gewollt hätte, er wäre nicht dazu in der Lage gewesen, nur hier auf dem Flur zu stehen und den Klängen zu lauschen. Er musste da rein. Das Geklimper war ja jämmerlich. Da musste ein Profi ran.

Ohne anzuklopfen öffnete er die Tür und spähte in den Raum. Auf dem Boden standen zwei Kisten Bier. Um die Getränke herum hatten sich fünf junge Männer drapiert, die aufmerksam dem Mann mit der Gitarre lauschten.

Als sich die Tür öffnete, starrten alle in die Richtung. Der mit dem Musikinstrument, ein etwas vorlauter, selbstbewusst wirkender Priester in spe, unterbrach sein Spiel und grinste.

»Guck an, der Fahrer des Kardinals.«

Ein anderer, weitaus schüchterner Junge meinte: »Sind wir zu laut?«

Winter winkte ab: »Nö, nö, alles okay. Mir war nur ziemlich langweilig. Als ich die Musik hörte, dachte ich, hier ist vielleicht eine Studentenkneipe der KHG oder so ähnlich, wo man sich abends trifft, sich ein bisschen was erzählt und so. Da hätte ich dann auch ein Bier getrunken. Aber wenn das hier 'ne private Feier ist, will ich nicht stören.«

»Ist schon in Ordnung«, meinte einer der Männer. »Ich habe heute Geburtstag. Kommen Sie ruhig herein, und trinken Sie ein Bier auf meine Gesundheit.«

Bei einem Bier blieb es natürlich nicht. Nachdem Winter viele Stunden Frust geschoben hatte, langte er jetzt kräftig zu. Erst trank er drei, vier Bier. Danach bemächtigte er sich der Gitarre, die erst einmal gestimmt werden musste. Anschließend griff er in die Saiten.

Die Jungs waren begeistert, als Winter ein Musikstück nach dem anderen spielte. Nur der anfangs so selbstbewusste Student, dem offensichtlich die Gitarre gehörte, opponierte offen gegen Winter. Als die anderen ihm jedoch zu verstehen gaben, er solle endlich aufhören zu stänkern, war er ruhig und zog sich in die Schmollecke zurück. Doch er beobachtete Winter aufmerksam.

Dieser bemerkte die Anfeindungen des Mannes gar nicht. Er war so richtig in Fahrt. Die Möglichkeit, endlich wieder Musik machen zu können und mehrere Flaschen Bier zu leeren, taten ihr Übriges.

»Passt auf, Jungs, jetzt kommt das Lied von dem Hurenhaus in Louisiana.«

Winter griff in die Saiten und sang:

There is a house in New Orleans
They call the Rising Sun.
And it's been the ruin of many a poor boy
And God I know I'm one.

Seine Zuhörer johlten. Zu seiner Verwunderung kannten zwei, drei der Anwesenden den Text und sangen aus voller Kehle mit.

Ist wahrscheinlich immer noch eines der ersten Lieder, die man übt, wenn man anfängt Gitarre zu spielen, dachte Winter.

Keinem fiel auf, dass der schmollende Fast-Priester unbemerkt das Zimmer verlassen hatte. Erst als Blaulicht von der Straße her kurz das Fenster streifte, jedoch im nächsten Moment erlosch, ahnte Winter, dass hier irgendetwas nicht stimmte. Er drückte dem Studenten, der neben ihm saß, die Klampfe in die Hand und stürzte ans Fenster. Auf dem Hof standen drei Polizeiautos, und ein Mann in Zivil zeigte gerade in die Richtung des Hauses.

»Scheiße!«, brachte Winter in fast weinerlichem Ton hervor und sprintete aus dem Zimmer.

Manche Menschen sind zäh wie eine Katze. Es gab welche, die besaßen sieben Leben. Hagemann war anscheinend so einer. Darüber hinaus verfügte dieser Kerl über mehr Glück als Verstand. Den Eindruck gewann Kaup zumindest, als er vergangene

Nacht beobachtete, wie die Feuerwehrmänner Hagemann mit einer riesigen Schere aus dessen Auto herausschnitten, um ihn zu bergen.

Jetzt war der Kerl den von Kaup eingefädelten Mordattacken schon zweimal entgangen. In die Stolperfalle, die er in Hagemanns Hausflur installiert hatte, war ein anderer gelaufen, und das Blenden mit dem Laserpointer hatte auch nicht geklappt. Langsam spitzte sich die Situation zu. Der Bursche ist auch nicht mit dem Klammerbeutel gepudert, dachte der Banker. Es würde nicht mehr lange dauern, bis Hagemann eins und eins zusammenzählte und zu dem Ergebnis kam, dass nur er, Kaup, hinter den Anschlägen stecken konnte.

Diese Erkenntnis machte ihn sichtlich nervös. Wie oft verfluchte er sich dafür, dass ihm vorletzte Woche Montag die Nerven durchgegangen waren und er sich zu einer Rangelei mit Balhorn hatte hinreißen lassen!

Wer konnte denn auch ahnen, dass der so unglücklich fiel und sich gleich den Hals brach. Seit der Unfall passiert war, hatte sich das Leben des Bankers gravierend verändert.

Nicht einmal eine Schamfrist hatte Hagemann gewahrt und gleich alles unternommen, um aus seiner Mitwisserschaft Kapital zu schlagen. Balhorn war noch nicht wirklich kalt, da war der Kerl schon mit Forderungen an Kaup herangetreten, die nicht zu erfüllen waren. Es sei denn, er setzte seine Existenz aufs Spiel. Durch dieses Vorgehen zwang Hagemann ihn geradezu, sich zu wehren.

Mittlerweile hatte Kaup jedoch begriffen, dass er sich bei seinen Gegenmaßnahmen ziemlich dilettantisch angestellt hatte. Der Schluss, den er daraus zog, war der: Wenn schon ein Mordversuch – dann richtig.

So ein bisschen tricksen und mit ein bisschen Glück, das war Mist und ermöglichte es dem Gegner zu überleben. Diese Erkenntnis war die bedeutsamste Erfahrung, die Kaup bei dieser Auseinandersetzung gemacht hatte. Von vornherein Nägel mit Köpfen machen, das wäre genau der richtige Weg gewesen. Er hätte Geld in die Hand nehmen sollen, um sich illegal eine Knarre zu besorgen, und dann *bum*!

Leider hatte sich Kaup auch keine Alternativen überlegt, welche Möglichkeiten es gäbe, Hagemann ins Jenseits zu befördern. Wie auch immer, schlussendlich war es ihm nicht gelungen, für ein zufriedenstellendes Ergebnis zu sorgen, das nur Hagemanns Leichenstarre sein konnte.

Ein bisschen morden geht einfach nicht. Das war wie: Wasch mir den Pelz, aber mach mich nicht nass.

Nach langem Hin und Her kam Kaup zu dem Schluss: Ich bin einfach zu feige, jemanden planmäßig umzubringen! Schon gar nicht, wenn ich dem, den ich töten will, mit offenem Visier gegenübertreten muss.

Nun, da war er sich sicher, wuchs von Tag zu Tag die Wahrscheinlichkeit, dass man versuchen würde, ihn selbst umzubringen. Was für ein Scheißleben.

Der Tag nach dem vermeintlichen Unfall zog sich hin. An Arbeiten war gar nicht zu denken. Daher beschloss Kaup, sich krankzumelden. Den ganzen Tag verbrachte er mit Grübeln und kam immer wieder zu zwei Lösungsvarianten. Entweder du stellst dich, oder du gehst ins Krankenhaus und erledigst Hagemann ein für alle Mal.

Doch er konnte sich zu keinem der beiden Schritte durchringen. Also begab sich Kaup immer wieder aufs Neue in die Überlegungsschleife und hoffte am Ende, eine dritte, für ihn bessere Variante zu finden. Doch es gelang ihm nicht. Vielmehr führte diese ganze Grübelei zu einem ganz anderen Resultat. Je mehr Kaup nachdachte, desto mehr nahm Angst von ihm Besitz. Gut, ein paar Tage würde Hagemann noch außer Gefecht gesetzt sein. Aber was würde passieren, wenn er wieder gesund war?

Von seiner Frau war Kaup schon mehrfach besorgt gefragt worden, was mit ihm los sei. Doch jedes Mal kam die stereotype Antwort, dass mit ihm alles in Ordnung sei. Im Laufe des Tages war aus ihrer Besorgnis Ärger geworden. Sie stritten miteinander. Danach schlug Kaup wütend die Tür hinter sich zu und verzog sich in sein Büro im Souterrain.

Zum Abendessen wurde er nicht hinaufgebeten. Es war ihm egal. Er hätte ohnehin keinen Bissen hinunterbekommen, was wiederum mit großer Sicherheit zu erneutem Ärger geführt hätte. Daher war es schon ganz vernünftig, dass er hier unten in seinem Reich blieb.

Plötzlich hörte Kaup ein Geräusch. Kam seine Frau herunter, um sich mit ihm zu versöhnen? Das war ein guter Brauch zwischen ihm und ihr. Er lauschte. Die Töne kamen nicht von der Treppe, sondern von der Kellertür.

Das war nicht seine Frau! Mit einem Mal verspürte Kaup blanke Angst. Sollte er flüchten? Er wusste nicht, wohin. Außerdem war er in letzter Zeit oft genug weggelaufen und hatte sich durch dieses Verhalten immer tiefer in den Problemsumpf manövriert. Nein, jetzt war Feierabend! Ganz egal, wer sich da an der Tür zu schaffen machte, Kaup würde ihm entgegentreten.

Vielleicht war es ja auch nur sein Sohn, der sein Fahrrad einstellen wollte, keimte ein winziges Fünkchen Hoffnung in ihm auf. Er sah auf die Uhr. Es war schon fast Mitternacht. Der Junge lag längst im Bett. Kaup sah sich um. In der Ecke seines Büros stand ein Golfbag.

Er griff sich wahllos ein Eisen und schlich zur Kellertür. Als er sie gerade öffnen wollte, wurde die mit enormer Kraft aufkatapultiert. Fast im gleichen Moment traf ihn eine Faust im Gesicht. Eine weitere Zehntelsekunde später trieb ihn ein hundertmal heftigerer Schmerz im Bereich der rechten Brust fast in den Wahnsinn. Er griff hastig in die Richtung und fühlte etwas Feuchtes, Warmes. Blut, dachte er noch. Die Schreie seiner Frau hörte er nicht mehr.

30

Die Tage waren wirklich schon angenehm warm. Aber die Nächte fürchterlich kalt! So hatte Winter schon lange nicht mehr gefroren.

Nachdem er das Leokonvikt fluchtartig verlassen musste, war er durch sämtliche Vorgärten der Südstadt gerobbt. Bekleidet mit einem kurzärmligen Hemd, Schlappen und einer Jeans. Immer wieder musste er wegen der patrouillierenden Polizeiwagen hinter Büschen in Deckung gehen. Einmal hatte ein Schäferhund vor ihm gestanden und die Zähne gefletscht. Gott sei Dank befand sich zwischen dem Hund und Winter noch ein Maschendrahtzaun, sonst wäre er jetzt tot.

Mittlerweile ging die Sonne auf. Doch das änderte nichts an den Temperaturen. Es war immer noch verdammt frisch. Winter fror inzwischen so, dass seine Zähne klapperten. Was sollte er nur tun? Jetzt, wo es hell war, wurde dem Musiker erst bewusst, wie verdreckt er war.

Er betrachtete seine Hose. Die konnte er wegwerfen. Von seinem Hemd ganz zu schweigen. In diesem Aufzug sah er sich außerstande, durch die Stadt zu gehen und schon gar nicht in die Bartholomäuskapelle. Bei dem Aussehen würde er doch gleich an der nächsten Straßenecke aufgegriffen.

Winter fasste in die Hosentasche. Er hatte noch die Schlüssel von seiner Unterkunft. Sollte er da noch einmal auflaufen, um sich die nötigen Klamotten zu holen? Was hatte er zu verlieren?

In diesem Zustand und ohne Geld würde er ohnehin nicht weit kommen. Gleich war es halb fünf. In irgendeinem Buch hatte er einmal gelesen, dass dies die beste Zeit sei, um ein Verbrechen zu begehen, weil da die Menschen ihre wirkliche Tiefschlafphase hätten. Wenn das stimmte, dann war es auch genau der richtige Moment, um sich noch einmal ins Leokonvikt zu schleichen.

Er schlug sich durch verschiedene Gärten zurück zur Winfriedstraße. Hier zwängte er sich durch eine Hecke und befand sich wieder auf kirchlichem Areal. Winter duckte sich hinter Spalierobst, suchte Sichtschutz unter den Zweigen eines Strauches. So kämpfte er sich vor, bis er den Hof überblicken konnte. Von Polizei war weit und breit nichts zu sehen.

Okay, dachte er, ich habe ohnehin das meiste verspielt und nicht mehr viel zu verlieren. Er sprintete über einen Weg und drückte sich gegen die Hauswand. Von hier aus schlug er eine Richtung ein, die ihn zu der kleinen Tür führte, von wo er vor vier Stunden geflüchtet war.

Wenige Minuten später stand er vor seiner Zimmertür. Sofort bemerkte er, dass die mit einem Papiersiegel versehen war. Die Polizei war in meinem Zimmer, dachte er. Also hatte der Besuch der Bullen gestern Abend in der Tat mir gegolten. Jemand musste ihn verpfiffen haben. Nur wer? Darüber würde Winter später nachdenken. Im Moment galt es, keine Zeit zu verlieren. Hastig schloss er auf, packte ein paar Klamotten zusammen und stand drei Minuten später wieder unten im Park. Jetzt aber nichts wie weg hier, trieb sich der Musiker selbst zur Eile.

Wie kommen die Geräusche einer Polizeisirene in mein Schlafzimmer?, dachte Kükenhöner und steckte sich einen Finger ins Ohr, um den Lärm zu entschärfen. Da bekam er auch schon einen Rippenstoß von seiner Frau.

»Karl, geh endlich an dein verdammtes Telefon! Das ramentert hier schon die ganze Zeit. Und leg dir endlich mal einen anderen Klingelton zu. Jedes Mal, wenn ich dieses Geheule höre, bekomme ich einen Todesschrecken!«

Mit noch geschlossenen Augen tastete Kükenhöner nach dem Gerät und nahm das Gespräch an. Durch den eindeutigen Signalton wusste er, dass der Anruf von der Wache an der Riemekestraße kam.

»Was? Das ist doch der helle Wahnsinn!«, brüllte der Polizist aufgebracht in das Handy. »Wir sind doch hier nicht in Chicago. Schon wieder ein Mordversuch. Wo? In Borchen? Na wenigstens nicht im Ükernviertel.«

Seine Frau riss ihm das Kopfkissen weg und bedeckte damit Gesicht und Ohren. So vermummt nuschelte sie: »Sag mal, Karl, hast du noch alle Tassen im Schrank? Musst du unbedingt hier im Schlafzimmer telefonieren? In diesem Haus gibt es Leute, die schlafen wollen. Erledige deinen Anruf woanders, aber weck die Kinder nicht auf, die müssen morgen zur Schule!«

Das war zu viel, so kurz nach dem Wachwerden.

»Ich rufe gleich zurück«, vertröstete er seinen Kollegen. Schnell schnappte er sich seine Klamotten und verließ das gemeinsame Schlafzimmer.

Undank ist der Welten Lohn, dachte Kükenhöner verbittert, als er sich sein Hemd anzog. Ich verdiene hier die Brötchen und sorge dafür, dass wir einigermaßen vernünftig leben können, aber für den Rest der Familie bin ich der blöde Bulle.

Auf dem Weg zum Tatort kramte er wieder sein Handy aus der Tasche und rief erneut bei der Wache an.

»Ist denn schon einer der Kollegen in Borchen?«, versuchte er sein Wissen auf den neuesten Stand zu bringen.

»Wieso sollte da jemand sein, außer der SpuSi?«, fragte der Kollege von der Zentrale zurück. »Du hast doch Bereitschaft.«

»Nee, ist klar«, kam es genervt vom Hauptkommissar. Hunderttausend Mann im Stadion, und Kükenhöner bekommt den Ball an den Kopf, resümierte er resigniert.

»Übrigens, Hauptkommissar, seit dem letzten Telefonat hat es schon wieder etwas Neues gegeben. Ein Theologiestudent aus dem Leokonvikt hat angerufen und gemeldet, dass der Gesuchte, dieser Winter, dort ein Zimmer habe.«

»Komm, verarsch mich nicht! Oder fällt das etwa unter Kirchenasyl?«, versuchte Kükenhöner möglichst cool zu antworten. Doch in Wirklichkeit war er fassungslos. Ein Mörder im Schoß der Kirche!

»Haben wir gar nicht drüber nachgedacht«, entgegnete der Kollege von der Wache. »Hoffentlich gibt das keinen Ärger. Na, jedenfalls haben wir gleich ein paar Kollegen hingeschickt. Doch der Vogel war schon ausgeflogen. Und jetzt halt dich fest. Als wir die Studenten, die da wohnen, befragten, stellte sich doch glatt heraus, dass dieser Kerl während der Bischofskonferenz die ganze Zeit über der Fahrer von dem Engels war.«

»Engels? Wer ist das denn?«, fragte Kükenhöner, der seit seiner Hochzeit keine Kirche mehr von innen gesehen hatte.

»Na, das ist unser alter Weihbischof. Der war doch jahrelang hier bei uns in Paderborn. Jetzt ist er Bischof von Passau.«

»Na prima! Ich sehe schon die Schlagzeile: ›Fahrer des Kardinals – ein Massenmörder!‹«

Am anderen Ende der Leitung passierte erst einmal nichts mehr. Betretenes Schweigen. Dann auf einmal sagte der Kollege aus der Wache: »Wenn du das einem von der Presse steckst, kannst du dir gleich einen neuen Job suchen und einen neuen Wohnort auch!«

»Ist ja schon gut«, versuchte Kükenhöner einzulenken. »War ja nicht ernst gemeint. Obwohl, wenn ich es mir so recht überlege …«

»Denk gar nicht drüber nach, Kükenhöner! Du würdest es nicht überleben.«

»Gut, ich versuche es zumindest. Aber was habt ihr jetzt vor Ort unternommen?«

»Verstärkt Streife fahren, mehr kann man nicht machen«, meinte der Mann aus der Zentrale.

»So, ich bin in Borchen angekommen«, wechselte der Hauptkommissar das Thema. »Wo genau muss ich hin?«

Genau das gleiche Prozedere wie gestern. Nur noch ein paar Minuten früher stürmte eine Schwester in sein Krankenzimmer und flötete: »Guten Morgen!«

Wie konnte ein Mensch um diese Zeit schon so agil sein und auch noch gut gelaunt? Solche Leute waren ihm suspekt.

Hagemann erinnerte sich an einen Zeichentrickfilm, in dem Kampfschwester Hildegard den Patienten das Leben zur Hölle machte. Das war etwas Reelles. Da hatte man eine echte Gegnerin.

Doch die Schwester, die Hagemann daran hinderte weiterzuschlafen, war nett, freundlich und sah zu allem Überfluss auch noch gut aus. Wenn einem so jemand gegenübertrat und man auf liebenswürdige Art und Weise am Weiterschlafen gehindert wurde, dann war das etwas anderes. Durch die angenehme Art des Auftretens wurde einem gleich von vornherein die Möglichkeit genommen, wütend zu werden. Aber das Ergebnis war das Gleiche. Man war wach und blieb es.

Dann, nachdem dieser Inbegriff der Freundlichkeit das Zimmer verlassen hatte, stellte sich bei Hagemann der Groll ein. Erst ganz langsam. Doch aus diesen kleinen Misstönen wurde ein handfestes Ärgernis. Er hatte die Schnauze voll.

Mühsam quälte er sich aus dem Bett und ging zum Schrank, der im Krankenzimmer stand, um sich anzuziehen. Doch der war leer. Er hatte keine Kleidung. Seine war ihm wahrscheinlich nach dem Unfall vom Leib geschnitten worden, und er stand jetzt hier in einem krankenhauseigenen Nachthemd. Es war zum Kotzen.

Egal, wie spät es war: Hagemann schnappte sich sein Telefon und rief seine Sekretärin an. Die schlief natürlich noch. Doch nachdem er es viermal hatte durchklingeln lassen, meldete sich eine verschlafene Stimme.

»Ja, bitte, wer ist denn da?«

Hagemann nannte seinen Namen.

»Oh, Chef, warum rufen Sie denn mitten in der Nacht an? Ist etwas passiert?«

Hagemann stellte sich vor, wie seine Sekretärin sich verschlafen die Augen rieb und noch einmal herzhaft gähnte.

»Nein, bis jetzt noch nicht, Frau Meyer, aber wenn Sie mich nicht in der nächsten halben Stunde aus diesem Laden hier rausholen, könnte es Tote geben!«

»Verstehe ich nicht«, entgegnete sie schlaftrunken.

»Sie haben es doch vor einer Minute selbst gesagt. Es ist mitten in der Nacht. Sie haben bis vor ein paar Minuten geschlafen, ich aber bin längst von so einer stinkfreundlichen Krankenschwester geweckt worden. Gleich bekomme ich einen dünnen Tee und Weißbrot, das gestern noch als Mullbinde seinen Dienst getan hat. Ich will hier raus, Frau Meyer! Und zwar sofort. In meinem Büro hängt noch ein Anzug. Bitte bringen Sie den umgehend ins Krankenhaus. Ich weiß, ich habe Ihre Nachtruhe gestört. Und das, was ich jetzt verlange, ist grenzwertig. Machen Sie es trotzdem. Es soll Ihr Schaden nicht sein. Ich gebe Ihnen, nachdem Sie mich zu Hause abgeliefert haben, für den Rest des Tages frei und noch einen weiteren Tag, den Sie ganz nach Belieben als Sonderurlaub nehmen können. Nur holen Sie mich hier raus! So schnell wie möglich!«

31

Die letzten achtundvierzig Stunden hatten es in sich. Sie waren nicht nur ein Wechselbad der Gefühle, in dem Langeweile die Aufregung ablöste und diese wiederum die Langeweile. Nein, Winter hatte völlig neue Dimensionen von Zeit kennengelernt.

Im Allgemeinen wunderte der Musiker sich jeden Abend, dass der Tag schon gelaufen war. Wie immer hatte er sich wieder viel vorgenommen und doch nur die Hälfte geschafft.

Diese Alltagserfahrung als Grundmuster des eigenen Erlebens von Zeit galt nun nicht mehr. Der Musiker wusste nun, was gähnende Langeweile war. Er durchlebte Minuten, in denen er jede Sekunde als Stunde empfand. Und er hatte das Warten kennengelernt. Eine Alltagsbeschäftigung, die ihm bislang nahezu völlig fremd gewesen war.

Eigentlich ließ Winter warten! Pünktlichkeit, diese bürgerliche Tugend, war noch nie seine Stärke gewesen. Doch nun sah er die Welt mit anderen Augen. Kurz nach fünf hatte er das Leokonvikt verlassen. Plötzlich stand er mitten in Paderborn, einen Kleiderbeutel in der Hand, und wusste nicht, wohin.

Seine verdreckten Klamotten hatte er gegen saubere getauscht. Was sollte er nun machen, nachdem der Kleiderwechsel vollzogen worden war? Irgendwo einen Kaffee trinken? Lieber nicht!

Mit absoluter Sicherheit würde ihm, noch bevor er den ersten Schluck getrunken hatte, ein Nachtschwärmer über den Weg laufen, den er kannte. Nee, auch keine gute Idee! Außerdem hatte er Hilde Auffenberg versprochen, sich in Paderborn nicht blicken zu lassen.

Winter sah auf seine Armbanduhr. Von dem Zeitpunkt, an dem er die Tür des Leokonviktes hinter sich zugezogen hatte, waren bis jetzt genau vier Minuten vergangen. Zweihundertfünfundachtzig weitere galt es noch auszuhalten, bis Hilde Auffenberg sich mit ihm in der Bartholomäuskapelle treffen wollte.

Wie sollte das gehen? Wie sollte er die Zeit bis dahin totschlagen? Winter dachte nach. Endlich begriff er auch diese Metapher. Das Beste wäre, er würde sich ein ruhiges Plätzchen suchen und eine Mütze Schlaf nehmen. Nur wo? Auf einer Parkbank? Viel zu gefährlich! Im Gebüsch? Auf keinen Fall! Winter malte sich sofort aus, was passieren würde.

Kaum würde er die Augen schließen und kurz wegnicken, da hätte ihn schon so ein Riesenköter ausfindig gemacht, eine Dogge oder ein Bernhardiner. Dieser Köter würde ihm dann womöglich mit seiner feuchten Zunge durchs Gesicht schlecken. Winter roch schon den schlechten Atem des Tieres. Ihm wurde schon einmal prophylaktisch übel.

Oder noch schlimmer: Der Hund würde die Stelle, an der er schlief, als absolut geeignet ansehen, um sein Bein zu heben.

Nix! Sich in die Büsche schlagen, um zu schlafen, kam auf keinen Fall infrage. Winter sah wieder auf die Uhr. Noch zweihundertdreiundachtzig Minuten bis zum Treffen mit Hilde Auffenberg. Der Musiker bemerkte, wie der ganz normale Wahnsinn sich anschickte, von ihm Besitz zu ergreifen.

Seit seinen ersten zaghaften Versuchen, fast fünf Stunden Zeit zu überbrücken, waren nun zweihundertfünfundsiebzig Minuten vergangen.

Mittlerweile war Winter unzählige Male um den Dom geschlichen. Er hatte die Titel der Bücher, die in der Auslage eines Antiquariats lagen, auswendig gelernt. Er konnte sie nicht nur aufsagen, nein, er wusste sogar, welches Buch wo lag, welches stand und welches in welchem Winkel irgendwo angelehnt war. Er war sich sicher, dieses Schaufenster mit all den dort drapierten Büchern in hundert Jahren noch nachstellen zu können.

Winter kannte natürlich auch alle anderen Produkte, die die umliegenden Geschäfte feilboten. Nur eben nicht so gut, wie die des Buchladens.

Außerdem wusste er, dass Horden von Schülern zu dieser Zeit über den Domplatz Richtung Michaelskloster strebten.

In der kleinen Straße, an der das Antiquariat lag, war er zu diesem Zeitpunkt geradezu zum Verkehrshindernis geworden, weil sie für die Schüler das Nadelöhr auf dem Weg zur Schule war. Durch diese hohle Gasse mussten sie kommen, alle.

Noch vor der Invasion der Schüler wurde der Wochenmarkt aufgebaut. Winter wunderte sich, wie früh die Marktbeschicker ihre Stände vor dem Dom aufbauten. Doch die Verkaufsbuden, in denen alle Köstlichkeiten des Paderborner Landes feilgeboten wurden, mied er heute Morgen. Denn die Wahrscheinlichkeit, dass ihn jemand erkannte, war einfach zu groß. Also blieb ihm nichts weiter übrig, als wieder die Schaufenster zu betrachten.

Wieder sah der Musiker auf seine Uhr. Zehn vor zehn. Gleich hatte das Warten ein Ende. Zehn vor zehn? Das ist genau der richtige Zeitpunkt, dachte er, sich zu schwören, nie mehr einen Blick in das Schaufenster eines antiquarischen Buchladens zu werfen.

Er machte sich auf den Weg zur Kapelle. Vielleicht kam Hilde Auffenberg getreu ihrer alten Gewohnheit fünf Minuten früher. Hoffentlich!

Als er das »Dom-Café« passierte, stieg ihm ein betörender Kaffeeduft in die Nase. Das war ja nicht auszuhalten. Die ganze Zeit hatte er der Versuchung getrotzt, irgendwo einzukehren. Doch nun umschmeichelte ihn dieser unbeschreibliche Geruch, dieses Aroma! Jetzt wurde Winter weich. Sollte er? Auf eine schöne Tasse Kaffee?

Er tat alles, um sich der Versuchung des Kaffee-Teufels zu widersetzen, kniff sich sogar in den Arm. Wenn auch nicht unbedingt, um sich Schmerzen zuzufügen. Er schaffte es nicht und ging hinein.

Vor ihm stand ein Mann, der sich schwerfällig bewegte. In der Hand hielt der Kerl einen Schlüsselbund mit einem auffälligen Anhänger. Das Utensil kam Winter bekannt vor. Wer war sein Vordermann in der Schlange? Womöglich kannte der Bursche ihn.

Dem Musiker knallte das Adrenalin in die Blutbahn. Vorbei war die Lust auf Kaffee! Wenn der Mann, der jetzt am Tresen stand und seine Bestellung aufgab, sich umdrehte, wäre er vielleicht enttarnt.

Raus! Nur raus hier! Das war der alles bestimmende Gedanke, der Winter durch den Kopf schoss. Hastig verließ er das Café. Hoffentlich hatte ihn niemand bemerkt.

Zügig machte der Musiker sich auf den Weg zur Bartholomäuskapelle. Er hatte schon viel von ihr gehört. Es sollte die älteste Hallenkirche nördlich der Alpen sein. Winter selbst hatte die Kirche noch nie besucht. Obwohl er schon oft von begeisterten Musikern gehört hatte, dass die Kapelle eine wunderbare Akustik hätte.

Wenn Hilde Auffenberg doch nicht früher da war, musste er unbedingt einmal ausprobieren, wie es sich anhörte, wenn er in der Kirche ein paar Töne singen würde.

Doch an der Pforte stieß er fast mit seiner Vermieterin zusammen. Die phonetischen Tests würde Winter wohl später vornehmen müssen.

Hilde Auffenberg lächelte und machte Anstalten, in das kleine Gotteshaus einzutreten. Winter hielt ihr höflich die Tür auf.

Dann endlich konnte er reden, konnte er erzählen, was er erlebt hatte. Und Hilde Auffenberg hörte ihm zu. Wie wunderbar! Den Musiker erfasste ein unglaubliches Glücksgefühl. Er hatte wieder die Möglichkeit, sich jemandem mitzuteilen.

Nachdem er diesem Bedürfnis hinreichend nachgekommen war, berichtete Hilde Auffenberg. Irgendwann sagte sie: »Und stellen Sie sich vor, Herr Winter, da sagt doch dieser Kardinal zu mir: ›Ich verspreche dir jedoch, wenn dein Freund Winter Hilfe braucht, kann er auf mich zählen. Verstecken tue ich ihn nicht, das musst du schon selber machen.‹ Genau das ist die Idee, ich sage es Ihnen. Im Auge des Hurrikans ist man am sichersten, wie Sie wissen. Das ist eine alte Weisheit.«

»Und wo genau ist dieses Auge?«, fragte Winter unsicher.

»Bei mir auf dem Dachboden!«, frohlockte Hilde Auffenberg. »Ich verstecke Sie bei mir auf dem Dachboden. Da habe ich eine kleine Kammer, die kennt außer mir, glaube ich, kein Mensch. Wenn Sie sich leise verhalten, können Sie dort hundert Jahre alt werden.«

Winter sah seine Vermieterin völlig entgeistert an. In einer fensterlosen Dachbodenkemenate würde er es keinen Tag aushalten. Nee, das ginge auf keinen Fall!

Als Hilde Auffenberg den bestürzten Gesichtsausdruck sah, grinste sie diabolisch.

»Na gut, dann die zweitbeste Lösung.«

Winter wusste, dass er dazu nicht Nein sagen konnte, wenn er weiter auf die Hilfe seiner Vermieterin hoffen wollte. Im selben Moment war ihm aber auch klar, dass er gerade übertölpelt wurde.

Der Gesichtsausdruck von Hilde Auffenberg wurde noch ausdrucksvoller.

Winter lief ein kalter Schauer über den Rücken.

»Die ist … das Sarglager von Höveken!«

Nach Ereignissen, wie er sie heute Nacht erlebt hatte, überlegte sich Kükenhöner regelmäßig, ob er der richtige Mann für den Beruf des Polizisten sei. Er war immer noch gut in Form. In Auseinandersetzungen war er als Gegner nicht zu verachten.

Gleichzeitig mit diesem Gedanken schmerzten die Wunden wieder, die ihm die Schläger letzte Woche im Ükernviertel beigebracht hatten. Okay, dachte er, man muss mir natürlich eine Chance geben. Und die hatte ich bei diesen Kerlen definitiv nicht.

Auch wenn es darum ging, einen Verdächtigen im Verhör durch die Mangel zu drehen, gab es keinen Besseren als Kükenhöner. Gegen ihn war so ein Mann wie Schwiete geradezu ein Weichei, fand er.

Aber so etwas wie vorhin, eine weinende und vor Verzweiflung schreiende Ehefrau, dann die schluchzenden Kinder, nee, das war nichts für ihn. Das ging ihm an die Nieren. Und dann die gaffenden Nachbarn. In ihren Gesichtern glaubte der Polizist mehr Neugierde als Anteilnahme gesehen zu haben.

In solchen Situationen bekam er einen unbändigen Hass auf die Täter. Wenn ihm in so einem Moment einer dieser Kerle begegnen würde, dann gnade dem Gott. Da könnte Kükenhöner für nichts garantieren, da war er sich sicher. Auch wenn er anschließend selbst in den Knast einfuhr.

Als er in Borchen ankam, waren die Täter natürlich längst verschwunden.

Richtig, die Täter! Der Hauptkommissar hatte in der kurzen Zeit nicht viel aus der verzweifelten Frau herausbekommen. Nach einigen Fragen, die er ihr gestellt hatte, war der Hausarzt gekommen und hatte ihn sofort weggeschickt. Aber die paar Antworten, die er bekommen hatte, waren aufschlussreich genug gewesen.

Wieder drei Männer in Lederkleidung, und wieder war das Opfer mit Messerstichen verletzt worden. Die Ehefrau hatte die Eindringlinge gestört. Sie konnte von Glück sagen, dass ihr hysterisches Schreien die Verbrecher vertrieben hatte. Die Wahrscheinlichkeit, dass die Gangster auch sie umbringen würden, war nicht gerade gering. Diese Kerle waren zu allem fähig.

Je intensiver Kükenhöner nachdachte, desto mehr Parallelen fand er zu dem Mord an diesem Loddenkamp Samstagnacht. Auch der war mit einem Messer erstochen worden und seine Frau war Zeugin der Tat gewesen, doch das hatte die Mörder nicht im Geringsten gestört. Und es waren drei Männer in Lederkluft.

Kükenhöner überlegte. Diese Kerle mussten doch auffallen. Wenn es sich um dieselben handelte, die ihm solchen Ärger gemacht hatten, dann konnten sie nicht übersehen werden. Die benahmen sich doch wie die Axt im Walde.

Vielleicht, dachte der Polizist, ist das Lederoutfit sozusagen ihre Arbeitskluft. Vielleicht ziehen die sich ja nach ihrem Auftritt als Mordgesellen um und treten dann als Dressmen in

Erscheinung. Das wäre kein schlechter Trick. Alle Welt sucht irgendwelche Rocker, doch im Alltag sind es gutbürgerlich gekleidete Männer.

Kükenhöner hielt auf dem Parkplatz des Josefs-Krankenhauses. Er stieg aus und ging in das Gebäude. Das Opfer, Karl-Heinz Kaup, lag noch auf dem OP-Tisch. Einer der operierenden Ärzte war gerade abgetreten. Ein Kollege hatte seinen Platz im Operationssaal übernommen.

Der Weißkittel sah mindestens so fertig aus wie Kükenhöner. Beide wirkten müde und hatten dicke Ränder unter den Augen.

Der Polizist sprach den Chirurgen an. Der ging weiter in Richtung Balkontür.

»Ich habe die ganze Nacht durchgearbeitet«, sagte er. »Ich muss jetzt erst mal eine qualmen.«

Der Arzt fummelte eine zerdrückte Zigarettenschachtel aus der Hosentasche und bot auch Kükenhöner eine an. Der rauchte an sich nur, wenn er besoffen war, während des Schützenfestes und hin und wieder eine Zigarre. Doch heute Morgen nahm er eine.

Die beiden Männer standen an der Brüstung. Sie sahen lange schweigend auf das Gebüsch, das neben dem Krankenhaus wuchs und zogen in regelmäßigen Abständen an ihren Glimmstängeln.

Das Inhalieren des ungewohnten Zigarettenrauchs verursachte bei Kükenhöner leichten Schwindel. Kein schlechtes Gefühl, dachte er und nahm einen weiteren Zug. Nach einer kurzen Stille fragte der Polizist:

»Sie haben gerade diesen Kaup auf dem Tisch. Ist er schwer verletzt?«

Der Arzt nickte.

»Das schon, aber mit etwas Glück kommt er durch. Der Rettungswagen war schnell am Tatort. Er hat zwar erheblichen Blutverlust erlitten, aber das haben wir im Griff. Wir legen ihn nach der OP erst einmal ins künstliche Koma. Aber ich denke, in zwei bis drei Tagen können Sie mit ihm sprechen.«

Hermann Greiteler war unsicher, was er nun tun sollte. Er hatte eigentlich nur ein wenig schlendern wollen. Gestern Abend war es ein bisschen viel Alkohol geworden, und er war entsprechend spät aus den Federn gekommen. Was soll's, dachte er sich. Er war ja arbeitslos. Kein Chef wartete auf ihn. Niemand konnte ihm vorschreiben, wie viel er trinken und wie lange er morgens schlafen durfte. Das hatte auch was für sich. Nur die Zigaretten schmeckten ihm an diesem frühen Nachmittag nicht so recht. Er warf bereits die dritte Zigarette halb geraucht auf den Bürgersteig. Mit einer so verächtlichen Geste, als ob diese abgelutschte Kippe stellvertretend für all den Müll stünde, den er am liebsten über all diesen feinen und erfolgreichen Paderborner Bürgern, die ihn immer nur von der Seite anschauten, ausgeschüttet hätte.

Um seinen Kopf klar zu bekommen, war er vor die Tür gegangen und einmal um den Block gelaufen. Er hatte geplant, anschließend etwas zu essen und sich dann wieder hinzulegen. Denn am Abend rief die Pflicht. Er hatte erneut die Spätstreife in der zweiten Nachthälfte. Da musste er fit sein, da würde er sich keine Schwäche erlauben können. Das war bereits in der ersten Nacht klar geworden. Schon da hatte er ganz ordentlich zufassen müssen, war direkt ins Schwitzen gekommen. Alles im Dienst an der schlafenden braven Bürgerschaft. Dabei wusste die ihr Glück des ruhigen Schlafes dank solcher Leute wie ihm offenbar gar nicht zu schätzen. Statt Gratulationen hatte es nichts als Stänkerei gegeben. Wieder einmal meinten diese superklugen Weicheier, alles besser zu wissen. Niemand konnte tatsächlich beweisen, dass es Greiteler und seine Leute waren, die dem Türken und den beiden Engländern gezeigt hatten, dass dies ein ordentliches Viertel war. Alle schienen ihn zu verdächtigen. Zwei seiner Mannen waren angepöbelt worden – von Bewohnern dieses Viertels. Einfach so. Vor allem dieser alte Meerkötter entwickelte sich zunehmend zu einer üblen Nervensäge. Dabei müsste doch gerade der auf der richtigen Seite stehen. Schließlich war er das erste Opfer der Attacken dieser noch unbekannten Rockertruppe gewesen.

Dann war gestern auch noch die Polizei zu ihm in die Wohnung gekommen, für alle Nachbarn gut sichtbar. Wo blieb hier eigentlich sein Persönlichkeitsschutz? Sie hatten ihm dumme Fragen gestellt, wollten wissen, wo er zum Zeitpunkt der Prügeleien war. Im Bett natürlich, hatte er gesagt. Ob er dafür einen Zeugen habe, war er dann gefragt worden. Nun war Greiteler wütend geworden. Empört hatte er den Polizisten erklärt, er sei nun mal leider Junggeselle, was für ihn schon schlimm genug wäre, da müssten sie nicht auch noch in seiner Wunde bohren. Natürlich habe er dafür keinen Zeugen, wen denn wohl? Wenn sie ihm nicht glaubten, könnten sie ja eine Kamera in seinem Schlafzimmer anbringen. Dann waren die Beamten verärgert wieder abgezogen. Ja, das alles hatte ihn so aufgeregt, dass er am liebsten schon am Nachmittag kräftig ins Glas geschaut hätte. Aber er war ja gestern zur Streife in der ersten Nachthälfte eingeteilt gewesen. So hatte er erst nach Mitternacht seine Wut im Alkohol ertränken können. Dann aber richtig.

Nun schlenderte er mit Kopfschmerzen durch die Mühlenstraße Richtung Kisau. Es war sonnig und warm. Eine Kneipe neben der anderen lockte, aber Greiteler riss sich zusammen. Auf der Brücke über der Pader lehnte er sich etwas über die Brüstung, um sich den mächtigen Wasserstrudel anzuschauen. Mehrere Quellbäche laufen hier zusammen, werden von dem Wehr einer ehemaligen Getreidemühle angestaut und stürzen dann weißschäumend mit infernalischem Lärm in die Tiefe. Dies war einer der Lieblingsplätze von Greiteler.

Neben diesem kleinen, aber lauten Wasserfall liegt einer der größten und schönsten Biergärten Paderborns. Greiteler dachte keine Sekunde daran, dort einzukehren. Nicht nur wegen seiner Verpflichtungen in der Nacht, nicht nur, weil er völlig abgebrannt war, sondern auch, weil dies nicht die ihm artgemäße Umgebung war. Lauter Lackaffen, fand er. Eitle Typen mit dickem Geldbeutel. Das war nichts für ihn. Als er gerade weiterschlendern wollte, standen zwei große, kräftig gebaute Männer von ihrem Tisch auf und verließen den Gastronomiebereich.

Die beiden sahen aus wie junge Geschäftsleute, fand Greiteler. Die passten genau in sein Vorurteil. Sie sprachen sehr laut und mit deutlich vernehmbarem Hamburger Akzent. Greiteler stutzte. Wäre das vorstellbar? Eigentlich nicht, denn alle Beschreibungen dieser Totschläger hatten von Rockertypen gesprochen. Diese beiden sahen aber ganz und gar nicht wie Rocker aus. Aber die Statur passte und der Dialekt auch. Einer der Männer zog sich das Sakko aus und krempelte die Ärmel seines weißen Hemdes hoch. Auf beiden muskulösen Unterarmen konnte Greiteler Tattoos erkennen. Hermann Greiteler war ein Mensch von eher schlichtem Gemüt und sehr überschaubarer Bildung. Denn sonst wäre ihm noch aufgefallen, dass die ziemlich grobe und einfache Wortwahl dieser beiden jungen Herren nicht zu ihrem Image als smarte Geschäftsmänner passte. Aber für Greiteler war dies der völlig normale Umgangston. Auch er sprach so, allerdings mit klar erkennbarem Paderborner Dialekt. So fiel ihm nichts weiter auf. Doch auch wenn Hermann Greiteler keine große geistige Leuchte war, machte irgendetwas klick in seinem Hirn, und aus einem Impuls heraus, den er selbst nicht hätte erklären können, folgte er den beiden. Wenn auch mit einem unsicheren Gefühl.

32

Die jungen Männer schienen es nicht eilig zu haben. Sie schlenderten gemächlich ins Paderquellgebiet.

Die Hamburger besaßen offenbar wenig Sinn für die Schönheiten dieser Wasserlandschaft, denn sie schauten weder nach rechts noch nach links, sprachen viel miteinander und nahmen von ihrer Umgebung nur wenig zur Kenntnis. So bemerkten sie auch nicht, dass ein dicker, verkatert aussehender Mann ihnen im Abstand von einigen Metern folgte. Immer so weit, dass er ab und zu einige Gesprächsfetzen mitbekommen konnte, was nicht schwierig war, da die beiden recht laut sprachen. Nicht einmal Hermann Greiteler mit seinem begrenzten Intellekt konnte überhören, dass viel verwendete Begriffe wie »Aktionen«, »Auftrag« und »was auf die Fresse geben« nicht gerade für ein gutbürgerliches Dasein der beiden sprachen.

In Greitelers Hirn ratterte es. Konnte es sich tatsächlich um zwei Mitglieder dieser Schlägertruppe handeln? Die wahrscheinlich die Ursache für den ganzen Ärger im Viertel waren? Die als Trio sogar vor wenigen Tagen einen Mord begangen hatten? Die letztendlich auch der Grund für die Gründung von Greitelers Bürgerwehr waren? Wenn dem so war, dann konnte es für Hermann Greiteler im Augenblick keine wichtigere Aufgabe geben, als herauszufinden, wo diese Typen wohnten. Er hatte nicht die geringste Erfahrung darin, Leute zu beschatten, aber die beiden verkleideten Schläger verhielten sich so unbefangen, als seien sie zu Hause auf der Reeperbahn und nicht in Paderborn, wo sie Taten verübt hatten, nach deren Urheber die halbe Bürgerschaft und die Polizei suchten. Greiteler versuchte noch näher an sie heranzukommen. Als sie an einer Weggabelung nach rechts abbogen, gerieten sie in einen größeren Touristenpulk. In diesem Gedränge konnte sich Greiteler ihnen bis auf einen Meter nähern und so nahezu jedes Wort mithören.

»… verstehe gar nicht, wie man in so 'nem Kaff leben kann. Hier musst du einfach verblöden. Ich glaube, diese Dorftrottel können wir ohne Weiteres in den Sack stecken«, lachte einer von ihnen.

»Klar!«, erwiderte der andere. »Die müssen nur mal 'ne richtig harte Hand erleben, dann spuren die schon. Sind hier nichts gewohnt, diese Provinzler. In Hamburg kämen die alle unter die Räder.«

Hermann Greiteler verspürte plötzlich große Lust, den beiden Angebern zu zeigen, dass man auch in der Provinz ganz plötzlich eine Faust ins Gesicht bekommen kann. Aber er riss sich zusammen für das höhere Ziel.

Endlich waren sie am Ende des Paderquellgebietes angekommen. Am Ende der Straße warfen die beiden Großmäuler achtlos ihre noch glimmenden Zigaretten auf den Asphalt, gingen auf ein graues, unscheinbar wirkendes Haus zu und traten ein. Greiteler begab sich ebenfalls zur Haustür und sah an einem Kupferschild, dass es sich um eine Pension handelte.

Jetzt hatte er es doch geschafft! Was Willi Künnemeier in die Hand nahm, daraus wurde auch was. Allen Zweifeln seiner Stammtischkollegen zum Trotz hatte Künnemeier einen kompletten Tag damit verbracht, einige seiner alten Schützenbrüder abzuklappern. Sicher, es waren nicht die jungen Leute, die er ansprach. Zu denen hatte er keinen Zugang mehr, in deren Kreisen bedeutete der Name Künnemeier nichts. Aber bei den Älteren, die zwar nominell noch Schützenbrüder waren, bei denen auch noch die Uniform im Schrank hing, die sich aber längst aus dem aktiven Vereinsleben zurückgezogen hatten, da hatte sein Name noch einen guten Klang. Nicht umsonst war er jahrzehntelang Herz und Seele der Ükernschützen gewesen. Viele Jahre hatte er gesät, jetzt kam er, um die Ernte einzufordern. Da konnten die alten Herren nicht einfach Nein sagen. Jedenfalls nicht alle. Und so hatte Willi Künnemeier zwar im Laufe des Tages viele mehr oder weniger faule Ausreden zu hören bekommen, aber jetzt, am frühen Mittwochabend, stand eine kleine Kompanie von acht Männern vor der Gaststätte »Zum Brunnen«. Alle nicht mehr die Jüngsten, aber alle adrett in Schützenuniform gewandet, nur ohne Gewehr, alle hochmotiviert, alle warteten auf das Kommando ihres Ehrenhauptmannes.

Künnemeier fühlte sich plötzlich wieder jung. Ebenfalls in Schützenuniform, mit allen Orden und Ehrenzeichen, stand er in strammer Körperhaltung vor seinen Männern und ließ sie antreten. Wie früher. Und sie konnten es noch, ruckzuck war ihre Reihe ordentlich ausgerichtet, die Augen schauten erwartungsvoll auf den Kommandierenden. Der gab mit fester Stimme den Marschbefehl:

»Männer! Wir haben eine Aufgabe zu erfüllen. Die Aufgabe heißt Ordnung und Sicherheit für unseren Stadtteil. Zu diesem Zwecke haben unsere Vorfahren die Schützenbruderschaften gegründet, zu diesem Zwecke sind wir hier nun angetreten. In Zweierreihen antreten – und marsch!«

Mittlerweile hatten sich einige Zuschauer dieses kleinen Spektakels eingefunden. Die staunten nicht schlecht, als sich die alten Herren tatsächlich, immer zwei Männer nebeneinander, in Bewegung setzten. Künnemeier mit strammen Schritten voraus.

Einige Zuschauer folgten ihnen neugierig, die anderen zerstreuten sich kopfschüttelnd. Vor dem Abmarsch der munteren Meute rüstiger Rentner hatte es sich die Wirtin des Gasthofs »Zum Brunnen« nicht nehmen lassen, den Herren eine kleine Stärkung zukommen zu lassen, damit sie ihre wichtige Aufgabe auch durchführen konnten. Dreimal war sie mit einem Tablett, voll mit kleinen kältebeschlagenen Gläsern, an den Tisch der Schützenbrüder gekommen. Jetzt waren alle guter Dinge, fühlten sich frisch, voller Tatkraft und sahen sich hinreichend gerüstet, jede nur mögliche Krisensituation zu beherrschen. Komme, was da wolle!

»… uuunnd – halt!«, schrie Willi Künnemeier im zackigen Kommandoton, als sie in der Mühlenstraße bei der ersten Kneipe angekommen waren. Die ganze Schützenrotte bremste perfekt gleichzeitig ab und blieb stehen. Es war eine Freude, ihnen zuzusehen. Kneipen waren ganz besonders gefährdete Orte, um die man sich intensiv kümmern musste, wollte man die Sicherheit und Ordnung gewährleisten. Also ließ Künnemeier seine Truppe einmarschieren.

Drinnen saßen einige Besucher verschiedenen Alters und Geschlechtes auf Barhockern und knobelten. Sofort ließen sie Bierglas und Knobelbecher stehen und starrten verblüfft auf die Neuankömmlinge. Der Wirt kam freudig erregt hinter seiner Theke hervor und ging den Schützen entgegen.

»Großartig, Männer!«, rief er laut polternd. »Tolle Sache, dass ihr auf uns aufpasst. Dafür habt ihr einen verdient. Los, setzt euch hin, ich gebe einen aus.«

Zwei Minuten später warfen neun alte Männer den Kopf in den Nacken, tranken, schüttelten sich und knallten die Gläser auf den Tisch. Der Wirt hatte im Stehen mitgetrunken, schüttelte sich ebenfalls und fragte dann:

»Noch einen, die Herren?«

33

Nachdem Hermann Greiteler seine Entdeckung gemacht hatte, waren seine Kopfschmerzen wie weggeblasen. Er zog sein Handy aus der Hosentasche und tippte hektisch die Nummer eines seiner Bürgerwehrkollegen ein. Fünfzehn Minuten später stand die Telefonkette, und Greiteler hatte seine Truppe in die Stammkneipe in der Heiersstraße zusammengetrommelt.

Nun saßen sechs kräftige Männer am Tisch und redeten sich die Köpfe heiß. Greiteler hatte ihnen mittlerweile einen ausführlichen Bericht von seinem Erlebnis am frühen Nachmittag gegeben und die Parole verbreitet:

»Wir machen das selbst! Wir gehen da rein und nehmen die Typen fest! Unser Revier, unsere Regeln, unsere Arbeit!«

»Das ist ’ne Nummer zu groß für uns«, rief einer von ihnen. »Wir müssen die Polizei informieren. Die sollen das machen. Dafür werden die doch bezahlt.«

Doch Hermann Greiteler wollte sich nicht mehr die Butter vom Brot nehmen lassen. Er hatte herausgefunden, wo die Schlägertruppe untergeschlüpft war, und er wollte nun auch die Lorbeeren ernten. Auf keinen Fall durfte er zulassen, dass seine große Chance, allen zu beweisen, wozu er fähig war, durch so ein kleinkariertes und feiges Denken zerstört wurde.

»Wenn du nicht den Mumm dazu hast, dann steh jetzt auf und geh!«, raunzte er den Zweifler an. Der Angesprochene zuckte zusammen, blieb aber sitzen und wartete offenbar ab, ob ihm einer der anderen zu Hilfe kommen würde. Als Greiteler forschend in die Runde schaute, sah er lauter angespannte, unentschlossene Gesichter. Er machte sich nichts vor und wusste, dass er seine Leute noch nicht überzeugt hatte. Gute Argumente hatte er nicht. Im Innersten wusste er selbst, dass es die Aufgabe der Polizei war, diese Kriminellen auszuräuchern. Aber das wollte er nicht mal sich selbst eingestehen, geschweige denn den anderen.

»Wir können das schaffen«, rief er wieder und wieder, mit zunehmender Leidenschaft. »Wir sind sechs Männer. Doppelt so stark wie unsere Gegner. Dazu kommt die Überraschung. Bevor die richtig kapieren, was los ist, haben wir sie schon überwältigt.«

Als die Männer immer noch keine Begeisterung zeigten, legte er nach:

»Leute, auf jeden dieser Scheißkerle kommen zwei von uns. Und wir sind doch auch keine Kommunionkinder mehr. Wir sind kampferfahrene, kräftige Kerle. Was sollen die denn gegen uns ausrichten? Macht euch doch nicht in die Hose! Denkt doch mal nach, was es bedeutet, wenn wir das alles erfolgreich hinbekommen haben. Wenn wir mit diesen Totschlägern aus der Großstadt fertiggeworden sind. Wenn wir den Menschen in diesem Viertel dieses große Problem aus dem Weg geräumt haben. Dann ist doch allen klar, dass wir hier die eigentliche Ordnungsmacht sind. Dass man mit uns rechnen muss. Dass hier nichts mehr gegen unseren Willen läuft.«

Die anderen schluckten, als ihnen langsam, fast tröpfchenweise, die Tragweite dieser Äußerungen klar wurde. Greitelers Vorstellungen liefen auf nichts anderes hinaus, als aus ihrer kleinen Bürgerwehr den Kern einer echten, handfesten Gang zu machen, welche durchaus in der Lage war, die Herrschaft über diesen Stadtteil anzutreten. Herrschaft bedeutete, die Herren dieses Viertels zu sein, Macht zu haben. Diese Erkenntnis erschreckte sie, erschütterte den kleinen Rest an Bürgerlichkeit in ihnen, packte sie aber auch, übte eine unwiderstehliche Faszination aus. Die Möglichkeiten, die Greiteler hier so locker skizzierte, waren tatsächlich atemberaubend. Zum ersten Mal an diesem Abend hatte Greiteler die Herzen seiner Männer erreicht. Aber noch waren sie nicht so weit, dies auch zuzugeben. Noch gab es Bedenken.

»Aber wenn das wirklich Profis sind, dann sind die auch bewaffnet. Da sollten wir uns nichts vormachen«, widersprach erneut einer. »Mit unseren Baseballschlägern haben wir da schlechte Karten.«

Greiteler stöhnte. Warum verstanden diese Idioten ihn einfach nicht?

»Glaubt ihr denn, die sitzen mit 'ner Knarre vor dem Fernseher? Die rechnen doch nicht mit so was, die fühlen sich völlig in Sicherheit. Bis die zu ihren Waffen gegriffen haben, haben wir sie längst plattgemacht. Außerdem, wenn das wirklich eure große Sorge ist, dann …«

Er machte eine lange Pause, die er dazu nutzte, jedem Einzelnen in die Augen zu schauen. Was er sah, war noch nicht wirklich vielversprechend, machte ihn aber auch nicht hoffnungslos. Er sah zu gleichen Teilen Angst und Unentschlossenheit, aber auch etwas von der Faszination, die er eben mit seinen Worten ausgelöst hatte. Greiteler hatte seit dreißig Jahren kein Buch mehr angefasst, hatte die Hauptschule mit Ach und Krach geschafft, doch er entdeckte nun völlig neue Fähigkeiten in sich. Er konnte Gesichter lesen, hatte ein Gespür dafür, wie er diese ebenso ungebildeten und rauen Kerle anfassen musste. Greiteler stellte verblüfft, aber zufrieden fest, dass er offenbar Führerqualitäten hatte. Als die Inspektion seiner Getreuen beendet war, führte er seinen angefangenen Satz zu Ende:

»… dann kann ich euch beruhigen. Mindestens eine Wumme kann ich bis heute Abend auftreiben. Das sollte ausreichen, dass einer von uns die Kerle in Schach hält, bis die anderen sie überwältigt und gefesselt haben. Reicht euch das als Sicherheit?«

Auffordernd blickte er wieder in die Runde. Keiner entgegnete etwas. Ihnen waren die Argumente ausgegangen, sie waren aber auch überwältigt und mitgerissen von der ungeheuren Perspektive, von der Verlockung der Macht. Greiteler konnte ihnen ansehen, dass er sie gewonnen hatte. Jetzt musste er nur noch etwas mehr Begeisterung wecken, daher drückte er auf die Klingel des Hinterzimmers, um die Kellnerin zu rufen und eine Runde zu bestellen. Eigentlich fehlte ihm dafür das Geld – er würde anschreiben lassen müssen.

Willi Künnemeier fühlte sich zwanzig Jahre jünger. Er war in Bombenstimmung. Nachdem er mit seinen Schützenbrüdern die Kneipe verlassen hatte, war eine kurze Phase der Besinnung nötig geworden, in der besprochen werden musste, wie sie nun weiter vorgehen wollten. Alle Mitglieder der Schützenbürgerwehr waren von den Runden Pils und Korn innerlich gut gewärmt und bester Laune. Sie fühlten sich imstande, jeden Feind abzuwehren, wenn sich denn mal einer zeigen sollte. Aber irgendwie waren heutzutage die Feinde auch nicht mehr das, was sie mal waren.

Sie nahmen wieder ihre Marschformation ein und zogen nach links in die Hathumarstraße. Das Restaurant »Weinkrüger« unterzogen sie einer gründlichen Inspektion. Auch hier schien sich der Wirt über ihre verdienstvolle ehrenamtliche Tätigkeit zu freuen und spendierte eine Runde. Offenbar hatte sich im Viertel bereits herumgesprochen, dass von nun an Sicherheit und Ordnung wieder gewährleistet waren, denn wohin die wackeren Schützenbrüder auch kamen, sie wurden freudig begrüßt und großzügig bewirtet.

Künnemeier beschloss, dass diese erfolgreiche Patrouille nicht die letzte gewesen sein sollte. Die Sache machte ihm unerwartet viel Spaß.

»Lasst uns mal durch die Domprobsteigasse gehen!«, rief einer seiner Helden. »Wenn ich ein Ganove wäre, dann würde ich mich da verstecken und im Dunkeln die Leute überfallen, die da durchgehen.«

Das leuchtete allen sofort ein, und sie zogen in bereits etwas gelockerter Formation am historischen Adam-und-Eva-Haus, dem ältesten und vielleicht schönsten Haus Paderborns, vorbei in die tatsächlich sehr schmale und finstere Gasse, die auf beiden Seiten von hohen Natursteinmauern umgeben ist. Tagsüber recht hübsch, aber nachts einfach zum Fürchten. Sie liefen bis zum unteren Domplatz, doch außer einer streunenden Katze begegneten sie keinem Lebewesen. Etwas enttäuscht machten sie wieder kehrt und marschierten zurück ins Ükernviertel.

»Wir müssen unbedingt gucken, ob im ›Deutschen Haus‹ alles in Ordnung ist!«, rief ein Schütze mit hochrotem Kopf. »Da mache ich mir schon Sorgen.«

Gesagt, getan, nichts konnte die Paderborner Schützen davon abhalten, ihre Pflicht zu tun.

Ganz zum Schluss hatte es Hermann Greiteler doch geschafft und sein Versprechen eingehalten. Den Rest der Zeit war er damit beschäftigt gewesen, auf seinen Bekannten einzureden, ihm die Waffe zu leihen. Der hatte sich nicht mal ansatzweise damit einverstanden erklärt. Zu groß waren ihm angeblich die damit verbundenen Risiken, zu wenig Vertrauen hatte er in die Person Greitelers. Zwar hatte Greiteler ihm mehrfach erklärt, es ginge nur darum, jemanden mal so richtig zu erschrecken. Es würde schon nichts passieren, er habe auf gar keinen Fall vor, mit dem Revolver zu schießen. Aber dieser Kerl hatte auf stur geschaltet und ihm gar nicht mehr zugehört. Greitelers Stresspegel war am oberen Limit gewesen. Eigentlich war es ja kein wirklicher Bekannter. Jedenfalls nicht im Sinne von Freund. Freunde hatte Greiteler nicht. Er hatte diesen Mann, der mit Fug und Recht der Paderborner Unterwelt zuzurechnen war, einmal kennengelernt, als dieser in einer gewaltigen Patsche saß. Greiteler war es seinerzeit zu verdanken gewesen, dass der Kerl dort wieder herauskam. Nicht etwa, weil Greiteler besonders geschickt agiert hätte, sondern weil er die Situation völlig falsch eingeschätzt und unfreiwillig allen Verdacht auf sich gezogen hatte. Drei Tage Untersuchungshaft waren die Folge von Greitelers Dummheit gewesen. Nun glaubte er fest daran, Anspruch auf eine Gegenleistung zu haben. Eine kleine Gefälligkeit, nur für ein paar Stunden. Aber der Kerl zickte herum, wand sich wie ein Aal. Hermann Greiteler musste zum Schluss schwere Geschütze auffahren, ihm damit drohen, die Sache von damals auffliegen zu lassen, bis dieser unangenehme Mensch ihm endlich seinen Revolver samt Munition für eine Trommel übergeben hatte.

»Den will ich noch heute Abend wieder zurückhaben. Und zwar unbenutzt«, war seine Bedingung gewesen.

Greiteler grinste innerlich, als er daran dachte. Für ihn war es noch keine ausgemachte Sache, die Waffe nicht zu benutzen. Wenn Not am Mann wäre, würde er keine Sekunde zögern und schießen. Eigentlich wäre ihm eine Pistole lieber gewesen, aber man muss nehmen, was man kriegen kann, fand er.

Nun war es kurz nach zehn, fast dunkel, und Greiteler war mit seinen Männern auf dem Weg durch das Paderquellgebiet. Der militante Sechserpack hatte sich vorher noch etwas mehr Mut angetrunken und fand sich nun für alles gerüstet. Jeden Versuch, in der Kneipe über die Aktion zu sprechen, hatte Greiteler rigoros unterbunden. Das wäre viel zu gefährlich gewesen. Wände haben Ohren, überall. Als sie auf der Höhe eines Tapas-Restaurants angekommen waren, ließ Greiteler seine Truppe anhalten. Leise kommandierte er:

»Verzieht euch in die Gasse neben dem Restaurant, und versucht, euch möglichst unsichtbar zu machen. Macht vor allem keinen Lärm. Wenn einer von euch unangenehm auffällt, dem reiße ich persönlich alle Weichteile ab, klar? Ich gehe allein los und gucke, ob die Luft rein ist. Bin gleich wieder da.«

Die fünf breitschultrigen Kerle nickten wortlos und verzogen sich in die Gasse.

Wieder war Greiteler erstaunt, wie selbstverständlich die Jungs ihm gehorchten. Doch er wusste, er hatte ihnen Hoffnungen gemacht, Perspektiven aufgezeigt, das Tor zum Paradies weit aufgestoßen, als er von ihrer glänzenden Zukunft sprach. Solange diese Hoffnung blieb und Greiteler sie nicht enttäuschte, würden diese Männer mit ihm durch dick und dünn gehen.

Zufrieden, aber auch etwas aufgeregt, ging er weiter. Er bemühte sich, möglichst unbefangen zu wirken, als schlendere er in der lauen Frühsommernacht zum reinen Vergnügen hier herum.

Als er an den beiden Schaufenstern eines Bestatters vorbei war, ging er noch langsamer und versuchte, so unauffällig wie möglich das Haus zu betrachten, das sich nun genau ihm gegenüber befand. Ein unscheinbares Haus, aus der Entfernung sah es aus wie ein ganz normales innerstädtisches Mietshaus. Auf einem kleinen Schild neben der Haustür aber war zu lesen: »Pension Haus Wilma«.

Greiteler besaß keinerlei Informationen darüber, in welchem der vier Stockwerke die Hamburger wohnten. Er war auch niemand, der sich mit Hotels oder Pensionen auskannte. Das war nie seine Welt gewesen. Erst jetzt wurde ihm richtig klar, wie schlecht vorbereitet seine Aktion eigentlich war. Was hatte er sich eigentlich dabei gedacht? Rein in die Pension, alles kurz und klein schlagen und wieder raus? Natürlich hatten seine Leute während der Besprechung am Nachmittag nach einem Plan gefragt, wollten wissen, wie er die Sache anpacken würde, welche Rolle sie zu spielen hätten. Aber Greiteler hatte nur weise und vielsagend gelächelt und gesagt: »Kommt Zeit, kommt Rat!«

Jetzt hätte er sich selbst geißeln können für diesen idiotischen Zweckoptimismus. Tatsächlich gab es zu diesem Zeitpunkt keinen brauchbaren Plan, die Zeit schritt immer weiter fort, und wo nun der Rat herkommen sollte, war ihm völlig schleierhaft. Aber eines wusste er: Er konnte auf gar keinen Fall zu seinen Leuten zurückgehen und die Aktion abblasen. Die würden ihn aus der Stadt prügeln. Die Suppe war eingebrockt, nun musste sie ausgelöffelt werden, und wenn er selbst dabei draufginge. Was angesichts der bekannten Brutalität der drei Hamburger gar nicht mal so abwegig war. Langsam setzten seine Kopfschmerzen wieder ein, und er stellte fest, dass ihm übel wurde.

Dann war er auch schon an der Pension vorbei, drehte nach einigen Metern wieder um und ging mit bösen Vorahnungen zurück, um seine Männer zu holen. Nur gut, dass er den Revolver hatte.

34

Dieses verdammte Sarglager würde ihm den Rest geben, dachte Winter, als Hilde Auffenberg ihm die Tür geöffnet hatte. Nicht einmal seine Gitarre konnte er sich aus seiner Wohnung holen. Die war versiegelt.

Höveken war auch kurze Zeit später aufgetaucht und wieselte nun um seine beiden Gäste herum.

Winter war sich klar darüber, dass die Entscheidung, ihn zu verstecken, bestimmt nicht die Idee des Bestatters gewesen war. Die beiden Männer betrachteten sich nicht gerade als gute Freunde. Denn Höveken waren die Kerle, mit denen seine Freundin zu tun hatte, immer gleich suspekt, und Winter machte sich unverhohlen lustig über den Totengräber, wie er ihn nannte. Daher hatte Hilde Auffenberg mit Sicherheit unten ganz gewaltig rütteln müssen, damit sich oben was tat. Wie auch immer, Winter hatte ein neues Versteck.

»Na ja, Johnny, du wirst verstehen«, feixte Höveken. »Ein Bett kann ich in meinem Sarglager natürlich nicht aufstellen. Du musst dich schon mit dem zufriedengeben, was hier so rumsteht.«

Höveken grinste noch teuflischer als Hilde Auffenberg am Morgen in der Bartholomäuskapelle, als sie ihm seinen neuen Zufluchtsort offerierte.

»Aber dieses Sargmodell, Ruhe in Frieden de luxe, das ist ausgesprochen bequem. Du kannst ja schon einmal Probe liegen. Kissen und Decke bekommst du natürlich noch dazu.«

Höveken machte eine einladende Geste, und Hilde Auffenberg schmunzelte.

Ja, ja, dachte Winter, wer den Schaden hat, spottet jeder Beschreibung. Aber wenn die beiden Oldies glaubten, er würde sich hier und jetzt vor ihren Augen in den Sarg legen, dann irrten sie sich gewaltig.

Jetzt saß Winter zwischen den Särgen und war mehr als unzufrieden. Zwar hatte seine Vermieterin ihm kurz nach Bezug seines neuen Unterschlupfes ein opulentes Frühstück und die Zeitung gebracht, doch Winter hatte weder Hunger, noch konnte er sich aufs Lesen konzentrieren.

Immer wieder wanderten seine Gedanken in das »Dom-Café«. Immer wieder sah er diesen auffälligen Schlüsselbund in der Hand des Mannes vor ihm. Den markanten Anhänger hätte Winter zeichnen können. Er war ein Abbild des heiligen Christophorus. Sein Vater hatte ein ähnliches Medaillon besessen. Dieser Christophorus war der Schutzpatron der Autofahrer. Jedenfalls bis zu dem Zeitpunkt, an dem die katholische Kirche ihre Heiligen wieder einmal unter die Lupe genommen hatte. Damals kamen die Kirchengelehrten zu der Ansicht, dass die historische Existenz des Christophorus nicht bewiesen sei. Also hatte man seinen Namen aus der Liste der kanonischen Heiligen gestrichen.

Winter konnte sich noch genau daran erinnern! Als der katholische Priester seines Dorfes diese Veränderung bekannt gab, war die erste Amtshandlung seines Vaters gewesen, die Christophorus-Medaille aus seinem R4 zu verbannen.

»Man kann sich wirklich auf keinen mehr verlassen«, hatte sein alter Herr geschimpft und seinem Sohn die Plakette in die Hand gedrückt. »Hier, die wolltest du doch schon immer haben. Kannst du behalten, ist echtes Silber.«

Ein Schatz! Damit hatte sein Vater ihn damals zum glücklichsten Kind des Tages gemacht. Ihn, dem es bis dato unter Androhung von Prügel verboten war, mit der Plakette, die durch einen Magneten auf der Rückseite am Armaturenbrett befestigt war, zu spielen.

»Ich habe das Ding sogar von unserem Pastor weihen lassen«, hatte Winter senior weitergeschimpft. »Ich habe mich immer drauf verlassen, dass mir beim Autofahren nichts passieren kann, solange ich die Heiligenfigur im Wagen habe. Und jetzt stellt sich raus, dass es ein Götzenbild ist!«

Auf was für einen Unfug man kommt, dachte Winter. Aber weil der Christophorus und er so eine kleine gemeinsame Geschichte hatten, war ihm der Anhänger wahrscheinlich auch aufgefallen. Er hatte das Ding schon einmal gesehen. Da war er sich ganz sicher.

Seine Kopfhaut begann zu jucken. Winter hasste es, wenn er über etwas grübelte und ihm das Ergebnis nicht einfiel. Dann bekam er Schlafstörungen und wurde übellaunig. Und, es stellte sich eben dieses Jucken am Kopf ein. Unangenehmes Gefühl!

Er musste versuchen sich der Lösung des Rätsels von einer anderen Seite zu nähern. Also wie sah der Mann aus, der den Schlüsselbund heute Morgen in der Hand hatte? Winter überlegte. Er war so circa vierzig. Ungefähr so alt wie er selber. Der Kerl hatte teure Klamotten an. Musiker war er also nicht, das schloss Winter aus. Dann war ihm aufgefallen, dass er sich so komisch bewegte. Als ob er ein körperliches Gebrechen hätte.

Nee, dieser Mann brachte ihn auch nicht weiter. Aber er kannte diesen Anhänger, dafür würde er seine Hand ins Feuer legen.

Der Musiker schloss die Augen und ging die Tage rückwärts durch. Im Leokonvikt? Bei den Studenten? Nee, keine Ergebnisse. Den Kardinal hatte er schon ausgeschlossen. Diesen Typen vor dem Welcome-Hotel, der ihm den Schlüssel für den Daimler gegeben hatte? Der hatte so eine kleine Ledertasche, in der er die Schlüssel aufbewahrte. An denen waren außerdem Ringe mit bunten Plastikschildchen. Also der auch nicht. Die Schlüssel zu den Proberäumen, die er besuchte? Winter ging sie gedanklich alle durch. Auch Fehlanzeige. Plötzlich durchzuckte ihn die Erinnerung. Sie tat so weh, als hätte er gerade an einen Weidezaundraht gefasst, durch den Strom floss. Der Schlüsselbund, er lag auf einem Tisch. Er sah das Bild genau vor sich. Und unter dem Tisch lag ein Toter. Der Tote!

Nun gab es kein Zurück mehr!

Fünf kräftige Männer standen vor der unscheinbaren Tür der Pension »Haus Wilma« und warteten angespannt darauf, dass

Hermann Greiteler den Befehl zum Angriff gab. Es war mittlerweile dreiundzwanzig Uhr fünfzehn. Nur im Erdgeschoss und in der obersten Etage der Pension brannte Licht. Oben sogar in mindestens zwei Zimmern, so viel war jedenfalls von der Straße aus zu erkennen. Das Licht unten hatte vermutlich nichts zu bedeuten, vielleicht war es sogar die ganze Nacht eingeschaltet. Aber das Licht im dritten Stock war einigermaßen vielversprechend. Die Typen schienen »zu Hause« zu sein. Als die sechs Männer angestrengt horchten, war von dort oben leise das Geräusch eines Fernsehers zu hören.

Hermann Greiteler griff sich zum wiederholten Male nervös an seinen hinteren Hosenbund, wo der Revolver hinter dem Gürtel steckte. Alles saß dort, wo es sitzen sollte, stellte er beruhigt fest. Er überlegte, wie sie durch die verschlossene Haustür kommen sollten. Sicher, sie könnten die Tür mit Gewalt aufbrechen, aber ob das klappen würde? Klar war nur, dass sie dadurch einen solchen Höllenlärm veranstalten würden, dass die halbe Paderborner Innenstadt es hören konnte und natürlich auch die drei Hamburger, die man auf gar keinen Fall warnen wollte.

Es gab eine Klingel und eine Gegensprechanlage. Fragend blickte Greiteler seine Kumpane an, aber niemand kam ihm zu Hilfe. So drückte er kurz entschlossen auf den Klingelknopf. Es dauerte eine Weile, bis es in der Gegensprechanlage krächzte und eine müde und verärgert klingende Männerstimme fragte:

»Ja? Was ist denn?«

Greiteler holte tief Luft und antwortete:

»Hier ist der DHL-Paketdienst. Ich habe noch ein Päckchen für Sie. Eilzustellung!«

»Um diese Uhrzeit? Wissen Sie eigentlich, wie spät es ist?«

Greiteler bemühte sich, seiner Stimme einen zerknirscht klingenden Ton zu geben. »Weiß ich, aber wir hatten heute einige Probleme mit unseren Fahrzeugen und haben es tagsüber nicht geschafft. Dies ist aber eine Eilzustellung, und die müssen wir unbedingt heute noch abgeben. Tut mir leid, dass ich Sie so spät stören muss.«

Einer von Greitelers Männern fing an, dämlich zu kichern. Doch Greiteler warf ihm einen derart zornigen Blick zu, dass der Kerl sofort still wurde. Der Pensionsbesitzer war offenbar noch immer nicht überzeugt.

»Aber ich habe kein Paket bestellt. Was soll das denn sein?«

»Keine Ahnung, das kann ich nicht erkennen«, vertröstete ihn Greiteler. »Vielleicht hat Ihre Frau ja etwas bestellt. Das …«

»Die ist nicht da«, brummte es aus dem Lautsprecher. »Aber das kann gut sein. Kommt fast jeden Tag vor. Warten Sie einen Moment, ich komme gleich.«

Greiteler drehte sich zu seinen Leuten um und streckte einen Daumen nach oben, als Zeichen seines Erfolges. Er war zufrieden mit sich, das hatte er geschickt gemacht, fand er. Dann hieß es warten.

Endlich hörten sie schlurfende Schritte, die langsam näher kamen, dann das Geräusch eines sich drehenden Schlüssels und schließlich öffnete sich die Haustür. Vor Greiteler stand ein älterer Mann, dessen Kleidung aussah, als habe er gerade zu Bett gehen wollen. Sein Gesichtsausdruck, der müde und gereizt wirkte, als er die Tür öffnete, änderte sich schlagartig, als er sechs Männer vor sich sah, von denen keiner ein Paket in der Hand hielt. Eigentlich reagierte der Mann großartig, wollte blitzschnell die Tür wieder zuwerfen, aber Greiteler war noch schneller. Er schaffte es so eben, einen Fuß zwischen Tür und Rahmen zu bekommen, und die Tür federte zurück. Sofort warf sich Hermann Greiteler nach vorn, stand in der nächsten Sekunde direkt vor dem heftig erschrockenen Mann, drängte ihn an die Wand des Flures und drückte ihm seine Riesenpranke auf den Mund.

»Keinen Mucks, sonst mache ich dich fertig! Verstanden?«, zischte er den Pensionsinhaber leise an.

Mit der freien Hand signalisierte Greiteler seinen Leuten, nun auch hereinzukommen und die Haustür hinter sich zu schließen. Endlich standen alle im hell erleuchteten Flur der Pension.

Der bedauernswerte ältere Mann begann vor Schreck zu zittern. Greiteler zischte weiter:

»Hier im Haus wohnen drei Männer aus Hamburg. Wo finden wir die?«

Um dem Mann eine Gelegenheit zur Antwort zu geben, nahm Greiteler die Hand von dessen Lippen. Dennoch brauchte dieser eine Weile, um sich so weit zu fangen, dass er sprechen konnte.

»O-o-oben, dritter Stock«, stammelte er und zeigte dabei auf die Treppe.

»Du bleibst hier und passt auf den Opa auf!«, wies Greiteler leise einen seiner Kämpfer an. »Wenn er Krach macht, dann hau ihm so lange was auf die Fresse, bis er ruhig ist!«

Dann ließ er den alten Mann los, winkte den anderen, ihm geräuschlos zu folgen, zog den Revolver aus dem Hosenbund und trat vorsichtig auf die erste Treppenstufe.

Stufe für Stufe stieg Hermann Greiteler hinauf, als liefe er auf rohen Eiern. Als er die erste Wende erklommen hatte, zuckte er zusammen, weil einer seiner Männer so ungeschickt auftrat, dass es ein quietschendes Geräusch gab. Nicht wirklich laut, aber in Greitelers Ohren klang es wie eine Sirene. Wenn sein Blick hätte töten können, wäre der Verursacher auf der Stelle tot umgefallen. Von nun an gaben sie sich die doppelte Mühe, kein Geräusch zu erzeugen. Endlich, alle waren vor Anspannung schweißnass, standen sie oben vor vier Zimmertüren. Eine der Türen stand sperrangelweit offen, innen brannte kein Licht. Dieses Zimmer konnten sie vernachlässigen. Aber aus dem mittleren Zimmer drang das Plärren eines Fernsehers. Greiteler legte warnend den Zeigefinger seiner freien linken Hand an seine geschlossenen Lippen. Mit der rechten umfasste er den Revolver noch fester. Zufrieden stellte er fest, dass alle seine Kämpfer ihre Baseballschläger bereithielten.

Dies musste eines der drei Zimmer sein. Perfekt wäre es, wenn alle drei in diesem Raum vor der Glotze sitzen würden. Alle auf einen Streich. Wenn nur einer von ihnen in diesem Zimmer wäre, dann würden die anderen durch den Lärm des Überfalls gewarnt werden. Das hatte Greiteler vorher nicht bedacht. Er haderte wieder mit sich selbst. Wie sollte er vorgehen? Eigentlich hätte er mehr Leute gebraucht. Und mehr Waffen. Ach was, dachte er und wischte alle Bedenken weg. Es war bis jetzt großartig gelaufen, und es gab keinen Grund, dass seine Glückssträhne nun reißen sollte. Also, legte er kurzentschlossen fest, alles auf eine Karte und rein in dieses Zimmer! Er konnte nur hoffen, dass die Tür nicht abgeschlossen war. Greiteler schlich sich direkt an die Tür heran, wartete, bis seine Mitstreiter ebenfalls dicht bei ihm standen. Dann griff er langsam und vorsichtig mit der linken Hand nach dem kugelrunden Türgriff und versuchte diesen zu drehen. Nichts bewegte sich! Bei Greiteler brach kalter Schweiß aus. Die Tür war verschlossen, keine Frage. Er hätte sich selbst dafür prügeln können, dass er nicht unten im Flur den Inhaber gezwungen hatte, ihm den Zweitschlüssel zu geben. Aber nun war es zu spät. Jetzt mussten sie rein, und zwar sofort, bevor der oder die Männer drinnen misstrauisch wurden. Gottlob lief deren Fernseher laut genug, um feine Geräusche zu übertönen.

Er befahl wortlos zwei besonders breitschultrigen Männern aus seiner Truppe, die Tür einzurammen. Die beiden gingen drei Schritte zurück, nahmen gemeinsam Anlauf und warfen ihre massigen Körper mit voller Wucht auf die nicht sehr stabile Zimmertür. Die zerbarst mit einem infernalischen Krachen, und durch eine Wolke aus Holzsplittern flogen die beiden Schwergewichte in das Zimmer, wo sie auf dem Teppichboden aufschlugen.

Sofort stürmte Greiteler hinterher, den Revolver schussbereit vor sich. Als er in das Zimmer eindrang, starrten ihn zwei vollkommen entsetzte Augenpaare an. Deren Besitzer lungerten in Sesseln. Im Fernseher lief ein Fußballspiel. Die Szene wirkte so unwirklich, dass Greiteler sich kurz fragte, was er eigentlich hier machte.

Aber diese beiden Männer waren nicht irgendwelche Provinzganoven. Sie hatten sich immerhin in Hamburg einen Namen gemacht, sich dort im Milieu durchgesetzt. Sie zu engagieren war nicht billig, aber sie waren jeden Cent wert. Das bewiesen sie umgehend, als sie sich, schneller als Greiteler und seine Leute reagieren konnten, von den Sesseln rollten, dahinter Deckung suchten, unfassbar fix eine Waffe zur Hand hatten und schossen.

Greiteler und seine kleine, schlecht bewaffnete und noch schlechter trainierte Armee drängten panisch durch die zerborstene Tür zurück auf den Flur.

35

Das war Folter! Die Warterei hatte ihn tagelang gequält. Hatte ihm alles abverlangt, was ihm an Disziplin und Geduld zur Verfügung stand. Dann die Grübelei, dieses Jucken am Kopf. Anschließend hatte Winter das Rätsel gelöst, das Rätsel des Christophorus. Und jetzt wieder dieses verfluchte Warten. Er hätte vor Ungeduld den Kitt aus dem Fenster kratzen können. Wann, verdammt noch mal, kam endlich Hilde Auffenberg? Sie konnte ihn doch nicht hier in diesem Loch verhungern lassen.

Höveken hatte sich auch nicht mehr blicken lassen. Womöglich saß der bei Hilde Auffenberg in der Küche und machte ihr schöne Augen. Winter merkte, dass er wieder ungerecht wurde. Ungerecht gegenüber jenen, die ihm zu helfen versuchten. Er konnte nicht wissen, wer bei seiner Vermieterin zu Gast war. Vielleicht saß Schwiete bei ihr und trank Tee. Da konnte Hilde Auffenberg natürlich nicht mal eben schnell ein paar Lebensmittel aufs Tablett packen und sagen: »Tut mir leid! Sie müssen mich kurz entschuldigen. Ich muss mal eben rüber ins Sarglager, dem guten Johannes Winter etwas zu essen bringen.«

Doch dieses unselige Herumsitzen und Nichtstun, das hielt er nicht mehr lange aus.

Der Schlüsselanhänger war der erste Schritt zur Lösung. Wenn man herausfand, wer der Besitzer des Schlüsselbundes war, dann hätte man unter Umständen den Mörder, und Winter könnte vielleicht noch seiner Band hinterherreisen und wenigstens mal hören, wie denn die Stimmung so war. Quereinsteigen wäre sicher nicht möglich, dachte er. Da gab es Verträge. Den Zahn konnte er sich also ziehen. Aber wenigstens wieder Musik machen und sich nicht mehr verstecken müssen, das hatte ja auch schon Lebensqualität.

Den Musiker überkam der dringende Wunsch nach Bewegung. Wenn er jetzt das Sarglager verlassen und auf dem Hof ein paar Schritte gehen könnte, das wäre schon mal was. Keine Chance, denn wenn die Nachbarn ihn dort sehen würden, wäre er schneller im Knas,t als er gucken konnte. Außerdem hatte er Hilde Auffenberg versprochen, unbemerkt zu bleiben und sie und Höveken nicht zu kompromittieren. Auch wenn es ihm schwerfiel, er würde sich an seine Zusage halten.

Winter lauschte. Er hörte ein Knarren. Kam da jemand? Angestrengt versuchte er jedes Geräusch wahrzunehmen. Jetzt herrschte wieder absolute Stille. War wohl doch falscher Alarm.

Verzweifelt hockte sich Winter auf seinen Sarg und tat das, was ihn so sehr nervte: Warten! Dann wieder ein Geräusch. Diesmal waren es eindeutig Schritte, oder nicht? Ja, es waren Schritte. Am liebsten hätte Winter gejubelt, um so auf sich aufmerksam zu machen.

Dann wurde vorsichtig die Tür aufgedrückt, und Hilde Auffenberg betrat das Lager. »Tut mir leid, Herr Winter! Sie glauben gar nicht, was bei mir los war. Ich hatte eben noch das Organisationskomitee ›Für unser Viertel‹ zu Besuch. Die wollten gar nicht mehr gehen. Jeder hatte etwas zu erzählen. Ich sage Ihnen, da braut sich was über unseren Köpfen zusammen.«

Der Musiker ging nicht auf ihre Geschichte ein. Er hatte andere Sorgen. Ohne große Einleitung und ohne Rücksicht darauf, ob seine Vermieterin das, was er zu sagen hatte, hören wollte oder nicht, erzählte Winter ihr, was ihm wieder eingefallen war. Er schloss mit den Worten: »Wir müssen den Mann finden, der diesen Anhänger besitzt. Das ist entweder der Mörder oder zumindest besteht die Wahrscheinlichkeit, dass der ihn kennt. Ich muss hier raus! Ich halte das nicht aus.«

Hilde Auffenberg war nachdenklich geworden. Sie ließ sich durch den hibbeligen Winter nicht aus der Ruhe bringen.

»Komisch«, sagte sie ganz leise und eigentlich zu sich. »Ich glaube, ich habe den Schlüsselbund, so wie Sie ihn beschreiben, auch schon einmal irgendwo gesehen. Nur wo?«

Unten im Flur der Pension lauschten zwei Männer angestrengt. Der Ältere aus Angst um Haus und Gesundheit, der Jüngere aus Sorge um den Ablauf der Aktion. Was da von oben an Geräuschen zu ihm drang, klang nicht gut. Offenbar wurde geschossen, das war aber nicht eingeplant. Greiteler hatte gesagt, dass er nur im äußersten Notfall von seiner Waffe Gebrauch machen würde. Wenn die Hamburger den Schuss abgegeben hätten, was laut Greiteler eigentlich ausgeschlossen war, dann bedeutete das nichts Gutes. Aber auch wenn Greiteler der Schütze gewesen sein sollte, musste es schlimm um seine Einheit bestellt sein, denn sonst hätte er nicht von dieser Möglichkeit Gebrauch gemacht.

Beide Varianten waren nicht erfreulich. Was sollte er jetzt tun? Hier unten stehen bleiben und abwarten? Sicher, er hatte einen klaren Auftrag bekommen. Er sollte auf den Inhaber der Pension aufpassen. Aber wenn da oben tatsächlich etwas schieflief, sollte er dann warten, bis seine Leute alle abgeknallt waren? Seine Gedanken rasten, kamen aber keinen Millimeter weiter, sondern drehten sich im Kreis. Am liebsten wäre er einfach nur verschwunden. Raus aus diesem Haus, rein in die schützende Dunkelheit des Paderquellgebietes. Aber wenn er das tat, brauchte er sich in Paderborn nicht mehr sehen zu lassen. Dann war er verbrannt. Wieder ein Schuss! Seine Unruhe wurde immer größer. Er musste hoch, musste helfen, konnte seine Freunde nicht allein lassen. Welchen Schaden sollte dieser alte Mann schon anrichten, wenn er ihn unbeaufsichtigt ließ? Der würde sich wahrscheinlich so schnell wie möglich in irgendein Zimmer zurückziehen und die Tür abschließen. Sollte er doch. Das war doch überhaupt die Idee, fand er plötzlich. Der Pensionsbesitzer stand mit dem Rücken zu einer nur angelehnten Zimmertür. Kurzentschlossen packte der Jüngere den Alten an den Schultern, drehte ihn einmal um die eigene Achse und schubste ihn kraftvoll vor diese Tür, die sofort aufsprang und den älteren Herrn in das Zimmer stürzen ließ. Dort schlug er lang hin und lag benommen auf dem Teppichboden.

Okay, dachte der junge Mann, da liegt er gut. Er zog den Schlüssel, der von innen steckte, aus dem Schloss und verriegelte die Tür von außen. So, das Problem war gelöst.

Als es in diesem Moment oben wieder besonders laut wurde, sprang er mit großen Sätzen die Treppen hinauf, seinen Kameraden zu Hilfe eilend.

Hermann Greiteler war der Verzweiflung nahe. Er hatte sich alles so leicht vorgestellt. Sechs gegen drei, eigentlich kein Problem. Doch nun standen sie auf dem Flur mit ihren jämmerlichen Baseballschlägern und trauten sich nicht in die Nähe der Zimmertür. Einer von ihnen hatte eben versucht einen kurzen Blick durch die Tür zu werfen. Sofort waren ihm mehrere Projektile um die Ohren geflogen, und er hatte ein Riesenglück, nur einen harmlosen Streifschuss abbekommen zu haben. Aber Greiteler konnte nicht ewig hier stehen bleiben, er musste etwas unternehmen, musste die Fäden wieder in die Hand bekommen.

Seine Leute schauten ihn erwartungsvoll an, selbstverständlich davon ausgehend, dass er einen Plan habe. Wenn die wüssten, dachte er mit zunehmendem Selbsthass. Er hatte versagt, hatte den großen Führer gespielt, was in der Sicherheit der Kneipe ein grandioses Erlebnis gewesen war, aber nun, in der rauen Wirklichkeit, drohte er erbärmlich unterzugehen. Diese Hamburger hatte er unterschätzt, das war keine Frage. Großartig, wie schnell die eben reagiert hatten. Das waren Profis, abgehärtet im Stahlbad der großen Metropole und keine Möchtegerngang aus der Provinz. Am liebsten hätte Greiteler seinem Frust durch einen Schrei Luft gemacht. Aber das hätte seinen Leuten vollends die Motivation genommen.

Er musste handeln, sofort, und wenn es ihn Kopf und Kragen kosten würde.

Und was war das nun wieder? Von der Treppe her hörte er das Poltern von schnellen Schritten. Er traute seinen Augen nicht, als der Mann, dem er die Bewachung des Pensionsbesitzers anvertraut hatte, nun die letzte Stufe zum Flur nahm und auf sie zustürzte.

»Was ist los?«, rief der pflichtvergessene Kerl hektisch. Greiteler hatte das Gefühl, jeden Moment platzen zu müssen. Er holte tief Luft, dann pfiff er den Mann zusammen, dass der im Sekundentakt die Gesichtsfarbe wechselte. Dessen schüchtern vorgetragener Einwand, er habe den Alten ja in sicherer Verwahrung zurückgelassen, half dem Unglücksraben auch nicht.

Als Greiteler nicht mehr konnte, atmete er schwer durch und versuchte wieder etwas Ordnung in seine Gedanken zu bringen. Es musste ja trotz allem irgendwie weitergehen.

Mit flackernden Blicken schaute er sich um, suchte nach einer Eingebung. Dann hatte er gefunden, was er brauchte. Weiter hinten im Flur hing ein Feuerlöscher. Mit so einem Ding konnte er umgehen. Greiteler schaute kurz und etwas bedauernd auf seinen Revolver, drückte dem verblüfften Mann neben ihm die Waffe in die Hand, machte drei, vier schnelle Schritte, riss den Feuerlöscher von seiner Halterung und kam vorsichtig wieder zurück zu der weit offen stehenden Zimmertür. Leise befahl er dem Mann, der nun den Revolver hatte:

»Wenn ich Bescheid sage, dann gehst du so nah wie möglich an die Tür und schießt in den Raum. Egal, wohin, ich will nur, dass die Kerle sich wegducken und kurz abgelenkt sind. Dann stürme ich mit dem Feuerlöscher rein, und ihr kommt hinterher. Aber sofort, verstanden? Und dann drauf auf die Schweine, nehmt keine Rücksicht. Schließlich haben die auf uns geschossen. Alles klar?«

Als alle Männer wortlos nickten, schickte Greiteler den Bewaffneten vor. Ängstlich drückte der sich an der Wand entlang zur Türöffnung. Dann beugte er sich kurz vor und feuerte blindlings zwei Schüsse in den Raum. Sofort hörte man im Raum lautes Poltern. Im selben Augenblick riss Greiteler den Sicherungsstift aus dem Feuerlöscher, drückte auf den Auslösehebel und hielt das Gerät mit ausgestreckten Armen in die Türöffnung. Mit Macht entluden sich riesige Mengen Pulver in den Raum.

Die Verwirrung musste nun groß genug sein. Greiteler warf den Feuerlöscher weg, riss dem untreuen Wächter dessen Baseballschläger aus der Hand und schrie:

»Jetzt alle rein!«

Ohne zu zögern, warf er sich selbst als Erster durch die Tür. Die beiden Hamburger hatten einen Schrank von der Wand gerückt und sich dahinter in Deckung gebracht. Mit triumphierendem Geheul stürzte sich Greiteler mit hocherhobenem Schläger auf die beiden. Seine Männer folgten ihm. Die Hamburger erkannten die Ausweglosigkeit ihrer Situation und versuchten nur noch, sich schützend die Arme vor das Gesicht zu halten. Doch die Baseballschläger krachten ihnen auf Kopf und Schultern, ließen sie vor Schmerz zusammensacken. Als Greiteler gerade wieder zum Schlag ausholen wollte, krachte hinter ihnen ein Schuss, und die Fensterscheibe zerbarst in tausend Einzelteile. Entsetzt rissen Greiteler und seine Schläger die Köpfe herum und sahen einen großen, kräftigen Mann in der Türöffnung stehen. In der Hand hielt er schussbereit eine schwere Pistole, aus der, kaum wahrnehmbar, etwas Rauch aufstieg.

Als der Mann, der nach wie vor im Türrahmen stand, seine schwere Waffe höher hob und genau auf Greitelers Kopf zielte, grinste er dabei verächtlich.

»Habt ihr Dorftrottel wirklich geglaubt, ihr könntet uns hier das Wasser abgraben? Ihr habt es mit Profis zu tun. Geht das nicht in eure Birne? Wir spielen nicht Schützenfest und laufen mit dem Holzgewehr durch die Straße. Das hier ist Ernst, verdammter Ernst. Wir machen hier einen Job, und ihr werdet uns nicht davon abhalten. Tut mir leid, Jungs. Aber das war's nun für euch.«

Er wartete ab, damit seine beiden am Boden liegenden Kameraden sich ächzend hochquälen konnten, sah, dass sie sich nicht lange aufrecht halten konnten, sich erschöpft in die Sessel fallen ließen und ihn dann auffordernd anschauten.

»Nun mach schon, Kalle!«, rief einer der beiden ungeduldig. »Mach die Idioten platt!«

Dann sah der Mann, der Kalle genannt worden war, dass Greiteler, offenbar völlig resigniert, die Arme in die Luft hob. Aber auch diese Ergebenheitsgeste würde ihm nichts mehr nützen. Langsam krümmte er den Zeigefinger.

In diesem Augenblick quietschten unten auf der Straße Bremsen. Autotüren wurden aufgestoßen und wieder zugeschlagen. Stimmen waren zu hören.

Die sechs Paderborner rissen reflexhaft die Köpfe herum Richtung Fenster, um zu horchen. Der Mann namens Kalle erkannte in Sekundenschnelle, dass hier Gefahr im Verzug war. Seine beiden Kollegen musste er aufgeben, er sah keine Chance, sie hier herauszubekommen. Nun galt es, an sich selbst zu denken. Blitzschnell verschwand er aus dem Türrahmen, rannte den Flur entlang und polterte die drei Treppenabsätze hinunter.

Unten angekommen, stand er einem alten Mann gegenüber, der ihn mit schreckensweiten Augen anstarrte. Da Kalle schon mehrere Tage in dieser Pension wohnte, kannten die beiden sich natürlich. Dennoch wunderte es ihn nicht, dass der Pensionsbesitzer so entsetzt dreinschaute. Die Situation war für den Alten sowieso schon unglaublich genug, und die gewaltige Pistole in Kalles Hand tat ihr Übriges.

Ohne auch nur eine Millisekunde zu zögern, hielt Kalle ihm die Waffe an die Schläfe, drehte ihm den Arm auf den Rücken und schubste ihn vor sich her Richtung Haustür. Kalle sah, dass bereits zwei Polizeiautos vor der Pension standen und ein drittes um die Ecke bog. Einige Beamten standen schon vor dem Haus und wollten gerade eindringen. Sie schraken zurück, als Kalle mit seiner leichenblassen Geisel durch die Tür trat.

»Zurück!«, schrie der Hamburger die Polizisten an. »Oder der Alte geht drauf!«

Einer der Beamten, er schien hier der Kommandierende zu sein, gab den anderen ein Zeichen, sich zurückzuziehen. Kalle hatte nun Platz genug. Er schob die Geisel wieder vor sich her, quer über die nicht breite Bachstraße und hinein in die weite und mitternächtlich finstere Rasenfläche des Paderquellgebietes. Als er den ersten der vielen Spazierwege erreicht hatte, gab er dem älteren Herrn einen kräftigen Schubs, der diesen auf den Rasen stürzen ließ, und rannte davon.

Es war dunkel im Park, nur die wenigen Laternen am Rande gaben etwas schwaches Licht ab. Aber es reichte, um grob Konturen erkennen zu können und nicht in einen der zahlreichen Wasserläufe zu fallen.

Kalle rannte halb um einen See herum und hetzte so schnell er konnte weiter. Von den Polizisten war nichts zu sehen. Sicher würden die hinter ihm herkommen, aber er hatte einen ordentlichen Vorsprung, war jung, gut trainiert und besaß einen starken Willen. Wer von den Bullen sollte ihm da schon gefährlich werden können? Nach weiteren hundert Metern fühlte er sich zunehmend sicher. Wenn er sich bei der nächsten Abzweigung des Spazierweges rechts hielt, käme er auf die Straße An der Wasserkunst. Dort stand sein Auto, ein Leihwagen. Wenn er den erreicht hatte, war er in Sicherheit. Das war so gut wie geschafft!

Aber was war das denn? Als Kalle aus dem dunklen Parkgelände hinauslief und auf die erleuchtete Straße bog, standen dort urplötzlich etwa zehn ältere Männer, die seinen Weg blockierten. Die Männer, die erstaunlicherweise Schützenuniformen trugen, schienen genauso verblüfft zu sein wie er selbst, als sie ihn sahen. Auf jeden Fall unterbrachen sie sofort ihr munteres Geplapper und starrten ihn an. Kalle war klar, dass er nicht gerade vertrauenswürdig aussah. Wer um Mitternacht mit einer Pistole in der Hand durch den Park hetzt, ist zweifellos auffällig. Ehe Kalle die Reihen der Schützenbrüder durchbrechen konnte, schlossen diese sich instinktiv dichter zusammen. Wohl weniger aus Berechnung als aus dem Instinkt heraus, den Schutz des Rudels zu suchen. Für Kalle, der so schnell nicht abbremsen konnte, hatte diese Rudelbildung zur Folge, dass er plötzlich umringt war von älteren Herren in Uniform, die selber viel zu konfus waren, um für ihn eine Gasse frei zu machen.

Kalle begann um sich zu schlagen. Wäre doch gelacht, wenn er diese Greise nicht aus dem Weg fegen könnte. Aber die Schützen drängten sich nun noch dichter um ihn, gleich zwei von ihnen hatten es geschafft, seinen Pistolenarm zu erwischen, und hielten den mit aller Kraft fest. Kalle schrie vor Wut, mobilisierte alle Kräfte, aber die Schützen, die einzeln nur hilflose Opfer gewesen wären, stellten im Rudel eine echte Herausforderung dar. Er hätte es dennoch über kurz oder lang geschafft, wenn nicht plötzlich ein weitaus kräftigerer Arm sich um seinen Hals gelegt und ihn zurückgerissen hätte. Gleichzeitig hörte er eine Männerstimme, die ebenfalls außer Atem war:

»Gaaanz ruhig bleiben, Junge! Polizei!«

36

Das war eine Arbeitsteilung, die Kükenhöner gefiel. Schwiete machte die Nachtarbeit oder besser gesagt die Drecksarbeit, und er war der Mann, der die Wahrheit herausarbeitete. Heute bekam das Verhör jedoch eine ganz besondere Dimension. Bei diesen Delinquenten war er doppelt motiviert. Den Kerlen würde Kükenhöner nicht einfühlsam und empathisch begegnen, bei denen würde er das gewünschte Ergebnis herauspressen. Er würde den Kerlen mal so richtig zeigen, wo der Hammer hing.

Wenn die der Meinung waren, in Hamburg pulsiere das wahre, das harte Leben, und hier in Paderborn würde nur mit Wasser gekocht, dann hatten sich die Kerle aber geschnitten. Da stand noch eine Rechnung offen, die würde heute beglichen werden. Die Säcke würden sich wundern, wie hoch hier die Preise waren.

Bereits als Kükenhöner von der Festnahme der Schläger erfahren hatte, legte er sich eine Strategie zurecht, wie er mit ihnen umspringen würde. Er nannte sie das Unternehmen Harter Hund.

Super, der Name, fand er und war stolz auf sich. Da riss das Telefon ihn aus seinen Gedanken. Er sah aufs Display. Schwiete, erkannte Kükenhöner, als er die Nummer identifizierte. Was wollte der denn noch? Der Polizist griff zum Hörer.

»Karl, kommst du bitte zu einer kurzen Besprechung zu uns ins Büro!«, kam die knappe, aber bestimmte Anweisung.

Was wollte Schwiete denn jetzt noch von ihm? Der Kerl hatte seinen Job gemacht. Nachdem sich die Schläger und diese idiotische Bürgerwehr quasi selbst paralysiert hatten, war es kein Problem mehr gewesen, den Chef der Hamburger, der noch geflüchtet war, dingfest zu machen.

Wie sich gezeigt hatte, war das sogar den Schützenopas des Ükernviertels gelungen. Schwiete brauchte dem von den Greisen in Uniform überwältigten Typen nur noch die Handschellen anzulegen. Das war doch mit Sicherheit keine Kunst mehr gewesen.

Dass Kükenhöner jetzt noch einmal bei seinem Kollegen im Büro auflaufen sollte, irritierte ihn, verunsicherte ihn geradezu. Wie auch immer, Schwiete war, aus ihm unerfindlichen Gründen, zum Chef der Mordkommission ernannt worden, da konnte er ihn nicht gänzlich ignorieren.

Kükenhöner, der immer wieder lauthals verkündete, es sei egal, wer unter ihm Chef sei, kam der Aufforderung widerwillig nach und machte sich auf den Weg.

»Was gibt es, Horst?«, fiel er, ohne zu grüßen und ohne vorher angeklopft zu haben, mit der Tür ins Haus.

Schwiete legte eine Akte beiseite, in der er gerade gelesen hatte, und sah seinen Kollegen ein paar Sekunden lang an.

Kükenhöner hasste ein solches Handeln. Es entsprach so ganz und gar nicht seiner Art, sich zu verhalten, und darum verunsicherte ihn der Kollege, wenn er sich so gebärdete. Wahrscheinlich war genau das seine Absicht, und das wiederum ärgerte Kükenhöner. Wer um alles in der Welt hatte ihn nur mit diesem Kerl als Chef gestraft?

»Karl, setz dich doch!« Schwiete wies auf einen Besucherstuhl und kam selbst um den Schreibtisch herum zur Besprechungsecke. Auch Linda Klocke gesellte sich hinzu.

Kükenhöner wandte sich an seinen Kollegen und versuchte einen jovialen Ton zu treffen.

»Horst, wo drückt der Schuh?«

»Du hattest ja angeboten, das Verhör der festgenommenen Personen aus Hamburg durchzuführen. Ich hätte gerne, dass du Frau Klocke dazunimmst.«

Warum hetzt der mir schon wieder diese Tussi auf den Hals?, dachte Kükenhöner. Da kann ich meine Strategien doch gleich alle in die Tonne kloppen. Dann wird das wohl nichts mit dem Unternehmen Harter Hund.

»Warum nicht?«, entgegnete er jedoch. »Jugend forscht fand

ich schon immer gut! Na, Mädchen … äh, ich meine Frau Klocke, es ist mir eine Ehre. Welche Rolle wollen Sie übernehmen? Guter Bulle oder böser Bulle?«

»Weder noch, Herr Hauptkommissar! Ich möchte lediglich etwas von Ihnen lernen«, meinte die Polizistin lächelnd.

Jetzt fängt diese Tusse auch schon mit diesem weichgespülten Mist an, dachte Kükenhöner. Was beabsichtigten Schwiete und Klocke eigentlich? Er hatte das Gefühl, sich auf vermintem Gelände zu befinden. Da durfte er nicht danebentreten. Daher meinte er: »Na, dann wollen wir uns die Jungens mal vornehmen.«

Die drei Schläger staunten nicht schlecht, als Kükenhöner mit seiner Kollegin den Vernehmungsraum betrat.

»Meine Herren, um eins klarzustellen, wir sitzen hier nicht, um herauszufinden, warum Sie neulich meinen Kollegen provoziert haben. Wir reden hier über zwei Morde, mehrere Mordversuche und jede Menge Nötigungen, Sachbeschädigungen und, und, und. Darüber hinaus bin ich mir sicher, wenn wir den Teppich erst einmal lüften, werden wir noch einiges finden, was weder Ihnen noch uns, der Polizei, gefallen wird.«

Vier erwachsene Männer glotzten die Polizistin entgeistert an. Kükenhöner räusperte sich.

»Äh, genau«, meinte er dann. »Also fangen wir mit dem ersten Mord an. Wo befindet sich Ihr Komplize Johannes Winter, und wer hat Michael Balhorn umgebracht?«

Die drei festgenommenen Männer redeten wild durcheinander.

»So geht das nicht!«, fuhr Linda Klocke dazwischen. »So in der Gruppe hat das keinen Zweck. Wir nehmen uns jeden einzeln vor. Die anderen gehen zurück in ihre Zelle!«

Kükenhöner sagte gar nichts. Sein Unternehmen Harter Hund ging gerade den Bach hinunter, und die Klocke, diese Schlange, hatte wieder einmal alles an sich gerissen. Was bildete sich diese Kuh nur ein? Aber Schwiete, dieses Weichei, ließ ja alles durchgehen.

Später, in Schwietes Büro, saßen die drei Polizisten zusammen. Die Männer hatten gesungen wie die Vögel, nach dem Motto: Wenn wir kooperieren, werden es ein paar Jahre weniger.

Den Mord an Loddenkamp hatten sie zugegeben. Den Mordversuch an Kaup auch. Die Sachbeschädigung im Ükern nahmen sie ebenfalls auf ihre Kappe. Jedoch behaupteten alle drei steif und fest, weder einen Johannes Winter zu kennen, noch an dem Mord an Balhorn beteiligt zu sein.

»Dann sind das eben zwei Fälle!«, hatte Kükenhöner versucht, sich die Sache einfach zu machen. Doch Linda Klocke war da weitaus differenzierter.

»Zwei Fälle, ja und nein! Bezogen auf die Kenntnis, die die Festgenommenen haben, würde ich bis zu einem gewissen Punkt mitgehen. Aber da stinkt gewaltig was zum Himmel. Erinnern Sie sich! Hagemann hat steif und fest behauptet, vier Männer seien bei ihm gewesen und hätten ihn bedroht. Einer dieser Männer sei Winter gewesen. Diese drei Typen wiederum behaupten, weder den Immobilienmakler noch den Musiker zu kennen. Winter ist den Kerlen meines Erachtens nach wirklich unbekannt, und mit dem Balhornmord haben die auch nichts zu tun. Da bin ich mir sicher! Aber als wir Hagemann ins Spiel brachten, da haben alle drei unabhängig voneinander auffällig reagiert.«

»Auffällig reagiert!«, spielte sich Kükenhöner auf. »Sind das moderne Verhörmethoden, die man Ihnen gestern noch an der Hochschule beigebracht hat?«

Schwiete brachte ihn mit einem Blick zum Schweigen.

»Einer war sogar für einen Moment höchst empört«, fuhr Linda Klocke fort. »Als wir dem unterstellten, dass er und seine Kumpanen Hagemann unter Druck gesetzt haben. Wir können uns das gleich noch einmal auf dem Mitschnitt ansehen. Und alle drei leugnen dennoch strikt, bei Hagemann gewesen zu sein, obwohl dieser das felsenfest behauptet. Ich bin mir sicher, dieser Hagemann weiß mehr als alle anderen Beteiligten.«

37

Am nächsten Tag waren die Schützenbrüder zwar übermüdet, aber vollgepumpt mit Glückshormonen. Es war also doch keine Spinnerei gewesen, als sie losgezogen waren, um das Ükernviertel vor allem Bösen zu behüten. Sicher, der Bösewicht war ihnen geradezu in die Arme gelaufen. Sie hatten Glück gehabt. Aber das Glück muss man zwingen, und das hatten sie getan. Sie waren zur richtigen Zeit am richtigen Ort gewesen. Ohne sie wäre der Chef der Hamburger Gang entkommen.

Von allen Seiten war ihnen heute gratuliert worden. Die Polizeichefin von Paderborn hatte ihnen, als sie noch in der Nacht ihre Aussagen in der Kreispolizeibehörde machten, die Hände geschüttelt und ihnen ihren Glückwunsch ausgesprochen. Am frühen Morgen hatte der Bürgermeister sich telefonisch bei Künnemeier gemeldet und ihm gedankt. Ganz zu schweigen von den Leuten im Viertel. Aus Künnemeier und seinen Mannen waren strahlende Helden geworden. Grund genug, sich auf seinen Lorbeeren auszuruhen? Nicht für Willi Künnemeier. Ganz im Gegenteil, der Triumph hatte ihn richtig aufleben lassen.

Am Mittag hatten sich die Heroen der letzten Nacht in ihrer Stammkneipe zusammengefunden, diesmal allerdings in Zivilkleidung, um die Aktion noch einmal zu analysieren, wie Künnemeier es ausdrückte. In Wirklichkeit ging es darum, sich selbst zu feiern. Aber auch bei diesem Treffen hatte Willi Künnemeier wieder eine seiner Ideen:

»Kameraden, wir sollten das Eisen schmieden, solange es heiß ist. So gut wie heute haben wir Schützen in der Bewertung der Bevölkerung schon lange nicht mehr dagestanden. Wir sind eine Instanz. Und deshalb schlage ich vor, dass wir diese gute Stimmung ausnutzen und heute noch losziehen, um Sponsoren für unser Schützenfrühstück zu finden.«

Mit Sponsoren waren schlicht und einfach Geschäftsleute und Handwerker gemeint, die beim Schützenfrühstück ein Fass Freibier spendierten. Das Paderborner Schützenfest wird traditionell am zweiten Wochenende im Juli gefeiert. Los geht es immer am Freitagabend mit einem Großen Zapfenstreich vor dem Rathaus. Samstags gibt es alle möglichen Ehrungen und gemütliches Beisammensein. Am Sonntag feiert man die Schützenmesse im Dom, dann Prinzenschießen und vor allem die große Parade zu Ehren des jeweils alten Königspaares und des Hofstaates. Das Ganze endet am Montag mit dem Schützenfrühstück und dem Königsschießen fürs nächste Jahr.

Beim Schützenfrühstück wird natürlich nicht nur feste Nahrung konsumiert, sondern auch Bier in großen Mengen. Und dafür braucht so ein Schützenverein Gönner, die den ganzen Spaß bezahlen. Traditionell ist das Schützenfrühstück reine Männersache, Frauen sind eigentlich unerwünscht. Aber heutzutage ist ja nichts mehr, wie es einmal war, fand Künnemeier. Vor einigen Jahren war sogar ein Türke in Paderborn Schützenkönig geworden. Ein Muslim, unvorstellbar, aber wahr. Doch das war ein fröhlicher Kerl, mit dem sich gut feiern ließ, und am Ende waren alle zufrieden gewesen. Doch Frauen beim Schützenfrühstück? Die kamen neuerdings einfach dazu, und keiner der Schützenbrüder hatte den Mumm, sie rauszuwerfen. Irgendwie weichte alles auf, bedauerte Künnemeier wehmütig.

Seine Kameraden waren von seinem Vorschlag nur mäßig begeistert. Sie hatten genug für die Allgemeinheit getan, fanden sie. Ihnen stand der Sinn mehr danach, sich nun auszuruhen und den Heldenstatus zu genießen. Aber Künnemeier war einfach nicht der Typ, der schnell klein beigab, und so ließ er ein wahres Feuerwerk an Argumenten aufsteigen. Am Ende setzte er sich durch, und seine Schützenbrüder versprachen, noch an diesem Nachmittag mit ihm einige Betriebe abzuklappern.

»Am besten fangen wir damit gleich hier im Viertel an!«, kommandierte Künnemeier in gewohnter Manier. Gesagt, getan. Die Wirtin gab noch eine Runde aus, dann zogen sie ihre

Jacken an, und der ganze Trupp ging los. Draußen war es warm, viel zu warm für den Übergang vom Spätfrühling zum Frühsommer. Die alten Herren zogen ihre Jacken wieder aus und hängten sie sich über die Arme. Ihr erstes Opfer war ein Malerfachgeschäft, gleich neben der Kneipe. Hier gab es keinen nennenswerten Widerstand, und der erste Schein wanderte in Künnemeiers Geldbörse.

Nach über einer Stunde mit wechselndem Erfolg kamen sie in die Hathumarstraße. Hier befand sich die Hauptverwaltung der Sparkasse, die natürlich eine Art Goldesel für die Schützen war. Nachdem sie auch noch ein Hotel um fünfzig Euro erleichtert hatten, wollten sie die Straße wieder verlassen und woanders weitermachen. Aber Künnemeier war heute einfach nicht zu bremsen.

»Lasst uns doch noch zu Hövekens Herbert gehen, der alte Knickerbock kann auch mal einen spendieren. Hat er noch nie gemacht.«

Die anderen schauten ihn irritiert an. Sie kannten den gleichaltrigen Herbert Höveken, einige von ihnen waren mit ihm zur Schule gegangen, aber der hatte sich noch nie als Schützenfreund gezeigt. Er war eher ein Einzelgänger, war sich wahrscheinlich zu fein für die derben Schützenvergnügungen, argumentierten sie. Aber Künnemeier kannte seine Pappenheimer. Er wusste, dass diese Gründe nur vorgeschoben waren. Sie hatten schlicht und einfach einen gewissen Widerwillen dagegen, zu einem Bestatter zu gehen und mit einem Thema konfrontiert zu werden, das die meisten Menschen gern weit von sich wegschieben.

»Papperlapapp!«, wischte er die Bedenken seiner Freunde vom Tisch. »Er ist ein Geschäftsmann wie jeder andere. Man muss den Menschen auch eine Chance geben, Gutes zu tun. Und wenn er nichts gibt, dann könnt ihr euch bei der Gelegenheit in aller Ruhe umschauen und schon mal was Bequemes aussuchen. Wer weiß, wofür es gut ist.«

Murrend latschten die anderen hinter Künnemeier her. Sie waren seinem Dickkopf nicht gewachsen.

Als Höveken ihnen die Tür öffnete, wirkte er überrascht und sogar etwas verstört. Ein sensiblerer Mensch als Künnemeier hätte nun vielleicht das Gefühl gehabt, zu stören. Aber er begrüßte den mürrischen Höveken fröhlich und drängte sich, ohne Hövekens Aufforderung abzuwarten, einfach in dessen Ladenlokal. Es war ein kleiner Raum, in dem lediglich zwei nett dekorierte Särge als Schaustücke standen. Höveken gab seinen Versuch auf, die Schützen abzuwimmeln, und ließ die ganze Horde eintreten.

Künnemeier erklärte Höveken den Zweck ihres Besuches. Der zeigte sich wenig geneigt, etwas zu spendieren. Im Gegenteil, er erklärte Künnemeier, dass ihn das Schützenwesen völlig kaltließe und er sein knappes Geld sinnvoller spenden könnte als für den nächsten Vollrausch der Schützenbrüder.

Das alles gefiel Willi Künnemeier und seinen Kameraden nicht besonders. Aber einfach mit leeren Händen wieder rausgehen wollte Künnemeier auch nicht. Also spielte er schamlos die Heldenkarte aus. Unaufgefordert erzählte er von ihren Erlebnissen in der letzten Nacht, von denen natürlich, davon konnte er getrost ausgehen, jeder im Viertel schon gehört hatte. Und es funktionierte. Auch Höveken musste ihre Verdienste anerkennen und sah sich offenbar plötzlich in der Defensive. Er wirkte weniger abweisend, es entspann sich ein lockeres Gespräch. Bis einer der Schützen ihn fragte:

»Hör mal, Herbert! Sind diese beiden Särge die einzigen, die du im Angebot hast? Das ist aber keine dolle Auswahl!«

Nun war Höveken bei seiner Bestatterehre gepackt und protestierte: »Das sind natürlich nicht die einzigen! Ich hab mein Sarglager doch hinten im Haus. Die Särge kann ich schließlich nicht alle ins Schaufenster stellen.«

Als weitere Schützen diese Behauptung anzweifelten, ging Höveken in die Offensive.

»Los, kommt!«

Er winkte ihnen, ihm zu folgen, und ging durch eine Tür, einen kleinen Flur und eine weitere Tür. Die Schützen, in einer merkwürdigen morbiden Stimmung, hinterher. Als sie die zweite Tür durchschritten hatten, standen sie in einem großen Lagerraum, in dem etwa fünfzehn Särge aufgestellt waren.

Künnemeier, der durchaus von der Auswahl beeindruckt war, fand es erstaunlich, dass Höveken ganz plötzlich sichtbar nervös wurde und sie drängte, den Lagerraum schnell wieder zu verlassen. Aber die Schützen waren viel zu neugierig, um sich mit einem kurzen Blick zufriedenzugeben. Höveken musste hilflos zusehen, wie sie ausschwärmten, zwischen den Särgen herumliefen und teils recht derbe Kommentare abgaben. Selbst Künnemeier hatte nun das Gefühl, etwas zu weit gegangen zu sein, und er wollte eben seine Leute zum Rückzug auffordern, als etwas passierte, was allen, mit Ausnahme des immer nervöseren Höveken, das Blut gefrieren ließ.

In der Mitte des Raumes knarrte es plötzlich laut und vernehmlich. Alle Köpfe drehten sich in diese Richtung. Die Männer trauten ihren Augen nicht. Der Sargdeckel des Modells »Ruhe in Frieden de luxe« öffnete sich einen Spalt, ohne dass sich jemand an ihm zu schaffen gemacht hätte. Der Spalt wurde größer und größer. Einzelne entsetzte Schreie der Schützen waren zu hören, die noch lauter wurden, als erst eine Hand, dann ein Arm und schließlich ein Kopf aus dem Inneren des Sarges auftauchten. Nur Husemanns Willi meinte, offenbar ohne den Ernst der Situation zu begreifen: »Oh, tolles Modell mit Wiederauferstehungsgarantie.«

Am Ende krabbelte eine Gestalt, ob lebend oder tot war den paralysierten Schützen völlig egal, ächzend aus dem Sarg. Die Gestalt atmete tief durch, schüttelte sich, wirkte plötzlich durchaus lebendig und rief laut:

»Das ist ja nicht auszuhalten in der Kiste, wenn der Deckel zu ist! Nie wieder …«

Der Mann, der vielleicht ein Untoter war, schaute sich jetzt erst richtig um und wirkte hektisch. In beiden Ohren steckten kleine Kopfhörer, von denen ein Kabel zu einem Gerät führte, das er in der rechten Hand hielt. Sein panischer Blick schweifte durch den Raum, als er seine Lage erfasste. Offenbar suchte er nach einem Fluchtweg.

Künnemeier schwankte hin und her zwischen Entsetzen und Faszination. Nie zuvor hatte der gläubige Katholik eine Wiederauferstehung live mit ansehen dürfen. War er Zeuge eines Wunders geworden?

Der Mann aus dem Sarg machte plötzlich einen erstaunlich lebendigen Eindruck, als er blitzschnell über einen anderen Sarg kletterte und mit zwei, drei schnellen Schritten versuchte, den Ausgang des Sarglagers zu erreichen, vor dem aber einige Schützenbrüder standen.

In diesem Moment fiel es Künnemeier wie Schuppen von den Augen. Er kannte diesen Mann! Das war doch …

»Lasst ihn nicht durch!«, schrie er seine Kameraden an, die im Bereich der Tür standen und gerade dabei waren, scheu zurückzuweichen, als die lebende Leiche auf sie zukam. »Das ist dieser Winter! Haltet ihn fest!«

Als Winter die Tür erreicht hatte, fand er sie verriegelt durch eine Mauer von Schützenbrüdern, die ihre Reihen geistesgegenwärtig wieder geschlossen hatten. Winter hatte als Kämpfer nicht das Format eines Hamburger Killers und wurde mühelos überwältigt. Die Kopfhörer waren im Getümmel mitsamt dem MP3-Player heruntergefallen und plärrten nun leise vor sich hin. Künnemeier eilte jetzt ebenfalls zur Tür, um sich den so lange Gesuchten anzuschauen. Dann blickte er dem völlig aufgelöst wirkenden Herbert Höveken prüfend in die Augen. Der zuckte mit den Achseln und brummte:

»Keine Ahnung, wie dieser Kerl hier hereingekommen ist!«

38

Die Veränderung hielt an! Noch vor einigen Tagen war der alte Künnemeier ein gebrechlich wirkender Opa gewesen. Doch nun hatte sich für den Alten die Welt gedreht. Seit er mit seinen Schützen aufgebrochen war, um Heldentaten zu vollbringen, hatte er das Greisendasein an den Nagel gehängt.

Künnemeier war wieder wer. Er und seine Männer hatten dazu beigetragen, dass der Chef der Hamburger, wie die Verbrecher jetzt im gesamten Ükernviertel genannt wurden, hinter Schloss und Riegel gebracht worden war. Dank seiner Kohorte herrschte wieder Frieden im Ükernviertel, und der Ruf der Schützenbrüder hatte sich gewandelt. Aus Schnapsdrosseln waren Helden geworden. Jetzt hatten sie auch noch den bis dato flüchtigen Winter der Polizei übergeben. War das noch zu toppen?

Nun war der Schützenhauptmann ehrenhalber sogar vom Organisationskomitee »Für unser Viertel« eingeladen worden.

Das Treffen fand in Hilde Auffenbergs Küche statt. Für Künnemeier war die Einladung in das Haus der Lehrerin eine ganz besondere Ehre. Bei ihm zählten Arzt, Pastor und Lehrer noch zu den Personen, vor denen man Achtung hatte. Und so wirkte er zwar zurückhaltend, als er den Raum, in dem sich der erlauchte Kreis traf, betrat, aber keinesfalls devot oder unsicher. Bei aller höflicher Vorsicht war ihm Stolz und freudige Erwartung anzumerken.

Der Alte war jetzt wer, das strahlte er, wenn auch in aller Bescheidenheit, aus. Außer Höveken waren das alles studierte Leute. Also hielt der Schützenbruder sich an den Bestatter, jemanden, den er für seinesgleichen hielt und der ihm die nötige Sicherheit gab. Natürlich hatte Künnemeier wieder seine Schützenuniform angezogen. Vor einigen Tagen hätten die Anwesenden ihn in diesem Aufzug milde belächelt. Doch die Zeiten waren vorbei. Dieses Aussehen des Alten war im Viertel Normalität geworden.

Die eigentliche Sitzung hatte noch nicht begonnen. Die Anwesenden unterhielten sich und tranken dabei Tee, Kaffee oder Bier.

»Herr Künnemeier, was darf ich Ihnen anbieten?«, fragte ihn Hilde Auffenberg in ihrer Rolle als Gastgeberin.

»Och ja, so 'n Pilsken, das wär schon was Feines«, antwortete der Schützenbruder freundlich. Da alle Gäste weiterhin ihre Privatgespräche führten, versuchte sich auch Künnemeier in Konversation.

»Das hättest du wohl nicht gedacht, Herbert, dass sich dieser Winter, dieses Schlitzohr, bei dir im Sarglager eingeschoben hatte. Jau, der Junge ist schlau. Versteckt sich da, wo ihn keiner vermutet. Und wenn wir Paderborner Schützen nicht gewesen wären, dann hätte der wahrscheinlich bis zum Jüngsten Tag bei dir im Sarglager gelebt, und du hättest es nicht gemerkt.«

Alle Anwesenden hatten ihre Unterhaltungen unterbrochen und hörten gebannt zu, was Künnemeier zu sagen hatte. Die meisten von ihnen wussten noch nicht, dass Winter gefasst worden war. Höveken rutschte verlegen auf seinem Stuhl herum.

»Nee, Herbert, da musst du dir keine Vorwürfe machen. Dieser Johnny, der ist ja quasi bei dir ein- und ausgegangen. Ich habe den schon oft gesehen, wie der bei dir da so rumgelungert ist. Der kannte doch deinen Tagesablauf exakt. Der wusste genau, wann du im Sarglager gearbeitet hast und wann nicht. Du bist so ein ordentlicher Mensch, nach dir kann man seine Uhr stellen. Und immer, wenn du zu deinem Lager kamst, schwupp, hat der sich in seinen Sarg verzogen, und weg war er. Genau wie ein Vampir. Herbert, ich sage dir, das hätte der noch viele Jahre lang so gemacht.«

Künnemeier nahm einen ordentlichen Schluck aus seiner Flasche. Die Anwesenden begannen zu murmeln. Die ersten Fragen wurden formuliert. Da ergriff Hilde Auffenberg das Wort.

»Leute, nehmt es mir nicht übel, dass ich an dieser Stelle eingreife. Lasst uns erst unsere Tagesordnung abarbeiten. Anschließend bleibt vielleicht noch Zeit für die jüngsten Ereignisse.«

Auch wenn die Neugierde geweckt war, begann die Sitzung. Hilde Auffenberg berichtete von den Ergebnissen einer Blitzumfrage im Viertel.

Fünfzehn Haus- und Grundstücksbesitzer waren mehr oder weniger freundlich von einem gewissen Herrn Hagemann zum Verkauf ihrer Anwesen gedrängt worden. Dreiundzwanzig Mieter waren von Unbekannten mit rüdesten Methoden zum Auszug gedrängt worden, wahrscheinlich von den Männern, die gestern, auch dank der Paderborner Schützen, verhaftet worden waren.

Künnemeier nahm Haltung an und strahlte.

Diese Ereignisse, berichtete Hilde Auffenberg weiter, deuteten darauf hin, dass auch in Paderborn das Phänomen der Gentrifizierung angekommen sei. Sie erklärte den Begriff und verwies auf Internetseiten und Blogs, wo sich Betroffene äußerten und organisierten.

Dann berichtete sie, dass sie diesen Hagemann aufgesucht habe. Da er ein früherer Schüler von ihr sei, wollte sie unerkannt bleiben und habe sich als Frau Höveken ausgegeben, weil der Makler am Vortag Herrn Höveken aufgesucht hatte.

Einige Anwesende grinsten oder tuschelten, und Höveken wurde rot. Hilde Auffenberg bemerkte diese kleinen Anspielungen jedoch nicht und setzte ihren Bericht fort. Plötzlich starrte sie ins Leere. Dann schlug sie sich gegen die Stirn.

»Genau! Bei Hagemann habe ich den Schlüsselbund mit dem Anhänger gesehen! Und ich habe mich noch gewundert, dass dieser Mann so einen Anhänger besitzt. Der passte so gar nicht zu ihm.«

Niemand im Raum verstand Hilde Auffenberg. Die aber wurde auf einmal ganz hektisch.

Er knallte den Telefonhörer aufs Gerät. Diese Kommissarin war wirklich ein zäher Brocken, dachte Hagemann. Gerade hatte sie ihn in die Kreispolizeibehörde einbestellt. Als Zeuge, gleich morgen früh um zehn Uhr, sollte er auf der Matte stehen. Aber das konnte die Dame vergessen! Sie würde vergeblich warten, denn um die Zeit würde er schon in einem Flugzeug sitzen. Erst würde er nach Stansted fliegen, von dort nach Rom und von da aus auf die Kanaren. Wenn Hagemann diese kleine Odyssee hinter sich gebracht hatte, wären seine Spuren erst einmal verwischt.

Er hatte schon vor Jahren in England eine Limited gegründet. Diese Gesellschaft besaß mehrere Immobilien im Ausland. Unter anderem ein wunderschönes Haus auf La Palma. Hier würde er es sich gutgehen lassen. Bisher hatte die Polizei nichts gegen ihn in der Hand gehabt, und Kaup konnte ihn auch nicht belasten. Dennoch würde er ihn in den nächsten Wochen zum Schweigen bringen. Alles Weitere würde sich mit der Zeit regeln. Nur jetzt müsste er erst einmal untertauchen.

Wieder klingelte das Telefon. Hagemann sah auf das Display. Es gab nicht viele, die seine direkte Durchwahl hatten. Dieser Anrufer kannte sie. Der Immobilienmakler nahm ab und meldete sich mit Namen. Der Mann am anderen Ende der Leitung war wütend. Er brüllte.

So hatte Hagemann ihn noch nie erlebt. Nach der ersten Schimpfkanonade des Anrufers entgegnete der Makler:

»Jetzt finden Sie erst einmal zurück zu Ihrer Contenance, Herr Feldmann. Wenn ich ähnlich schreien würde wie Sie, dann käme zwischen uns beiden niemals eine Unterhaltung zustande. Und das wollen Sie doch nicht, oder? Sie wollen mir doch sicher etwas mitteilen?«

»Werden Sie nicht frech, Sie Schnösel!«, brüllte dieser Feldmann in den Hörer. »Sie haben alles in den Sand gesetzt, und beschissen haben Sie mich auch noch!«

»Na, na, Herr Feldmann, so kommen wir doch nicht weiter. Ich gebe ja zu, es hätte besser laufen können. Aber für die Dämlichkeit der Schläger kann ich nun einmal nichts. Es war Ihre

Idee, und Sie haben den Kontakt hergestellt. Ich war nur der Handlanger. Was dabei herausgekommen ist, sehen Sie ja. Hätten Sie sich vorher mit mir beraten und nicht alles so selbstherrlich angeordnet, dann wäre die ganze Angelegenheit mit absoluter Sicherheit friedlicher vonstattengegangen.«

»Das ist ja wohl die größte Unverschämtheit, die mir je untergekommen ist!«, brüllte Feldmann. »Und ein Betrüger sind Sie auch noch!«

»Ein unverschämter Betrüger bin ich also. So etwas sagen Sie. Es ist schon eine sehr groteske Situation, von Ihnen als solcher bezeichnet zu werden. Aber da sehe ich jetzt einmal drüber hinweg. Und was mein Handeln angeht, ich habe mir lediglich etwas zu den Brosamen, die Sie mir hingeschmissen haben, dazuverdient. Die Grundstücke stehen zum Verkauf. Sie gehören einer Limited. Ich weiß, die Liegenschaften sind die Herzstücke des Ükernviertels. Sie werden nicht ganz billig sein, aber es trifft ja keinen Armen. Außerdem, wenn Sie die besitzen, können Sie mit dem geplanten Projekt beginnen. Die Adresse der Firma und meine Preisvorstellungen lasse ich Ihnen in den nächsten Tagen zukommen.«

»Das ist eine Unverschämtheit, Hagemann! Jetzt haben Sie sich zu viel herausgenommen. Sie werden Ihre Frechheiten noch bereuen.«

»Ich will Ihnen einmal etwas sagen, Herr Feldmann! Wenn ich über Sie auspacke, dann sind Sie erledigt! Sie glauben zwar, indem Sie andere die Drecksarbeit machen lassen, würde ihr Hemd sauber bleiben, aber da täuschen Sie sich mal nicht. Ein kluger Mann baut vor. Lassen Sie es also lieber nicht auf ein Kräftemessen ankommen. So, und nun rate ich Ihnen, gewöhnen Sie sich einen anderen Ton an, und dann rufen Sie mich noch einmal an!«

Hagemann legte auf.

Es dauerte keine Minute, da ertönte erneut der Signalton des Telefons. Hagemann fand, es klang wütend. Er warf einen Blick auf das Display und ließ es einfach bimmeln.

Wer rief denn jetzt um diese Zeit noch an?, wunderte sich Schwiete. Hoffentlich nicht schon wieder ein Mord. Langsam reichte es ihm.

»Hallo, hier ist Hilde Auffenberg«, meldete sich eine Stimme am anderen Ende. »Ich weiß, es ist schon spät, Herr Schwiete. Ich wusste nicht, ob Sie schon zu Bett gegangen sind. Wenn nicht, würde ich Sie bitten, noch einmal zu mir runterzukommen. Ich habe etwas Wichtiges mit Ihnen zu besprechen.«

Eine Minute später saß der Hauptkommissar in der Küche seiner Vermieterin.

»Ich habe noch einen Weißen offen! Möchten Sie ein Glas?«

Schwiete sagte nicht Nein. Schließlich kannte er die guten Tropfen, die Auffenberg bei sich im Keller hatte. Als beide ein gut gefülltes Glas vor sich stehen hatten, berichtete Hilde Auffenberg von der Entdeckung, die Winter und sie gemacht hatten.

»Die Tatsache, dass Winter den Schlüsselbund von Hagemann in der Wohnung des toten Balhorn gesehen hatte, ist doch der Beweis dafür, dass der Immobilienmakler zum Zeitpunkt des Mordes ebenfalls anwesend war!«, schloss Hilde Auffenberg ihren Bericht euphorisch.

Schwiete zerfledderte jedoch mit wenigen Sätzen ihre durchaus stichhaltigen Argumente.

»Zunächst einmal glaube ich nach wie vor nicht, dass unser Winter jemanden umgebracht hat. Aber Ihre Argumentation, so, wie sie jetzt im Raume steht, zerfetzt Ihnen die Staatsanwaltschaft und auch ein gegnerischer Anwalt sofort. Die Geschichte mit dem Schlüsselanhänger kann höchstens als Joker dienen. Aber da muss, was die Schuldfrage Hagemanns angeht, mehr Fleisch an den Knochen. So, wie die Dinge jetzt liegen, reicht das nicht einmal zu einem Haftbefehl. Wir haben einfach zu wenig gegen den Kerl in der Hand.«

39

Hilde Auffenberg saß, nachdem Schwiete schon lange gegangen war, immer noch grübelnd vor ihrem Weinglas. Immer wieder dachte sie über die Ereignisse der letzten Wochen nach. Klar, sie konnte Schwiete verstehen. Die Geschichte, die ein unter Mordverdacht stehender Mann und dessen Vermieterin dem Polizisten präsentiert hatten, war schon recht abenteuerlich.

Auch wenn der Schlüsselbund mit dem Anhänger für Auffenberg und Winter der eindeutige Beweis für die Unschuld des Musikers war, so stand ihre Argumentation für Außenstehende doch auf sehr dünnem Eis. Man konnte schnell zu dem Schluss kommen, dass das, was sie zu präsentieren hatten, auch ein wunderschönes Phantasieprodukt sein könnte. Beweise, hatte Schwiete gesagt, Beweise brauche er! Nicht nur so eine schöne Geschichte.

Gut! Er würde seine Beweise bekommen! Hilde Auffenberg griff wieder zum Telefon, sah dann aber doch sicherheitshalber noch einmal auf die Uhr. Was sie da sah, gab Anlass zum Nachdenken: gleich halb zwölf.

»Fünfmal lasse ich es klingeln, dann lege ich wieder auf.«

Nach dem zweiten Tonsignal meldete sich Künnemeier.

»Hilde Auffenberg hier! Herr Künnemeier, ich hoffe, ich habe Sie nicht geweckt.«

»Ach, da machen Sie sich mal keine Gedanken, Frau Lehrerin! In meinem Alter braucht man nicht mehr so viel Schlaf. Und gleich kommt ein Wildwestfilm, den wollte ich wohl noch gucken.«

»Herr Künnemeier, ich müsste noch einmal mit Ihnen sprechen. Ich habe sozusagen einen neuen Auftrag für Ihre Schützen. Aber ich will Sie jetzt auch nicht um Ihr Fernsehvergnügen bringen. Ich melde mich einfach morgen noch einmal bei Ihnen.«

Künnemeier fühlte sich geehrt, dass diese Dame ausgerechnet mit ihm reden wollte. Und dann hatte sie noch Arbeit für seine Schützen, das ging natürlich vor.

»Ach lassen Sie mal, Frau Lehrerin, so wichtig ist mir der Cowboyfilm auch nicht. Den habe ich ja sowieso schon fünfmal gesehen. Ist aber immer wieder spannend! Worum geht es denn?«

Hilde Auffenberg erzählte ihm alles, was sie auch schon Schwiete erzählt hatte, und berichtete dem Alten auch, wie der Hauptkommissar argumentiert hatte.

»Sie sehen selbst, Herr Künnemeier, wir brauchen Beweise, und da wollte ich Sie und Ihre Schützen bitten, mir zu helfen, den Hagemann zu beschatten.«

Der Hauptmann ehrenhalber war Feuer und Flamme. Schon wieder waren die Schützen gefragt. Er konnte sich gar nicht mehr vorstellen, wie die Welt bis vor einer Woche ohne ihn und seine braven Männer ausgekommen war.

»Das kriegen wir schon hin!«, gab Künnemeier seinen Plan zum Besten. »Sie müssen wissen, Frau Lehrerin, ich treffe mich ja jeden Morgen in der Bäckerei Merten mit meinen Schützenbrüdern. Natürlich nur mit den alten, die nicht mehr arbeiten müssen. Da essen wir ein schönes Brötchen und trinken eine Tasse Kaffee. Da habe ich ja alle meine Jungens beisammen. Ich spreche dann mit denen. Aber ich kann Ihnen jetzt schon versprechen, ab halb acht stehen da ein paar Schützen bei dem Hagemann, oder wie der heißt, vor dem Haus. Natürlich inkognito, oder wie das heißt. Also ohne Uniform, meine ich, äh, also in Zivil. Wo wohnt der Kerl noch gleich?«

Das Telefongespräch war schon nach einigen Minuten beendet. Da saß Künnemeier immer noch selig lächelnd in seinem Wohnzimmer. Mensch, dachte er, dass wir alten Haudegen hier im Ükern noch einmal so gefragt sind. Wenn mir das vor ein paar Tagen einer gesagt hätte, ich hätte es nicht geglaubt. Und jetzt das, selbst die Lehrerin ruft mich an und will unsere Hilfe.

»Ist doch schön«, sagte Künnemeier, obwohl er allein in seiner guten Stube saß. Dann schob er nach: »Das ist noch besser als das Schützenfest.«

Es war alles weiß, weiß und hell. Gleißendes Licht fiel auf sein Gesicht. Kaup blinzelte. War er im Himmel? Das konnte nicht sein, er hatte einen Mann umgebracht, wenn auch nicht absichtlich. Aber dennoch, nach einer solchen Tat kam man nicht ins Paradies. Jedenfalls nicht sofort!

Etwas Schwarzes bewegte sich nun diagonal durch den Raum und landete auf dem wunderschönen Weiß. Was war das? Eine Fliege? Kaup konnte es nicht fassen, er lebte. Das Weiße war die Zimmerdecke des Krankenhauses und das Helle Sonnenstrahlen, die durch das Fenster fielen.

Mit dem Bewusstsein, noch zu leben, kam auch alles Irdische zurück. Augenblicklich bemerkte er einen höllischen Schmerz in seiner Brust. Er hatte einen trockenen Mund. Vorsichtig bewegte er den Kopf zur Seite. Neben seinem Bett saß seine Frau. Sie war wohl eingeschlafen.

Kaup versuchte etwas zu sagen. Erst kam nur ein Röcheln über seine Lippen. Dann gelang es ihm, Worte zu artikulieren. Seine Frau öffnete die müden Augen. Sie bemerkte sofort, dass ihr Mann aus dem Koma erwacht war. Freudentränen rannen ihr die Wangen hinunter.

In diesem Moment fasste Kaup einen Entschluss. Er wollte reinen Tisch. Seine Familie und er würden es durchstehen. Er wollte umgehend eine Aussage bei der Polizei machen. Dann war er sicher. Im Knast würden ihn Hagemanns Handlanger nicht erwischen. Und wenn er seine Strafe abgesessen hatte, wäre so viel Wasser durch die Pader geflossen, dass dann wohl auch für den Immobilienmakler die Mordversuche an ihm abgehakt waren. Er würde mit Hagemann sprechen, würde sich entschuldigen, es ihm erklären und dessen Auto bezahlen. Damit musste es gut sein. Kaup war dem Tod von der Schippe gesprungen. Es ergab sich eine neue Chance. Die würde er nutzen!

»Polizei«, sagte er ganz leise zu seiner Frau. »Ich muss mit der Polizei sprechen.«

»Verdammt noch mal!«, fluchte Künnemeier. Bei den Schützenbrüdern der Maspern-Kompanie war die Pünktlichkeit immer die höchste Zier gewesen. Rechtzeitig da sein war einer der kolossalsten Werte. Darauf hatte man sich immer verlassen können. Von wegen *und als sie dann zogen nach Frankreich hinein, da tat der Krieg schon zu Ende sein*, das konnte vielleicht den dusseligen Lippischen Schützen passieren, aber keinem der Recken aus der Maspern-Kompanie. Und schon gar keinem Mann, der gebürtig aus dem Ükernviertel kam.

Und jetzt das, der Kamerad Husemann fehlte noch. Na, dem würde Künnemeier den Arsch hochbinden, bis die liebe Sonne reinschiene. Und heute Abend im Lokal »Zum Brunnen«, da müsste der erst einmal zwei Runden Schnaps ausgeben. Schon aus erzieherischen Gründen!

Künnemeier ging vor den Anwesenden noch einmal auf und ab, dann sah er den vermissten Schützenbruder kommen. Er rannte und hatte seine kleine Enkelin im Schlepptau. Husemann zog sie so hinter sich her, dass die Füße der Kleinen kaum den Boden berührten. Die beiden überquerten gerade die Friedrichstraße.

»Ja, ist der Kerl denn von allen guten Geistern verlassen? Bringt einfach ein Kind mit zu so einem gefährlichen Auftrag!« Künnemeier schüttelte über so viel Unverstand nur den Kopf.

Einen Augenblick später stand der nach Luft ringende Husemann vor seinem Schützenhauptmann.

»Tut mir leid, Willi«, japste der alte Mann. »Aber bei uns zu Hause cheht allet drunter und drüber. Unser Magret iss krank cheworden, und da muss ich mich um unser Schantalle kümmern.«

»Opa, wann lernst du es endlich, meinen Namen richtig auszusprechen?«, fiel ihm seine Enkelin ins Wort. »Ich heiße Chantal!«

»Sach ich doch! Schantalle!«, brachte Husemann hervor und versuchte wieder, seine Lungen mit so viel Luft wie möglich zu füllen. Das Mädchen an seiner Hand verdrehte die Augen.

»Außerdem iss son Blage doch ne chute Tarnung, oder?«, versuchte der Schützenbruder Boden gutzumachen.

»Geht ja dann wohl nicht anders«, entgegnete Künnemeier. »Aber dann kannst du nicht in vorderster Front mitmachen. Stell du dich mit deiner Enkelin mal da vorn an den Eingang der Tiefgarage. Die muss auch bewacht werden. Also, ich bringe dich noch einmal auf den aktuellen Stand: Die Lehrerin bewacht mit Herbert Höveken das Wohnhaus von diesem Hagemann an der Neuhäuser Straße. Wenn sich da was tut, ruft sie an.«

Künnemeier griff in seine Tasche und zog stolzerfüllt ein Handy heraus. »Wir arbeiten hier mit der neuesten Technik! Und wir, die Schützen, bewachen das Büro.«

Gerade wollte der Alte sein Telefon wieder in seiner Tasche verschwinden lassen, da gab es Töne von sich. Umständlich drückte er auf eine Taste und hielt das Gerät dann an sein rechtes Ohr. Nach einiger Zeit sagte er: »Wird gemacht«, schaltete das Handy aus und verstaute es jetzt endgültig in seiner Tasche.

»Achtung, Männer, dieser Hagemann ist im Anzug!«

In der Tat fuhr einige Minuten später ein Saab in die Tiefgarage des Bürohauses.

»Einer muss da runter, spieksen!«, befahl Künnemeier. Sofort setzte sich der Mann, der ihm am nächsten stand, in Bewegung und ging dem Auto hinterher die Rampe hinunter.

»Ich bringe mal eben unser Schantalle in den Kindercharten. Et iss chleich neune«, störte Husemann die Anspannung der Männer und zog gemütlich von dannen. »In einer halben Stunde bin ich wieder da. Dann kannse mich überall einsetzen, Willi.«

Die Schützen sahen ihrem Kameraden hinterher. Da fuhr mit quietschenden Reifen ein Auto die Rampe hinauf. Alle drehten augenblicklich den Kopf und sahen zur Ausfahrt, aus der ein Saab herausschoss, kurz, aber heftig abbremste, und dann nach rechts in die Friedrichstraße einbog.

»Was jetzt?«, fragten die Schützenbrüder ihren Chef. Der kratzte sich am Kopf.

»Ja, was jetzt? Ich rufe mal die Lehrerin an!«

Es war besetzt. Künnemeier wurde nervös. Er versuchte es wieder. Immer noch besetzt. Schweiß trat ihm auf die Stirn. Die Schützenbrüder sahen ihn ratlos an.

»Egal, ich versuche es noch einmal«, entschloss sich der Alte trotzig.

Doch da wurde er angerufen. Es war Hilde Auffenberg. Noch ehe sie zu Wort kam, berichtete er, was hier gerade passiert war. Und hörte dann zu. Einige Aussagen wiederholte er für die Umstehenden.

»Mit der Sekretärin haben Sie telefoniert. Was hat die gesagt, wo ist Hagemann hingefahren? Zum Flughafen! Wie kommen wir dahin? Mit dem Bus? Oh, Taxi, das ist aber teuer! Bezahlen Sie, Frau Lehrerin? Ja dann!«

Künnemeier ließ das Telefon erneut in seiner Hosentasche verschwinden.

»Ihr habt es gehört. Die Lehrerin meint, der wäre zum Flughafen gefahren. Wir sollen hinterher. Also, Männer!«

40

Kaup sah in das fassungslose Gesicht seiner Frau. Anscheinend wunderte sie sich über dieses Ansinnen. Doch er ließ sich nicht beirren. Nach mehrfachem Drängen ging sie aus dem Krankenzimmer. Kaup hatte das Gefühl, dass sie seinem Wunsch nur widerwillig nachkam. Doch in seinem Hirn lief ein Film ab, dem er sich nicht entziehen konnte.

Wie in Echtzeit lief die Wiederholung seines letzten Besuches bei Balhorn vor seinem inneren Auge ab: Balhorn saß in seiner Wohnung und war kurz vorm Heulen. »Schluss! Aus! Ende! Feierabend! Die Tournee ist geplatzt. Ich bin pleite.«

Die beiden Männer starrten ihn entgeistert an. Kaup war der Erste, der sich gefasst hatte. Höhnisch tönte er: »Pleite, der Herr ist pleite? Typisch Künstler! Die Privatbank Hase hat Ihnen vor einer Woche fünfhunderttausend Euro überwiesen, und Sie haben nichts Besseres zu tun, als die Kohle mit vollen Händen zum Fenster hinauszuschmeißen. Was in aller Welt haben Sie mit dem Geld gemacht?«

Balhorn kicherte, als sei er irre. Er griff nach einem Whiskyglas und leerte den Inhalt in einem Zug. Es war mit Sicherheit nicht der erste Drink gewesen, den er sich heute gegönnt hatte.

»Futsch, weg«, kicherte er. »Meine Gläubiger hatten ihre Daumen schneller auf der halben Million, als ich gucken konnte.«

Kaups Gesicht wurde blass wie ein Leichentuch.

»Ja und? Was wollen Sie dann noch von mir?«

Wieder lachte Balhorn wie ein Wahnsinniger.

»Neues Geld, ist doch klar. Ohne Kohle läuft hier gar nichts. Wenn Ihre Bank die Knete wiederhaben will, muss die Tournee stattfinden. Das ist die einzige Möglichkeit, wie Ihr Laden wieder an den Zaster herankommt. Investition in die Zukunft sozusagen.«

Dem Konzertagenten schien seine eigene Argumentation zu gefallen. Wieder lachte er. Doch diesmal hämisch. Diese Gleichgültigkeit und Arroganz machte Kaup fassungslos. Seine Hautfarbe wechselte innerhalb weniger Sekundenbruchteile von kalkweiß zu purpurrot.

»Sagen Sie mal, Hagemann«, schrie Kaup den Mann an, der sich bisher im Hintergrund gehalten hatte. »Was haben Sie mir denn da für ein faules Ei ins Nest gelegt? Der Balhorn kennt die Schönen und Reichen dieser Welt, haben Sie mir erzählt. Wenn Sie mal mit Lena Meyer-Landrut essen gehen wollen oder mit Stefan Raab Bier trinken, kein Problem, der Balhorn organisiert das. Sie glauben gar nicht, was der für Kontakte hat. Der kennt sie alle, haben Sie gesagt, Hagemann.«

Kaups Stimme wurde noch lauter und wütender. »Ha, dass ich nicht lache! Mit so einem Hungerleider, wie Balhorn einer ist, will doch kein vernünftiger Mensch was zu tun haben. Und ich Blödmann bin Ihnen auf den Leim gegangen.«

Hagemann wirkte verlegen.

»Herr Kaup …«, wollte er einen Erklärungsversuch starten, da fing Balhorn wieder hysterisch an zu lachen. Das war zu viel für Kaup. Ihm schwoll der Kamm. An seinen Schläfen traten die Adern hervor. Er fing an zu schreien:

»Sie sind ein Betrüger, Balhorn, ein elender Betrüger! Von unserem Institut bekommen Sie keinen Pfennig mehr! Keinen Pfennig! Kriegen Sie das in Ihre besoffene Birne hinein?«

Balhorns Gesichtsausdruck änderte sich schlagartig. Böse stierte er den Banker an.

»Betrüger?«, presste er lallend zwischen den Lippen hervor. »Das sagen Sie nicht noch einmal!«

Dann stürzte er sich auf den völlig überraschten Kaup. Doch nach einer Schrecksekunde wusste der sich zu wehren, fasste den Konzertagenten am Kragen und schüttelte ihn wie eine nasse Katze. Angst ließ Balhorns Gesichtszüge entgleisen. Zu Recht!

In der nächsten Sekunde wurde er mit aller Kraft nach hinten gestoßen. Balhorn taumelte, versuchte wieder ins Gleichgewicht zu kommen. Vergeblich! Der Teppich rutschte weg und vereitelte so den Versuch. Balhorn stolperte weiter rückwärts, kam ins Straucheln. Eine Zehntelsekunde später schlug sein Kopf gegen die Schreibtischkante. Von dort rutschte der jetzt leblose Körper auf den Boden. Sofort breitete sich ein Blutfleck auf dem Teppich aus.

Kaups entsetztes Gesicht nahm fratzenähnliche Züge an. Langsam wanderte seine rechte Hand in Richtung Mund. Er biss sich auf die Knöchel, bis ihm das Blut an den Fingern herabrann. Im nächsten Moment stand Hagemann neben Kaup. Er fasste ihm beruhigend an die Schultern.

»Herr Kaup, ich glaube, es ist besser, Sie verschwinden jetzt erst einmal. Ich kümmere mich um Balhorn. Seien Sie sicher, ich werde die Angelegenheit in Ihrem Sinne regeln.« Vorsichtig, aber bestimmt schob er den Banker Richtung Tür. Der griff sich noch hastig seine Jacke und verließ dann wie paralysiert das Zimmer. Als Kaup den sanften Druck Hagemanns nicht mehr auf seinen Schultern fühlte, blieb er stehen. Er befand sich im Flur von Balhorns Wohnung. Du hast ihn umgebracht, schoss es ihm immer wieder durch den Kopf. Kaup wollte zurück ins Zimmer. Doch das Bewusstsein, dort einen Toten zu finden, hinderte ihn daran, den Türgriff herunterzudrücken. Im nächsten Moment gewann ein neuer Gedanke Macht über ihn: Raus, nur raus hier! Dann konnte er sich nur noch erinnern, wie er zur Tür stürzte, sie aufriss und die Treppe hinunterrannte. Er hatte Balhorn getötet.

Doch nun wollte er reinen Tisch machen!

Die Arbeit ging Kükenhöner im Moment ziemlich auf die Nerven. Linda Klocke war genau die Art Frau, mit der er überhaupt nicht klarkam. Wie hatten sich die Zeiten doch geändert, dachte er. Vor fünfundzwanzig Jahren wäre die Tante mit einer lila Latzhose rumgelaufen. Heutzutage trugen Frauen mit einer ähnlichen Mentalität wie die Emanzen von damals ein Gucci-Kostüm.

Linda Klocke gehörte zu dieser Kategorie. Linda Klocke war eine verdeckte Lila-Latzhosen-Emanze! Das war Kükenhöners feste Überzeugung. Erschwerend kam hinzu, dass seine neue Kollegin hochintelligent war.

Kükenhöner ließ seine Gedanken treiben. Eine Frau, gut aussehend, hochintelligent und biestig, das war ein explosives Gemisch. An der würde er sich die Zähne ausbeißen. Ihm bliebe wahrscheinlich nichts anderes übrig, als in Gegenwart von dieser Klocke keine dummen Sprüche zu reißen, höflich zu sein und sich auch sonst zu benehmen. Kükenhöner musste sich damit abfinden, sein Arbeitsplatz war für ihn zum Umerziehungslager geworden. Entweder er änderte sich oder er würde im Dauerstress leben müssen.

Der Hauptkommissar seufzte. Für ihn gab es nichts Schöneres, als zu jeder passenden Gelegenheit einen schlüpfrigen Witz vom Stapel zu lassen und eindeutig zweideutige Zoten zu reißen. Er liebte es, sein Lümmeldasein zu kultivieren und den Knigge mit Füßen zu treten. Und jetzt das, Linda Klocke.

Heutzutage konnte man es sich nicht mehr leisten, als richtiger Kerl aufzutreten. Handfestes, wie er es verstand, war nicht mehr gefragt. In dieser Frage durfte *Mann* sich nicht auf einen Machtkampf einlassen. Ein paar falsche Bemerkungen, und man hatte Stress mit der Frauenbeauftragten. Wenn es dazu käme, hätte er zwei Feindinnen gleicher Couleur.

Was war das doch noch schön, damals, als er Polizist wurde. Fast keine Frauen! Nur Kumpel, die das Schwarze unter dem Fingernagel liebten. Ab und zu mal einen saufen und einen schmutzigen Witz nach dem anderen erzählen, das waren noch Zeiten. Heutzutage musste man sich erst nach allen Seiten absichern, ob nicht irgend so eine Spaßbremse mithörte. Und dann war es noch angebracht, Witze mit den Worten einzuleiten: »Ich hab da einen, den dürfte man eigentlich gar nicht erzählen.«

Nach diesem Satz musste man warten. So lange, bis einige der Anwesenden geradezu bettelten: »Los, komm, Kükenhöner, jetzt stell dich mal nicht so an! Erst neugierig machen und dann kneifen, das gehört sich nicht!«

Wenn man da angelangt war, konnte man selbst den versautesten und plattesten Witz straflos erzählen. Das Beste war natürlich, wenn bei denen, die unbedingt etwas hören wollten, ein paar Frauen waren.

Kükenhöner kannte sich aus. Er wusste natürlich auch, dass so jemand wie Linda Klocke auf diesen Trick nicht hereinfiel. Die würde gleich sagen: »Wenn sogar Sie selbst das schon meinen, Herr Kükenhöner, dann ist es wirklich besser, den Witz nicht zu erzählen.«

Und schon war man wieder der Gelackmeierte. Auch, wenn einige der anderen Anwesenden einer Frau wie Linda Klocke diese rigorose Haltung übel nahmen. Sie würden sich dennoch nicht trauen zu opponieren.

Dabei verstand er vor allem seinen Kollegen Schwiete nicht. Das war doch ein Neutrum und Eigenbrötler. Als ihre gemeinsame Chefin ihn ausgewählt hatte, die Neue einzuarbeiten, da hatte Kükenhöner sich ins Fäustchen gelacht. Das würde ein Spaß werden, hatte er gedacht. Die Schöne und der Pedant. Da gibt es Mord und Totschlag! Weit gefehlt, die beiden kamen anscheinend glänzend miteinander klar, und er war das fünfte Rad am Wagen. Er war der Blödmann.

Kükenhöner war sichtlich unzufrieden mit seiner Rolle. Er war es gewohnt, den Ton anzugeben, und jetzt gluckten Schwiete und die Neue zusammen und gaben die Richtung vor.

Das Telefon riss ihn aus seinen Gedanken. Am anderen Ende der Leitung war eine Frau Kaup. Kükenhöner überlegte einen Moment, dann wusste er sie einzuordnen. Es handelte sich um die Ehefrau des schwer verletzten Bankers. Der Hauptkommissar erinnerte sich sofort, wie verzweifelt sie vorgestern gewesen war. Doch jetzt wirkte sie gefasst.

Ihr Mann sei aufgewacht, wusste sie zu berichten, und er habe den Wunsch, mit der Polizei Kontakt aufzunehmen und zwar möglichst kurzfristig.

Kükenhöner versprach, sofort zu kommen. Als er das Gespräch beendet hatte, überlegte er sein Vorgehen. Sollte er vorher mit Schwiete sprechen oder auf eigene Faust handeln?

Im Moment war sein Status im Team nicht gerade prickelnd. Also entschied sich der Hauptkommissar für die kooperative Variante. Er steckte kurz den Kopf in das Zimmer des Chefs der Mordkommission und gab einen kurzen Bericht.

»Der Kaup will mit einem Polizisten sprechen«, meinte Kükenhöner möglichst lässig. »Ich fahr da mal eben hin. Vielleicht hat er ja was Brauchbares für uns! Ist das okay?«

Schwiete hatte keine Einwände. Er wies jedoch darauf hin, dass man sich auch noch um Winter kümmern müsse, der gestern Abend dingfest gemacht worden wäre. Er, als der Nachbar des Musikers, wäre da nicht der geeignete Mann.

Der geeignete Mann bist du nie, Schwiete, dachte Kükenhöner. Sagte aber: »Das kann doch die kleine Klocke, äh, ich meine natürlich Frau Klocke machen. Ich übernehme dann, wenn nötig, die zweite Runde.«

Da von dem Kollegen keine Einwände kamen, machte sich Kükenhöner auf den Weg zum Josefs-Krankenhaus.

Nachdem sich der Hauptkommissar einen Stuhl ans Krankenbett gezogen und Platz genommen hatte, verließ Frau Kaup das Zimmer mit den Worten: »Ich lasse euch dann alleine. Ich muss mich sowieso einmal zu Hause blicken lassen. Die Kinder.«

Als die beiden Männer danach unter sich waren, kam Kaup schnell zum Wesentlichen.

»Ich habe Balhorn umgebracht!«, sagte er mit einer Klarheit, die keinen Widerspruch duldete.

Dann berichtete er dem Hauptkommissar, dass er sich letzte Woche Montag mit Balhorn und Hagemann getroffen habe. Es sei um ein Bankgeschäft gegangen. Haarklein schilderte der

Mann im Bett den Ablauf des Nachmittags, und Kükenhöner war froh, dass er nicht vom Stuhl fiel.

Unfassbar, jetzt waren sie fast zwei Wochen hinter diesem Winter her gewesen, und der Kerl hatte mit der ganzen Angelegenheit nichts zu tun.

Na, den hat ja jetzt die kleine Klocke in der Mache. Da bin ich aber mal gespannt, was dabei herauskommt, dachte Kükenhöner und grinste schadenfroh.

»Wieso grinsen Sie, während ich Ihnen gerade berichte, dass ich jemanden umgebracht habe?«, fragte der Banker entgeistert.

»Altes Kriegsleiden, Herr Kaup. Machen Sie sich nichts draus, jeder hat so seine Methoden, mit den Abgründen dieser Welt umzugehen«, versuchte der Polizist sich aus der Affäre zu ziehen. »Also, wie war das jetzt noch mal? Sie haben mit Balhorn gekämpft. Haben ihn gegen den Schreibtisch geschleudert und ihm dann, als er wieder aufstehen wollte, eins mit dem Kerzenständer übergezogen.«

Kaup war entrüstet. Er hatte jemanden umgebracht, vor dem Polizisten ein Geständnis abgelegt, und der Kerl hörte nicht mal richtig zu!

»Quatsch, Kerzenständer! Der Balhorn ist von mir gegen den Schreibtisch gestoßen worden und danach nicht mehr aufgestanden.«

»Wie jetzt?«

Jetzt wurde Kaup zornig.

»Wie jetzt! Wie jetzt! Sagen Sie mal! Ich durchlebe die schwersten Momente meines Lebens und gestehe, dass ich jemanden getötet habe, und Sie haben nichts anderes zu sagen als wie jetzt! Sind Sie sicher, dass Sie in Ihrem Beruf noch am richtigen Platz sind?«

»Ja, aber«, versuchte Kükenhöner sich zu rechtfertigen. »Der Balhorn ist doch mit einem Kerzenständer erschlagen worden!«

»Wie jetzt? Kerzenständer?«

»Ja, sage ich doch die ganze Zeit, die Todesursache war nicht die Kollision mit dem Schreibtisch, die dieser Balhorn eventuell hatte, sondern ein Schlag auf den Kopf! Der wurde mit einem Kerzenständer ausgeführt. Das Utensil haben wir auch als Mordwaffe sichergestellt.«

41

Verdammt, das wurde knapp! Georg Hagemann war eigentlich nicht der Typ, der Termine versäumte, der seine Angelegenheiten auf den letzten Drücker erledigte. Ganz im Gegenteil, er war berüchtigt für seine Pünktlichkeit, die er wie eine Fahne vor sich hertrug. Aber an diesem Freitagvormittag hatte er sich wohl etwas zu viel vor die Brust genommen. Seinen kleinen Reisekoffer hatte er bereits am Vorabend gepackt und den Flug online gebucht, das war kein Problem. Auch die finanziellen Dinge hatte er im Griff. Den Flug nach London würde die Polizei über kurz oder lang nachverfolgen können, das ließ sich nicht vermeiden. Aber für die Zeit danach wollte er untertauchen, keine Spur hinterlassen. Kreditkarten können einen in Schwierigkeiten bringen, wenn man von der Polizei gesucht wird. Auf dem Geschäftskonto seiner englischen Briefkastenfirma wartete nun eine größere Summe darauf, von ihm abgehoben zu werden. Sicherheitshalber hatte er auch noch eine ordentliche Menge Bargeld in den Koffer gelegt. Bargeld ist immer noch das Zahlungsmittel, dessen Wege am wenigsten nachzuvollziehen sind. Ideal für einen Flüchtigen. Der Zeitverlust war aber vor allem entstanden, weil er Spuren verwischen musste. Spuren auf seinem Laptop, den er vorsichtshalber komplett zerstörte und verschwinden ließ, Spuren im Büro und in der Wohnung.

Für zehn Uhr war er bei der Paderborner Polizei einbestellt worden. Sein Flieger nach London-Stansted ging um zehn Uhr fünfundfünfzig. Jetzt war es Viertel vor zehn, und er steckte im zähfließenden Verkehr auf der B1 zwischen Paderborn und Salzkotten fest. Und dann noch auf der rechten Spur. Hinter ihm fuhr schon seit der Paderborner Innenstadt ein alter dunkelgrauer Skoda. Der wird wohl genauso genervt sein, tröstete sich Hagemann. Den kurz aufblitzenden Gedanken, der Skoda könne ihn eventuell verfolgen, hatte er schnell wieder verworfen, und diesen Gedanken seinem in Auflösung befindlichen Nervenkostüm zugeschrieben.

In einer Viertelstunde würde diese hysterische Kommissarin auf ihre unmodische Armbanduhr blicken und feststellen, dass ein gewisser Georg Hagemann seinen Termin nicht eingehalten hatte. Vermutlich würde sie sich über ihn ärgern, aber erst einmal noch nichts unternehmen. Passiert nun mal, dass einer zu spät kommt. Was sie unternehmen würde, wenn er über eine Stunde überfällig war, das konnte er nur raten. Wahrscheinlich würde sie einen Streifenwagen zu seinem Büro und seiner Wohnung schicken. Danach allerdings könnte es ernst werden, weil die Polizei dann mit der intensiveren Suche nach ihm beginnen müsste. Gut, dass er dann bereits in der Anonymität der Megametropole London sein würde. Er würde durch den Flug nur einen Zeitverlust von fünfundzwanzig Minuten haben, bedingt durch die Zeitverschiebung. Allerdings setzte all dies voraus, dass er nun endlich aus diesem verfluchten zähen Verkehr heraus und pünktlich zum Flughafen kam.

Wo die nur alle hinwollten, mit ihren lächerlichen kleinen Billigautos. Verstopften die Straße und hinderten seinen großen, starken Saab daran, seine PS auszuspielen. Das Schlimmste war aber diese elende Baustelle, die bereits seit Jahren zwischen Paderborn und Abfahrt Salzkotten die B1 zu einem unkalkulierbaren Zeitrisiko machte. Hagemann schlug wütend auf das Lenkrad.

Musste er sich eigentlich Sorgen wegen dieses Feldmanns machen? Konnte der vielleicht gefährlich werden? So richtig vermochte Hagemann dies nicht einzuschätzen. Aber auch Feldmann würde ihn nicht finden. Nicht in Paderborn, nicht in London, nicht in Rom und auch sonst nirgendwo. Wenn Hagemann eines Tages nach Paderborn zurückkommen sollte, dann erst, wenn ausreichend Gras über die Sache gewachsen war.

Endlich sah er eine Lücke in der unendlichen Autoschlange! Hagemann drängte sein bulliges Auto dahin, wohin nach seiner

Meinung ein Saab gehörte – auf die Überholspur. Der alte Skoda hinter ihm nutzte diese Chance ebenso konsequent und hängte sich an ihn. Aber bereits nach fünfzig Metern stellte Hagemann resigniert fest, dass diese Fahrt eine knappe Angelegenheit bleiben würde. Zu allem Überfluss begann es jetzt auch noch heftig zu regnen.

So aufgeregt hatte Schwiete Kükenhöner noch nie erlebt. Ohne jede einleitende Erklärung legte er los.

»Horst, die Kleine, ich meine, die Kollegin, die hat doch gerade den Hagemann in der Mache. Du kannst dir nicht vorstellen, was ich eben erfahren habe.«

»Mal langsam, Karl. Zunächst, der Hagemann ist nicht zum Termin erschienen. Aber sag mir doch erst einmal, was du erfahren hast?«

»Später, Horst, später! Ihr dürft keine Zeit verlieren! Rückt dem Kerl auf die Bude! Nehmt ihn fest. Der hat wahrscheinlich den Balhorn umgebracht!« Jetzt schrie Kükenhöner ins Telefon.

»Wie bitte?«, fragte Schwiete ziemlich verwundert.

»Mann, Horst, du musst mir glauben! Ich erkläre dir alles später, wenn wir den Kerl haben! Aber jetzt mach! Und nimm dir ein paar Leute mit, der darf uns nicht entwischen. Sag mir gerade noch die Adresse von dem Kerl, ich komme direkt dahin!«

Fünf Minuten später standen Klocke und Schwiete im Büro des Immobilienmaklers.

»Ihr Chef hatte um zehn Uhr einen Termin mit uns!«, sagte Linda Klocke in einem Ton, der Hagemanns Sekretärin deutlich machte, dass sie es erst gar nicht mit Ausflüchten versuchen sollte.

»Ja, hat er Sie denn nicht angerufen? Ihm ist doch ein dringender Termin in London dazwischengekommen. Herr Hagemann ist auf dem Weg zum Flughafen.« Die Frau sah auf die Uhr. »Wenn er gut durchgekommen ist, checkt er gerade ein.«

Ohne weitere Fragen zu stellen, drehten die Polizisten auf

dem Absatz um und stürmten die Treppe hinunter. Dabei konnten sie nur knapp eine Kollision mit Kükenhöner verhindern.

»Zum Flughafen!«, rief Klocke. »Der Kerl will abhauen!«

Das Großraumtaxi, ein cremefarbener VW-Multivan, war bis auf den letzten Platz besetzt, als er die Bahnhofstraße in Richtung Westen entlangfuhr, immer wieder gestoppt durch rote Ampeln. Der Taxifahrer hatte sich schon ein bisschen gewundert, als er an der Friedrichstraße neun ältere Männer eingeladen hatte. Die Herren wirkten reichlich aufgedreht, plapperten viel und hatten als Ziel den Flughafen Paderborn angegeben. Gepäck hatte jedoch keiner von ihnen dabei. Offenbar wollen sie dort jemanden abholen, dachte sich der Fahrer.

Er war sich nicht sicher, ob er es angenehm gefunden hätte, nach einer langen, ermüdenden Flugreise von dieser Horde alter Männer empfangen zu werden. Einer von ihnen, von den anderen Willi genannt, führte das große Wort. Verstehen konnte der Fahrer bei dem Lärm im Auto nur Wortfetzen, aber anscheinend hatte Willi eine Art Schlachtplan, den er nun seinen Mitfahrern umständlich erklärte. Was geht es mich an, dachte der Fahrer und versuchte sein Gehör abzuschalten und sich auf den dichten Verkehr zu konzentrieren. Warum sind eigentlich am Freitag immer so viele Lastwagen auf den Straßen?, überlegte er.

Nachdem sie auf der Bundesstraße 1 die Autobahn unterquert hatten, wurden die Männer etwas ruhiger. Selbst Willi hielt sich zurück. Das Taxi kam nur stockend vorwärts, war Teil einer endlos langen Schlange von Fahrzeugen, die alle gern schneller gefahren wären.

»Da wären wir ja zu Fuß schneller gewesen!«, dröhnte einer der Herren ganz hinten im Taxi.

Ein anderer lachte und antwortete: »Versuch's doch! Guck mal nach oben!«

Dabei zeigte er zu den dunklen Wolken, die sich immer dichter zuzogen. Bis zur Abfahrt Salzkotten, die durch eine ewige

Baustelle den Verkehr wieder fast zum Erliegen brachte, schwiegen alle, was der Taxifahrer als angenehm empfand. Unangenehm wurde aber das Wetter. Erste, noch vereinzelte dicke Regentropfen platschten auf die Frontscheibe, wurden zahlreicher, und nach einer Minute prasselte es wie eine Maschinengewehrgarbe auf sie nieder. Die alten Männer wurden wieder aufgeregter, verstanden jedoch ihre eigenen Worte kaum noch. Die Scheibenwischer gaben ihr Bestes, konnten das Frontglas aber nicht wirklich von den Wassermassen befreien. Das Taxi fuhr nun noch langsamer als zuvor, da auch alle anderen Autos ihr ohnehin nicht hohes Tempo noch einmal reduziert hatten.

»Geht das nicht ein bisschen schneller?«, rief der Mann, den sie Willi nannten, von hinten.

Der Taxifahrer war empört. »Wie denn wohl? Ich habe ein paar Hundert Autos vor mir, die die Straße verstopfen. Ich bin doch nicht Harry Potter!«

Die alten Herren hatten keine Ahnung, wovon der Fahrer sprach, wagten aber keine weitere Kritik. Erst, als sie endlich in der Nähe des Flughafens waren, brummte einer:

»Ich wäre ja über die Autobahn gefahren. Geht doch viel schneller.«

Der Taxifahrer schluckte seine Antwort hinunter und ließ die Truppe aussteigen. Dass er keinen Cent Trinkgeld bekam, wunderte ihn weniger. Aber als er sah, dass die Männer im Laufschritt nicht etwa zum Eingang Ankunft rannten, womit er ja gerechnet hatte, sondern zum Abflug, zuckte er verständnislos die Achseln und gab Gas.

Selten war es ihm so gut gegangen. Kaup lag in seinem Krankenbett. Er hatte höllische Schmerzen. Doch es ging ihm besser denn je.

Ich habe niemanden umgebracht, dachte er. Glück gehabt! Und dass er Hagemann ans Leben wollte, das würde er keinem erzählen. Der hätte es wahrscheinlich auch nicht getan. Im Übrigen wusste der Immobilienmakler nicht mit Sicherheit, wer ihm die Fallen gestellt hatte. Er konnte höchstens spekulieren, wer ihn aus der Welt bringen wollte, aber es keinesfalls beweisen.

Sah er, Kaup, wie jemand aus, der einen Menschen umbringen wollte? Niemals! Er war Banker, ein Schreibtischtäter. Außerdem sollte Hagemann froh sein, dass es nicht geklappt hatte mit dem Morden!

Seine Schmerzen betrachtete Kaup als gerechte Strafe für die dilettantischen Mordversuche, die er zwar unternommen hatte, aber eigentlich gar keine waren. Eben nur reine Stümperei.

Vorsichtig drehte er sich auf die Seite. Sofort tat ihm die Brust wieder weh, als würde er noch einmal ein Messer zwischen die Rippen gerammt bekommen. Tränen standen ihm in den Augen. Da fiel ihm ein, was man hier in Paderborn immer sagte: »Kleine Sünden bestraft der liebe Gott sofort.« Wenn es so war, Kaup störte es nicht, wirklich nicht.

42

Zum Glück war am Paderborner Flughafen nicht viel los, als Georg Hagemann hektisch durch die Eingangstür in die Flughafenhalle drängte. Der Linienflug nach Antalya war bereits abgefertigt und startklar. So waren es nur die Passagiere des Fluges nach London-Stansted, die ihre Koffer zum Check-in rollten.

Hagemann schaute auf die Uhr und atmete erleichtert auf. Es war gerade mal zehn Uhr, und das reichte aus. Er zog seinen Koffer hinter sich her und machte sich auf den Weg in den rechten Bereich des Flughafens, in dem sich der neu gestaltete Check-in-Bereich befand. Nachdem er die Nummer des für seinen Flug zuständigen Schalters auf dem Bildschirm gefunden hatte, stellte er sich in die kleine Schlange von wartenden Passagieren.

Die Leute vor und hinter ihm sprachen mehrheitlich ein recht derbes Englisch. Britische Soldaten und ihre Familien, registrierte Hagemann und war dankbar dafür, denn zu dieser Gruppe Paderborner Bürger hatte er absolut keinen Kontakt. Niemand von denen würde ihn erkennen, niemand konnte ihn denunzieren. Es lebe die Anonymität, dachte er sarkastisch.

So ganz entspannt war er aber wohl noch nicht, denn er ließ alle paar Sekunden seinen Blick nervös durch die Halle schweifen. Doch es war weit und breit keine Polizeiuniform zu sehen. Die Schlange vor ihm wurde kürzer, und endlich war auch Hagemann an der Reihe, seine Buchungsunterlagen und seinen Personalausweis vorzulegen. Die süße junge Brünette hinter dem Schalter wertete seine deutlich sichtbare Nervosität offenbar als Flugangst und lächelte ihm aufmunternd zu. Die Papiere stellten sie anscheinend zufrieden, Hagemann durfte seinen Koffer auf das Laufband stellen, bekam seinen Ausweis zusammen mit dem Boardingpass ausgehändigt und durfte gehen. An einem besseren Tag hätte er es nicht versäumt, die junge Dame etwas anzubaggern. Diesmal stand ihm aber nicht der Sinn danach. Er war vielmehr bemüht, so unauffällig wie nur möglich zu bleiben.

Der stämmige Mann am Sicherheitsschalter hatte offenbar schlecht geschlafen, schaute Hagemann lange prüfend von oben bis unten an und verlangte in barschem Ton seinen Personalausweis. Hagemann rutschte bereits wieder das Herz in die Hose. Irgendetwas an diesem Ausweis schien dem Beamten besonders gut zu gefallen, denn er blickte wieder und wieder auf das kleine Stück Plastik. Hagemann musste sich zusammennehmen, um es ihm nicht aus der Hand zu reißen. Kaum zu glauben, der Uniformierte brummte auf einmal mürrisch:

»Warten Sie bitte einen kleinen Moment!«

Er winkte einem Kollegen, der sich wortlos zu Hagemann gesellte. Dann ging er mitsamt dem Ausweis durch eine Tür. Nervenaufreibende fünf Minuten blieb er verschwunden. Hagemann wurde immer zappeliger. Was hatte das zu bedeuten? Er überlegte, ob er nicht einfach den Ausweis sausen lassen und schnellstmöglich abhauen sollte. Doch diesen Gedanken verwarf er sofort. Ohne Ausweis würde er nicht weit kommen. Vielleicht war es ja auch nur eine Routineuntersuchung oder eine Verwechslung, machte er sich selbst Hoffnung. So was kam schon mal vor, das wäre für ihn nicht das erste Mal. Hagemann wechselte im Sekundentakt das Standbein, hielt es kaum noch aus.

Endlich ging die Tür auf, und der Sicherheitsbeamte kam wieder heraus.

»Kommen Sie bitte mit ins Büro!«, wies er Hagemann knapp und ohne jede Herzlichkeit an. Der hatte plötzlich ein Gefühl, als habe man einen großen Kübel Eiswasser in ihn hineingeschüttet. Was war das nun wieder? War die Polizei so viel schneller, als er gedacht hatte? Hatte er die Bürokratie derart unterschätzt? Waren sie schon hinter ihm her? Mit weichen Knien folgte er dem breitschultrigen Mann in das Büro.

Sein Nervenkostüm wurde nicht stabiler, als er hinter einem Schreibtisch zwei Polizisten stehen sah, eine Frau und einen Mann. Während der männliche Polizist stehen blieb, kam die Frau auf ihn zu und zeigte eine etwas bemüht wirkende Höflichkeit. Sie wies ihm sogar einen Stuhl an. Dann lächelte sie auf eine Art und Weise, die Hagemann das Schlimmste befürchten ließ.

»Herr Georg Hagemann?«, fragte sie ihn völlig überflüssigerweise. Als er dies mit heiser gewordener Stimme bejahte, fuhr sie fort: »Sie hatten heute Morgen um zehn Uhr einen Termin in der Kreispolizeibehörde Paderborn. Sie sind aber nicht erschienen. Darf ich den Grund dafür erfahren?«

Jetzt hatten sie ihn erwischt! Hagemann spürte, dass auch der letzte Rest an Blut aus seinem Gehirn entschwand. Ihm wurde schwindelig, und er hätte sich gern hingelegt. Aber das ging nicht, er musste hellwach bleiben, musste kämpfen. Was war zu tun? Der Gedanke sich stur zu stellen und nach seinem Anwalt zu verlangen, schoss ihm durch den Kopf, verschwand aber auch gleich wieder. Keine Idee hielt sich länger als den Bruchteil einer Sekunde. Es war kein Nachdenken mehr, es war ein Gewitter von aufblitzenden und wieder verlöschenden Gedankenfetzen. Hagemann stand kurz vor dem Zusammenbruch.

Urplötzlich drehte er sich um, keinem Plan, sondern einem Impuls folgend, stieß die Polizistin zur Seite und rannte aus dem Büro. Der stämmige Sicherheitsmann, der zwischenzeitlich seinen ursprünglichen Dienst wiederaufgenommen hatte, starrte ihn verblüfft an, kam aber eine Sekunde zu spät, um Hagemann noch aufzuhalten. Der kletterte mit der Energie eines Amokläufers über das stählerne Drehkreuz und rannte in die große Halle.

Raus hier!, dachte Hagemann gehetzt. Nichts wie raus hier. Raus und dann die rund dreihundert Meter bis zum Parkplatz, dorthin, wo sein Auto stand. Und dann wegfahren, so schnell und so weit wie möglich. Einige Leute starrten ihn verwundert an, andere verärgert, als er durch die Halle stürmte und dabei rücksichtslos von seinen Ellenbogen Gebrauch machte. Er hatte noch etwa fünf Meter bis zum Ausgang, bremste sein Tempo etwas, um nicht vor die Glastür zu laufen … und prallte mit Wucht in einen Pulk von alten Männern, die sich in diesem Augenblick laut schnatternd durch die Tür drängelten.

Hagemann verlor sein Gleichgewicht, strauchelte und riss im Sturz zwei von den älteren Herren mit zu Boden. Einige Sekunden lang herrschte totales Chaos. Für die Beobachter dieser Szene sah es aus, als wären die drei Männer in einem Ringkampf auf Leben und Tod miteinander verknotet. Hagemann verlor kurzzeitig die Orientierung, wusste nicht mehr, wo oben und wo unten war, aber nun erwachten Überlebensinstinkte in ihm, die er nie für möglich gehalten hätte. Die vermutlich noch aus Urväterzeiten stammend in seinen Genen geschlummert hatten und jetzt, in dieser Ausnahmesituation, wie Zombies wieder auferstanden waren und sein Handeln bestimmten.

Unfassbar schnell gelang es ihm, sich von den Männern zu lösen und wieder hochzukommen. Keuchend, zerschrammt und beschmutzt. Aber er stand wieder in der Senkrechten, als er auch schon die ersten Polizisten auf sich zusteuern sah. Die Beamten waren keine fünf Meter mehr von ihm entfernt, da schnappte sich Hagemann einen der alten Männer, die nach wie vor völlig konsterniert dicht um ihn herum standen, und schleuderte ihn den Polizisten vor die Füße. Niemals hätte Hagemann sich diese Kraft zugetraut. Doch ihm blieb keine Zeit, über seine neuen Fähigkeiten zu staunen.

Als er die Polizisten zu Boden stürzen sah, schob er alle, die ihm im Weg standen, beiseite und drängte durch den Ausgang. Noch in der Tür konnte er hören, wie einer der Alten aufgeregt schrie: »Das ist dieser Hagemann! Haltet ihn! Ich habe ihn erkannt!«

Als Hagemann hinter der Tür im Freien war, sah er aus den Augenwinkeln, dass die ganze Bagage hinter ihm herdrängelte. Alle wollten gleichzeitig durch die Tür und verstellten so den

Polizisten, die sich wieder aufgerappelt hatten, den Weg. Hagemann gewann dadurch einige Meter an Vorsprung. Er war in keiner guten körperlichen Verfassung, hatte sich in den letzten Jahren viel zu wenig bewegt und war noch nicht wieder völlig von den Folgen seines Unfalls genesen. Aber er war deutlich jünger als diese Seniorengruppe und durchaus imstande, diese abzuhängen.

Aber was wollten diese alten Männer eigentlich von ihm? Was hatten sie mit ihm zu tun? Woher kannten sie seinen Namen? Plötzlich wurde ihm mit Schrecken klar, wer diese Leute sein mussten. Die Aktion der Schützenbrüder im Paderquellgebiet war natürlich auch ihm nicht verborgen geblieben. Schließlich hatte die Heldentat der Schützen in jeder Zeitung gestanden. Waren die jetzt hinter ihm her? Wer hatte sie auf seine Fährte gesetzt? Fragen, die vorerst unbeantwortet bleiben mussten, denn Hagemann hatte derzeit Wichtigeres zu bedenken.

Neben dem eigentlichen Flughafengebäude befand sich ein Parkhaus. Hagemanns Weg zum Parkplatz seines Autos führte rechts daran vorbei. Aber, Hagemann sah es mit Entsetzen, dort stand ein Polizeiauto quer auf dem Weg. Mehrere Polizisten standen einsatzbereit hinter dem Wagen. Um denen nicht direkt in die Arme zu laufen, blieb Hagemann nur eine Möglichkeit. Er musste den Weg links am Parkhaus vorbei nehmen.

Noch mal nahm er alle Kräfte zusammen, beschleunigte seinen Lauf und rannte weiter. Den widerlich kühlen Sprühregen bemerkte er nicht. Links neben ihm versperrte ein hohes Gitter den Weg zum Rollfeld, auf dem in diesem Augenblick eine Maschine gerade zur Landung ansetzte. Hagemann wagte kaum, sich umzuschauen. Als er es doch tat, sah er die Polizisten zu Fuß hinter ihm herkommen. Offenbar hatten sich die Beamten mit ihren Kollegen, die ihn bereits in der Halle verfolgt hatten, vereinigt. Von den Schützenbrüdern war nichts mehr zu sehen, die hatte er offenbar weit hinter sich gelassen. Nur die Polizisten waren ein Problem, denn die waren gut trainiert.

Hagemann erreichte eine Wiese, die als Parkplatz diente. Schräg links lag ein auffälliger Neubau vor ihm, dessen Stahlkonstruktion einer Flugzeugtragfläche nachempfunden worden war. Hagemann aber hatte keinen Sinn für spektakuläre Architektur, seine Gedanken rasten wirr auf der Suche nach einem Ziel für seine immer aussichtsloser werdende Flucht. Denn die Beamten rückten ihm Meter für Meter näher auf den Pelz. Auf freier Fläche hatte er gegen sie keine Chance. Ihm blieb nur eine Möglichkeit: Er musste in dieses Bauwerk und darauf hoffen, sich dort irgendwo verstecken zu können.

Er rutschte eine kleine Böschung hinunter bis zur Eingangstür des Gebäudes, an dem groß »Quax-Hangar« stand. Die Tür ließ sich öffnen, und Hagemann stand in einem kleinen Flur. Er musste nicht lange grübeln, denn es blieb ihm ja nur ein Weg: die Treppe nach oben, wo sich ein Café und eine Aussichtsterrasse befanden.

Hagemann schleppte sich mit allerletzter Kraft die Stufen hoch. Er konnte nicht mehr, fühlte nur noch Leere in sich. Aber es war nicht zu überhören, dass unter ihm die Eingangstür laut zuschlug und Schritte hinter ihm die Treppe hochpolterten.

Oben im Café angekommen, rannte er hektisch zwei Kinder um, die an einer Eistruhe standen und sich etwas aussuchten. Wohin? An vielen Tischen saßen Menschen, die wegen des schlechten Wetters nicht die Aussichtsterrasse nutzen wollten.

Hagemann schaute sich mit flackerndem Blick um. Drei uniformierte Polizisten drangen gerade durch die Tür, schauten sich schnell um und kamen hinter ihm her. War nun alles aus? Hagemanns Hirn reagierte mit Panik. Er nahm, ohne nachzudenken, den nächsten Durchgang auf die völlig menschenleere Aussichtsterrasse, rannte etwa zehn Meter und … stand vor dem Abgrund.

Hinter der Brüstung ging es etliche Meter tief hinunter. Für den Bruchteil einer Sekunde dachte Hagemann daran, zu springen. Alles zu riskieren – auch wenn er dabei draufginge. Nur weg von diesen Polizisten. Aber selbst wenn er sich dazu entschlossen hätte, wäre er nicht mehr dazu gekommen, denn in diesem Augenblick spürte er, wie kräftige Hände sich um seine Oberarme schlossen und ihn festhielten.

43

Willi Künnemeier und seine Mannen hatten den Versuch, mit dem flüchtigen Hagemann mitzuhalten, bereits nach wenigen Metern aufgegeben. Nun standen sie keuchend und um Luft ringend in dem Bereich zwischen Flughafengebäude und Parkhaus. Dort, wo Hagemann sich eben hatte entscheiden müssen, wohin er laufen sollte. Sie hatten aus der Entfernung noch mitbekommen, dass Hagemann von drei Polizisten verfolgt wurde, die von einem auf dem Weg quer geparkten Polizeiauto aus ins Geschehen eingegriffen hatten.

Künnemeier war klar, dass er nun keine Rolle mehr spielen würde bei der Ergreifung dieses Kriminellen. Schade, dachte er. Denn es gefiel ihm gut, den Helden zu spielen. Immerhin, tröstete er sich, hatte er mit seinen Schützenbrüdern zum richtigen Zeitpunkt dem Flüchtenden im Weg gestanden und ihn aufgehalten. Das war doch schon mal was. So ähnlich, wie letztens im Paderquellgebiet, als seine Truppe eigentlich auch nur im Weg gestanden hatte. Vielleicht war das ihre Bestimmung, immer zur richtigen Zeit irgendjemandem im Weg zu stehen. Sie stolperten mehr zufällig als geplant in ihre Abenteuer.

Da sie nicht mehr aktiv eingreifen konnten, aber auch nicht im Regen stehen wollten, gingen sie in das Parkhaus, wo es zwar zugig, aber trocken war. Einige von ihnen gönnten sich nach der kurzen, anstrengenden Verfolgungsjagd eine Zigarette. Andere plapperten aufgedreht, fast betrunken von ihrer eigenen Bedeutung als Kämpfer gegen das Böse.

Künnemeier, sonst immer der Mittelpunkt ihrer Gruppe, stand nachdenklich am Rande. Er kannte diesen Hagemann vom Sehen, hatte aber nie direkt mit ihm zu tun gehabt. Künnemeier fand es irritierend, dass er nun dabei war, diesen Mann, der ihm bislang nie etwas bedeutet hatte, zu jagen wie ein Wild.

Sicher, wenn es stimmte, was diese Frau Auffenberg ihm erzählt hatte, dann handelte es sich um einen kaltblütigen Mörder, der versucht hatte, einem Unschuldigen die Schuld in die Schuhe zu schieben. Keine sympathische Erscheinung.

Der Mann war es vermutlich nicht wert, sich seinetwegen moralische Gedanken zu machen. Aber dennoch. Mensch bleibt Mensch, fand Künnemeier. Er hatte die Panik in den Augen dieses Verfolgten gesehen. Einen Blick, den er so schnell nicht vergessen würde. So war er eigentlich ganz froh, nicht mehr persönlich in diese Hetzjagd eingebunden zu sein. Aber davon sagte er seinen Mitschützen, die nach wie vor wie aufgeputscht wirkten, besser nichts.

Künnemeier blickte aus dem Parkhaus auf die offene Parkfläche. Alle Autos, die dort standen, waren leer. Ihre Insassen waren wahrscheinlich im Urlaub und hatten ihren Wagen so lange hier abgestellt. Nur in einem Auto regte sich etwas: In keiner Parkbucht, sondern am Rande des Parkplatzes am Weg, sah Künnemeier einen alten Skoda stehen, in dem ein Mann saß und rauchte. Vielleicht wartete der darauf, dass ein Flieger landete und er jemand abholen konnte. Künnemeier wandte sich wieder seinen Schützen zu und dachte nicht mehr an den Mann im Skoda.

»Sie kommen!«, rief einer der Schützenbrüder aufgeregt und schaute genauer hin. »Ja, sie haben ihn!«

Alle liefen in den Teil des Parkhauses, der an das Rollfeld grenzte. Und tatsächlich konnten sie erkennen, dass fünf uniformierte Polizisten den Weg heraufkamen. In ihrer Mitte ging ein Mann in Zivil, den sie beim Näherkommen als Georg Hagemann erkannten. Den Mann, den sie vor einigen Minuten noch selbst gejagt hatten. Als die völlig durchnässte Gruppe direkt vor ihrer Nase vorbeilief, konnte Künnemeier sehen, dass Hagemann mit Handschellen an zwei der Beamten angekoppelt war. Weglaufen war tatsächlich unmöglich. Er hätte die beiden bulligen Polizisten mitschleppen müssen.

Hagemann wirkte so verstört, dass ein ernsthafter Fluchtversuch ausgeschlossen schien. Sie gingen langsam am Parkhaus vorbei zu ihrem nach wie vor quer auf dem Fahrweg stehenden Dienstwagen. Die Schützen setzten sich ebenfalls wieder in Bewegung, verließen das Parkhaus und gingen hinaus in den Regen, um sich den weiteren Verlauf der Festnahme genau anzuschauen.

Ende gut, alles gut, dachte Künnemeier. Die Unruhen im Ükernviertel waren nun Geschichte. Es würde wieder Ruhe einkehren. Jedenfalls, so weit das in diesem Viertel überhaupt möglich und wünschenswert war. Die Schlägerbande aus Hamburg, die immerhin einen Mord auf dem Gewissen hatte, war gefasst, dank der Mithilfe seiner Schützenbrüder. Die militante, selbsternannte Bürgerwehr dieses lächerlichen Hermann Greitelers saß ebenfalls in Untersuchungshaft, und nun war auch der Mann gefasst, dessen Gier und Rücksichtslosigkeit vermutlich all diese Verbrechen erst ausgelöst hatten. Auch hier hatten Künnemeiers Schützen einen kleinen Beitrag leisten können.

Er beobachtete, wie Hagemanns Handschellen, mit denen er an seine beiden Begleiter gefesselt war, gelöst wurden. Man würde ihn, so sagte sich Künnemeier, im Polizeiwagen erneut fest ankoppeln. Das sollte nicht seine Sorge sein, fand er. Einer der Beamten war bereits hinten eingestiegen, der Fahrer saß auch bereits. Die restlichen Polizisten wollten gerade den Verhafteten in die geöffnete hintere Tür schieben, als ein Schuss krachte.

Hagemann zuckte zusammen, als habe er einen Schlag in den Rücken bekommen, warf den Kopf in den Nacken, knickte in den Knien ein und schlug seitlich auf den Boden. Dort blieb er zu Füßen der fassungslosen Polizisten reglos liegen.

Zwei von ihnen reagierten erstaunlich schnell, rissen ihre Dienstwaffen aus den Holstern, gingen auf der gegenüberliegenden Seite ihres Fahrzeugs in Deckung und starrten angestrengt zu den offenen Parkplätzen, aus deren Richtung der Schuss gekommen sein musste, da er Hagemann in den Rücken getroffen hatte. Aber der Regen war so dicht, dass die Sicht stark eingeschränkt war. Aus der Perspektive der Polizisten standen überall Autos, kein Mensch lief dort herum. Die beiden Beamten, die bereits im Auto gesessen hatten, sprangen heraus und stellten sich hinter den massiven blau-weißen Passat.

Ihr Kollege, der noch nicht im Auto gesessen hatte und noch nicht in Deckung gegangen war, kniete neben Hagemann und untersuchte ihn. Ohne Rücksicht auf die eigene Bedrohung, denn dadurch blieb er im Schussfeld, wie Künnemeier bewundernd zur Kenntnis nahm. Die anderen, die mit der Pistole im Anschlag hinter dem Auto standen, forderten ihn auf, sich ebenfalls in Sicherheit zu bringen, aber er kümmerte sich nicht darum. Hektisch wurde telefoniert und die Flughafenpolizei als Verstärkung angefordert. Dann warteten die Polizisten darauf, dass irgendwo ein Auto startete und losfuhr. Aber offenbar hatte der Schütze eiserne Nerven und dachte gar nicht daran, sich zu verraten.

Künnemeier, der mit seinen Leuten nach wie vor am Rande des Parkhauses stand, wurde von den Polizisten durch laute Rufe und Handbewegungen aufgefordert, sofort zu verschwinden. In diesem Augenblick hatte Willi Künnemeier eine Eingebung.

»Kommt mit!«, rief er seinen Schützen zu.

An der Spitze seines kleinen überalterten Kommandotrupps lief er wieder in das Parkhaus, durchquerte, für Neugierige auf dem offenen Parkplatz unsichtbar, weite Teile davon und blieb an dem Ausgang stehen, an dem er kurz zuvor etwas beobachtet hatte, was ihm nun wieder eingefallen war. Er machte seinen Männern durch Zeichen klar, dass sie möglichst nicht sprechen sollten. Vorsichtig lugte Künnemeier um einen dicken Betonpfeiler herum. Und tatsächlich, da stand immer noch dieser alte Skoda, in dem eben noch ein Mann gesessen und geraucht hatte. Doch von dem war jetzt nichts mehr zu sehen. Langsam näherte sich Künnemeier dem Wagen und schaute in das Innere. Niemand war drin.

Wo war der Fahrer? Und war er tatsächlich der Heckenschütze? Künnemeier linste durch den Regen zu dem Ort, an dem Hagemann noch immer auf dem Boden lag. Aber nein, dachte Künnemeier, von hier aus konnte er niemals geschossen haben. Dann hätte er um die Kurve schießen müssen. Also war der Mann vorher aus seinem Auto gestiegen und hatte sich woanders postiert, um ein freies Schussfeld zu haben – an einer Stelle, wo er sich selbst gleichzeitig verbergen konnte.

Das allerdings wäre nur im Parkhaus möglich. Nur von dort aus, vielleicht hinter einem der dicken Betonpfeiler verborgen, hätte er diesen sicheren Schuss abgeben können. Was wiederum bedeutete, dass der Mörder noch im Parkhaus sein musste, sich versteckt hielt und auf eine günstige Gelegenheit wartete, um zu seinem Skoda zurückzukehren und zu flüchten.

Künnemeier wurde schlagartig klar, dass es seine Pflicht war, die Schützenbrüder sofort hier herauszubringen. Das war kein Job für alternde Männer, die einmal im Jahr mit dem Holzgewehr durch die Stadt liefen. Diese Arbeit sollten Leute machen, die für so etwas ausgebildet waren und dafür bezahlt wurden.

Bevor er wieder ins Parkhaus ging, kam Künnemeier eine Idee. Der Täter war auf diesen Skoda als Fluchtauto angewiesen. Also musste diese Möglichkeit ausgeschaltet werden. Seit seinen Kindertagen trug Willi Künnemeier immer ein Taschenmesser bei sich. »Ein richtiger Junge hat auch ein Messer«, hatte sein Opa immer gesagt. Aus dem billigen Fahrtenmesser von damals war im Laufe vieler Jahre eine dieser Waffen geworden, die mittlerweile verboten waren. Künnemeier hatte aber auch nicht vor, die Polizei um Erlaubnis zu bitten. Eine halbe Minute später waren beide Vorderreifen platt. Das sollte genügen, fand er.

Laute Kommandos wollte er nicht geben, also winkte er den Leuten, die gerade zu ihm hersahen, zu ihm zu kommen. Die verständigten wiederum die anderen, und langsam kamen die Männer auf Künnemeier zu, ohne zu wissen, was dieser von ihnen wollte. Leise machte er sie mit seinen Überlegungen vertraut, dann setzten sie sich in Bewegung.

Plötzlich standen zwei Polizisten vor ihnen. Sie hielten ihre Dienstwaffen griffbereit. Die Schützenbrüder erschraken heftig.

»Was zum Teufel machen Sie hier?«, rief einer der Beamten. Künnemeier drängte einen seiner Leute zur Seite und stellte sich vor die Bewaffneten.

»Das erkläre ich Ihnen gern später«, sprach er mit einer Eindringlichkeit, die die beiden Polizisten zu beeindrucken schien. »Aber jetzt ist keine Zeit dazu. Der Mann, der eben geschossen hat, muss noch im Parkhaus sein. Deswegen wollen wir so schnell wie möglich hier raus.«

In diesem Augenblick hörten sie hinter sich ein Geräusch. Auch die beiden Polizisten waren alarmiert. Einer von ihnen zog ein Funkgerät aus dem Gürtel und forderte Verstärkung an. Außerdem sollten die Kollegen, die nach wie vor bei ihrem Dienstwagen und dem leblosen Hagemann standen, äußerst wachsam sein.

»Los, raus mit Ihnen!«, rief der Beamte Künnemeier zu. Als erneut ein Geräusch, diesmal nahe am Ausgang, in dessen Nähe der Skoda stand, zu hören war, stürmten die beiden Polizisten einige Meter in diese Richtung und gingen hinter einem großen Mercedes in Deckung. Die Schützenbrüder waren viel zu gebannt, um weiterzugehen. Plötzlich sahen sie, aus einer Entfernung von etwa dreißig Metern, eine Gestalt hinter einem parkenden Auto aufspringen und zum Ausgang rennen. Selbst die Polizisten brauchten einige Sekunden zu viel, um sofort zu reagieren. Wertvolle Sekunden, die dem Flüchtenden Zeit gaben, zu seinem Skoda zu laufen, die Fahrertür aufzureißen und hineinzuhechten.

Als die beiden Polizisten endlich auch am Ausgang des Parkhauses ankamen, heulte der Motor des Skodas bereits laut auf und das Auto startete. Künnemeier sah all dies von Weitem und wäre beinahe daran verzweifelt, hilflos die Flucht dieses Mörders mit ansehen zu müssen.

Der Skoda machte einen Satz nach vorn, fing an zu hoppeln. Der Fahrer gab noch mehr Gas, der Wagen beschleunigte kurz, kam ins Schleudern, brach nach links aus und krachte gegen die Mauer des Parkhauses.

Diesmal waren die Polizisten hellwach und hatten bereits beide Türen aufgerissen, bevor der Fahrer sich von seinem Schreck erholt hatte und nun auf beiden Seiten jeweils in die Mündung einer Walther P 99 blickte.

44

Linda Klocke sah ziemlich mitgenommen aus, als sie aus dem Verhörraum kam.

»Na, Mädchen, ist der Typ eine harte Nuss?«, fragte Kükenhöner grinsend.

Die junge Polizistin war jedoch so sehr mit den Ereignissen der letzten Minuten beschäftigt, dass sie das »na, Mädchen« überhörte.

»So etwas hätte ich mir nie träumen lassen«, berichtete sie fahrig. »Für den Kerl scheint ein Mord das Gleiche zu sein wie für mich, einen Schluck Wasser zu trinken.«

»Was ist das denn für ein Typ?«, fragte ihr Kollege jetzt doch interessiert.

»Er war wohl ein hoher Offizier in der serbischen Armee. Er sagt, Töten habe er dort im Krieg gelernt. Das sei das Einzige, was er könne. Also würde er jetzt, wo seine soldatischen Fähigkeiten nicht mehr gefragt seien, eben freiberuflich arbeiten.«

Kükenhöner runzelte die Stirn.

»Freiberufler!«, fuhr Linda Klocke völlig fassungslos fort. »Der redet wie ein Rechtsanwalt, Freiberufler, ts!«

»Ja und? Was hat der Typ jetzt gesagt?«, wollte der Hauptkommissar wissen.

»Er hat erst gar nicht versucht zu leugnen. Der Kerl hat gleich auf die erste Frage geantwortet: Ja, Frau Kommissarin, ich habe den Mann erschossen. Kein Wort mehr und kein Wort weniger. Als ich nach dem Auftraggeber fragte, zuckte der Killer nur mit den Schultern. Den Auftrag habe er per Telefon bekommen. Dann, später, wurde ihm ein Brief zugeschickt, in dem sich ein Bild von dem Mann befand, den er liquidieren sollte, und ein weiteres Bild von einem Schlüsselanhänger, den das Opfer ständig als Talisman auffällig mit sich herumtragen würde. Es gäbe nur zwei von diesen Anhängern auf der ganzen Welt, habe der Hintermann dem Killer am Telefon mitgeteilt. Das sei sozusagen ein zusätzliches Erkennungsmerkmal. Eine Verwechslung sei ausgeschlossen, da der Auftraggeber nach eigener Aussage selbst im Besitz des zweiten Anhängers sei.«

»Na prima«, warf Kükenhöner höhnisch dazwischen, »dann ist der Fall ja ganz einfach. Wir müssen nur etwa hundertfünfzigtausend Einwohner von Paderborn nach diesem Anhänger befragen, und schon haben wir den Drahtzieher.«

Linda Klocke überging den ärgerlichen Einwurf ihres Kollegen und fuhr fort:

»Der Bursche behauptet, beide Fotos befänden sich in seiner Brieftasche, die wir ihm bei der Festnahme abgenommen haben. Das Geld für den Auftrag wäre dem Serben ebenfalls mit der Post zugeschickt worden. Die erste Hälfte habe gestern im Briefkasten des Killers gelegen, und den Rest würde er erhalten, wenn er Vollzug gemeldet habe.«

Linda Klocke blies eine imaginäre Locke aus ihrem Gesicht.

»Vollzug gemeldet!«, wiederholte sie konsterniert. »Der Kerl ist kalt wie eine Hundeschnauze. Dieser Mann bringt Menschen um wie andere Leute Fliegen. Und so verhält der sich auch. Ja genau, der Vergleich bringt es auf den Punkt. Er legt nach dem Mord eine Gleichgültigkeit an den Tag, als hätte er eine Fliege erschlagen, dieser Scheißkerl!«

»Heute Abend gibt es bei mir etwas zu essen«, begrüßte Hilde Auffenberg Johannes Winter. »Und: Willkommen daheim!«

Sie war sehr zufrieden, dass sich alles zum Guten gewandt hatte. Du wirst alt, Hilde, hatte sie sich gesagt. Früher hätten dich anstehende Veränderungen nicht aus der Bahn geworfen. Und heute wirst du schon unruhig, wenn die Gefahr besteht, dass einer deiner Mieter ausziehen muss.

Aber jetzt hatte sie wieder alle beisammen. Das musste gefeiert werden. Und zwar gleich! Höveken und Schwiete hatte sie auch schon Bescheid gesagt, und den Schützen würde sie noch einmal gesondert einen ausgeben. Die hatte sie für Freitag vor dem Schützenfest zum Grillen zu sich in den Garten eingeladen. Sozusagen zum inoffiziellen Auftakt der eigentlichen Veranstaltung.

Auch in diesem Punkt musste Hilde Auffenberg zugeben, dass nichts mehr so war wie in den guten alten Zeiten. Da hatte sie die Männer für bekloppt erklärt, die wie die Kinder auf den Tag hinfieberten, an dem sie mit Holzgewehren bewaffnet durch die Stadt ziehen durften. Nachdem die Schützen diese Pflicht erledigt hatten, ging es dann in ihr Domizil am Schützenplatz. Dort angekommen, wurde wahrscheinlich gesoffen bis zum Abwinken. So manchem der Schützen war Montag nach dem Schützenfrühstück die Stimme abhanden gekommen. Bei diesen Zeitgenossen war wohl zu viel kaltes Bier über den Knorpel geschüttet worden, und waren lauthals die verrücktesten Geschichten erzählt worden, die man im Laufe des Jahres erlebt hatte.

Verständnis für Märsche mit Holzgewehren hatte Hilde Auffenberg immer noch nicht. Aber es war ihr nicht mehr wichtig, das zu äußern oder gar die handelnden Personen davon zu überzeugen, es zukünftig sein zu lassen.

Wenn ihr jemals jemand gesagt hätte, dass sie, die rote Hilde, mit einer Kohorte dieser Paderborner Schützen kooperiert hätte, ach was, sie um Hilfe gebeten hätte, sie hätte ihm einen Vogel gezeigt. Hilde Auffenberg sah versonnen aus ihrem Küchenfester. Wie schnell doch manche Dinge relativiert werden, dachte sie.

Heute Abend wollte sie mit ihren Männern feiern. Es gab Schnittchen, Bratwurst und einen guten Wein. Winter bekam natürlich sein obligatorisches Bier. Es war für alle eine harte Zeit gewesen.

Hilde Auffenberg war sich sicher, dass Schwiete vom ersten Augenblick an gewusst hatte, dass sie den Kontakt zu Winter nicht abreißen lassen würde. Er hatte sie trotzdem nicht kompromittiert. Er hatte seinen Job gemacht und ihr vertraut. Und ihr guter Höveken hatte in den letzten Tagen oft gegen seine Interessen gehandelt, ihr zuliebe. Sie hatte wirklich gute Freunde. Auch wenn jeder für sich ein bisschen verrückt war. Aber das machte das Leben ja gerade lebenswert.

Höveken war schon recht früh gekommen und hatte ihr geholfen, damit alles rechtzeitig fertig wurde. Und dann waren auch ihre beiden Mieter eingetrudelt. Ihr Essen schmeckte allen, und natürlich wurde ausgiebig getrunken. Der Alkohol löste die Stimmung, und selbst Schwiete hatte es mittlerweile aufgegeben, wenigstens sein Besteck im genauen Abstand zu seinem Teller zu drapieren.

»Ich weiß ja, Herr Schwiete, dass Sie uns nichts von Ihren Ermittlungen erzählen dürfen«, kam Höveken irgendwann zum Wesentlichen. »Aber so ein bisschen aus der Schule plaudern, ich finde, wir haben ein Recht darauf!« Er nahm einen großen Schluck Wein.

»Warum ist denn nun der Balhorn umgebracht worden?«

Schwiete überlegte eine Weile. »Alles wissen wir ja noch nicht, aber klar ist, dass Hagemann seinen alten Kumpel Balhorn wohl zu einer großen Investition überredet hatte, die der eigentlich nicht schultern konnte. Eben dieses Tourneeprojekt, wo später dann auch Johannes Winter ins Spiel kam. Er versprach, seinem Freund Balhorn dennoch die Kredite zu beschaffen. In diesem Zusammenhang behauptete Hagemann, er selbst benötige natürlich auch Sicherheiten für seine zu erbringenden Leistungen. Daher schloss der Immobilienmakler mit Balhorn einen Vertrag ab, dass im Falle eines Konkurses scheinbar wertlose Immobilien an ihn, also Hagemann, fielen.«

Mittlerweile hingen alle Zuhörer dem Polizisten an den Lippen.

»Übrigens allesamt Sahnestückchen im Ükernviertel. Nachdem dieser Deal unter Dach und Fach war, besorgte Hagemann Balhorn Kredite, die im Grunde nicht gedeckt waren. Der Immobilienmakler kannte sich aus. Er wusste, dass bestimmte Banken bei der Kreditvergabe bis zu einer gewissen Summe lediglich einen maschinellen Sicherheitscheck durchführten.«

Schwiete hielt kurz inne und trank einen Schluck Wein.

»Innerhalb eines solchen Kreditrahmens muss es wohl für Insider ein Leichtes sein, eine an sich wackelige Kreditvergabe trotzdem zu realisieren«, fuhr er fort. »Hagemann hatte, nachdem ihm quasi die Immobilien im Ükern sicher waren, den Kredit vermittelt und falsche Angaben über die Vermögensverhältnisse von Balhorn gemacht, auf die Kaup, Angestellter der Hase-Privatbank, hereingefallen war. Wäre die Tournee wie geplant zustande gekommen, wären Hagemanns Bilanzfälschungen wahrscheinlich niemals aufgefallen.«

Hilde Auffenberg holte Luft, um etwas zu sagen, schwieg dann aber.

»Jetzt aber, nach dem Crash, so kurz nach Auszahlung der Gelder, bestand die Gefahr, dass nicht nur die gefälschten Vermögensverhältnisse Balhorns auffliegen würden, sondern auch noch etliche andere. Sodass der Kreditbetrug im großen Rahmen, den Hagemann da betrieben hatte, nicht mehr zu verschleiern gewesen wäre«, fuhr Schwiete fort. »Wir vermuten, dass Hagemann durch den Mord verhindern wollte, dass Balhorn ihn später als Betrüger entlarven würde. Zu Beginn des so tragisch verlaufenen Gespräches hatte Hagemann noch keine klare Vorstellung gehabt, wie er das Problem lösen konnte. Erst die Prügelei zwischen Kaup und Balhorn und dessen Verletzung ließen bei Hagemann die Idee entstehen, die Situation in seinem Sinne auszunutzen und gleichzeitig Kaup als vermeintlichen Täter zu präsentieren.«

»Und woher wissen Sie, Herr Schwiete«, fragte Höveken nach, »dass unser guter Winter nicht der Mörder war, sondern Hagemann?«

Johnny wurde leicht nervös.

»Ganz einfach. Hagemann hat, kurz nachdem der Mord entdeckt war und noch niemand wusste, dass der Hauptverdächtige Winter hieß, Kaup gegenüber schon geäußert, dass er erst einmal aus dem Schneider sei. Die Polizei verdächtige jemand anderen. Das aber konnte Hagemann zu dem Zeitpunkt noch gar nicht wissen. Außerdem waren an dem Kerzenständer neben anderen Fingerabdrücken auch die von Hagemann, aber keine von Winter.«

»Ja, warum wurde ich denn dann überhaupt verdächtigt?«, empörte sich der Musiker.

»Na ja, du hättest bei der Tat auch Handschuhe anhaben können. Wie auch immer! Kommen wir wieder zu Hagemann! Der hatte in der Vergangenheit immer wieder Menschen gegen horrendes Honorar teure Kredite verschafft. Der Kerl war einer von denen, die aus der finanziellen Notlage anderer ohne Rücksicht auf die Verhältnisse noch einmal Kapitel schlugen, bevor diese völlig bankrott waren. Selbst wenn der Preis deren Untergang bedeutete.«

So war er schon als Schüler, sinnierte Hilde Auffenberg.

»Hagemann war auch der«, nahm Schwiete den Faden wieder auf, »der die Schläger aus Hamburg angeheuert hatte, und dann, als es eng wurde, wollte er die an seiner Stelle ans Messer liefern. Fakt ist, mit dem Ükernviertel hatte jemand Großes vor. Aber auf keinen Fall Hagemann! Das hätte er mit seinen eigenen finanziellen Ressourcen keinesfalls geschafft. Das war einige Nummern zu groß für ihn. Der Kerl muss im Auftrag von jemandem gehandelt haben.«

Schwiete machte eine bedeutungsschwere Pause, dann fuhr er fort: »Aber auch den hat Hagemann wahrscheinlich versucht zu betrügen. Er hat nämlich, im Rahmen seiner Möglichkeiten, in seine eigene Tasche gewirtschaftet. Nehmen wir einmal an, ein noch unbekannter Investor hat etwas mit dem Ükernviertel vorgehabt, dann hätte Hagemann immer mitverdient, denn der hat sich innerhalb der letzten zwei Jahre fast in allen Wohnblöcken, die zur aufwendigen Sanierung geeignet waren, Immobilien unter den Nagel gerissen. Das heißt, der unbekannte Investor hätte sein Projekt nur realisieren können, wenn er Hagemann die Liegenschaften, die der besaß, zu wahrscheinlich horrenden Preisen abgekauft hätte.«

»Das ist ja unglaublich!«, rief Winter.

»Hagemann hätte auf jeden Fall doppelt verdient. Einmal hat er wahrscheinlich Geld bekommen für die Drecksarbeit, die er für den fremden Dritten gemacht hat. Und zum guten Schluss hätte der noch von Hagemann Immobilien kaufen müssen, die der sich im Laufe der Jahre aufgrund seines Insiderwissens erworben hatte«, erklärte Schwiete. »Doch das Geschäft wäre wahrscheinlich niemals zustande gekommen, denn der unbekannte Investor geht, wie wir gesehen haben, über Leichen. Hagemann musste wahrscheinlich sterben, weil er der Einzige war, der wusste, wer der große Unbekannte ist. Und der hat alles dafür getan, dass er bleibt, was er ist, nämlich unbekannt. Wir haben den Killer schon verhört. Der war absolut geständig. Doch er behauptet steif und fest, dass er seinen Auftraggeber nicht kennt.«

»Ja, ja, das alte Lied«, sinnierte Höveken. »Die Kleinen hängt man, und die Großen lässt man laufen.«

»Apropos Lied! Herbert, da gibst du mir ein gutes Stichwort.« Hilde Auffenberg ging zum Kühlschrank und kam mit einer Flasche Champagner zurück.

»Wir müssen noch mit unserem Musiker anstoßen. Herbert, hol doch bitte die Gläser aus dem Schrank! Und Sie, Herr Schwiete, seien Sie so nett und machen die Flasche auf«, verteilte die Gastgeberin die Aufgaben.

Eine Minute später erhoben die vier ihre Gläser und stießen an.

Winter sah sich in der Pflicht, etwas zu sagen. »Auf meine Unschuld und Freiheit!«, versuchte er einen Trinkspruch zu kreieren.

»Darauf auch«, schloss sich Hilde Auffenberg diesem Ritual an, »und auf unseren neuen Job!«

Die drei Männer sahen die Lehrerin an, als spreche sie Kisuaheli. Doch die griff in die Küchentischschublade und zog ein kleines, längliches, auf der Vorderseite bunt bedrucktes Blatt Papier hervor und gab es Winter. Der nahm es verwundert an und las. Dann sah er fragend in die Runde.

»Ein Scheck über fünfundzwanzigtausend Euro. Das verstehe ich nicht. Wofür ist der?«, fragte der Musiker ziemlich entgeistert.

»Na ja, das ist der Verdienst der W&A Konzertagentur. Das Geld, das nach der ersten Konzerttournee, die von diesem Unternehmen organisiert wurde, übrig geblieben ist. Die Musiker und sämtliche Kosten sind bezahlt. Das ist der Rest vom Schützenfest. Das Geld ist für Sie und mich. W wie Winter und A wie Auffenberg, wir haben schließlich eine Rockband am Laufen. Das Einzige, was noch geklärt werden muss, ist die Frage, wer von uns welchen Anteil von den fünfundzwanzigtausend Euro bekommt.«

45

»Na ja, und dann habe ich mein Messer rausgeholt, und ratzfatz waren die Reifen platt wie'n Bierdeckel«, berichtete Willi Künnemeier zum x-ten Mal von seinem Abenteuer. Der Alkohol am frühen Morgen und die öffentliche Aufmerksamkeit für seine Person hatten bei ihm schon seit zwei Stunden für einen hochroten Kopf gesorgt. Immer, wenn der Erregungspegel wieder etwas abzusacken schien, kam jemand anderes und fragte ihn nach seinen Erlebnissen. Künnemeier erzählte gern und trank noch lieber.

Dabei waren seit dem tragischen Geschehen am Paderborner Flughafen bereits acht Wochen vergangen. Und eigentlich waren auch die Ereignisse im Ükernviertel schon längst wieder Schnee von gestern. Die Welt hatte sich seitdem schon wieder so oft um die eigene Achse gedreht, so viel Neues war geschehen, dass der Held Künnemeier normalerweise längst schon wieder vergessen wäre. Aber normal war an diesem Montagvormittag fast nichts. Es war der Montagmorgen des Paderborner Schützenfestes, das bedeutete: Schützenfrühstück.

Als Mitglied der Maspern-Kompanie hatte Künnemeier in der Schützenbude der Kompanie Platz genommen und sich auf das Frühstück selbst, aber auch auf das Festprogramm gefreut. Als Hunger und Durst fürs Erste gestillt waren, vagabundierte ein Tross von Ehrengästen von Kompaniehäuschen zu Kompaniehäuschen und wurde überall laut lärmend begrüßt. Bei ihrem Einzug spielte die Lichtenauer Blaskapelle einen Tusch. Jeder der Ehrengäste durfte ein paar Worte sagen, wurde aber unter Umständen auch zur Zielscheibe der mehr oder weniger derben Scherzansprachen führender Schützenbrüder. Ehrengäste waren Bürgermeister und Landrat, ein Bundestagsabgeordneter, Vertreter der in Paderborn äußerst präsenten Kirche sowie hochrangige Delegierte der hiesigen englischen Garnison. Die Maspern-Leute waren besonders stolz darauf, dass dieser Tross auf seiner Rundtour zuallererst bei ihnen vorbeikam. Das war kein Zufall, sondern hatte nach einem ausgeklügelten System, bei dem es um die Anzahl der bislang gestellten Schützenkönige und wer weiß was sonst noch alles ging, schon seine Richtigkeit. Im Rahmen dieses Zeremoniells wurden auch verdiente Schützenbrüder ausgezeichnet.

Bereits vor vielen Jahren hatte Willi Künnemeier an dieser Stelle einen Orden und seinen Titel Ehrenhauptmann bekommen. Diesmal wartete er gespannt darauf, wer in diesem Jahr ausgezeichnet werden sollte. Er fühlte sich pudelwohl im Kreise von Gleichgesinnten, in dieser reinen Männergesellschaft, in der alles seine Ordnung hatte, wo die Dinge noch etwas galten, die ihm wichtig waren. Mittendrin sein wollte er, eintauchen in die Gemeinschaft, plaudern und zuhören, essen und trinken. Allein damit wäre er mehr als zufrieden gewesen.

Doch als der Schützenoberst mit den Auszeichnungen begann und plötzlich den Namen Willi Künnemeier ausrief, war niemand überraschter als der Genannte selbst. Er musste sich von seinem Platz erheben und nach vorn kommen. Dort stand er nun mit hochrotem Kopf und ließ sich vom Oberst einen neuen Orden »für besondere Tapferkeit« an die Jacke heften. Bei der kurzen und launigen Laudatio hob der Chef aller Paderborner Schützen noch einmal hervor, wie wertvoll der Einsatz von Künnemeier und seinen Schützenbrüdern für das Image des ganzen Schützenwesens gewesen sei.

»Als die Heimat bedroht war, haben sich diese Männer ein Herz genommen und sich der Gefahr entgegengestellt«, posaunte der Oberst, der auch schon das eine oder andere Bier zu sich genommen hatte. Künnemeier musste vor Rührung kräftig schlucken und fand kaum Worte, als er sich bedankte. Da ihm nichts Geistvolles zu sagen einfiel, schließlich war er mit der Ehrung überrascht worden, begann er damit, das »Ükernlied« anzustimmen, da diese heldenhafte Kommandoaktion, wie er sagte, ausschließlich von Schützenbrüdern ausgeführt worden war, die zu einer Unterabteilung der Maspern-Kompanie gehörten, den traditionsreichen Ükernschützen. Mit zittriger Stimme intonierte Künnemeier:

Im Frühling ist's auf dem Ükern so herrlich und schön:
Wenn die Wiesen grünen und die Blumen blühn,
Und die Ükernmädchen auf die Heide ziehn,
dann ist's auf dem Ükern so herrlich, so schön!
Im Sommer ist's auf dem Ükern so herrlich …

Am Ende stieg die Blaskapelle ein und begleitete ihn. Nicht alle kannten diesen Text, aber alle schunkelten und fühlten sich irgendwie innerlich bewegt. Hatten sie den Ansprachen der Politiker und der Kirchenleute mehr aus Höflichkeit zugehört, so hatte Künnemeier ihre Seele berührt. Unter tosendem Applaus ging er nach dem Lied wieder zu seinem Platz zurück, setzte sich und war noch lange benommen vor Glück.

Als der offizielle Teil beendet war, stürzten alle auf ihn ein, wollten aus erster Hand wissen, wie sich alles abgespielt hatte. Künnemeier stand gern für Auskünfte über sich zur Verfügung und schmückte seine Erzählungen mit jedem Mal und mit jedem neuen Bier weiter aus. Das war sein Tag! Wenn er zwanzig Jahre jünger wäre, dachte er, dann würde er beim anschließenden Königsschießen voll draufhalten und den hölzernen Adler mit einem Schuss auseinandersprengen. Aber nun sollten das die Jüngeren machen.

Er wischte sich den Schweiß von der Stirn, orderte ein neues Bier und schaute behaglich in die Runde der fröhlichen Zecher. Viele von ihnen kannte er, nur die jüngeren Gesichter sagten ihm nichts. Aber es gab nicht viel Jungvolk. Die Schützen sterben aus, dachte Künnemeier wehmütig. In vielen kleineren Orten hatte man zunehmend Schwierigkeiten, überhaupt noch einen Schützenkönig zu finden. Wer weiß, wie lange es das an diesem Vormittag so oft zitierte Schützenwesen noch geben würde. Na ja, tröstete sich Künnemeier, an ihm hatte es jedenfalls nicht gelegen, wenn es mit den Schützen bergab ging. Er hatte sich seit seiner Jugend immer voll eingebracht und seinen Beitrag zu diesem Verein geleistet. Auch ohne Schützenkönigswürde in diesem Jahr war er mit sich und der Welt im Einklang.

Sein Blick blieb an einem Gesicht hängen, das er zu kennen glaubte, er aber nicht sofort zuordnen konnte. Künnemeier grübelte lange, hatte eine Idee, blieb aber unsicher. Das könnte dieser Polizist sein, der letztens mit ihm zusammen nachts im Paderquellgebiet diesen Verbrecher festgenommen hatte, dachte er. Und je länger er darüber nachdachte, desto sicherer wurde er. Es erforderte weiteres konzentriertes Nachdenken, bis er auf den Namen kam. Was hat diesen Schwiete denn wohl hierher geführt?, fragte sich Künnemeier, der ist doch kein Schütze.

Hauptkommissar Horst Schwiete fühlte sich auch tatsächlich ziemlich fehl am Platz. Er saß an einem der langen Tische im Häuschen der Maspern-Kompanie, direkt neben der Blaskapelle, hatte mitgefrühstückt und sich die Reden angehört. Mit der Auszeichnung von Künnemeier war er sehr zufrieden. Auch wenn Schwiete als einer der wenigen wusste, dass diese alten Schützenbrüder einfach nur zufällig im Weg gestanden hatten, freute er sich. Denn solche Typen wie Künnemeier waren selten geworden, und Schwiete hegte durchaus Respekt vor ihnen.

Allerdings fühlte er sich wie ein Außerirdischer, der gerade erst auf der Erde angekommen war. Das war alles sehr fremd für ihn. Auch am Humor dieser Leute hier biss Schwiete sich die Zähne aus. Na ja, dachte er immer wieder. Er hatte sich nicht darum gerissen, hier zu erscheinen. Aber auch die Kreispolizeibehörde hatte mehrere Einladungen bekommen, und da Schwiete sowieso mit einem der hier Anwesenden sprechen musste, hatte er sich kurzentschlossen als Abgesandter der Polizei hierhin schicken lassen.

Nun saß er neben drei ihm nahezu unbekannten Kollegen. Er, der mit Alkohol immer sehr zurückhaltend war, hatte im Gegensatz zu seinen Kollegen kein Bier angerührt. Das mochte korrekt sein, weil er sich formal gesehen im Dienst befand, gehörte aber zu den Verhaltensweisen, die Schwiete im Kollegenkreis isolierten. Er wusste das, war aber nicht der Typ für faule Kompromisse.

Und nun hatte sich die Frage nach einer neuen Runde Bier anscheinend von selbst gelöst. Die Kellner nahmen zwar die Bestellungen auf, brachten aber nichts mehr an die Tische. Klärung kam, als einer der Schützen auf das Podium stieg und ins Mikrofon sprach: »Liebe Schützenbrüder, ich habe eine schreckliche Nachricht für euch! Das Bier ist alle!«

Als daraufhin ein kollektives Stöhnen und immer lautere Protestrufe durch den Raum hallten, hob der Sprecher besänftigend beide Hände hoch. »Aber ihr kennt doch die alte Weisheit: Wenn du denkst, es geht nicht mehr, kommt von irgendwo ein Licht daher – oder so ähnlich. Macht euch keine Sorgen, es geht munter weiter. Wir haben einen neuen edlen Spender gefunden, der …«

Seine Worte gingen unter im begeisterten Gejohle der Schützen. Es dauerte, bis der Mann am Mikro weitersprechen konnte. »Die hiesige Privatbank Hase gibt sich die Ehre, ein großes, sogar ein sehr großes Fass zu spendieren. Ich begrüße den Direktor dieser wunderbaren großzügigen Bank, Herrn Feldmann. Applaus für Herrn Feldmann!«

Die Schützen klatschten sich die Hände wund, als ein elegant gekleideter Mann mittleren Alters leichtfüßig auf das Podium sprang, gönnerhaft in die große Runde lächelte und dem Schützenbruder das Mikrofon aus der Hand nahm. Sofort wurde es still im Raum. Der Bankdirektor, der in unmittelbarer Nähe zu Schwiete stand, begrüßte die Schützenbrüder und dankte für ihre Gastfreundschaft. Den Schützen, die lieber sofort seine Spende in durstigen Zügen genossen hätten, blieb nichts anderes übrig, als ihm einige Worte zu gewähren.

Der Bankier plauderte locker und souverän, die rechte Hand steckte lässig in der Hosentasche. Nur Schwiete, der ganz nah dran war, konnte erkennen, dass der Mann nervös war. Lampenfieber, dachte Schwiete belustigt, selbst so einer hat Lampenfieber. Als der Redner nach dem zweiten Satz die Hand aus der Tasche zog, umschloss sie einen silbernen Gegenstand. Und als Schwiete genauer hinschaute, wurde daraus ein Schlüsselanhänger, ganz aus Silber, an dem einige Autoschlüssel hingen. Schwiete schmunzelte. War dieses altmodische, ihm aber irgendwie vertraute Ding nun ein Glücksbringer, oder brauchte der Mann einfach etwas, um seinen nervösen Fingern eine Beschäftigung zu geben? Dann lauschte er, was dieser Herr Feldmann den Schützen zu sagen hatte.

»Lassen Sie mich nur ganz kurz auf die Ereignisse der jüngeren Vergangenheit eingehen. Sie wissen, ich meine den Zeitraum von Ende April bis Mitte Mai. Ihnen als Mitglieder der Maspern-Kompanie muss ich nicht viel erzählen über die Probleme, die es in dieser Zeit im Ükernviertel gab. Sie waren alle mehr oder weniger persönlich betroffen. Ich möchte Ihnen nur sagen, dass meine Bank sich als integraler Teil dieser Stadt versteht und dass uns die Ereignisse genauso betroffen gemacht haben wie Sie. Nicht alle Schäden können einfach repariert werden, die Schäden in den Herzen unserer Mitbewohner kann auch eine Bank nicht lindern. Aber es gab auch materiellen Schaden. Hier sahen und sehen wir uns in der Pflicht, zu helfen. Meine Bank hat seit den Ereignissen jedem, der sich hilfesuchend an sie gewandt hat, unbürokratische und schnelle Unterstützung zukommen lassen. Wir werden das auch weiterhin tun. Trinken Sie mit mir …«

An dieser Stelle brachte ihm ein Kellner ein frisches Pils, das er hoch erhob.

»Ja, liebe Schützenbrüder, trinken Sie mit mir auf ein lebens- und liebenswertes Stadtviertel. Auf die weiterhin gute Gemeinschaft von Wirtschaft und Einwohnern dieser Stadt. Prost!«

Der erste Schluck vom frischen Bier war deutlich herzhafter als der etwas müde Applaus. Ein Bier nimmt man gerne an. Aber viel Gerede mag man nicht in Westfalen, auch nicht in Paderborn.

Nur einer im Raum hatte wirklich aufmerksam zugehört. Das war Horst Schwiete. Nach der Ansprache saß er einige Zeit wie versteinert. Irgendwas in seinem Kopf hatte klick gemacht, er wusste nur noch nicht, was das zu bedeuten hatte. Seine Kollegen machten sich schon wieder lustig über den komischen Schwiete, der immer so abwesend wirkte. Die Erkenntnis kam nicht wie ein Blitz über ihn, vielmehr rieselte sie langsam, wie Sand in einer Uhr, in sein Bewusstsein. Dann, wie ein Film, lief eine Szene, die er vor einiger Zeit beim Verhör des Auftragskillers miterlebt hatte, vor seinem geistigen Auge ab. Er konnte den spöttisch grinsenden Kükenhöner fast mit den Händen greifen, als der sagte:

»Na prima, dann ist der Fall ja ganz einfach. Wir müssen nur etwa hundertfünfzigtausend Einwohner von Paderborn nach diesem Anhänger befragen, und schon haben wir den Drahtzieher.«

Schwiete klatschte sich mit der flachen Hand vor die Stirn und sprang auf. Wer hätte damit gerechnet? Der Verantwortliche für die Verbrechen rund ums Ükernviertel war Ehrengast auf diesem Schützenfest!

Die Erkenntnis raubte ihm fast den Atem. Was war zu tun? Wenn er jetzt einen Fehler machte, würde er in Paderborn nicht mehr froh werden. Andererseits musste er sofort handeln, wenn er Feldmann zusammen mit dem belastenden Anhänger fassen wollte. Die Gefahr war einfach zu groß, dass der das Medaillon verschwinden ließ.

Er musste den Kopf recken, als er sich umschaute, bis er gefunden hatte, was er suchte. Auf die Fragen seiner verblüfften Kollegen, wohin er denn so hastig wolle, antwortete er nicht. Er drängte sich durch mehrere Grüppchen von lachenden und trinkenden Schützen, bis er da war, wo er hinwollte. Direkt vor ihm, mit dem Rücken zu ihm, stand der Direktor der Privatbank Hase und unterhielt sich mit zwei selig lächelnden Kirchenleuten. Auch hier spielte er, wahrscheinlich ohne sich dessen bewusst zu sein, mit dem silbernen Schlüsselanhänger. Schwiete war nicht der Typ für spektakuläre Auftritte, aber natürlich stand er sofort im Mittelpunkt des Interesses, als er dem Bankier auf die Schulter tippte und laut, für jeden vernehmbar, sagte:

»Herr Feldmann, ich muss Sie wegen des Verdachts auf mehrfache vorsätzliche Anstiftung zum Mord und anderer Straftaten festnehmen. Kommen Sie bitte mit!«

Sofort herrschte eisiges Schweigen um ihn herum. Alle starrten ihn so entsetzt an, dass Schwiete ganz kurz selbst seine Sicherheit verlor und beinahe fluchtartig den Raum verlassen hätte.

Der Bankdirektor drehte sich langsam zu ihm um, schaute geringschätzig von oben nach unten an ihm herunter, lächelte dann überlegen und sagte, jede Silbe einzeln betonend: »Wer sind Sie denn?«

Schwiete bemühte sich, den ätzenden Tonfall zu überhören, und stellte sich mit Namen und Funktion vor.

Feldmann lächelte herablassend, blieb aber äußerlich ruhig, während er entgegnete: »Wenn das ein Scherz sein soll, dann sollten Sie jetzt so schnell wie möglich diesen Raum verlassen, sich hier nie wieder sehen lassen, und Schwamm drüber. Wenn Sie das ernst meinen, Herr Kommissar, dann wird Sie das Ihre berufliche Laufbahn kosten, das schwöre ich Ihnen.«

Schwiete schluckte. Diese Drohung war ganz und gar nicht aus der Luft gegriffen. Das konnte tatsächlich passieren. Aber jetzt gab es für ihn kein Zurück mehr.

»Das werden wir ja sehen. Ach ja, Herr Feldmann, wenn Sie so freundlich sein wollen, mir diesen Anhänger mit Ihrem Autoschlüssel auszuhändigen, wäre ich Ihnen sehr dankbar. Den brauchen wir nämlich noch.«

Danksagung

Dank sagen möchten wir unseren »guten Geistern« Christiane Fischer, Ingrid Rinke, Andreas Naumann und Andreas Kuhlmann, ohne die wir uns vermutlich rettungslos im Dickicht dieser Geschichte verlaufen hätten.

Ein ganz besonderes »Danke« auch an unsere Ehefrauen Marianne und Tine, die wieder einmal gute Nerven bewiesen haben.

Volker Klüpfel, Michael Kobr

Milchgeld

Kluftingers großer Fall. 320 Seiten. Piper Taschenbuch

Ein Mord in Kommissar Kluftingers beschaulichem Allgäuer Heimatort Altusried – jäh verdirbt diese Nachricht sein gemütliches Kässpatzen-Essen. Ein Lebensmittel-Chemiker des örtlichen Milchwerks ist stranguliert worden. Mit eigenwilligen Ermittlungsmethoden riskiert der liebenswert-kantige Kommissar einen Blick hinter die Fassade der Allgäuer Postkartenidylle – und entdeckt einen scheinbar vergessenen Verrat, dunkle Machenschaften und einen handfesten Skandal.

»›Milchgeld‹ ist ein Volltreffer, weil er Mentalität in Reinform verkörpert.«
Süddeutsche Zeitung

05/1899/03/L

Volker Klüpfel, Michael Kobr

Erntedank

Kluftingers zweiter Fall. 384 Seiten. Piper Taschenbuch

Der Allgäuer Kriminalkommissar Kluftinger traut seinen Augen nicht: Auf der Brust eines toten Mannes in einem Wald bei Kempten liegt, sorgfältig drapiert, eine tote Krähe. Im Lauf der Ermittlungen taucht der Kommissar immer tiefer in die mystische Vergangenheit des Allgäus ein, und es beginnt ein Katz-und-Maus-Spiel mit dem Mörder, bei dem die Zeit gegen ihn arbeitet. Denn alle Zeichen sprechen dafür, dass das Morden weitergeht …
Mit eigenwilligen Ermittlungsmethoden riskiert der liebenswert-kantige Kommissar einen Blick hinter die Fassade der Allgäuer Postkartenidylle und deckt Abgründe auf.

»Kommissar Kluftinger hat in seinen Kniebundhosen durchaus das Zeug zum Columbo von Altusried. Und schon deshalb wird dieser Krimi auch über die Grenzen des Allgäus hinaus bekannt werden.«
Die Welt

05/2061/02/R

Gisa Pauly

Die Tote am Watt

Ein Sylt-Krimi. 352 Seiten.
Piper Taschenbuch

Ein furchtbarer Mord auf der Ferieninsel Sylt! Eine vermögende Witwe wird erdrosselt aufgefunden. Eigentlich müsste der Täter per DNA-Analyse schnell zu überführen sein, weshalb Hauptkommissar Erik Wolf auf eine rasche Lösung hofft. Mamma Carlotta jedoch, seine italienische Schwiegermutter, die derzeit zu Besuch ist, hält wenig von solchen modernen Ermittlungsmethoden. Viel lieber verlässt sie sich auf ihre weibliche Intuition. Mit italienischem Charme und zum Schreck der Beamten mischt sie sich in die Ermittlungen ein. Dabei bringt sie sich selbst in Lebensgefahr …
Atmosphärisch, spannend und humorvoll erzählt Gisa Pauly von Mamma Carlottas erstem Fall, bei dem das italienische Temperament mit dem norddeutschen mehr als einmal zusammenprallt.

05/2079/02/L

Rudi Kost

Leichenacker

Ein Fall für Dillinger. 240 Seiten.
Piper Taschenbuch

Auf den Feldern herrscht Krieg! Was mit Sabotageakten auf Erntemaschinen beginnt, weitet sich bald zu einem Kampf um Leben und Tod aus, als auf einem Acker Schüsse fallen. Wer steckt dahinter? Konkurrierende Bauern und Lohnunternehmer, die um ihr Überleben kämpfen? Oder radikale Umweltschützer? Kein einfacher Fall für Versicherungsvertreter und Privatdetektiv Dieter Dillinger, der bei seinen Ermittlungen unerwartete Unterstützung erhält – von seiner Nichte Bea und der attraktiven Anwältin Nele.

05/2706/01/R